Gertrude Aretz

Marie Louise

Erzherzogin von Österreich, Kaiserin der Franzosen,
Napoleons zweite Frau

SE**V**ERUS

Aretz, Gertrude: Marie Louise. Erzherzogin von Österreich, Kaiserin der Franzosen, Napoleons zweite Frau
Hamburg, SEVERUS Verlag 2013
Nachdruck der Originalausgabe von 1936

ISBN: 978-3-86347-396-9
Druck: SEVERUS Verlag, Hamburg, 2013

Der SEVERUS Verlag ist ein Imprint der Diplomica Verlag GmbH.

Bibliografische Information der Deutschen Nationalbibliothek:
Die Deutsche Nationalbibliothek verzeichnet diese Publikation in der
Deutschen Nationalbibliografie; detaillierte bibliografische Daten sind
im Internet über http://dnb.d-nb.de abrufbar.

GERTRUDE ARETZ

Marie Louise

SEVERUS

Kaiserin Marie Louise als Regentin
Nach einem Gemälde von Gérard, Österreichische Galerie, Wien

ERSTES KAPITEL

DIE KINDHEIT

Die Dynastie Habsburg — Der Vater und Kaiser — Die Mutter — Der Einfluß der Großmutter Marie Karoline von Neapel — Die antifranzösische Erziehung — Die Flucht vor dem Usurpator Bonaparte — Die Kaiserfamilie in Ungarn — Des Kindes erster Schmerz — Tod der Mutter

Eine sturmbewegte Zeit! Während die Welle der Revolution von Frankreich aus fast alle Länder, alle Dynastien Europas mehr oder weniger berührte, während Throne stürzten oder in ihren Grundfesten erschüttert wurden, während sich überall Neuerungen in allen Zweigen des Staatslebens, der Gesetzgebung und auch des bürgerlichen Lebens notwendig machten, blieb die alte Dynastie der Habsburger unversehrt, ihr Land relativ unberührt. Fern von Wien aber büßte eine Habsburgerin ihre kleinen Indiskretionen, ihre Lebenslust und ihre Jugend hinter Kerkermauern. Fern von Wien wurde ein Thron zertrümmert, auf dem eine österreichische Kaisertochter gesessen hatte! Im letzten Augenblick ihrer Todesangst hatte Marie Antoinette ihren liberalen Bruder Joseph II. gebeten, die Konstitution anzuerkennen und eine Allianz mit Frankreich zu schließen, die einzige Rettung für sie und die Bourbonen. Ihr Hilferuf kam zu spät. Der philosophische Kaiser, der in seinen Staaten so viele Reformen eingeführt hatte, starb 1790, ohne das fürchterliche Schicksal seiner unglücklichen Schwester auf dem französischen Königsthron abgewendet zu haben. Nicht einmal mildern hatte er es können.

Ihm folgte sein Bruder Leopold. Aber auch er starb, noch ehe Marie Antoinettes Geschick sich erfüllte. Plötzlich und unerwartet wurde durch seinen Tod Erzherzog Franz, sein Erstgeborener, auf den österreichischen Kaiserthron berufen. Ein hochbegabter, geistvoller Mann war vor der Zeit seiner Laufbahn entrissen, ein in politischen Dingen unerfahrener junger Mann von vierundzwanzig Jahren ihm zum Nachfolger bestimmt. Auch in der Macht Franz' II. lag es nicht, das Schicksal seiner Tante in Paris abzuwenden. Franz war aristokratisch gesinnt. Für ihn existierte weder eine französische Revolution noch ein französisches Volk. Es gab für ihn nur Untertanen. Er hätte den neuen Reformen nie Konzessionen gemacht. Die Konstitution anzuerkennen, lag weder in seinem Sinn noch in seiner Politik. Die Reformbewegungen seines Onkels Joseph hielt er für durchaus gefährlich und verderblich. Und die Ereignisse in Frankreich bestärkten ihn nur noch mehr in dieser Ansicht. Mehr denn je haßte er die Bewegungen einer neuen Zeit, mehr denn je hielt er an den alten Traditionen seines Hauses fest. Der schmachvolle Tod einer Habsburgerin auf der Guillotine begrub in ihm und seiner Familie vollends jedes Gefühl der Sympathie für das revolutionäre Frankreich.

Trotz seiner Jugend war Franz bereits zum zweitenmal verheiratet, als er den Thron bestieg. Nach kurzer, sehr glücklicher Ehe mit Elisabeth von Württemberg hatte er 1790 die Tochter der berühmten, gleichzeitig auch berüchtigten Königin Marie Karoline von Neapel geheiratet. Seine zweite Frau hieß wie ihre bedeutende Großmutter Maria Theresia und war seine leibliche Kusine. Die Tochter Marie Karolines, die selbst Mutter von siebzehn Kindern war, blieb der Tradition der Habsburger treu: sie sorgte für zahlreiche Nachkommenschaft. Noch als Erzherzogin schenkte sie am 14. Dezember 1791 ihrem ersten Kinde Marie Louise das Leben. Zwölf Kinder entsprossen dieser Ehe.

DIE KINDHEIT

Zur Zeit der Thronbesteigung des Erzherzogs Franz war die Mutter Marie Louises zwanzig Jahre alt. Sie war schön und lebenslustig. Eine graziöse, sympathische Erscheinung. Mit ihrer Jugend brachte sie das heitere Temperament und die Lebendigkeit des Geistes ihrer südlichen Heimat an den Wiener Hof. Denn noch lagen die Schatten der Trauer um die erste Gemahlin des Kaisers und um den letzten Herrscher über Wien. Durch die neue Kaiserin aber kam wieder Leben nach Schönbrunn und in die Hofburg. Ihr hübsches Äußere, ihre Lebhaftigkeit gefielen den Wienern. Franz konnte mit seiner Wahl zufrieden sein. Maria Theresia war liebenswürdig und gut erzogen, ans Gehorchen gewöhnt, wie man das von einer habsburgischen Prinzessin verlangte. Ihre Mutter, eine bedeutende und außerordentliche Frau, trotz vieler Fehler und Schwächen, hatte ihren Töchtern die beste Erziehung zuteil werden lassen. Königin Karoline hegte kein größeres Verlangen, als daß ihre Tochter Maria Theresia in Wien Erfolg haben und ihrem Gatten gefallen möchte. Der Stolz der Habsburgerin regte sich in ihr. Sie ließ es nicht an Ermahnungen fehlen. Wie es einst die große Maria Theresia mit ihr selbst getan hatte, riet Marie Karoline jetzt der Tochter, ihren Mann zu lieben und ihn glücklich zu machen. Und die junge Kaiserin tat alles, um die Hoffnungen der Mutter in Neapel zu erfüllen.

Bisher war das Leben in der Familie des Thronfolgers still und einfach dahingegangen. Politisch hatte er keine Rolle gespielt. Nun aber entwickelte sich für Franz und Maria Theresia eine ganz andere Art des Lebens. Dem Kaiser schien das sehr zu gefallen, ja, es war, als würde er selbst aus seiner etwas starren Reserve mit fortgerissen. Er ging auf alle Einfälle seiner neuen Gattin ein, nahm an allen ihren Veranstaltungen teil. Ihr nach Abwechslung verlangender Geist ersann jeden Tag neue lustige Unterhaltungen. Sie brauchte nicht viel Aufwand, keine übermäßige Pracht, um zu glänzen. Von der Freundin ihrer Mutter, der schönen Lady Hamilton, hatte Maria Theresia bereits in Neapel gelernt, wie man mit wenigen Mitteln Feste arrangierte und Wirkungen erzielte. Es genügte Maria Theresia, sich im engeren Kreis ihres Hofes in Schönbrunn und Laxenburg in Gesellschaft des Kaisers fröhlich zu unterhalten. Besonders gefielen der Südländerin die Wiener Faschingsredouten. Niemals verfehlte sie, daran teilzunehmen. Es bereitete ihr eine fast kindliche Freude, sich unter die kostümierte Menge in den verschiedensten Verkleidungen zu mischen und unerkannt an den Faschingsscherzen der Bevölkerung teilzunehmen. Niemand, am allerwenigsten die Wiener hätten ihrer jungen Kaiserin die Lebenslust verargt, wenn die Verhältnisse andere gewesen wären. Aber das von Tag zu Tag siegreichere Auftreten der französischen Republik dem monarchischen Europa gegenüber ließ doch in vieler Hinsicht Befürchtungen aufkommen. Es war noch nicht im Publikum vergessen, daß eine lebensfrohe Königin, eine einstmals ebenso junge Erzherzogin wie Maria Theresia, ihre Lebenslust auf dem Schafott hatte büßen müssen. Ernster denkende Leute tadelten daher die zweite Gattin des Kaisers Franz. Man hätte der Mutter Marie Louises mehr Sinn für das Große und Wichtige im Leben des Staates gewünscht. Man hätte lieber gesehen, daß sie sich mehr um die Erziehung ihrer kleinen Kinder kümmerte. Auch merkte man allmählich den beherrschenden Einfluß, den sie auf Franz gewann, und befürchtete ihre politische Macht zum Nachteile Österreichs. Den Weg dazu wies ihr die eigene Mutter.

Seinen persönlichen Mangel an Erfahrung suchte der kaum fünfundzwanzigjährige Vater Marie Louises durch die hohen geistigen Fähigkeiten seines auswärtigen Ministers Thugut auszugleichen. Und es gelang ihm, unter diesem befähigten Mann die Politik Österreichs zum Besten zu leiten. Sein Kabinettsminister Graf Colloredo verstand allerdings nichts oder wenig von Staatsgeschäften. Er war der Erzieher des jungen Kaisers gewesen und besaß dessen ganzes Vertrauen. Aber er war herrschsüchtig und intrigant. Die Kaiserin liebte ihn nicht. Er wußte es und vergalt ihr die Ungnade mit gleicher Münze. Um Einfluß auf sie zu gewinnen, heiratete er die Gouvernante ihrer Tochter, der Erzherzogin Marie Louise, Frau von Poutet. Sie war die Witwe eines österreichischen Offiziers, jung, schön und geistvoll. Maria Theresia hatte so großes Vertrauen zu ihr, daß sie ihr vollkommen die Erziehung ihrer ältesten Tochter überließ. Durch seine Frau kam Graf Colloredo bei der Kaiserin dermaßen in Gunst, daß Maria Theresia später sogar um seinetwillen Thugut fallen ließ, zum großen Nachteil für ihren Gatten, den Kaiser, und für Österreich.

Frankreich hatte inzwischen einen Diktator gefunden. General Bonaparte, der Mann des 13. Vendémiaire, der Sieger von Marengo, der der kaiserlichen Armee so harte Schläge versetzte, hatte die Macht in den Händen. Von ihm hatte Sieyès zu seinen mitregierenden Kollegen mit schlecht verhohlenem Ärger gesagt: „Meine Herren, jetzt haben wir einen Meister! Der weiß alles, macht alles und kann alles." — An den europäischen Fürstenhöfen aber sah man mit Bangen zu diesem „Meister" hin. Konnte man wissen, was der Usurpator wirklich imstande war zu vollbringen? Unverkennbar zielte dieser Bonaparte schon auf absolutistische Formen hin. Er kannte die Macht patriarchalischer Familiengewohnheiten zu genau, als daß er nicht sofort begriffen hätte, den günstigsten Augenblick seinen Plänen nutzbar zu machen. Er wußte, das konservative Frankreich sehnte sich danach, aus dem Chaos der Revolution wieder zu einer festen Staatsorganisation überzugehen. Er, der Freund des jüngeren Robespierre, der Schützling Barras', der Retter des Konvents, hatte ganz offen erklärt, daß die Franzosen weder Königsmörder noch eine Schreckensherrschaft brauchten. Es war zu Ende mit den blutigen Septembertagen und der Herrschaft der Guillotine. „Aber", hatte er hinzugefügt, „nur ich allein bin imstande, die Revolution zu bändigen." Wie ihm das gelang, setzte die ganze Welt in Staunen und Bewunderung — aber auch in Schrecken vor diesem Gewaltigen.

Diese großen welterschütternden Ereignisse hat auch die lebenslustige Mutter Marie Louises trotz Redouten und Festen, trotz Schattenspielen und Gauklervorführungen in Schönbrunn nicht gleichgültig an sich vorüberziehen lassen. Treulich teilte sie mit dem Kaiser und ihrer Familie in Neapel die Sorgen und das Mißgeschick, das bald durch die Macht des Korsen über beide Höfe hereinbrach. In den schweren Zeiten, als Österreich von allen Seiten bedroht war, entfaltete die junge Kaiserin Charaktereigenschaften, die man der leichtlebigen Frau kaum zugetraut hatte. Sie versuchte, wo sie konnte, ihrem Mann eine kluge Beraterin und Helferin zu sein. Nicht immer war es leicht für sie, zwischen der Mutter und dem Gatten zu stehen. Und man muß anerkennen, daß Maria Theresia, die mit großer Liebe an ihrer Mutter hing, in den heiklen Situationen, in denen sie sich oft versucht fühlte, ihrer Mutter zu helfen, stets charakterstark zu ihrem Mann hielt. Als Marie Karoline im Jahre 1798 sie um ihre Vermittlung beim Kaiser bat, damit er ihr Hilfe gegen Frankreich gewährte, konnte die Kaiserin von Österreich ihr nur eine abschlägige Antwort erteilen. Franz hatte keine Lust, sich nach dem unseligen Frieden von Campo Formio in einen neuen Kampf mit Bonaparte einzulassen. Und an Thugut brachen alle ihre Vorstellungen. Das kriegerische Abenteuer, in das sich dann ihre Mutter einließ, bedrückte Maria Theresia schwer. Von den Franzosen aus ihren Staaten vertrieben, suchte und fand die Königin von Neapel bei ihrer Lieblingstochter am Wiener Hof eine Zuflucht. Hier teilte man ihre Anschauungen über das neue

Frankreich. Der Schwiegersohn und die Tochter waren von dem gleichen Haß, dem gleichen Abscheu gegen den Diktator, den Usurpator Bonaparte beseelt wie sie. In Wien wie in Neapel hatte man nur einen Gedanken: an ihm Rache für die Schmach zu nehmen, die er ihnen zugefügt hatte. Wie leidenschaftlich die Großmutter Marie Louises politisch empfand, beweist ihr maßlos gekränkter Stolz, als sie auf ihrer Reise nach Wien die Nachricht von der Niederlage der österreichischen Armee bei Marengo erhielt. Die sonst nicht zimperliche Frau fiel in Ohnmacht, und es hätte nicht viel gefehlt, daß sie vor Aufregung und Schmerz über die erlittene Schande gestorben wäre. Welchen Einfluß diese eingefleischte Franzosenhasserin während ihres langen Aufenthaltes in Wien auf ihre Tochter und deren Kinder haben mußte, ist leicht zu denken. Zwei Jahre lang arbeitete Marie Karoline in unauslöschlichem Haß daran, den Hof, die kaiserliche Familie, die ganze Wiener Aristokratie, ihre Enkel und Enkelinnen in der bittersten, tiefsten Verachtung gegen die Franzosen und ihren Machthaber zu bestärken. Die Königin beider Sizilien vergaß nichts, was ihr von Frankreich und dem General Bonaparte angetan worden war. Sie vergaß weder die Qualen und die Schmach, die man ihrer Schwester Marie Antoinette zugefügt, noch vergaß sie die Französische Revolution überhaupt, die mit ihren Schrecken, ihren abwechselnden Erfolgen und Mißerfolgen allen Königshäusern Vernichtung geschworen hatte. Marie Karolines Haß- und Rachegefühle kannten keine Grenzen. In blinder Wut bäumte sie sich gegen Bonaparte auf. Als er, den sie vielleicht als alleinigen Sieger fürchtete, in Ägypten weilte, hielt sie, wie erwähnt, den Moment für günstig, um in ganz Italien das Signal zur Schilderhebung gegen die Franzosen zu geben. Der Streich mißlang. Championnet bemächtigte sich ihres Königreichs, und sie mußte mit ihrer Fam.'ie nach Palermo flüchten. Ein Jahr später änderte sich zwar das Bild, und die

Bourbonen herrschten aufs neue in Neapel. Nur Masséna hielt sich noch in Italien. Marie Karoline triumphierte. Der Haß aber blieb und wirkte sich nach Marengo am Wiener Hof noch stärker aus. Aber er nützte ihr wenig. Denn 1806 mußte sie endgültig dem französischen Usurpator weichen. Er setzte erst seinen Bruder Joseph, dann seine Schwester Karoline Murat auf den neapolitanischen Thron. „Die Bourbonen haben aufgehört, über diesen Teil von Italien zu regieren", hatte er in dem berühmten Schönbrunner Manifest vom 27. Dezember 1805 erklärt. Königin Karoline von Neapel wurde für ihre „grausame Treulosigkeit" von Napoleon geächtet und er schuf sich in ihr eine unversöhnliche Feindin.

Diese antifranzösische Großmutter war es hauptsächlich, die ihrer zehnjährigen Enkelin Marie Louise durch Erzählungen die Geschichte der Französischen Revolution und ihres Diktators beibrachte. Man kann sich denken, daß sie nichts Gutes an Bonaparte ließ. Thugut nannte sie die eingefleischte Taktlosigkeit. Kein Wunder, daß das Kind Marie Louise, das, seit es denken konnte, nichts anderes als Verwünschungen gegen die Franzosen gehört hatte, in seinem Haß gegen Frankreich und vor allem gegen den Erzfeind Bonaparte bestärkt wurde. Kein Wunder, daß Marie Louise und ihre Geschwister in ihren kindlichen Spielen den häßlichsten und schwärzesten Bleisoldaten hervorsuchten, ihn „Buonaparte" tauften, mit Nadelstichen bearbeiteten und ihm alle möglichen Schimpfnamen gaben. Hatte die Großmutter ihnen nicht erzählt, wie der Abscheuliche seine armen Soldaten in Ägypten im Stich gelassen hatte und nach Frankreich „geflohen" war? Hatte er nicht die katholische Religion verleugnet und sich als Mohammedaner bekannt? Das letztere erschien den Kindern des Kaisers Franz am schrecklichsten. Sie waren fromm und das, was der Bonaparte getan hatte, war Todsünde. Wie die Alten sungen ... Sogar die kluge Erzieherin Marie Louises, Gräfin Colloredo, stimmte in diesen Haß gegen den Korsen mit ein. Sie nannte den General Bonaparte den Abschaum der Menschheit.

Diese für ein Kinderherz immerhin flüchtigen Eindrücke von Haß und Rache konnten natürlich nicht hindern, daß Marie Louise und ihre Geschwister eine ebenso harmlose und fröhliche Jugend verlebten wie andere. Nicht immer stand ihnen der Bonaparte vor Augen, und nicht immer wurden sie durch seine Missetaten geschreckt. Besonders Marie Louise hatte die Gabe, Häßliches und Unangenehmes schnell zu vergessen. Sie war ein frisches, gesundes Mädchen, blauäugig und blondhaarig, später nicht ohne körperliche Reize, aber keine Schönheit wie ihre Mutter. Außer den vollendet schönen Händen und Füßen hatte sie von Maria Theresia nur noch das lebhafte Temperament geerbt. In spontaner Begeisterung für das Schöne, Ungewöhnliche konnte sie schon als kleines Mädchen in leidenschaftliche Freude oder in heiße Tränen der Rührung und des Mitgefühls ausbrechen, während ihre Geschwister Ferdinand und Leopoldine, viel phlegmatischer als Marie Louise, nicht einmal ahnten, worüber sie sich so freute oder so tief betrübt war. Es lag aber in dem Kinde bereits ein großes Anlehnungsbedürfnis. Nie mochte Marie Louise allein sein. Entweder war es „Maman" Colloredo oder der Vater oder auch die Mutter, denen Marie Louises ganze Schwärmerei und liebende Bewunderung galt. Von ihnen verlangte sie aber auch absolute Gegenliebe. Sie ist ihr niemals in ihrer Familie versagt worden. Der Vater hing mit großer Zärtlichkeit an ihr, und die Geschwister, besonders die jüngsten, vergötterten sie. Man liebte die Erzherzogin Marie Louise in Wien als die populärste und menschenfreundlichste Tochter des Kaisers Franz besonders wegen ihrer großen Bescheidenheit und Natürlichkeit. Eine Freundschaft mit ihr, einmal begonnen, endete nie wieder.

Als ganz kleines Mädchen bereits verband sie eine tiefe Kinderfreundschaft mit der um ein Jahr älteren Viktoria de Poutet, der Tochter der Gräfin Colloredo aus erster Ehe. Bis zum Tode Marie Louises erhielt sich diese Freundschaft unverändert und ungetrübt. Der ganze Mensch Marie Louise spiegelt sich in dem regelmäßig geführten Briefwechsel mit Viktoria, den sie als Zehnjährige begann und als Sechsundfünfzigjährige mit ihrem Tode beschloß. Aus den Kinderbriefen fühlt man heraus, wie dieses zärtlich veranlagte Mädchen das unwiderstehliche Bedürfnis hat, sich einem gleichaltrigen Menschenkind in unumschränkter Freundschaft zu eröffnen, sich anzuschließen, sich ihm unentbehrlich zu machen, von ihm ebenso wieder geliebt zu werden, grenzenlos, ohne Rücksicht darauf, daß sie die Kaisertochter ist. Alles, was das Kind besitzt, möchte es mit der kleinen Freundin teilen. Es läßt sein freigebiges Herz sprechen. Es möchte schenken, schenken, immer wieder schenken. Viktoria soll sie dafür lieben und treu die Freundschaft halten. „Geniere Dich nicht, liebste Viktoria, denke nicht, Du könntest mich um etwas berauben. Ich möchte Dir alles schenken, was ich besitze, und ich bin sicher, Du tätest das gleiche für mich."

Mit der Freundin teilte Marie Louise auch den Unterricht. Daß ihre Schulbildung dürftig und oberflächlich gewesen sei, kann man nicht behaupten. Höchstens war sie unrationell und konventionell, wie die damalige Prinzenerziehung überhaupt. Lernen mußten die kleinen Erzherzoge und Erzherzoginnen genug. Frau von Colloredo setzte für die Prinzessinnen derartig viele Unterrichtsstunden an, daß Marie Louise, die alles andere getan hätte, als ihre geliebte Colloredo zu betrüben, vom vielen Lernen oft ganz erschöpft abends ins Bett sank. Wenn man sich vorstellt, daß eine österreichische Erzherzogin fast alle Sprachen, die in ihrem Lande gesprochen wurden, wenn nicht fließend, so doch einigermaßen geläufig sprechen mußte und außerdem darauf vorbereitet wurde, für fremdsprachige Prinzen als

Braut in Betracht zu kommen, so nimmt allein schon der Sprachunterricht einen großen Teil der Zeit und der Lernkraft des Kindes in Anspruch. Marie Louise mußte nicht nur Deutsch, Französisch und Englisch lernen und fließend sprechen, sondern auch Tschechisch, Ungarisch, Spanisch und Italienisch so weit können, daß sie eine Unterhaltung zu führen imstande war. Aber sie lernte sogar noch etwas Türkisch und besaß Kenntnisse im Lateinischen. Immerhin elf Sprachen, in denen sie schon als junge Erzherzogin nicht unbewandert war. Welches junge Bürgermädchen konnte damals so etwas von sich behaupten! Daß die junge Erzherzogin Marie Louise an einem musikliebenden Hof und in einer Musikstadt wie Wien nur die besten Meister der Musik zu Lehrern bekam, braucht kaum hervorgehoben zu werden. Daß sie es jedoch ohne Übung, ohne Fleiß und ohne Talent weder in der Musik noch in der Malerei zu etwas gebracht haben würde, das leuchtet wohl jedem ein. Marie Louise aber war sowohl eine ausgezeichnete Musikerin als auch eine talentvolle Malerin. Sie setzte ihre Studien unermüdlich weiter fort, auch noch als Kaiserin und später als Herzogin von Parma. Immer noch lernte sie dazu. Nie ermüdete ihr Fleiß. Zum Entzücken Napoleons lernte sie auch Harfe spielen, weil er dieses Instrument am meisten liebte. Er war begeistert von ihrem Spiel. Allerdings verstand er nichts von Musik. Aber es gab andere in der Umgebung Marie Louises, die ihr Können beurteilen konnten und auch beurteilt haben.

Gräfin Colloredo unterrichtete indes ihre Zöglinge nicht nur in Sprachen und schönen Künsten. Es gab Geschichte zu lernen, die neuere und die alte, Geographie, Statistik. Ja, sogar in die Gesetzgebung und Staatskunst wurden die Töchter des Kaisers von Österreich eingeführt. Daneben beschäftigte man sie zur Erholung mit Gartenkunst und Gartenbau. Man füllte die Köpfe der armen Prinzessinnen mit Zahlen und Daten, mit Namen und Worten. Vielleicht fehlte es diesem Unterrichtssystem an Gedanken, an Ideenreichtum, an der Wertung alles Menschlichen, an einer Weltanschauung im allgemeinen. Es ist wahr, die Lektüre der jungen Erzherzoginnen wurde überwacht. Das war indes nicht nur am österreichischen Hof Erziehungsprinzip, sondern ein allgemeiner Grundsatz der Mädchenerziehung der damaligen Zeit. Unsere Großmütter, ja noch unsere Mütter durften als junge Mädchen auch nicht alles lesen, was ihnen unter die Hände kam. Man suchte die Töchter so lange wie möglich naiv, das heißt in Unwissenheit über menschliche Dinge zu halten. Und man braucht sich nicht erst in die Enge und das Zeremoniell eines Hofes vor hundertfünfzig Jahren zu versetzen, um dieses Erziehungsprinzip festzustellen. Die jungen Erzherzoginnen wurden fern von der Welt gehalten, um so lange wie möglich unverdorben zu bleiben. Sogar die Großmutter in Neapel hatte ihrer Tochter in dieser Beziehung Erziehungsvorschläge erteilt. Marie Karoline, die an ihrem eigenen Hofe die größte Sittenfreiheit duldete, schrieb an die Mutter Marie Louises: „Für das wahre Glück unserer Kinder ist es nötig, sie fern von der Welt zu halten . . . Nachdenken und Erfahrung haben mich von dieser Wahrheit überzeugt . . . Ich denke, daß, wenn wir unsere Prinzessinnen streng und ohne Bekanntschaft mit Männern halten, sie keine Vergleiche anstellen können und darum die liebenswürdig finden und sich an sie anschließen werden, die Gott für sie bestimmt hat." Dieser Grundsatz lag auch der Erziehung Marie Louises zugrunde. Daß man aber aus der Umgebung der jungen Erzherzogin alle männlichen Tiere oder alle Tiere entfernte, durch die sie eventuell das Mysterium des Werdens ergründet hätte, wird allein durch einen ihrer Kinderbriefe an die geliebte Erzieherin und mütterliche Freundin Colloredo, ihre „Chère maman", widerlegt. Marie Louise schreibt als Achtjährige, daß ihr Lieblingshündchen soeben Junge bekommen habe.

Also kann man nicht alles von dem Kind ferngehalten haben, was es eventuell mit den natürlichsten Dingen des Lebens vertraut gemacht hätte. Auch sonst geht aus den Jugendbriefen an die Freundin hervor, daß Marie Louise eine sehr gute Beobachterin und trotz aller Jungmädchennaivität doch keine so dumme Gans war, als die man sie am liebsten hinzustellen bemüht ist. Allerdings wurden die Kinder des Kaisers Franz in strengster Religiosität erzogen. Der Vater, mehr als die Mutter, neigten dazu, daß die Töchter in größter Einfachheit mehr zu Fürstenmüttern und Gattinnen als zu Weltdamen erzogen wurden. Disziplin und unbedingten Gehorsam forderte Franz vor allem von seinen Kindern. Den Töchtern wurde frühzeitig anerzogen, daß sie sich stets als fügsame Instrumente der Größe Habsburg zu fühlen hätten. Ihre geistige Entwicklung überließ er den jeweiligen Lehrern und Erziehern. Franz selbst hatte wenig übrig für Literatur und Künste. Er interessierte sich neben seinen Regierungsgeschäften besonders für Botanik. Und Marie Louise war darin seine eifrigste Schülerin. Die Liebe zur Natur und den Sinn für eine schöne Landschaft erbte sie vom Vater. Niemals war sie glücklicher, als wenn sie mit ihm stundenlang wandern konnte. Auch die große Tierliebe teilte sie mit ihm. Franz II., von dem die Welt behauptete, er sei der härteste und kaltherzigste Monarch und Mensch gewesen, der je auf einem Throne gesessen hätte, war nichtsdestoweniger ein guter Vater und seinen vier Frauen ein liebender und von ihnen geliebter Gatte. Er lebte stets mit seiner zahlreichen Familie im besten Einvernehmen, auch mit den übrigen Verwandten. Das Leben am Hofe in Schönbrunn, in Laxenburg und in der Hofburg floß fast bürgerlich dahin. Franz war allem Prunk, allen Festen und offiziellen Empfängen, Bällen und Theatervorstellungen abgeneigt. Ihm war es am liebsten, wie ein Privatmann mit seinen Kindern und seiner Frau auf dem Lande zu leben. Nur dem

Drängen der lebenslustigen Kaiserin gab er bisweilen nach, an Festen und Vergnügungen des Hofes in der Stadt teilzunehmen. Seine Lieblingstochter war Marie Louise. Sie vergalt ihm diese Liebe mit fast abgöttischer Bewunderung und Verehrung. Nichts kam ihrem geliebten Papa gleich. In ihm sah sie nicht nur den Vater, sondern den großen mächtigen Herrscher, das Oberhaupt des Hauses Habsburg. Nächst ihrem Vater liebte sie am meisten ihre Erzieherin. Ihr verdankte sie alles und sie vergaß es nie.

Bis zu ihrem vierzehnten Jahr wußte Marie Louise wenig von den Stürmen, die ihr Elternhaus und ihr Land vom Westen her bedrohten. Abgesehen von den Erzählungen der neapolitanischen Großmutter, die indes mehr auf das Ungeheuer Bonaparte abzielten und den Abscheu gegen Revolutionen im allgemeinen und im besonderen gegen die französische darlegten, wurden die Kinder des österreichischen Kaiserhauses aus begreiflichen Gründen wenig von den politischen Wirrnissen, in die Österreich verwickelt war, und von den großen Weltgeschehnissen berührt. Wozu auch? Marie Louise war elf Jahre alt, als Bonaparte Konsul wurde. Die Erschießung des Herzogs von Enghien erfuhr das Kind kaum, höchstens hörte es in den Unterhaltungen der Großen davon. Aber die Erhebung des Usurpators auf den Kaiserthron wurde den Kindern des Kaisers von Österreich als das Unerhörteste beigebracht, was sich je ein Plebejer geleistet hatte. Sogar gekrönt hatte ihn der Papst! Und dann hatte sich Napoleon selbst zum König von Italien gemacht. Als jedoch nach der Niederlage bei Ulm das siegreiche französische Heer die Flucht der Kaiserfamilie zur Folge hatte, als Österreichs Untergang nur an einem Haar hing und seit den Tagen der großen Maria Theresia zum erstenmal wieder an der friedlichen Ruhe des Staates und Thrones gerüttelt wurde, da lernten Marie Louise und ihre Geschwister vielleicht zum erstenmal die Wechselfälle des Glücks ihres Herrscherhauses kennen. Doch von dem Sinn dieser denkwürdigen politischen Ereignisse, die sich in den westlichen Teilen Europas abspielten und ganz in ihrer Nähe weitergespielt wurden, verstand Marie Louise wenig. Kann man oder soll man das von einer Vierzehnjährigen verlangen? Sie sah ihre Eltern und ihre Hofmeisterin, ihre ganze Umgebung wohl in Verzweiflung, sie sah und hörte sie die Gnade des Himmels um Errettung aus diesen fürchterlichen Drangsalen des Krieges erflehen. Sie hörte von den mörderischen Schlachten, von den fürchterlichen Verlusten, die der Kaiser Napoleon ihrem Vater beibrachte, aber sie begriff nicht die ganze Tragweite dieser Ereignisse. Sie betete wie die anderen heiß um den Erfolg und den Sieg der Österreicher über das „Ungeheuer". Für sie schien es ganz ausgeschlossen, daß ihr Papa unterliegen könne. Und dann kam die Niederlage bei Ulm. Aber trotzdem verlor sie die Hoffnung nicht. In kindlicher Überzeugung, daß Napoleon seine Strafe schon bekommen werde, schreibt Marie Louise an die Freundin Viktoria: „Schließlich wird Papa doch siegen, und dann wird der Augenblick kommen, in dem der ‚Usurpator' entmutigt ist. Vielleicht ist es Gottes Wille, daß er ihm erlaubte, so weit zu gehen, damit, wenn er ihn verläßt, alles für ihn (Napoleon) verloren ist." Marie Louises frommer Wunsch erfüllte sich nicht. Im Gegenteil. Immer siegreicher drang Napoleon vor. In Wien war man in höchster Bestürzung. Es stand alles auf dem Spiel. Und dazu kam für Marie Louise noch ein persönlicher Schmerz. Ihre Erzieherin mußte sie auf Befehl des Kaisers verlassen. Man machte den Grafen Colloredo für die verlorenen Schlachten verantwortlich. Er und seine Frau wurden vom Hofe entfernt. Marie Louise bekam eine neue Aja in der Gräfin Faber und der Kaiser einen neuen Kabinettsminister in dem Grafen Joseph Esterházy. So schmerzlich für Marie Louise die Trennung von ihrer lieben Colloredo war, die anderen Ereignisse, die ihre Familie, den Staat erschütterten, waren doch von weittragenderer Bedeutung.

Sie blieb übrigens sowohl mit der Gräfin als auch mit dem Grafen Colloredo stets in brieflicher Verbindung bis zu ihrem Tod.

In Wien war die Bestürzung aufs höchste gestiegen, als die Nachricht von einem erneuten Sieg Napoleons eintraf. Nicht mehr fern von der Hauptstadt grollten die Kanonen. Die kaiserliche Familie mußte fliehen. Alles ging drunter und drüber. Man sprach davon, daß Napoleon den Kaiser Franz absetzen und sich zum römischen Kaiser machen wolle. Marie Louise schwebte wie alle anderen in beständiger Angst um das Schicksal ihres Vaters. Nach der Schlacht bei Austerlitz, als für ihren Vater alles verloren schien, schreibt sie in kindlicher Besorgnis an den Grafen Colloredo: „Gott muß sehr böse auf uns sein, daß er uns so hart bestraft. Vielleicht wohnt in diesem Augenblick in unseren Zimmern in Schönbrunn einer jener Generale, die falsch wie Katzen sind. Unsere Familie ist in alle Winde verstreut: meine lieben Eltern sind in Olmütz, wir in Kaschau, ein anderer Teil in Ofen."

Ein Unglück zog das andere nach sich. Während Marie Louises Vater die Schlacht bei Austerlitz verlor, wurde die Mutter krank. Sie befand sich mit ihrer achtjährigen Tochter Leopoldine in Böhmen. Am meisten von allem befürchtete Maria Theresia, in die Hände des Feindes zu fallen und allein, ohne Franz wieder gesehen zu haben, zu sterben. Mehr denn je haßte Marie Louises Mutter jetzt den Usurpator Napoleon, von dem man ihr gesagt hatte, er sähe aus wie ein Schneidergeselle. Oh, wie sie diesen „Plebejer" verabscheute. Sie war sicher, er werde auch den österreichischen Thron für sich und seine Familie beanspruchen. Diese Familie Bonaparte! Der eine Bruder saß als König in Neapel, dem anderen hatte er die Krone von Holland versprochen. Daß er für die anderen Geschwister ebenfalls Throne in Reserve hatte, daran war kein Zweifel. Maria Theresia zitterte vor Angst und Sorge um die Zukunft ihres Thrones. Nicht einmal die Versicherung des Kaisers Franz konnte sie beruhigen, als er ihr schrieb, er habe in Napoleon bei der Zusammenkunft im Biwak einen edlen Sieger gefunden. „Ich bin", schrieb Franz an seine Gattin, „so glücklich gewesen, wie ich es nur hoffen konnte von einem Sieger, der einen großen Teil meines Reiches in Besitz hat. Er hat sich mir und den Meinigen gegenüber äußerst rücksichtsvoll benommen. Man sieht, er ist kein Franzose." Aber die Kaiserin wollte und konnte es nicht glauben, daß der „Korse" ein anständiger Mensch sei. Auch Marie Louise nicht. Wenn sie Gelegenheit hat, etwas Schlechtes von ihm zu berichten, tut sie es. „Weißt Du", schreibt sie am 9. Oktober 1805 ihrer jungen Freundin, „wie Champagny von ‚Monsignore Buonaparte' gestreichelt wurde? Der Korse ließ Champagny kommen und fragte ihn brüsk, warum man ihm immer die kriegerischen Absichten Österreichs verheimlicht habe. Champagny antwortete: ‚Weil ich nicht wußte, daß Sie sich der Krone Italiens bemächtigen würden.' Bei diesen Worten streifte eine Ohrfeige die Wange des Herrn von Champagny. Aber ganz genau weiß ich es nicht." — „Man sagt", erwähnt sie noch, „außer Talleyrand hat er alle seine Minister geohrfeigt."

Abgesehen von diesem kindlichen Tratsch und der Teilnahme an allem, was ihr Elternhaus in dieser schweren Zeit betraf, floß Marie Louises Leben in sorglosen Zerstreuungen ihres Alters dahin. Man hat ihr schon damals Oberflächlichkeit, allzu schnelles Vergessen des Leids vorgeworfen. Aber es ist lächerlich, von einem so jungen Menschenkind zu verlangen, daß es sich ausschließlich dem Schmerze über die traurigen politischen und kriegerischen Zustände ihres Landes und den Sorgen ihrer Eltern hingab. Marie Louise war, wie andere Kinder, mit ihren kleinen Freuden und Vergnügungen beschäftigt. Daß sie darüber auch in ihren Briefen an die Erzieherin und an Viktoria schreibt, ist natürlich. Nach Backfischart sprudelt sie alle Gedanken, die ihr

gerade in den Sinn kommen, heraus. Eben noch erzählt sie vielleicht schmerzlich, wie der arme Papa und die kranke Mama sich
um die Zukunft ängstigen, um dann gleich wieder in helle Begeisterung über etwas Freudigerlebtes — vielleicht sogar über
einen smaragdgrünen kleinen Frosch, den sie gefangen hat —
auszubrechen. Ist das nicht begreiflich in diesem Alter? Sie besaß
einen gesunden Humor, und vieles erregte ihre Lachlust. Übrigens war sie ein gutes, fügsames Kind. Nie hatten sich die Eltern
oder die Gräfin Colloredo über Unfolgsamkeit zu beklagen. Vor
allem wollte Marie Louise ihre „liebe Mama", die Hofmeisterin,
niemals betrüben. Sie liebte sie weit mehr als die eigene Mutter.
Es lag ihr ungemein viel daran, daß die Gräfin Colloredo mit ihr
zufrieden war. Vielleicht war Marie Louise mehr folgsam als
fleißig, aber sie wollte schon als Kind nie unbeschäftigt sein. Sie
las viel, schrieb viel und beschäftigte sich mit allen möglichen
Handarbeiten. In ihr war ein starker Hang zum Bürgerlichen,
den sie übrigens mit ihrem Vater gemeinsam hatte. Wie der Kaiser, so liebte auch seine Tochter Marie Louise später weder große
Hoffeste, noch machte sie sich etwas aus den Galavorstellungen in
der Burg und in der Oper. Alles Offizielle langweilte sie nicht
nur, sondern war ihrem bürgerlichen einfachen Wesen zuwider.
Trotzdem war sie gern lustig, gern in Gesellschaft. Sie amüsierte
sich gern, aber fern von allem Offiziellen. Marie Louise hat später bewiesen, daß sie sich nicht nur sehr gern zerstreute, sondern
daß sie es auch verstand, sich niemals zu langweilen. Am liebsten
war sie auf dem Lande, mit ihren Eltern und Geschwistern in
den schönen österreichischen Bergen, mit dem Vater und den
Brüdern auf der Jagd, beim Krebs- und Fischfang. Tiere liebte
sie über alles und schon als Kind hatte sie stets viele in ihrer Umgebung. Als sie älter und verständiger wurde, war sie für alles
Leid wie für alle Freude äußerst empfänglich. Leicht erregbar,
rasch zu Tränen gerührt, konnte sie allerdings auch schnell wie-

der vergessen und sich beruhigen. Ihr seltsames, oft sprunghaftes Wesen war schuld, daß man diese junge Erzherzogin für oberflächlich und kaltherzig hielt. Keinesfalls aber kann diese Beurteilung richtig oder abschließend sein. Sie war wohl einer jener glücklichen Menschen, die sich in jeder Lebenslage zurechtfinden, sich in Glück und Leid zu schicken wissen. Ihr Leben, reich an tragischen Momenten, hat bewiesen, wie sie auf dem Höhepunkt des Glanzes und im Unglück ihr Geschick zu tragen wußte. Und wäre selbst Marie Louise die Handlungsweise gegen den gestürzten Kaiser, ihren Gatten, vorzuwerfen, so könnte man doch genügend Beweise dafür aufbringen, daß sie sich nicht ohne innere Kämpfe, nicht ohne bittere Tränen des Schmerzes, nicht ohne Sorge um das Schicksal des Gefangenen und nicht ohne Bedauern schließlich dem unbeugsamen Willen ihres Vaters fügte und wieder wurde, was sie gewesen, eine österreichische Erzherzogin! Ihr einmal gegebenes Wort hat sie nie gebrochen. Sie besaß eine starke Lebensbejahung. Sie war ein gesunder, frischer Mensch, den nichts ganz zu beugen vermochte, vielleicht ein echtes Wiener Blut, das selbst noch unter Tränen lachen kann, wenn es ihm noch so traurig zumute ist und wenn es ihm noch so schlecht geht. Sicher war es nicht immer Oberflächlichkeit, die sie von einem Extrem ins andere fallen ließ.

Noch ehe das Unglücksjahr 1809 über das österreichische Kaiserhaus hereinbrach, traf Marie Louise als Sechzehnjährige der erste große persönliche Schmerz und senkte sich tief in ihr junges Gemüt. Um das Jahr 1806 war die ganze kaiserliche Familie wieder in Schönbrunn vereint. Aber nur ein Jahr lang genoß der Hof Ruhe und Zufriedenheit. Ein neues Unglück stand bevor. Kaum hatte man sich von den Schrecken des Krieges etwas erholt, als Marie Louises Mutter im April 1807 plötzlich erkrankte und wenige Tage darauf starb. Eine Lungen- und Rippenfellentzündung hatte die vorzeitige Geburt des zwölften Kindes und den Tod der Kaiserin zur Folge. Sie war noch nicht fünfunddreißig Jahre alt.

Franz traf dieser neue Schlag aufs tiefste. Er hatte Maria Theresia zwar aus politischem Interesse geheiratet, aber ihre vielen liebenswerten inneren und äußeren Eigenschaften hatten ihn sehr bald in großer Liebe mit ihr verbunden. Nur mit Gewalt konnten seine Kinder ihn vom Totenbett der Mutter entfernen. Immer wieder kehrte er ins Sterbezimmer zurück. Immer wieder erfaßte er die kalte Hand der geliebten Frau. Die Tränen erstickten ihn fast. Er war nicht einmal fähig, an den Trauerfeierlichkeiten des Hofes teilzunehmen. Tiefgebeugt reiste er, um allem zu entgehen und über den ersten Schmerz hinwegzukommen, mit seiner Tochter Marie Louise und seinem Sohn Ferdinand nach Ofen.

Der Verlust war für die ganze kaiserliche Familie ein ungeheurer. Sie wurde durch Maria Theresias Tod des heiteren Lebensprinzips beraubt, mit dem die nimmerruhende, temperamentvolle Kaiserin alles erfüllt hatte. Zwar hatte sie die Erziehung ihrer Töchter und besonders ihrer ältesten Tochter streng überwacht, ihnen aber niemals kindliche Freuden und Genüsse versagt. Marie Louise empfand den Verlust der Mutter, an die sie sich in den letzten Monaten vertraulicher angeschlossen hatte, um so mehr, als er sie vollkommen unerwartet traf. Zum erstenmal in ihrem Leben sah sie den Tod vor Augen und lernte den Ernst des Lebens durch den ungeheuren Schmerz des Vaters kennen. Sie war noch nicht sechzehn.

ZWEITES KAPITEL

MÄDCHENJAHRE

Die Stiefmutter — Erste Enttäuschung des Herzens — Der Herzog von Este
— Das Unglücksjahr 1809 — Wieder auf der Flucht vor dem „Usurpator"
— Frieden von Schönbrunn — Das Attentat

Franz war schwermütiger denn je aus Ungarn zurückgekehrt. Nichts freute ihn, alle Menschen fielen ihm zur Last. Nicht einmal seine zärtliche Tochter Marie Louise vermochte ihn wie sonst, wenn er Sorgen hatte, zu erheitern. Alles um ihn herum war traurig und niedergeschlagen, seit Maria Theresia tot war, und jeder dachte im stillen, es sei das beste, wenn der Kaiser sich wieder verheiraten würde. Er war einsam trotz seiner zahlreichen Familie. Die Kinder vermochten ihm begreiflicherweise nicht die Lebensgefährtin zu ersetzen. Er war ein Mann, der es liebte, ein Heim zu haben, einen Menschen an seiner Seite, mit dem er die kleinen und großen Sorgen des Lebens, die Freuden und das Leid teilen konnte. Und so entschloß er sich noch vor Ablauf des Trauerjahres, eine dritte Ehe einzugehen. Seine Umgebung hatte bereits in diesem Sinne mit dem sächsischen Hof verhandelt. Prinzessin Augusta von Sachsen war indes weder jung noch hübsch. Der Kaiser von Österreich, der stets einen guten Geschmack bei der Wahl seiner Frauen bewiesen hatte, war eigentlich nicht unangenehm berührt, als er von dieser Prinzessin eine Absage erhielt. Die Fama will wissen, Napoleon selbst habe Augusta gezwungen, nein zu sagen. Offiziell be-

31

gründete man die Weigerung des sächsischen Hofes damit, daß Augusta nicht Lust hatte, Mutter so vieler bereits erwachsener Kinder zu werden. Sei es, wie es sei, Franz verliebte sich in seine Kusine Maria Ludovika Beatrix. Sie war die Tochter der seit 1806 verwitweten Erzherzogin Beatrix von Este und lebte mit ihrer Mutter seit 1803 ganz in der Nähe des Hofes, in der Wiener Neustadt. Maria Ludovika war nur vier Jahre älter als des Kaisers Tochter Marie Louise. Beide kannten sich bereits durch die Besuche der Erzherzogin, die mit ihrer Tochter ein gern gesehener Gast in Schönbrunn und in der Hofburg war. In dem Bedürfnis nach einem Gedankenaustausch mit Gleichaltrigen schloß Marie Louise sich jetzt, wie einst an Viktoria de Poutet, an Ludovika von Este an. Später, als die zwanzigjährige Prinzessin ihre Stiefmutter wurde und trotz ihrer Jugend die Erziehung der Siebzehnjährigen auf sich nahm, schenkte Marie Louise ihr all ihr Vertrauen und ihre Liebe. Unbewußt war sie die Brautwerberin ihres Vaters bei der schönen Kusine gewesen. Ohne den tieferen Sinn damals zu ahnen, wurde sie nämlich als Geburtstagsgratulantin zu ihr gesandt. In der Hand einen großen Blumenstrauß, einen Geschenkkorb und einen Brief vom Kaiser, so erschien Marie Louise glückstrahlend bei der Freundin. Sie selbst freute sich fast ebensosehr als diese selbst über das herrliche Spitzenkleid, das ihr Vater Maria Ludovika schenkte. Anderen eine Freude bereiten, war immer ein großes Glück für Marie Louise. Sie war selig, als sie bemerkte, wie Ludovika vor Freude über die schönen Geschenke errötete, dann aber noch mehr erglühte, als sie den Brief des Kaisers gelesen hatte. Rasch steckte sie ihn in die Tasche, ohne jemand von seinem Inhalt Kenntnis zu geben. Franz lächelte ein wenig, als seine naive Tochter ihm berichtete: Ludovika habe sich besonders über den Brief gefreut, „den sie äußerst gnädig fand". Der Kaiser war seit einiger Zeit mit der jungen Erzherzogin von Este heim-

Bonaparte als Leutnant der Artillerie
Nach einem Gemälde von Jean Baptiste Greuze

lich verlobt. Weil aber das Trauerjahr noch nicht vorüber war, konnte die Verlobung nicht bekanntgemacht werden.

Diesmal hatte Franz sich nicht durch politische Interessen bewogen gefühlt, zu heiraten. Es war eine Liebesehe, die wenige Monate später, im Januar 1808, zur großen Genugtuung der Mutter der Braut geschlossen wurde. Beatrix von Este hätte für ihr Kind keine bessere und keine höhere Partie finden können. So jung Maria Ludovika war, sie war bereits eine Persönlichkeit. Sie war nicht nur schön, sondern auch klug. Anfangs fürs Kloster bestimmt, hatte man auf ihre Bildung ganz besonderen Wert gelegt. Ihre geistigen Eigenschaften, ihre blendende Erscheinung, vor allem aber die bezaubernde Liebenswürdigkeit ihres Wesens erweckten überall, wo sie erschien, Entzücken und Begeisterung. Sie war damals gewiß die reizendste Frau am Wiener Hofe. Es ist begreiflich, daß auch Marie Louises Herz der jungen Stiefmutter zuflog. Nicht nur aus Backfischschwärmerei liebte sie die neue Mama; sie fühlte instinktiv, daß diese junge schöne Frau ihren geliebten Papa sehr glücklich machte. Und wer ihren Vater liebte, der war auch ihrer Liebe sicher. Die Mutter hatte ihr nie so nahegestanden, daß sie jetzt Betrachtungen darüber anstellte, warum sie so schnell eine Nachfolgerin erhielt.

Die Wiener dachten über die dritte Heirat des Kaisers allerdings nicht alle so wie seine schwärmerische Tochter. Abgesehen davon, daß man es sehr eigentümlich fand, daß Franz seine geliebte Maria Theresia, die ihm zwölf Kinder schenkte, so rasch vergessen hatte, befürchtete man, die neue Ehe könne, weil die ganze Familie Este antifranzösisch gesinnt war, für die Dauer des bestehenden Friedens gefährlich sein. Die Mutter der jungen Kaiserin war mit ihrem Gatten Erzherzog Ferdinand aus ihrem Herzogtum Modena im Jahre 1796 von den Franzosen vertrieben worden. Ihren beiden verheirateten Töchtern, der Königin von Sardinien und der Kurfürstin von der Pfalz, hatte

Bonaparte die Throne geraubt. Grund genug zum Franzosen-
haß. Die Rachsucht der Erzherzogin von Este gegen den korsischen Usurpator war ebenso groß wie der Haß der Großmutter
Marie Louises. Und wie man einst den verderblichen Einfluß
der Königin von Neapel gefürchtet hatte, so glaubte man jetzt
ebenfalls nicht ohne Grund, Beatrix werde ihre Tochter beeinflussen, den Kaiser zum Kriege mit Napoleon aufzureizen. Da
die neue Kaiserin sehr klug und sehr ehrgeizig war, hatten diese
Befürchtungen eine gewisse Berechtigung, und die späteren Ereignisse haben dann auch gezeigt, daß Maria Ludovika eine unversöhnliche Feindin Bonapartes war und geblieben ist.

Die trüben Ahnungen von Feindseligkeiten mit Frankreich
sollten früher, als man gedacht hatte, in Erfüllung gehen. Allerdings nicht nur durch den Einfluß der neuen Kaiserin auf die
Politik. Wenn man es recht besah, war der Frieden von Preß-
burg eigentlich nur ein Waffenstillstand. Nicht nur Ludovika
und ihr Anhang, nicht nur der Hof, sondern das ganze österreichische Volk war in seinem tiefsten Innern von unauslöschlichem Haß gegen die Nation und ihren Diktator erfüllt, der
Europa seit Jahren aufwühlte und ihm Gesetze vorschrieb. Dem
nichts heilig war, nicht einmal der Papst. Österreich hatte durch
Napoleon den größten Teil seiner Staaten verloren. Das nahe
Deutschland war nur noch ein Vasall von ihm. Aus Italien hatte
er die ältesten Herrscherfamilien vertrieben. In Spanien saß ein
Bonaparte auf dem Thron. Jedermann sagte sich, man hätte
1805 nicht die Waffen vor ihm strecken, sondern den Kampf bis
aufs Messer weiterführen sollen. Jetzt hielt man den Augenblick
für gekommen. Alle Staaten und Mächte mußten sich gegen den
gemeinsamen Feind koalisieren. Gemeinsam mußte man ihn vernichten. Hatte dieser Korse nicht ganz offen gesagt, er werde
alle Throne stürzen und sich zum Herrscher der Welt machen?
Regierte nicht bereits seine ganze Familie in der halben Welt?

Hatte er nicht angedeutet, er wolle auch in Österreich mit den alten Traditionen aufräumen? Noch nicht lange war es her, daß er den Spaniern, die zuerst nichts von seinem Bruder Joseph als König wissen wollten, erklärte: „Wenn ihr meinen Bruder in Madrid nicht haben wollt, so werde ich ihn euch nicht aufdrängen. Ich habe einen anderen Thron für ihn." In Wien ahnte man, welchen Thron er damit meinte.

Man hatte Franz schon die deutsche Kaiserkrone entrissen; daß er nun auch noch die österreichische Krone verlieren sollte, das wollte man Napoleon doch nicht so leicht machen. Die Habsburger waren keine spanischen Bourbonen. Sie ließen sich nicht wie sie in die Falle locken. Ganz Europa sträubte sich dagegen. Man wartete nur auf ein Signal zur allgemeinen Erhebung gegen Frankreich. Österreich gab es, dieses Signal zum Siegen oder Sterben! Das ganze Volk und die Armee waren wie vom Fieber für diesen Krieg ergriffen. Wäre Franz, der vielleicht von allen Napoleon am wenigsten feindlich gesinnt war, diesem Kriege abgeneigt gewesen, er hätte ihn nicht aufhalten können. Die Armeen, die Völker wären ohne Kriegserklärung gegen diesen Feind gezogen, der sich den Beschützer des Rheinbundes nannte.

Am 9. März 1809 wohnte die kaiserliche Familie und mit ihr auch Marie Louise der feierlichen Einsegnung der Wiener Landwehr im Stephansdom durch den Erzbischof bei, und am 10. April reiste Kaiser Franz selbst zur Armee ab. Die ganze österreichische Jugend stand im Felde. Niemand hatte zu Hause bleiben wollen. Es herrschte ein ungeheurer Jubel, ein ungeheurer Optimismus über den Ausgang dieses fürchterlichen Krieges. Man war überzeugt, Kaiser Franz werde ruhmgekrönt als Sieger wieder in seine Hauptstadt einziehen, erlöst von dem schrecklichen Alpdruck Bonaparte. Und die ganze kaiserliche Familie teilte diesen Optimismus. Ludovika besonders setzte die höchsten Erwartungen in diesen Krieg. Um so enttäuschter war sie, als bald darauf schon die Hiobsnachrichten eintrafen. Aber kleinmütig hat sie sich nie gezeigt. Stolz erklärte sie, nichts zu fürchten, solange von Ergebung und Frieden nicht die Rede sei. Allein mit ihren Kindern in Wien, schloß sie sich in dieser großen Zeit noch enger an ihre älteste Tochter Marie Louise an. So wie das Kind litt die Kaiserin unendlich unter der Abwesenheit des Kaisers. Die Sorge um sein Leben rieb sie fast auf. Sie kränkelte. Die zarte Frau war bald nach ihrer Hochzeit von einer schleichenden Lungentuberkulose befallen worden. Die Aufregungen in dem schrecklichen Kriegsjahr verschlimmerten ihren Zustand ungemein. Oft fühlte sie sich so schwach, daß sie sich nicht aufrecht erhalten konnte. Dann wieder kamen Tage, an denen sie bis spät in die Nacht hinein tanzte oder am Spieltisch mit ihren Damen und Herren saß. Es war ein ewiges Auf und Ab in ihrem Wohlbefinden. Jede schlechte Nachricht vom Kriegsschauplatz schwächte sie, jede gute, besonders die Nachrichten über das Wohlbefinden des Kaisers, trug zu ihrer Gesundung bei. Der Tod ihres Lieblingsbruders Karl warf sie für längere Zeit aufs Krankenlager, so daß viele in ihrer Umgebung glaubten, sie könne nicht wieder genesen, so ernstlich war sie erkrankt. Karl hatte sich im Felde mit Flecktyphus angesteckt, und Maria Ludovika sah darin neuen Grund zu Besorgnissen um den geliebten Mann, den Kaiser. Aber seine siebzehnjährige Tochter ist bei ihr. Mehr denn je hat Marie Louise in des Vaters Abwesenheit das Bedürfnis, jemandem ihr Herz zu erschließen, sich einem Menschen anzuvertrauen, für jemand zu sorgen. Die junge Kranke erwidert dankbar ihre Fürsorge. Die Freundschaft zur Stiefmutter gibt Marie Louise, der stets Anlehnungsbedürftigen, den Halt, den sie braucht. Beide Frauen werden nur von einem Gedanken bewegt: vom Kaiser. Ihn bald wieder gesund und glücklich in ihrer Nähe zu haben, ist ihr sehnlichster

Wunsch. Sie sprechen nur von ihm. Immer. Es vergeht keine Stunde, ohne daß sein Name zwischen ihnen fällt. „Unser gewöhnliches Gespräch mit der lieben Mama ist von Ihnen", schreibt Marie Louise dem Vater ins Feld. „Mein Herz ist aber immer traurig, wenn ich den leeren Platz sehe, wo Sie sonst saßen." Und wenn sie ihm Frohes über den Gesundheitszustand der Mama berichten kann, ist sie glücklich.

Aber nicht nur die Liebe zum Vater brachte Marie Louise ihrer jungen Stiefmutter näher. Noch etwas anderes. Die Kaiserin lebte in sehr glücklicher Ehe mit Franz. Ihre erwachsene Tochter war zwar nicht die Vertraute ihrer Herzensangelegenheiten, immerhin war Marie Louise schon in einem Alter, in dem jedes Mädchen schwärmerisch an dem Glück der Freundin Anteil nimmt. Der Wunsch, einmal auch ein solches Glück zu erleben, liegt nahe. Ludovika hatte einen Bruder. Erzherzog Franz war ein hochgewachsener junger Offizier mit markanten, ein wenig harten Zügen. Talentvoll und intelligent wie seine Schwester, eignete er sich gut zum Gesellschafter junger Frauen. Oft kam er in den Salon der Kaiserin, um zu plaudern oder zu musizieren. Da Marie Louise in Abwesenheit ihres Vaters die meiste Zeit bei ihrer Stiefmutter verbrachte, hatte sie öfter Gelegenheit, dort den Erzherzog Franz zu sehen. Er gefiel ihr. Es machte ihr Freude, sich mit ihm zu unterhalten. Manchmal setzte er sich mit ihr ans Klavier und sie spielten vierhändig. Marie Louise war eine ausgezeichnete Pianistin. Er besaß eine schöne Stimme. Oft sang er und Marie Louise begleitete ihn. Auch er schien an der jungen Prinzessin Gefallen zu finden. Schließlich wiederholte er seine Besuche öfter und kam jeden Tag. Nicht ohne Freude bemerkte die Kaiserin das wachsende Interesse ihres Bruders für Marie Louise. Weshalb sollte sie diesen ganz unmerklich beginnenden Flirt nicht fördern? Eine zweite Verbindung des Hauses Este mit dem Habsburger Kaiserhause konnte nur von

Vorteil sein. Erzherzog Franz war klug genug, die Absichten seiner Schwester zu erraten. Er sprach sich bald mit ihr über dieses Thema aus. Nur wußte er nicht, ob auch Marie Louise ihm mehr als nur freundschaftliches Interesse entgegenbringe. Die Erzherzogin war unendlich schüchtern und zurückhaltend. Er hätte nicht gewagt, sich ihr auch nur mit einem Wort zu nähern. Und dennoch hätte er fühlen müssen, daß er ihr nicht gleichgültig war. Von der Kaiserin befragt und bedrängt, gestand Marie Louise ihr schließlich, daß sie den Erzherzog sehr gern mochte. Kaum war jedoch dieses zarte Gefühl für den ersten Mann, der ihrem Herzen begegnete, in Marie Louise erwacht, als es jäh wieder zerbrochen wurde. Nicht allein, daß ihr Vater ganz gegen diese Verbindung war, weil sein Schwager weder Vermögen noch einen Thron besaß, es machte sich im Charakter des Erzherzogs Franz von Este ein Zug bemerkbar, der das Feingefühl Marie Louises tief verletzte. Der junge Mann war im Grunde seines Herzens brutal. Von seinen Untergebenen wurde er der „Fleischer" genannt. Ob mit oder ohne Berechtigung, bleibt dahingestellt. Jedenfalls war er später als Herzog von Modena wegen seiner Strenge auch nicht beliebt. Marie Louise selbst konnte sich über ihn allerdings nicht beklagen. Er war stets ritterlich liebenswürdig zu ihr. Sie hatte ihn nur im Beisein seiner Schwester gesprochen. Nie war es zu einer persönlicheren Aussprache zwischen ihnen gekommen. Eines Tages jedoch war sie unfreiwillige Zeugin seiner Herzensroheit. Sie sah von ihrem Fenster aus, wie er im Schönbrunner Schloßhof einen hilflosen Reitknecht dermaßen mit der Reitpeitsche schlug, daß der Ärmste blutüberströmt zusammenbrach. Die junge Erzherzogin war darüber so entsetzt, daß sie in Tränen ausbrach, zur Kaiserin lief und sie um Gottes willen bat, die Besuche ihres Bruders in ihrem Salon einzustellen. Der Erzherzog fügte sich. Er erschien weniger und tat nichts, um die Sympathie Marie Louises wiederzugewinnen. Vorbei der erste blasse Traum vom Glück. Dann kam der Krieg. Erzherzog Franz zog ins Feld, und Marie Louise begrub die erste Enttäuschung des Herzens im Gewirre der Ereignisse. Der Krieg von 1809 war für Österreich verhängnisvoll. Was man nie für möglich gehalten hatte, war eingetreten. Die siegreiche französische Armee unter Napoleon rückte Wien immer näher. Kaiserin Ludovika konnte mit ihren Kindern nicht mehr länger in der Stadt bleiben. Anfang Mai mußte auch sie Wien verlassen. Alles war zur Abreise bereit. Für die noch sehr geschwächte Kaiserin hatte man den bequemsten Reisewagen ausgesucht. Da erkrankte ganz plötzlich die Erzherzogin Marie Louise. Vom Fieber geschüttelt, mußte sie sich mit einer starken Erkältung zu Bett legen. Die Ärzte gestatteten ihr die Abreise erst ein paar Tage später, am 5. Mai. In ihrem Schlafzimmer in der Hofburg hörte sie den Donner der feindlichen Geschütze. Sie sprengten die österreichischen Befestigungen in die Luft. Voll Angst dachte Marie Louise in ihrem Bett an den Vater, der vielleicht in diesem Augenblick auf dem Schlachtfeld dem Kugelregen ausgesetzt war. Zitternd bangte sie um sein Leben. Es war ihr mehr wert als alles in der Welt. Der Gedanke, ihren Vater verlieren zu können, macht sie noch kränker. Solange sie in Wien war, schrieb sie ihm fast täglich. Alle ihre Hoffnungen klammern sich an seinen Sieg. Jeder Erfolg läßt sie aufatmen und das baldige Ende des Krieges voraussehen. Als in Wien sich die Nachricht von dem glorreichen Kampfe bei Eggmühl verbreitete und man bereits von einem großen Sieg der Österreicher über Napoleon sprach, da jubelt Marie Louise in einem Brief an den Vater darüber, daß der große Napoleon die Schlacht verloren hatte. „Ich wünschte", schreibt sie, „er verlöre auch seinen Kopf. Die Leute machen hier schon sehr viel Prophezeiungen über sein Ende, unter anderem will jemand aus der Apokalypse erklären, dass er 1809 in Köln im Gasthofe beym ‚roten Krebs‘ sterben wird." Zwar fügte sie noch hinzu, sie hielte nicht viel von solchen Prophezeiungen, aber glücklich wäre sie doch, wenn sie in Erfüllung gingen. Kurz, sie ist bei jedem Siege ihres Vaters über den verhaßten Korsen „außer sich vor Freude" und „weiß nicht, wo ihr der Kopf steht".

Leider verwandelten sich alle diese Illusionen bald in grausame Enttäuschung. Wien kapitulierte, und der Korse zog in die alte Habsburger-Hauptstadt ein. Auf dem Marsche dahin hatte Napoleon erfahren, daß die Erzherzogin Marie Louise in der Hofburg erkrankt sei. Rücksichtsvoll ließ er die Geschütze für ein paar Stunden schweigen und schlug sein Hauptquartier in Schönbrunn auf. Wußte er bereits, daß er damit der zukünftigen Kaiserin von Frankreich eine Ehre erwies? Es ist kaum anzunehmen, daß er schon damals in Schönbrunn sich mit dem Gedanken trug, die Tochter des Kaisers von Österreich zu heiraten, wenn er auch längst entschlossen war, sich von Josephine scheiden zu lassen. Hätte er die österreichische Heirat in Betracht gezogen, er wäre bestimmt nicht so geschmacklos gewesen, die Gräfin Walewska nach Schönbrunn kommen zu lassen. Aber sie war täglich bei ihm, die schöne Polin, die ihm bald einen Sohn schenkte.

Napoleon mit seinen Garden, seinem Generalstab und seiner Geliebten in Schönbrunn! Hier in der Sommerresidenz seines Feindes, der ihn zu diesem mörderischen Kampfe herausgefordert hatte, errichtete er als Sieger sein Hauptquartier! Welch unerhörte neue Demütigung für das Haus Habsburg! Während französische, italienische, deutsche Schauspieler und Künstler diesen alten Stammsitz der Habsburger in ein französisches Siegesschloß verwandelten, irrte die Familie des Kaisers Franz im Innern Ungarns von einer Stadt, von einem Dorfe zum andern. Franz, als Besiegter, betrauert von seinen Wienern, ersehnt von allen. O ja, der Kaiser von Österreich konnte es sich erlauben, Schlachten zu verlieren und doch weiter von seinem Volk geliebt zu werden. Als den großen Schlachtenkaiser Napoleon das Glück verließ und er nach Waterloo als geschlagener Held in die Tuilerien zurückkehrte, da war es nicht nur mit seiner Popularität zu Ende, sondern auch mit seiner Herrschaft und Macht.

Mit größter Spannung verfolgte Marie Louise auch in Ungarn alles, was auf dem Kriegsschauplatze vor sich ging. Die Hiobsbotschaften häuften sich. Die Geflüchteten lebten in beständiger Angst, was der nächste Tag bringen werde. Außer den Briefen, die Marie Louise von ihrem Vater erhielt, blieb ihr und der Familie kein anderer Trost, als zu beten. Die Ungewißheit über das Schicksal der österreichischen Armee und des Kaisers, das Gerede der Leute und die unzuverlässigen Bulletins vom Kriegsschauplatz machten den Aufenthalt in Ungarn oft wahrhaft zur Pein. Marie Louise wäre am liebsten mit ihrem Vater ins Feld gezogen. Nicht, weil sie sich als Heldin fühlte, sondern weil sie immer bei ihm sein oder wenigstens mit ihm sterben wollte. „Ich beneide in diesem Augenblick die Männer", schrieb sie ihm einmal, „welche das Glück haben, für Sie zu fechten und sterben zu können: denn es wäre mein größtes Vergnügen, für Sie mein Leben zu opfern."

Endlich ein Sieg! Ein wirklicher Sieg bei Aspern! Und ein Erzherzog hatte mitten im Kugelregen die Fahne ergriffen und den Sieg entschieden! Die Österreicher hatten sich mit einem Mute geschlagen, der die Anerkennung und Bewunderung der ganzen Welt erregte. Wie elektrisiert war man von diesem wahrhaft großen Erfolge. Selbst Napoleon, der an die Schrecken des Kriegs Gewöhnte, hatte nie etwas Ähnliches an Kampfwut erlebt. Bisher hatte er die Österreicher als Gegner mit einer gewissen Verachtung betrachtet. Jetzt flößten sie ihm die größte

Hochachtung ein. Er bewunderte ihren Heldenmut, aber noch mehr erstaunte er, wie treu sie zu ihrem unglücklichen Kaiser hielten und ihn trotz seiner Niederlagen verehrten.

Marie Louise wußte sich vor Freude nicht zu fassen. Es ist nicht uninteressant, zu hören, wie sich dieser Sieg in dem jungen Mädchenkopf darstellte. Einesteils scheint sie über vieles von ihrem Vater sehr gut unterrichtet gewesen zu sein, andernteils läßt sie der Haß gegen den Sieger Dinge sagen, die so absurd wie nur möglich sind. Ihre Freundin Viktoria war bis zuletzt in Wien geblieben, mußte aber schließlich auch mit ihrer Familie vor Napoleons Heeren fliehen. „Ich kann mir denken", schreibt Marie Louise an sie, „welche Angst Du in jener furchtbaren Nacht ausgestanden hast, in der Ihr die französischen Kanonen hörtet, und ich habe diese Angst mit Dir geteilt. Obwohl ich glaube, daß Du alle Nachrichten von der Armee früher erhältst als ich, drängt es mich, Dir Einzelheiten über den Ausgang einer Schlacht zu erzählen, die für uns eine der glücklichsten gewesen ist. Am Samstag, den 21., überschritt das französische Heer, an dessen Spitze sich Napoleon befand, die Donau bei Aspern an vier verschiedenen Punkten und unternahm gegen uns einen furchtbaren Angriff, wobei wir eine kleine Niederlage erlitten. Die Nacht trennte die Kämpfenden. Am 22. morgens machte Napoleon an der Spitze seiner Kavallerie einen erneuten Angriff und warf uns wieder zurück. Aber in diesem Augenblick redete der Erzherzog Karl die Grenadiere an, stieg vom Pferde, ergriff eine Fahne und führte die Soldaten gegen die Franzosen. Sie ergriffen die Flucht und ließen Napoleon im Stich. Er rief ihnen zu, er werde sie mitsamt der Brücke verbrennen. Dann tötete er mit eigner Hand zwei seiner Generale! Darauf kehrten seine Soldaten zum Kampfe zurück, aber umsonst, das Glück hatte sie verlassen, sie wurden vollkommen geschlagen. Am nächsten Tag gingen sie zu einem noch stärkeren Angriff vor, aber mit ebenso

wenig Erfolg, so daß sie sich zurückzogen und auf die Insel
Lobau warfen. Es ist das erstemal, daß Napoleon persönlich geschlagen wurde. Er hat 22.000 Mann verloren. 16.000 Verwundete wurden nach Wien transportiert. Lannes ist gefallen,
Bessières ist verschwunden, Doronnel, Espagne sind gefangen.
46 Kanonen, 1500 Mann Gefangene sind die Früchte dieses
Tages. Wir haben wenig Leute verloren im Verhältnis zu seinen
Verlusten. Aber wir haben 14 oder 15 verwundete Generale,
von denen nur zwei schwerverwundet sind. Indes sind viele
Obersten und Offiziere gefallen. Der Erzherzog Karl befand
sich in so großer Gefahr, daß alle seine Adjutanten verwundet
und seine Burschen gefallen sind. Man sagt, Papa habe jeden
Augenblick gerufen: ‚Sehen Sie nach, ob mein Bruder noch
lebt.‘ Wolle Gott diesen guten Vater beschützen, der sich ebenfalls mehrmals ausgesetzt hat, was mich erschauern ließ, als ich
es hörte. Das Hauptquartier Napoleons befindet sich in Inzers-
dorf, die Armee in Laab. Ich sende Dir die Bulletins und bitte
Dich, niemandem die Einzelheiten zu erzählen, denn sonst
dichtet man mir Dinge an, die mir unangenehm sind. Daß man
Gott für diesen Sieg dankbar sein muß, war mein erster Gedanke. Aber man soll durch diesen Sieg nicht eingebildet werden,
und ich muß gestehen, ich bin schon so an das große Leid gewöhnt, daß ich noch nicht wage, allzuviel Gutes zu hoffen.“ Sie
suchte sich soviel wie möglich abzulenken von dem vielen Traurigen, das sie umgab. Auf ihren Spaziergängen aber waren ihr
die Tausende von verwundeten und kranken gefangenen Franzosen, denen sie begegnete, ebenso bemitleidenswert wie ihre
eigenen Landsleute. Wenn Marie Louise allzu traurig wurde,
flüchtete sie zu ihren Lehrern. Sie nahm italienische Stunden,
zeichnete, oder sie und die Kaiserin versuchten sich gegenseitig
zu trösten. Die Verluste, die dieser mörderische Krieg in der
kaiserlichen Familie gerissen hatte, betrübten Marie Louise un-

endlich. Das siebzehnjährige Mädchen fühlt sich durch all das Leid, das ihr dieser Krieg zugefügt hat, schon wie „zu Stein erstarrt". Es scheint Marie Louise, daß ihre Familie für glückliche Tage nicht mehr geschaffen ist. „Ach", klagt sie der Freundin etwas später, „das Leben ist so kurz im Verhältnis zur Ewigkeit, wie Mama behauptet, daß es leicht ist, auch das Unglück zu tragen." Kann man einen jungen Menschen wirklich der Oberflächlichkeit zeihen, der so spricht? Selbstverständlich forderte auch die Jugend in Marie Louise ihr Recht. Trotz allem Unglück, trotz aller Krankheit der Stiefmutter, die selbst immer wieder ihre Jugendkraft durch Bälle und Spielabende beweist, gibt es auch für Marie Louise manche fröhliche Stunde im Exil. In ihrem einzigen einfachen Zimmerchen in Erlau, in dem es nur ein Bett, zwei Tische, zwei zerrissene Kanapees und vier alte Stühle gibt und alles „voll schrecklicher Wanzen" ist, büßt sie ihren guten Humor und ihre Heiterkeit nicht ein. Und sie kann so herzlich lachen, wenn es etwas zu lachen gibt. Dafür ist sie jung. Soll man vielleicht weinen, wenn der Kammerherr Alvinzi beim Tragen der Schleppe der Kaiserin Maria Ludovika aus Versehen auch das Unterkleid erwischt und dadurch die kaiserliche Wade dem spalierbildenden Publikum preisgibt? Er aber weiß es nicht, sondern geht gravitätisch und stolz weiter, während die jungen Erzherzoge und Marie Louise fast sterben vor Lachen, weil Alvinzi auf die Frage Ludovikas: „Was machen Sie da, Graf?" würdig antwortet: „Ich tue meine Pflicht, Majestät." Oder war es etwa nicht zum Lachen, wenn der Wind gerade bei einer offiziellen Feier die Pelerine des Erzherzogs Rudolf so aufbläht, daß der Prinz aussieht wie der Luftballon Montgolfiers? Marie Louise war eben erst siebzehn gewesen. Unmöglich konnte sie immer nur an die mörderischen Schlachten und das Unglück, das Tausende dadurch erlitten, denken. Der Kaiserfamilie standen noch genug traurige Zeiten bevor. Kaum zwei Monate später

44

erfüllte sich bei Wagram Österreichs Geschick. Anfangs wollte Napoleon überhaupt nichts von Friedensverhandlungen wissen. Er sprach nur von der Abdankung des Kaisers Franz, von Auflösung der österreichischen Monarchie. Schließlich aber kam dieser Frieden von Schönbrunn doch zustande, nicht von allen Österreichern mit gleicher Freude begrüßt. Es gab eine starke Partei unter der Bevölkerung, die den Franzosenkaiser aufs tiefste verabscheute, die es als die größte Schmach betrachtete, mit ihm Frieden zu schließen. Und fast schien es, als solle dieser ungeheure Haß durch das Attentat bestätigt werden, das ein junger Fanatiker auf Napoleon verübte, als dieser zum letztenmal in Schönbrunn die Parade über seine Garde abnehmen wollte. Im Verhör gab der deutsche Student und Pfarrerssohn Friedrich Stapps unumwunden zu, er habe Deutschland und Österreich von ihrem Unterdrücker befreien wollen. Stapps büßte diesen Versuch mit dem Leben.

DRITTES KAPITEL

General Napoleon Bonaparte
Stich von F. Aubertin nach einem Gemälde von Antoine Jean Gros

DIE UNERBITTLICHE POLITIK

Die Scheidung Napoleons von Josephine — Gerüchte über die Wahl der zweiten Gattin des Kaisers der Franzosen — Napoleon als Brautwerber in Wien — Das Opfer — Die Briefe des Bräutigams — Die Prokurahochzeit

Kurz nach dem Attentat in Schönbrunn war Napoleon nach Frankreich abgereist. Am 26. Oktober traf er in Fontainebleau ein, von neuem als Sieger gefeiert. Kaiserin Josephine hatte in den letzten Wochen in Plombières die Bäder gebraucht. Täglich hatte Napoleon ihr durch Hofpagen Nachrichten über alle Ereignisse des Kriegsschauplatzes gesandt. Noch einmal war sie die gefeierte Gattin des siegreichen Herrschers der Franzosen gewesen. Mit ihrem glänzenden Hofstaat hatte sie das Städtchen Plombières zum Brennpunkt des Interesses gemacht. Ihre Popularität wuchs von Tag zu Tag. Man huldigte der immer noch schönen Frau wie in den Tagen des italienischen Feldzugs, als sie die Gattin des jungen republikanischen Generals Bonaparte war, der von Sieg zu Sieg, von Eroberung zu Eroberung eilte. Und dennoch war Josephine in Plombières nicht glücklich. Es lag eine tiefe Niedergeschlagenheit in ihrem Wesen; die schönen Augen waren manchmal rot vom Weinen. Ihre Umgebung kannte den Kummer, der sie bedrückte, nur zu gut. Niemand aber wagte offen auszusprechen, was alle wußten. Sie selbst ahnte seit zwei Jahren, was ihr bevorstand. Seit 1807, als Napoleon von Eleonore Dénuelle einen Sohn hatte und er bald darauf die Gräfin Walewska kennenlernte, war sein Entschluß gefaßt, sich eine Dynastie zu gründen. Jetzt nach dem Siege von Wagram, als er die Gewißheit hatte, daß ihm auch Gräfin Walewska einen Nachkommen schenken werde, erfüllte sich Josephines Geschick. Ihr Sohn Eugen hatte sie bereits schonend darauf vorbereitet, daß der Kaiser zu diesem Schritt gezwungen sei, weil er Frankreich nicht ohne Erben lassen könnte, wenn er plötzlich sterben sollte. Das Attentat in Schönbrunn habe es ihm von neuem bewiesen, wie gefährlich es sei, seine dynastischen Absichten außer acht zu lassen. Mit möglichster Fassung hatte Josephine dem Sohne zugehört. Als aber das Wort Scheidung fiel, war es vorbei mit ihrer Beherrschung. Schluchzend sank sie Eugen in die Arme. Aber sie gab Napoleon doch ihre Zustimmung zu diesem Schritt, der ihr ganzes Glück mit einem Schlag vernichtete. Sie mußte Frankreich und ihm das Opfer bringen, das er von ihr verlangte.

In Paris und in den übrigen europäischen Zentren wirkte die Nachricht von dem Entschluß des Kaisers der Franzosen wie ein Donnerschlag, als der „Moniteur" durch ein Dekret die außerordentliche Zusammenberufung des Senats vom 16. Dezember anzeigte. Im Thronsaal vor versammeltem Familienrat wurde Josephines Urteil gesprochen. Vor dieser Familie, die sie haßte und die nun hämisch über sie triumphierte. Die Kaiserin erschien. Sie hatte geweint. Ihre Züge drückten die tiefste Traurigkeit aus. Ihr Herz blutete, aber äußerlich schien sie gefaßt. Ihre Haltung war tadellos. Napoleon war tief bewegt. Josephine traurig zu sehen, schnitt ihm ins Herz. Erinnerte er sich in diesem Augenblick der großen Leidenschaft, die sie ihm einst eingeflößt hatte? Erinnerte er sich, daß er einmal nicht eine Minute ohne diese Frau hatte leben können? Mitten im Schlachtenlärm in Italien hatte sie sein ganzes Denken erfüllt. Hatte er die leidenschaftlichen Briefe vergessen, die er ihr als junger General aus

Italien schrieb? Nein, er hatte nichts vergessen. Was er jetzt tat, tat er unter dem Zwang seiner Politik. Er wäre nicht imstande gewesen, sich von Josephine zu trennen, ohne ihr noch einmal und vor aller Welt für das Glück zu danken, das sie ihm so viele Jahre geschenkt hatte. Ritterlich sprach er, zum Erzkanzler Cambacérès gewendet, und dabei hatte er Tränen in den Augen: „Gott allein weiß, wie schwer meinem Herzen dieser Entschluß gefallen ist. Aber kein Opfer ist mir zu groß, wenn ich die Überzeugung habe, daß es für das Wohl Frankreichs nötig ist. Es drängt mich hinzuzufügen, daß ich weit entfernt bin, mich über meine Ehe zu beklagen. Im Gegenteil, ich habe nur Grund, die Zärtlichkeit und Zuneigung meiner vielgeliebten Gemahlin zu loben. Sie hat fünfzehn Jahre meines Lebens verschönt. Stets wird die Erinnerung daran tief in meinem Herzen eingegraben sein. Sie ist von meiner Hand gekrönt worden. Ich wünsche, daß sie den Rang und den Titel einer gekrönten Kaiserin behält. Vor allem aber soll Josephine niemals an meinen Gefühlen zweifeln und mich stets als ihren besten und treuesten Freund betrachten."

Dann sollte die arme gequälte Kaiserin sprechen. Aller Augen waren auf sie gerichtet. Schon nach den ersten Worten war es zu Ende mit ihrer Fassung. Schmerz und Tränen erstickten ihre Stimme. Zitternd vor innerer Qual reichte sie das Blatt, auf dem ihre Rede stand, dem Staatssekretär Regnauld de Saint-Jean d'Angely. Er las für die Kaiserin die Worte:

„Mit der Erlaubnis meines lieben Gemahls erkläre ich, daß ich, da mir keine Hoffnung bleibt, Kinder zu bekommen, die seine Politik und die Interessen Frankreichs erfordern, bereit bin, ihm den größten Beweis von Zuneigung und Aufopferung zu geben, der jemals auf der Welt gegeben worden ist. Ich verdanke alles seiner Güte. Seine Hand hat mich gekrönt. Auf dem Throne habe ich stets nur Beweise von Liebe und Zuneigung des französischen Volkes erhalten. Ich glaube alle diese Gefühle dadurch zu vergelten, daß ich in die Auflösung einer Ehe willige, die dem zukünftigen Wohle Frankreichs hinderlich ist, die es des Glücks beraubt, eines Tages von den Nachkommen des großen Mannes regiert zu werden. Jenes Mannes, den die Vorsehung ausersehen hatte, die furchtbaren Leiden der Revolution vergessen zu machen und Kirche, Thron und Ordnung wiederherzustellen. Aber die Auflösung meiner Ehe wird nichts an den Gefühlen meines Herzens ändern. Der Kaiser wird immer in mir seine beste Freundin finden. Ich weiß, wie weh dieser ihm von der Politik eingegebene Entschluß seinem Herzen getan hat. Aber wir sind beide stolz auf das Opfer, das wir zum Wohle des Vaterlandes bringen."

Herzzerreißend war es mit anzusehen, wie die Kaiserin sich bemühte, während dieser peinlichen Minuten ihre Würde zu bewahren. In ihren Sessel gedrückt, schluchzte sie leise vor sich hin. Ihre Hände krampften sich zusammen, ihr ganzer Körper zitterte. Dann stand sie auf und unterzeichnete mit Napoleon die Scheidungsurkunde. Auch die Prinzen und Prinzessinnen des kaiserlichen Hauses unterzeichneten sie. Napoleon und Josephine waren geschieden! Bedrückt und tiefbewegt zogen sich die meisten Teilnehmer aus dieser Versammlung zurück. Nur die Mitglieder der Familie Bonaparte waren froh, daß der Kaiser sich endlich zu diesem Schritt entschlossen hatte.

Aber noch bedurfte es für die Gültigkeit der Scheidung auch der kirchlichen Auflösung der kaiserlichen Ehe. Dabei erlebte die Welt eine nicht geringe Überraschung. Der Klerus erklärte die Ehe des französischen Kaisers glattweg für ungültig, das heißt für unkatholisch, weil sie 1796 nicht in Gegenwart des Pfarrers oder Vikars des Kirchensprengels von einem der beiden Gatten vor mindestens zwei Zeugen geschlossen worden war. Zur Zeit, als der General Bonaparte Josephine de Beauharnais heiratete,

hatte der französische Nationalkonvent bekanntlich alle kirchlichen Vorschriften abgeschafft. Später hatten es weder Napoleon noch der Kardinal Fesch für nötig befunden, der Ehe Josephines auch die kirchliche Weihe vor Zeugen und im Beisein des
zuständigen Pfarrers zu geben. Fesch hatte zwar die Einsegnung
nachträglich vorgenommen, aber unvorschriftsmäßig. So stand
auch der zweiten Verheiratung des Kaisers kein Hindernis entgegen. Seine Ehe mit Josephine wurde am 9. Januar 1810 von
der Kirche für nichtig erklärt. Josephine war demnach, obwohl
sie 1804 als Kaiserin der Franzosen gekrönt worden war und
die kirchlichen Weihen als solche empfangen hatte, nach den Beschlüssen des Konzils von Trient nicht die angetraute Gattin
Napoleons gewesen.

Gleich nach der Zeremonie im Thronsaal, am 16. Dezember
1809, hatte Josephine die Tuilerien verlassen. Sie ging nach Malmaison. Napoleon war in den letzten Stunden bei ihr. Er hatte
sie, als er Abschied nahm, mehrmals zärtlich geküßt. Dann war
sie ohnmächtig zusammengesunken. Um der für ihn schmerz-
lichen Szene ein Ende zu machen, überließ er Josephine der Fürsorge des treuen Sekretärs Méneval und entfernte sich rasch.
Auch Napoleon zog sich für einige Tage zurück. Er ging vierzehn Tage nach Trianon. Dieser überaus tätige Geist, der nie
eine Minute unbenutzt ließ, der ununterbrochen arbeitete, verbrachte jetzt drei Tage in Untätigkeit. Drei Tage ruhten alle
seine Arbeiten. Er empfing weder seine Minister noch seine
Sekretäre. Er diktierte weder Briefe noch las er die eingelaufene
Post. Er trauerte aufrichtig um Josephine, die Gefährtin seiner
Jugend, seines Ruhmes. Er trauerte um die Frau, die menschlich
ihm am nächsten stand, weil sie seiner Welt, seiner Mentalität
angehörte. Aber sein Ehrgeiz, seine Politik waren stärker als
alles. Er, der Emporkömmling, wollte der Welt das beispiellose
Schauspiel in der Geschichte aller Zeiten und Völker bieten, eine

Lebensgefährtin aus den ältesten der europäischen Herrscherge-
schlechter zu wählen.

Natürlich interessierte die Ehescheidung Napoleons fast alle
Fürstenhöfe Europas. Die Politiker waren aufs höchste gespannt, welchen Hof sich der „Despot" zur Gründung seiner
Dynastie aussuchen werde, um durch noch größere Macht als bisher auszugleichen, was ihm selbst durch Geburt versagt war. Es
wurden die verschiedensten Gerüchte über seine Heiratsabsichten
verbreitet. Man sprach von einer möglichen Verbindung mit
Sachsen, mit Rußland, und manche hielten es für möglich, daß
Napoleon seine Blicke auf den Habsburger Kaiserthron richten
werde. Es lag daher auf der Hand, daß auch in der Umgebung
Marie Louises in Wien etwas von diesen Gerüchten durch-
sickerte, noch ehe man Positives wußte. Der bloße Name Napoleons erfüllte die Erzherzogin indes schon mit Schaudern. Sie
dächte nicht im entferntesten daran, daß diese Gerüchte auch nur
einen Schein von Wahrheit in sich bergen könnten. Sie, sie sollte
die Frau des „Korsen", des „Antichrist", des Schreckgespenstes
ihrer Kindheit werden? Sie sollte ein ganzes Leben an der Seite
des Mannes verbringen, der ihrem geliebten Vater und ihrem
Lande so bitteres Leid zugefügt hatte? Ihn sollte sie von nun an
als ihren Gatten lieben, ihn, vor dem sie alle hatten fliehen müssen, von dem man ihr erzählt hatte, er sei roh und brutal, er
schlage seine Minister und töte sogar seine Generale mit eigener
Hand? Nein, sie konnte nicht glauben, daß man sie mit diesem
„Bonaparte" verheiraten wolle. Und ziemlich zuversichtlich
schreibt sie darüber an die Freundin am 10. Januar 1810:

„Liebste Viktoria . . . Ich höre Kotzeluch über die Scheidung
Napoleons von seiner Gattin sprechen, und ich glaube sogar
herauszuhören, daß man mich als deren Nachfolgerin genannt
hat. Aber da täuscht er sich, denn Napoleon hat viel zu viel
Angst, eine Absage zu erhalten, und er ist viel zu sehr darauf be-

dacht, uns noch viel mehr Böses zuzufügen, als daß er wagen würde, ein derartiges Verlangen zu stellen. Und Papa ist viel zu gut, um mich in einer so wichtigen Angelegenheit zu etwas zu zwingen." Auch an die Gräfin Colloredo, ihre mütterliche Freundin, schreibt sie rasch darüber ein paar Zeilen. Sie macht sich über das Gerede in Budapest lustig. „In Budapest ist es genau 'so wie in Wien: man spricht nur von der Scheidung Napoleons. Ich lasse die Leute reden und mache mir durchaus keine Sorgen. Nur die arme Prinzessin tut mir leid, die er sich erwählt, denn i c h werde bestimmt nicht das Opfer der Politik sein. Die Zeitungsschreiber in Budapest nennen die Tochter des Prinzen Maximilians von Sachsen und die Prinzessin von Parma. Adieu, ich muß meinen Brief aufgeben."

Sich selbst zog Marie Louise also gar nicht in Betracht. Und als vierzehn Tage später die Redereien sich immer mehr verdichteten und man bereits ganz offen von der Heirat der Erzherzogin mit Napoleon sprach, ist sie immer noch von der Hoffnung durchdrungen, es möchte nicht wahr sein. „Ich weiß", schreibt sie wieder an Viktoria, „man verheiratet mich bereits in Wien mit dem ‚großen Napoleon'. Aber ich hoffe, es bleibt bei dem bloßen Getratsch. Dir, liebe Viktoria, danke ich für Deine guten Wünsche in dieser Angelegenheit. I c h wünsche gerade das Gegenteil und hoffe, es wird nie geschehen, und wäre es dennoch an dem, so bin ich wohl die einzige, die sich nicht darüber freut." Etwas besorgter und resignierter klingt schon ein anderer, ein paar Tage später geschriebener Brief: „Seit der Scheidung Napoleons öffne ich jede Frankfurter Zeitung in dem Gedanken, den Namen der neuen Gemahlin zu finden. Ich gestehe, diese Verzögerung beunruhigt mich, ohne es zu wollen. Ich überlasse mein Schicksal der göttlichen Vorsehung, sie allein weiß, was uns glücklich machen kann."

Ob sie sich darüber freute, ob sie sich beunruhigte, darum

kümmerte sich weder die Politik Metternichs noch der Ehrgeiz
Napoleons. Die Lage Österreichs war nach dem Frieden von
Schönbrunn durchaus keine glänzende. Metternich spricht sich in
seinen Memoiren deutlich genug darüber aus: „Der sogenannte
Frieden von Wien hatte das Reich in einen eisernen Ring ein-
geschlossen. Er hatte es seiner Verbindung mit dem Adriatischen
Meer beraubt, hatte es vom äußersten nordöstlichen Punkt an
der russischen Grenze, von Brody, bis an die südöstliche Grenze
gegen den Orient hin mit einem Gürtel von Staaten umgeben, die
alle der Herrschaft Napoleons oder seinem direkten Einfluß
unterstanden. Das wie in einem Schraubstock eingezwängte
Land war nicht mehr imstande, eine Bewegung zu machen.
Außerdem hatte der Sieger alles getan, um den Besiegten zu verhindern, wieder zu Kräften zu kommen. Durch einen Geheim-
artikel des Friedensvertrages hatte er die Streitkräfte des österreichischen Heeres auf ein Maximum von 150.000 Mann festgesetzt."

Eine Familienverbindung zwischen dem österreichischen und
dem französischen Kaiserhof schien das einzige Mittel zur Aufrechterhaltung des Friedens zu sein. Aber nur die Überzeugung,
daß man vollkommen erschöpft war, daß es unmöglich sei,
durch einen neuen Krieg die alte Macht wiederzugewinnen,
brachte am Wiener Hof diesen Umsturz in der Gesinnung hervor. Und plötzlich klammerte man sich daran wie an den einzigen Rettungsanker eines untergehenden Schiffes. Wie aber, wenn
Napoleon sich anders entschloß? War er nicht ganz mit der Idee
beschäftigt, eine russische Großfürstin heimzuführen? Noch mit
keinem Wort war von ihm die österreichische Verbindung erwähnt worden. Es lag also für Österreich eine gewisse Gefahr
in der Antwort des Zaren. Was würde aus Österreich werden,
wenn in Petersburg das Jawort gesprochen werden sollte? Dann
lag Österreich nach Metternichs eigenem Ausspruch zwischen den

beiden Riesenreichen wie in einem Schraubstock eingezwängt. Frieden, Frieden war das Losungswort aller. Man hatte genug vom Krieg. Noch nicht lange war es her, daß der Schlachtendonner verstummt war, der Pulverrauch sich verteilt hatte. Die Hügel der bei Wagram Gefallenen waren noch ganz frisch. Noch stöhnte Österreich unter der Last der von Napoleon auferlegten Steuern. Es trauerte noch um den Verlust seiner Länder. Es litt furchtbar unter den Folgen dieses härtesten aller Kriege. Und die Erinnerung an die letzten Siege der Franzosen hatte tiefe Wunden geschlagen. „Gott und sein Würgengel Napoleon sind über uns!" rief Gentz aus. Seine Worte waren der Widerhall der gesamten österreichischen Bevölkerung. Aber selbst diejenigen, die den „Korsen" am tiefsten haßten, rieten unter allen Umständen zum dauernden Frieden mit ihm. Um ihn zu erhalten, gab es nur ein Mittel. Wieder einmal mußte die österreichische Politik sich auf ihre alte Devise besinnen: „Bella gerant alii, tu, felix Austria, nube!" Und die älteste der Töchter des Kaisers Franz war der Preis.

- Der junge glänzende Diplomat Metternich, der den kriegerisch gesinnten Grafen Stadion in Wien ersetzt hatte, stand noch seit seiner Gesandtschaft in Paris in guter Erinnerung am Hofe Napoleons. Seine Politik war einer Allianz mit Frankreich durch eine Heirat mit einer Erzherzogin außerordentlich geneigt. Ja, man kann ihn geradezu den Urheber dieses Gedankens nennen, denn als der neue französische Gesandte in Wien, Graf Otto, bei Metternich seinen ersten Besuch machte, wurde die weltbewegende Frage der zweiten Heirat Napoleons von Metternich angeschnitten. Otto hatte jedoch damals noch keinerlei Weisung darüber von Napoleon. Josephine in Malmaison hatte zwar einmal zur Fürstin Schwarzenberg gesagt, es sei am besten, Napoleon heirate eine Österreicherin, aber auch sie handelte, ohne dazu von Napoleon beauftragt zu sein. Metternich war es dann auch, der zuerst mit Kaiser Franz über diese Angelegenheit sprach. Indessen hatte aber ein anderer französischer Diplomat, Graf Narbonne, durch Fouché inoffiziell den Auftrag erhalten, dem Kaiser von Österreich seine Aufwartung zu machen und ihn über seine Gesinnung und Geneigtheit für die Heirat seiner Tochter mit Napoleon auszuforschen. Narbonne hielt sich zufällig in Wien auf der Durchreise von Triest nach München auf. Er war als Nachfolger des eben erwähnten Gesandten Otto, der vorher in München gewesen war, bestimmt. Als Narbonne vom Kaiser Franz empfangen wurde, glaubte er aus den allerdings sehr vorsichtig gegebenen Antworten des Souveräns zu entnehmen, daß man in Wien der Heirat nichts entgegensetzen werde. Sofort teilte er das Ergebnis der Audienz dem schlauen Fouché mit, und dieser hatte nichts Eiligeres zu tun, als Napoleon von der günstigen Stimmung in Wien zu benachrichtigen. Der französische Kaiser war entzückt. Noch mehr aber wurde er in dem Gedanken an eine österreichische Verbindung dadurch bestärkt, daß auch Maret, der Herzog von Bassano, ihm einige Tage später folgendes berichtete: In Paris war der Senator Marquis de Sémonville ein großer Anhänger der österreichischen Heirat. Nach der Scheidung Napoleons war er in den Tuilerien mit dem österreichischen Gesandtschaftssekretär Floret zusammengetroffen. Absichtlich verwickelte er den jungen Diplomaten in ein mit lauter Stimme geführtes Gespräch über Napoleons Heirat. Alle Welt nahm damals an, die russische Verlobung sei beschlossene Sache.

„Nun", sagte Sémonville zu Floret, „die Sache ist also gemacht. Warum haben Sie nicht gewollt?"

„Wer sagt Ihnen, daß wir nicht gewollt haben?"

„Man nimmt es an. Oder irre ich mich?"

„Vielleicht."

„Wie, man wäre geneigt? — Nun vielleicht Sie, aber der Gesandte?"

„Oh, für den Fürsten Schwarzenberg stehe ich ein."

„Aber Graf Metternich?"

„Der macht keine Schwierigkeiten."

„Und der Kaiser?"

„Ebenfalls nicht."

„Was aber sagt die Kaiserin Maria Ludovika? Sie haßt uns doch."

„Sie kennen sie nicht. Sie ist ehrgeizig. Vielleicht hätte man sie geneigt machen können."

Dieses Gespräch hatte Sémonville dem Herzog von Bassano in allen Einzelheiten wiedererzählt. So wurde Napoleon immer mehr auf die Seite hingetrieben, auf die ihn die Politik ohnehin zog, nachdem er an den verschiedenen Höfen Europas und vor allem am Zarenhof in Petersburg vergebens angeklopft hatte. Ganz besonders aber schmeichelte ihm die außerordentlich liebenswürdige Aufnahme seines Gesandten Otto am Wiener Hof. Otto wurde als erster Würdenträger und intimer Freund Napoleons fast wie ein befreundeter Herrscher selbst behandelt. Nachdem er von der Kaiserin Maria Ludovika aufs beste empfangen worden war, machte er auch der jungen Erzherzogin einen Besuch. Er traf Marie Louise allein mit ihrer Hofmeisterin im Salon. Sie war in großer Toilette, sehr elegant gekleidet. Ihr sanftes Wesen und — bei aller Vornehmheit in der Haltung — ihre große Bescheidenheit gefielen ihm. Als er sie gesehen hatte, schrieb er sofort dem Kaiser nach Paris. „Die Prinzessin ist achtzehn Jahre alt, groß und gut gewachsen. Ihre Haltung ist vornehm, ihr Gesicht angenehm. Sie besitzt Grazie, sieht sehr sanft und gütig aus. Man hat ohne weiteres Vertrauen zu ihr."

In Wien und Paris wurden inzwischen wirklich Verhandlungen über die Heirat angeknüpft. Aber noch immer wußte Marie Louise nichts Genaues über die in der Luft herumschwirrenden Gerüchte. Und doch sollte gerade sie das Opfer sein, das ihr

Vater und Metternich der Politik zu bringen für nötig erach-
teten. Sie allein war der Preis und die sichere Stütze zur Er-
haltung des Friedens. Als ihr Vater sie einmal ganz flüchtig auf
der Reise in Budapest gefragt hatte, was sie wohl dazu sagen
werde, wenn Napoleon um ihre Hand anhalten würde, hatte
Marie Louise diese Frage nicht so ernst genommen, wie sie ge-
meint war. Aber sie war eine gute Tochter. Sie hätte gewiß nicht
gewagt, dem Vater zu widersprechen. In ihm verehrte sie nicht
nur den Vater, sondern auch den Herrscher eines großen Reiches.
Sie sah ihn mit dem Strahlenkranze kaiserlicher Macht und
Größe umgeben. Sein Wille war ihr heilig. Es war für sie der
Wille des Vaters, zugleich aber auch der Befehl des Kaisers. Im
ersten Augenblick schreckte sie zwar vor der Zumutung, die
Frau des verabscheuten Mannes zu werden, zurück. Ihr genügte
es jedoch, daß der Vater diese Heirat wünschte und sie aus politischem Interesse für nötig hielt. Alle anderen Interessen mußten
zurücktreten. Ihr Herz war außerdem frei. Sie opferte weder
eine Liebe noch gab sie ein erhofftes Glück an der Seite eines geliebten Mannes auf. Mädchenträume waren kaiserlichen Töchtern kaum gestattet. Österreichische Erzherzoginnen wurden
meist bei der Wahl ihrer Gatten nicht nach ihrer Neigung befragt. In diesen Prinzipien war Marie Louise aufgewachsen.
Deshalb antwortete sie ihrem Vater schon damals in Budapest,
sie werde sich in alles fügen, wenn er meine, er sei dieses ungeheure Opfer seiner Politik schuldig.

Später wurde die Hofmeisterin Gräfin Laczansky gewonnen, um Marie Louise auf eine eventuelle Verbindung
mit Napoleon vorzubereiten. Auch der Oberhofmeister Graf
Edling sollte seinen ganzen Einfluß auf die junge Erzherzogin
ausüben, um sie zu überzeugen, daß es ihre Pflicht sei, alles zu
tun, was man von ihr verlange. Und endlich hielt man den
Augenblick für gekommen, Marie Louise mit der beschlossenen

Tatsache vertraut zu machen. Eines Tages wurde Metternich vom Kaiser offiziell beauftragt, seiner Tochter die erste Mitteilung vom Heiratsantrag des Kaisers der Franzosen zu machen. Diplomatie und Politik hatten in Wien die Ansicht über den „Korsen" wesentlich geändert. In beredten Worten stellte Metternich der Erzherzogin vor, welches unermeßliche Glück sie erwarte, zur Gattin eines Mannes bestimmt zu sein, vor dem die ganze Welt auf den Knien lag. Marie Louise schwieg einen Augenblick. Ihre Augen waren ernst auf den klugen Diplomaten gerichtet. „Was ist der Wille meines Vaters?" fragte sie dann. — „Fragen Sie nicht nach dem Willen des Kaisers. Sagen Sie mir lieber Ihre Meinung, Kaiserliche Hoheit." — Und Marie Louise erwiderte einfach: „Sagen Sie meinem Vater, nur er allein habe zu entscheiden, wenn es sich um das Wohl des Landes handelt. Bitte sagen Sie ihm auch, er möchte nur seine Pflichten als Souverän in Betracht ziehen. Meine persönlichen Interessen spielen dabei keine Rolle."

Mehr als Fügsamkeit verlangte man nicht von Marie Louise. Hätte sie sich wider Erwarten gegen die Heirat gesträubt, der Wille des Vaters und die Politik Metternichs würden sie doch zu zwingen gewußt haben. Daß Marie Louise aber mit Freuden einwilligte, die Frau Napoleons zu werden und gleich anfangs mit der naiven Begeisterung eines jungen Mädchens sich Brautillusionen hingab, könnte man nicht behaupten. Dazu war sie vorläufig noch viel zu sehr darin befangen, Napoleon als den Unterdrücker ihrer Familie zu empfinden. Ferner hatte man sie in ihren Kreisen daran gewöhnt, in ihm den Emporkömmling, den Plebejer zu sehen, vor dem sich wirkliche Fürsten nur beugten, weil er die Macht an sich gerissen hatte, sie aber niemals traditionell für sich in Anspruch zu nehmen berechtigt war. Diese Meinung war den Prinzessinnen und Prinzen aller Höfe dermaßen ins Blut übergegangen, daß man sie nicht so ohne

weiteres mit einem Federstrich austilgen konnte. Für Marie
Louise waren aber auch andere Dinge maßgebend, die ihr die
Illusionen über ihre Ehe nahmen. Obwohl sie in allem, was
Liebe, Ehe, überhaupt das Zusammenleben der Geschlechter betraf, ziemlich unwissend erzogen worden war, hatte sie doch
durch Hoftratsch genug über das Privatleben ihres zukünftigen
Mannes erfahren. Sie wußte, daß er Josephine nie treu gewesen
war. Sie wußte, er hatte mehrere Mätressen gehabt, ja sogar von
dem letzten Verhältnis Napoleons mit der Gräfin Walewska
hatte sie in Schönbrunn erfahren. Und über die Familie Bonaparte hatte man Marie Louise so viel Nachteiliges erzählt, daß
sie kaum mit sehr angenehmen Gefühlen daran denken konnte,
in der Ehe mit einem solchen Manne glücklich werden zu
können.

Inzwischen hatte aber dieser Mann längst über Marie Louises
Schicksal verfügt. In Paris hatte man den Heiratskontrakt
genau nach dem Wortlaut aufgesetzt, der einst für Marie Antoinette mit Ludwig XVI. verfaßt worden war. Nur daß er in
französischer Sprache geschrieben war, anstatt, wie damals für
den Abkömmling des Sonnenkönigs, in lateinischer. Die Habsburger sahen darin zwar eine geringere Achtung für ihre Dynastie, aber auch das wurde mit in Kauf genommen. Man war nur
froh, daß Marie Antoinettes Namen nicht mit einer Silbe darin
erwähnt wurde. Auch, daß Napoleon bei der Unterzeichnung
dieses Kontraktes sehr eigenmächtig vorgegangen war, wurde in
Wien stillschweigend übergangen. Schwarzenberg hatte nämlich
in Paris den Vertrag unterzeichnen müssen, ehe der Kaiser
Napoleon eine bindende Zusage vom österreichischen Hofe erhalten hatte. Allerdings hatte Napoleon gesagt, dieser Vertrag
sei nur ein provisorischer, die endgültige Unterzeichnung solle in
Wien stattfinden.

Diesen ganz sachlichen Verhandlungen aber wollte Napoleon

doch auch eine persönliche Note geben. Die junge Erzherzogin sollte nicht glauben, daß nur die Politik ihn geleitet habe, sie als Gattin zu begehren. Mit der Überbringung des Heiratsvertrages wurde der österreichische Gesandtschaftssekretär Floret beauftragt. Ihm folgte am 27. Februar Napoleons Freund und Vertrauter, der Marschall Berthier, Fürst von Neuchâtel, sein liebster und ältester Waffengefährte. Er sollte feierlich um die Hand Marie Louises anhalten. Auch General Lauriston war mit zwei eigenhändig geschriebenen Briefen Napoleons unterwegs nach Wien. Einer war für den Kaiser Franz, der andere für Marie Louise persönlich bestimmt. Es lag Napoleon viel daran, daß seine junge Braut den besten Eindruck von ihm bekäme. Er wußte genau, wie sie vordem über ihn gedacht hatte. Jetzt sollte sie nicht mehr mit Gefühlen an ihn denken, die sie vor ihm zittern ließen. Er war bemüht, sich in ihr Herz zu schmeicheln. Man hatte ihm so viel Gutes und Vorteilhaftes über ihren Charakter und ihr Äußeres erzählt, daß er sich veranlaßt sah, ihr in einem persönlichen Brief zu sagen, wie sehr er sich freue und geehrt fühle, sie bald selbst kennenzulernen und als die Seinige heimzuführen. Obwohl dieser erste Brief Napoleons im offiziellen Staatsstil geschrieben ist, kann man ihm doch nicht eine gewisse Herzlichkeit absprechen. Es ist die Liebeserklärung des Herrschers und gleichzeitig des Mannes, der sich bewußt ist: hier muß er sich die Zuneigung eines jungen Mädchens erst erwerben, das ihn vorher weder liebte noch achtete, ja, das ihn haßte. Deshalb schreibt er an Marie Louise werbend: „Dürfen Wir hoffen, liebe Kusine, daß Sie die Gefühle, die Uns zu diesem Schritt veranlassen, gnädig aufnehmen? Dürfen Wir uns dem schmeichelhaften Gedanken hingeben, daß Sie sich nicht nur aus Pflicht und kindlichem Gehorsam zu dieser Verbindung entschließen? Wenn Eure Kaiserliche Hoheit nur einen Funken Zuneigung für Uns übrig haben, wollen Wir dieses Gefühl sorgfältig pflegen und es Uns zur höchsten Aufgabe machen, Ihnen immer und in allem angenehm zu sein, so daß Wir eines Tages so glücklich sein werden, Ihre ganze Liebe gewonnen zu haben. Das ist Unser einziger Wunsch, und Wir bitten Eure Kaiserliche Hoheit, Uns geneigt zu sein." Kaum aber hat er diesen ersten Brief geschrieben, so ist auch schon ein zweiter am 25. Februar unterwegs. Diesmal verspricht er ihr feierlich, alles tun zu wollen, um sie glücklich zu machen. Auch sein Bild kündigt er ihr an, als „Pfand der Gefühle, die tief in sein Herz eingegraben sind und ewig darin bleiben werden". Und dann am nächsten Tag noch ein Brief. Napoleon hatte inzwischen erfahren, daß Marie Louise ihm nicht abgeneigt sei. Beglückt schreibt er: „Ich möchte mich Ihnen zu Füßen legen dürfen — mich, mit meinen Huldigungen, meinen Hoffnungen und all den zärtlichen Gefühlen, die mein Herz erfüllen. Wenn das Glück Eurer Kaiserlichen Hoheit von der Aufrichtigkeit meiner Zuneigung abhängen sollte, so kann niemand glücklicher sein als Sie. Dieser Gedanke macht mich außerordentlich froh." — Das war nicht die Sprache eines nur offiziell Werbenden, nicht die Sprache eines fürstlichen Bräutigams, der nur aus politischen Gründen um die Tochter eines Kaisers wirbt. Er hatte Marie Louises Bild gesehen. Sie gefiel ihm. Wäre sie häßlich und nicht nach seinem Geschmack gewesen, so hätte er gewiß nicht diesen zärtlichen Ton in seinen ersten Briefen angeschlagen. Und hat er wirklich nur aus raffinierter Berechnung so geschrieben, um die junge Erzherzogin für sich zu gewinnen, so ist ihm das schneller gelungen, als er selbst und alle anderen vielleicht erwarteten.

Marie Louise hatte sich, nachdem das erste Befremden und die ersten inneren Aufregungen über ihr bevorstehendes Geschick überwunden waren, überraschend schnell in die Rolle als Braut des Franzosenkaisers gefunden, und zwar so gut, daß ihre Um-

*Maria Theresia, die zweite Gemahlin Kaiser Franz I. und
Mutter Marie Louises*
Nach einem Gemälde von Mme Vigée-Lebrun

gebung erstaunt war, wie sicher diese junge Erzherzogin, die man bis dahin immer noch als halbes Kind betrachtet hatte, sich in der neuen Situation benahm. Sie machte weder den Eindruck, als betrachtete sie sich als Opfer, noch merkte man ihr irgend welche Depression an. Marie Louise hat sich auch in ihren Briefen an Viktoria nicht darüber ausgesprochen, daß sie sich unglücklich fühle. Wenn sie aber noch innere Kämpfe zu bestehen gehabt hat, so wäre es bei einem so jungen Menschen zu bewundern, wie meisterhaft sie es verstand, vor den Ihren alles zu verbergen, was darauf hätte schließen lassen, daß sie unglücklich war. Abgesehen davon, daß sie im Begriff stand, die Frau eines der genialsten Männer, eines großen Herrschers, zu werden, konnte ihr das Bild ihres zukünftigen Gatten nicht als Ideal eines Mannes vorschweben. Napoleon war nicht mehr jung. Er war genau so alt wie ihr Vater. Seine kurze, gedrungene Gestalt, seine Beleibtheit, das spärliche Haar waren nicht gerade geeignet, auf ein achtzehnjähriges Mädchen verführerisch zu wirken. Aber Marie Louise schien darüber nicht nachzudenken. Vielleicht war es ein sehr feines weibliches Gefühl, das sie bewog, sich jetzt, da an der Tatsache nichts mehr zu ändern war, so zu geben, als sei sie aus freiwilligem Empfinden die Frau Napoleons geworden. Auch noch ein anderes, echt weibliches Gefühl spielte wohl in ihrem Verhalten der Außenwelt gegenüber eine gewisse Rolle. Sie wollte gefallen. Sie wollte sowohl Napoleon, dem sie nun einmal angehören sollte, als auch den Franzosen gefallen. Und sie gab sich die größte Mühe, das zu erreichen. Hatte sie nicht eine Vorgängerin gehabt, die bis zuletzt unerhörte Popu-. larität genoß? Was Josephine, die nicht mehr junge Kreolin, an Bewunderung und Vergötterung geerntet hatte, das wollte die blonde Österreicherin erst recht für sich in Anspruch nehmen. Sie war jung, sie besaß viele liebenswerte Eigenschaften, ihre Anmut ersetzte, was ihr an klassischer Schönheit fehlte; aber vor allem, Marie Louise war die Tochter des Kaisers von Österreich! Der Stolz der Habsburgerin konnte es nicht zulassen, daß eine Vicomtesse de Beauharnais, die der.Zufall auf einen Kaiserthron erhoben hatte, über sie den Sieg davontrug. Man hatte Marie Louise gesagt, die Franzosen liebten bei den Frauen ein heiteres, liebenswürdiges Wesen, und Napoleon habe es besonders gern, daß seine Gattin fröhlich und nicht kopfhängerisch sei. Nun zeigte sich Marie Louise von ihrer heitersten, sorglosesten Seite. Als Metternich mit der Erzherzogin gesprochen hatte, fand an demselben Abend in der Hofburg ein Diner statt, an dem auch der französische Gesandte Otto teilnahm. Er war Marie Louises Tischnachbar. Es lag nahe, daß die junge Erzherzogin sich brennend für alles interessierte, was ihren Bräutigam betraf. Und so entwickelte sich bald ein lebhaftes Gespräch zwischen ihr und Otto. Unbefangen fragte Marie Louise den Gesandten nach Napoleons Charakter, nach seinem Äußern, seinen Gewohn- heiten, ob er Musik liebe, ob er ihr gestatten werde, einen Lehrer für Harfenspiel zu nehmen, das sie gern erlernen möchte. Sie interessierte sich an diesem Abend sogar dafür, wie es wohl mit ihrer literarischen und künstlerischen Weiterbildung in Paris be- stellt sein werde und forschte Otto aus, ob das Musée de Napo- léon in der Nähe der Tuilerien läge, denn sie habe die Absicht, es öfter zu besuchen. Man habe ihr sehr viel von den herrlichen Schätzen erzählt, die darin aufgestapelt seien. Darauf erkun- digte sie sich, ob Alexander von Humboldts „Reisen" bald voll- endet vorlägen. Er war in Paris mit der Abfassung des Manu- skripts beschäftigt. „Ich habe Teile daraus mit großem Interesse gelesen", bemerkte sie. Aber plötzlich dachte sie an etwas ganz anderes. Unvermittelt sprach sie davon, daß sie ja nicht so tanzen könne, wie man in Paris tanze. Otto erzählte ihr, der Kaiser tanze nur Quadrille. Einen Wiener Walzer könne er nicht — kein Wunder bei seiner Korpulenz. Aber Marie

Louise bedauerte nur, daß sie nicht Quadrille tanzen könne. „Hoffentlich", meinte sie treuherzig, „nimmt es der Kaiser Napoleon mir nicht übel, daß ich es nicht kann. Aber ich bin bereit, mich, wenn er es wünscht, darin unterrichten zu lassen." Später hat dann Napoleon ihr zuliebe versucht, Walzer tanzen zu lernen.

Am meisten gefiel dem französischen Gesandten an der Braut seines Gebieters die große Natürlichkeit und naive Offenheit, mit der sie alles sagte. Als Marie Louise ihm versicherte, sie sei sehr einfach in ihren Ansprüchen und könne sich in jede Art des Lebens fügen, ihr einziger Wunsch sei, nur das zu tun, was der Kaiser Napoleon wünsche und was ihm gefalle, da war Otto hingerissen von so viel reizender Liebenswürdigkeit und kluger Bescheidenheit. Napoleon hatte immer befürchtet, das junge Ding würde sich ohne Freundinnen ihres Alters in Paris an seiner Seite und an seinem Hofe langweilen. Darüber aber beruhigte Otto ihn, nachdem er mit Marie Louise gesprochen hatte. Er hatte sofort gesehen, wie vernünftig sie alles betrachtete und wie ernst sie bei aller Unschuld ihrer Jugend sein konnte. „Ich denke nicht, Sire", schrieb er an Napoleon, „daß es notwendig sein wird, der Kaiserin Damen ihres Alters zur Gesellschaft zu geben. Sie liebt ihr Interieur, ihre Pflichten, ihre Beschäftigung, und obgleich sie noch jung ist, denkt sie doch bereits wie eine Sechsundzwanzigjährige." Damit zerstreute Otto noch vollends die Bedenken des zweiundvierzigjährigen Mannes, daß eine achtzehnjährige Frau für ihn zu jung sei. Der Kaiser war übrigens gerade auf die Jugend seiner zukünftigen Gattin stolz, fast ebensosehr als darauf, daß er die Tochter aus dem ältesten Herrscherhaus Europas bekam. Der Tag, an dem Schwarzenberg in den Tuilerien den Heiratskontrakt unterzeichnete, war gewiß der größte Siegestag in seinem Leben.

Marie Louise wurde in Wien immer mehr mit ihrer zukünftigen Stellung als Kaiserin der Franzosen vertraut gemacht. Ihr Vater, ihre Hofmeisterin, ihr Kammerherr erinnerten sie täglich daran, daß sie sich bemühen müsse, als Französin zu denken, Französin zu sein. Man legte jetzt besonderen Wert darauf, daß ihre Umgebung mit ihr Französisch sprach. Marie Louise hatte es von jeher gut beherrscht und sprach es fast ohne Akzent. Die Sprache also verursachte ihr die geringste Sorge, weit mehr die Frage, wie es mit der Religion am französischen Kaiserhof bestellt sei. Es war daher eine der ersten Fragen gewesen, die sie an Frau von Laczansky stellte, ob Napoleon ihr wohl gestatten werde, in jeder Weise ihren religiösen Pflichten nachzukommen. Man hatte ihr ja früher gesagt, daß er Atheist sei. Als man sie auch darüber beruhigte, beschäftigte sie sich nicht weiter mit diesem Gedanken. Es genügte ihr, zu wissen, daß man sie nicht hindern werde, eine gute Katholikin zu bleiben. Sie las von nun an alles Bedeutende in der französischen Literatur. Auch die französischen Zeitungen studierte sie eifrig. Es interessierten sie alle politischen und kriegerischen Ereignisse Frankreichs. Eines Tages trat sie, den „Moniteur" in der Hand, ganz stolz ins Arbeitszimmer ihres Vaters und sagte: „Papa, unsere Armee hat in Spanien wiederholt gesiegt." Im ersten Augenblick überrascht, sah der Kaiser seine Tochter betroffen an. Dann verstand er. Das „unsere" bezog sich auf die Armee Napoleons. Aber ihr jüngerer Bruder Ferdinand bemerkte spöttisch, sie wisse ja gar nicht einmal, wo sich die Armee befände. „O ja", erwiderte Marie Louise, „sie ist überall."

Es schien, als wenn auch die Kaiserin Maria Ludovika sich in ihren Ansichten über den „Korsen" gewandelt hätte. Aus der Feindin des „Abenteurers" war zwar keine Freundin, aber doch eine Fürsprecherin seiner Absichten geworden. Jedenfalls ließ sie es sich besonders angelegen sein, Marie Louises Erziehung die Vollendung zu geben, deren sie als einstige Kaiserin der Franzosen bedurfte. Sie sorgte dafür, daß der große Schwiegersohn eine Frau bekam, die seinem und dem österreichischen Hof zur größten Ehre gereichte. „Der Kaiser wird die Erzherzogin Marie Louise vorbereitet finden, die letzte Vollendung ihrer Erziehung in Hinsicht auf ihre Stellung als Frau und Kaiserin zu erhalten", sagte sie zu Otto. „Es wird dem Kaiser Napoleon obliegen, diese Erziehung zu leiten und zu beenden. Alles ist dafür geschehen. Die Erzherzogin wird nur bestrebt sein, ihrem Herrn zu gefallen und will nur durch ihn geführt werden." Des früheren Unglücks wurde kaum gedacht. Auch die Erinnerung an das Schicksal der unglücklichen Marie Antoinette schien wie ausgelöscht.

Immer näher rückte der Tag der offiziellen Verlobung Marie Louises. Endlich war Berthier, Fürst von Neuchâtel, Vizekonnetabel des französischen Kaiserreichs, am 4. März als Brautwerber mit viel Gepäck und Gefolge in der Kaiserstadt Wien eingetroffen und von der Bevölkerung mit ungeheurem Jubel begrüßt worden. Denn bald hatte man in Wien den anfangs peinlichen Eindruck vergessen, den die Nachricht von der Vermählung der Erzherzogin mit Napoleon hervorgerufen hatte. Die Festlichkeiten setzten ein; und als die Verlobung veröffentlicht wurde, schrieben die Zeitungen: „Diesem großen Bunde huldigen Millionen. In ihm sehen die Völker Europas das Unterpfand des Friedens." Man war vollkommen beruhigt. Die Feste und Bälle verwischten auch noch die letzten Spuren von Unwillen und Besorgnissen der Wiener. Man gab sich ganz der Freude hin, daß nun endlich der Friede auf Jahre hinaus gesichert sei.

Alle Erwartungen Berthiers wurden durch den Glanz und die Pracht übertroffen, die der Wiener Hof an dem Tag entfaltete, an dem er für den Kaiser Napoleon um die Hand Marie Louises anhielt. Und wenn es auch in der Aristokratie einige Leute gab, die mit dieser Verbindung unzufrieden waren und nichts Gutes voraussahen, so störte das die allgemeine Freude und Begeiste-

rung nicht. Gegen fünftausend Karten waren zu einer am
6. März stattfindenden Redoute ausgegeben, die in der alten
Kaiserburg abgehalten wurde. Es war ein glänzendes gesellschaftliches Bild, das sich auf diesem Balle entfaltete. Lange
hatten die Wiener nichts Ähnliches gesehen. Um acht Uhr erschien der Kaiser, seine Tochter am Arm führend. Ihnen folgte
die Kaiserin mit dem Erzherzog Karl, einst Napoleons tapfer-
ster Gegner und erbittertster Feind. Dann folgte der ganze
übrige Hof. Das Erscheinen der Kaiserbraut bildete selbstverständlich den ausschließlichen Gesprächsstoff. Besonders die anwesenden französischen Diplomaten waren gespannt, welchen
Eindruck ihre zukünftige neue Kaiserin machen werde. Noch
am selben Abend schrieb Graf Laborde seinem Freunde, dem
Herzog von Bassano, nach Paris: „Die Frau Erzherzogin war
heute abend reizend. Sie trug ein weißes, silbergesticktes Tüll-
kleid, das nicht, wie sonst alle ihre Roben aus Goldbrokat, hoch-
geschlossen war, sondern Arme und Schultern freiließ. Die blonden Haare, die sie in reicher Fülle besitzt, waren hochfrisiert
und ließen die Nackenlinie sehen. Ihre ungemeine Jugendfrische,
ihr Lächeln, der Ausdruck ihres Gesichts und die außerordentliche Grazie und Bescheidenheit im Auftreten veranlaßten uns
alle zu sagen, daß sie gewiß eine der angenehmsten Damen des
französischen Hofes sein wird. Abgesehen von der Schönheit, ist
es auch unstreitig unmöglich, selbst in unteren Gesellschafts-
klassen eine gesündere Person zu finden. Sie erfreut sich immer
des besten Wohlseins, und niemals sieht man auf ihrer Haut
auch nur die geringste Unreinheit. Ich bin überzeugt, ihre Kinder werden frisch und kräftig sein wie sie."
    Drei sechsspännige Wagen hatten den Brautwerber Berthier
im großen Hofkostüm und seine Begleiter zur Hofburg gebracht. Dort war bereits der ganze Adel versammelt. Kaiser
Franz erwartete den Fürsten von Neuchâtel auf dem Throne

sitzend. Ihm zur Seite hatte Marie Louise mit ihren Damen in
großer Toilette Platz genommen. Zum erstenmal in ihrem Leben
war sie der Mittelpunkt eines bedeutenden Ereignisses. Nachdem
der Fürst von Neuchâtel seine Werbung vorgebracht hatte,
mußte auch Marie Louise sprechen. Diese einstudierte Rede
brachte sie jedoch so natürlich und unbefangen hervor, daß alle
erstaunt waren, wie gut sie sprach. Als ihr darauf ein eigen-
händiges Schreiben ihres Bräutigams und die kostbare Ver-
lobungsgabe überreicht wurden, sah man es ihr an, wie sie sich
darüber freute. Napoleon hatte den jungen Grafen Anatole de
Montesquiou aus einem der ältesten französischen Adelsge-
schlechter gewählt, um der Kaisertochter sein mit sechzehn großen Diamanten umgebenes Bildnis zu bringen. Es repräsentierte
einen Wert von 600.000 Franken. Ein herrlicher Halsschmuck
im Werte von 900.000 Franken und ein Paar Ohrringe von
400.000 Franken vollendeten die wahrhaft kaiserliche Gabe.
Marie Louise war wie geblendet. Sie war nicht im Überfluß aufgewachsen, und wenn sie auch an großen Courtagen wundervollen Schmuck an der Kaiserin, ihrer Mutter, oder bei Maria
Ludovika gesehen hatte, so waren das doch nicht ihre eigenen
Juwelen. Jetzt aber war sie die Besitzerin all dieser Brillanten
und Perlen. Das Bild ihres Bräutigams sah sie indes kaum an.
Es wurde ihr sofort von der Oberhofmeisterin an die Brust ge-
steckt. Sie hätte in diesem Augenblick nicht einmal Zeit gehabt,
es näher zu betrachten. Auch den Brief Napoleons konnte sie
erst nach der Zeremonie lesen. Seine Ungeduld, sie bald bei sich
zu haben, sei groß, schrieb er ihr. Wenn es nach ihm ginge, reiste
er sofort in gestrecktem Galopp ab, und läge ihr zu Füßen,
noch ehe man in Paris wüßte, daß er es verlassen hätte.
Aber das dürfe leider nicht sein. Durch solche Versicherungen
eroberte er das Herz der jungen Prinzessin. Wenn sie selbst ihn
noch nicht liebte, so fühlte sie sich doch bereits von ihm geliebt.

Zwei Tage darauf fand die Prokuratrauung in der Augustinerkirche statt. Sie bildete den eigentlichen Abschluß zu diesem merkwürdigen Allianzgebäude zwischen Österreich und Frankreich. Erzherzog Karl vertrat bei dieser Zeremonie die Stelle Napoleons, der ihn zuletzt bei Wagram besiegt hatte. Am Tage der Prokuratrauung wurde in Wien wiederum ein Luxus und eine Pracht entfaltet, der die an Glanz und Aufmachung gewöhnten Franzosen in Erstaunen und Bewunderung versetzte. Es war, als wollte Wien und sein Kaiserhaus zeigen, daß man trotz aller Not wußte, was man der Habsburger-Dynastie an Repräsentation schuldig sei, und daß man die Töchter nicht als arme Prinzessinnen in die Welt, an einen Hof ziehen ließ, der sich mit der ererbten Größe des Hauses nicht messen konnte. Napoleon sollte seine Gattin aus den Händen des Kaisers von Österreich auch mit äußerlicher Würde und Pracht umgeben empfangen. Die Parzen hatten den Schicksalsfaden um Marie Louise geschlungen. Sie war nun Kaiserin der Franzosen. Franz hatte sein liebstes Kind der Politik opfern müssen.

VIERTES KAPITEL

DIE BRAUTFAHRT NACH PARIS

Der Abschied — Die Reise — Liebesbriefe — Der ungeduldige Bräutigam — Erste Begegnung mit Napoleon — Die junge Kaiserin in Compiègne — In Paris — Die Pariser Hochzeit

Zwei Tage nach der Trauung in Wien schlug für Marie Louise die Abschiedsstunde. Es war wohl einer der schwersten und schmerzvollsten Augenblicke in ihrem bisherigen Leben. Sie liebte ihren Vater abgöttisch und war todunglücklich, wenn sie sich nicht in seiner Nähe befand. Jetzt sollte sie ihn verlassen, um von nun an einem Manne anzugehören, den sie noch nie gesehen hatte, von dem sie nichts wußte, als daß er ein großer Herrscher, ein großer Feldherr und Eroberer war, von dem sie aber jahrelang nur Böses und Nachteiliges gehört hatte. Zwar hatte er ihr seit ihrer Verlobung so liebenswürdige, ja beinahe verliebte Briefe geschrieben, daß sie sich als glückliche Braut fühlte. Dennoch — im letzten Augenblick schien es ihr, als ginge sie etwas Furchtbarem entgegen. Es wurde ihr schwarz vor den Augen, wenn sie daran dachte. Mut und Unternehmungsgeist waren nicht ihre starke Seite. Was wußte diese achtzehnjährige Erzherzogin von den Menschen? Was wußte sie von der Welt? Bitterer Schmerz überwältigte sie bei dem Gedanken, daß sie alles, was sie bisher geliebt hatte, was ihr zur lieben Gewohnheit geworden war, aufgeben sollte. Sie ging in ein Land, sie bestieg einen Thron, der schon einmal einer Erzherzogin verhängnisvoll geworden war. Die Franzosen hatten sich Marie Antoinette gegenüber ungerecht und zynisch benommen. Wie würden sie die zweite Österreicherin empfangen? Sie waren ihr bis jetzt nie angenehm erschienen. Nun sollte sie fortan mit ihnen leben. Ihre Tante war jung gewesen wie sie; man hatte ihr die Lebenslust zum Vorwurf gemacht. Auch Marie Louise war gern vergnügt, auch sie amüsierte sich gern. Mußte sie jetzt ihre Jugend aufgeben, um den Franzosen, um der Welt zu gefallen? An das alles dachte Marie Louise, als sie am 13. März zum letztenmal reisefertig in ihrem Zimmer stand. Nur noch kurze Augenblicke, dann würde man kommen, dann würde man sie holen, um sie zu ihrem Reisewagen zu begleiten. Und alles war zu Ende! Als der Fürst von Neuchâtel in der Tür erschien, um sie dem Zeremoniell gemäß an seinem Arm in den Thronsaal zum Abschied von dem dort versammelten Hof zu führen, fand er Marie Louise in Tränen aufgelöst mit verweintem Gesicht. Sie schien völlig gebrochen. Aber es galt, noch einmal Haltung zu bewahren. Sie faßte sich. Ihre Stiefmutter nahm sie an der Hand und führte sie. Marie Louise fühlte sich wieder geborgen. Sie merkte nicht, daß Ludovika selbst kaum ihren Schmerz und ihre Trauer zu verbergen wußte. Im Thronsaal sollte die Braut ein paar Worte des Abschieds sprechen. Tränen und Schluchzen erstickten ihre Stimme. Weinend wurde sie von Maria Ludovika hinausgeführt zu ihrem Wagen. Noch einmal umarmten sich die beiden jungen Frauen. Schließlich überwältigte der Trennungsschmerz auch die Kaiserin. Zwei Kämmerer mußten sie halb ohnmächtig ins Schloß zurückgeleiten. Kaiser Franz war seiner Tochter bis Sankt Pölten vorausgeeilt, um sie bis Enns zu begleiten und ihr so den Abschied weniger schwer zu machen. Unter dem Klange der Glocken des Stephansdomes und aller Kirchen Wiens, unter dem Donner der Geschütze verließ Marie Louise die Stadt, ein wenig getröstet, bald ihrem Vater zu begegnen.

DIE BRAUTFAHRT NACH PARIS

An Pracht, Reichtum und Ehren ließ dieser Brautzug weder von seiten des österreichischen noch des französischen Hofes etwas zu wünschen übrig. Napoleon selbst hatte mit größter Sorgfalt alle Einzelheiten für die Reise seiner jungen Frau ausgearbeitet. Aber merkwürdig: sie glich aufs genaueste der Brautreise Marie Antoinettes, als diese, ein fünfzehnjähriges Kind, einem knabenhaften Ehegatten entgegenfuhr.

Nicht weniger als vierhundertzweiundsechzig Pferde warteten auf jeder Poststation und brachten die Kaiserbraut von Wien nach Braunau. Es war der letzte Ort, der sie an die Heimat erinnern sollte. Hier nahm Marie Louise Abschied von ihrer österreichischen Umgebung, ihrem Vaterlande. Hier wurde sie durch Fürst Ferdinand Trauttmansdorff ihrem französischen Hofstaat übergeben. Selbst die äußere österreichische Hülle mußte sie mit französischen Kleidern vertauschen. Auch parfümiert wurde sie, gepudert und geschminkt. Pariser Modekünstler hatten dafür gesorgt, daß die neue Kaiserin der Franzosen ganz pariserisch in ihre Hauptstadt einzog. Napoleon hatte ihr für diesen Zweck eine „vollständig goldene Toilette" gesandt, worüber Marie Louise sehr stolz ihrem Vater berichtete. Alle Aufmerksamkeiten ihres Bräutigams sind für sie neue Beweise, daß er doch wohl ein anderer sein muß, als der, den man ihr früher beschrieben hatte.

Ehe sie Braunau verläßt, empfängt sie wieder einen Brief von ihm, noch verliebter, noch zärtlicher als die vorhergehenden. Er zählt die Augenblicke; die Tage erscheinen ihm lang, und seine Ungeduld wird so lange dauern, bis er das Glück hat, sie in seinen Armen zu halten. Niemand gibt es auf der Welt, der ihr so zugetan, so gesonnen ist, sie zu lieben, wie er. Das soll sie ihm glauben. Er denkt nur an sie. Er möchte wissen, was ihr angenehm sein könne, um ihr Herz zu gewinnen. Sie soll ihm dazu verhelfen, bittet er, daß es ihm ganz — ungeteilt — für immer — gehöre!

77

Ach, wie gern wäre Marie Louise schon bei ihm gewesen! Die
Reise war lang und entsetzlich anstrengend. Ihre Umgebung war
eine andere geworden. Niemand war ihr bekannt. Die französischen Damen gefielen ihr nicht. Noch zittert in ihr der Trennungsschmerz von den seit Jahren Vertrauten, die ihren Hofstaat gebildet hatten. Von all dem Weinen, den vielen Förmlichkeiten und Zeremonien bei der Übergabe ist sie entsetzlich müde
geworden. Sie hat alles so satt, daß sie sich fast danach sehnt,
endlich mit Napoleon vereint zu sein. Lieber ihn als alles andere!
Da sie ihren geliebten Vater nicht mehr hat, verlangt sie in ihrer
jugendlichen Unsicherheit nach einem anderen älteren männlichen Schutz. „Weil ich schon von Ihnen fort mußte", schreibt
sie zwei Tage nach der Abreise von Wien an ihren Papa, „so
wünschte ich schon bei ihm zu sein, viel lieber als mit allen denen
Damen zu reisen." Hatte er ihr doch in seinem letzten Brief versprochen, sie solle in ihm einen Gatten finden, der sie glücklich
zu machen wünsche. Nur wenn sie ihm vertraue und ihr Herz
schenke, könne er sich wirklich für berechtigt halten, ihr Gatte
zu sein. Ihr fürs ganze Leben zu gefallen, sei sein einziger
Wunsch.

Mit der neuen Oberhofmeisterin, der Herzogin von Montebello, war auch die Schwester Napoleons, Königin Karoline von
Neapel, in Braunau eingetroffen. Sie sollte die Stelle einer Intendantin bei der jungen Kaiserin einnehmen. Zum erstenmal sah
Marie Louise ein Mitglied der Familie Bonaparte. Und beide
Frauen taten alles, um gegenseitig den besten Eindruck aufein-
ander zu machen. Sie umarmten und küßten sich äußerst herzlich, besonders Karoline war die Liebenswürdigkeit selbst und
wußte der jungen Schwägerin viel Schmeichelhaftes über ihr
Äußeres und ihre Kleidung zu sagen. Auch Marie Louise war
freundlich und liebenswürdig. Sie fand Karoline hübsch und
reizend. Aber, wie es so oft geschieht, unerfahrenen Menschen gibt

die Vorsehung bisweilen einen Blick, der sie manches schärfer erkennen läßt, als Menschen, die das Leben klug gemacht hat. Marie Louise, an so dick aufgetragene Schmeicheleien nicht gewöhnt, traute der Schwägerin doch nicht ganz. „Ich glaube", schrieb sie ihrem Vater, „daß nicht Diensteifer allein die Ursache ihrer Reise zu mir war."

Ihr ganzes österreichische Gefolge war durch Franzosen ersetzt worden. Napoleon hatte dabei besondere Sorge getragen, daß, mit wenigen Ausnahmen, nur die Vertreter des französischen Hochadels dazu ernannt worden waren. Die Kaisertochter sollte nicht das Gefühl haben, sich an einem plebejischen Hofe zu befinden. Er hatte sich dabei ganz auf seine Schwester verlassen. Karoline hatte Marie Louises zukünftigen Hofstaat nach ihrem Willen zusammengesetzt und war dabei sehr bestimmt aufgetreten. Es lag der ehrsüchtigen Königin von Neapel viel daran, ihre junge, schüchterne Schwägerin zu beeinflussen und ganz in ihre Gewalt zu bekommen. So versuchte sie gleich die ersten Stunden ihres Zusammenseins mit Marie Louise auszunützen und sich zu ihrer Vertrauten zu machen. Aber Marie Louise hielt nur ihre Hofmeisterin, die Gräfin Laczansky, einer intimeren Aussprache für wert. Das ärgerte die neidische Karoline. Sie war eine Bonaparte. Ihr Entschluß war gefaßt. Die Laczansky mußte entfernt werden. Schmeichelnd überzeugte Karoline die einfache Marie Louise, daß Napoleon es gewiß nicht gern sähe, wenn sie ihre österreichische Vertraute mit an seinen Hof brächte. Und da Marie Louise von ihrem Vater besonders darauf aufmerksam gemacht worden war, alles zu tun, was den Kaiser Napoleon erfreue, so willigte sie, allerdings blutenden Herzens, ein, sich auch noch von der Freundin und Vertrauten zu trennen, nachdem sie die ganze übrige österreichische Umgebung hatte verabschieden müssen. Aber sie war nicht überzeugt, daß Napoleon von ihr dieses Opfer verlangt hatte. Die Trennung von der Hofmeisterin in München war für Marie Louise mit das Schwerste von allem auf dieser Reise. Sie hatte indes recht. Napoleon dachte gewiß nicht daran, seine Braut zu kränken und zu verletzen. Hatte er nicht alles getan, um ihr zu beweisen, wie sehr ihm daran gelegen war, ihre Zuneigung zu gewinnen und ihr Glück zu begründen? Weil sie so sehr weinte, als Frau von Laczansky von ihr ging, schrieb er versöhnend, er sei untröstlich, wenn sie glaube, er könne jemals seine Zärtlichkeit für sie vergessen und ihr nicht einen Schmerz ersparen, soweit es in seiner Macht stehe. Der Gedanke, ihr mißfallen zu haben, mache ihn traurig. Tief in seinem liebenden Herzen empfinde er dankbar alle Opfer, die sie ihm bringe. Wenn dieses Herz mit all seiner Zärtlichkeit, seiner Treue und zarten Freundschaft sie dafür entschädigen könne, dann bliebe ihr nichts weiter zu wünschen übrig. Laborde kehrte zurück und sagte ihm, Marie Louise habe von Sankt Pölten an schrecklich geweint und wäre auch in München noch sehr traurig gewesen. Das schmerzt ihn. Er möchte, Louise hätte nur frohe Tage, schön und angenehm, wie sie selbst. Karoline hat ihm verraten, Marie Louise möchte so gern wissen, was ihn glücklich machen könne. Und dieses Geheimnis will er ihr selbst verraten: sie soll wirklich glücklich über die Verbindung mit ihm sein! Wenn sie sich vom Schmerz überwältigt fühle, wenn sie kummervoll sei, dann möge sie denken, der Kaiser wird darüber sehr traurig sein, denn er kann nur zufrieden und glücklich sein, wenn seine Louise es ist. Marie Louise selbst bekennt ihrem Vater, als sie die Rheinbrücke überschritten hat und in Straßburg eingezogen ist, wie sie sich durch Napoleons Briefe beglückt fühlt und wie dankbar sie ihm dafür ist. „Bester Papa, Sie können versichert sein, ich werde alles aufbieten, um Ihnen den Trost zu verschaffen, den Sie von mir erwarten. Ich bin beruhigt über mein Schicksal. Ich bin überzeugt, daß ich glücklich sein werde. Ich wünschte, Sie könnten

Prokuratrauung Marie Louises in der Augustinerkirche in Wien
Nach Labord, Voyage en Autriche, 1822

die Briefe lesen, die Kaiser Napoleon mir schreibt. Er hat unendlich viel Aufmerksamkeiten für mich." — Sie war also nicht
mehr unglücklich.

Während sie ihre Reise fortsetzte, wurde sie in Paris von
ihrem zukünftigen Gatten sehnsüchtig erwartet. Napoleon
zählt die Stunden bis zu ihrer Ankunft. Seine Ungeduld spricht
sich in jedem Briefe aus. Er möchte sie sehen, bald sehen. Ihr
sagen, wie er sie liebt. Und zärtlich nennt er sie Louise. Er sagt
ihr so viele Schmeicheleien. Nichts interessiere ihn, was nicht sie
sei. Sogar seine Jagd findet er langweilig, weil er nur an Louise
denkt. Er möchte ihr für das Glück danken, daß er sie habe —
sie, Louise, die für alle Zeiten der Gegenstand seiner zärtlichsten Gefühle sein werde. Er, dem sonst seine Arbeit, seine
Staatsgeschäfte nicht Rast noch Ruhe ließen, der ununterbrochen
von früh bis abends mit Plänen und Regierungsangelegenheiten
:schäftigt war, der nie Zeit für andere Dinge hatte, dachte
jetzt an nichts anderes, als die Schlösser zum Empfang der jungen Kaiserin ausstatten zu lassen, sich mit Möbel- und Stoff-
mustern abzugeben und das Zeremoniell der bevorstehenden
Hochzeitsfeier in Paris aufs genaueste auszuarbeiten. Mit diesem Hochzeitsfeste wollte er Frankreich und dem übrigen
Europa ein Beispiel an Pracht und Reichtum geben, wie man
es noch nie erlebt hatte.

Seine Gedanken waren fortwährend bei Marie Louise, der
neunzehnjährigen Braut, die bald die Seine werden sollte. Er
war ganz richtig verliebt in sie. Jeden Österreicher in seiner Umgebung oder jeden, der in Wien gewesen war und die Erzherzogin gesehen hatte, fragte er, wie sie aussähe, wie sie gehe, wie
sie spräche, was für eine Stimme sie hätte. Die geringsten Einzelheiten ihres Äußern und ihres Charakters ließ er sich beschreiben.
Unzählige Male am Tage betrachtete er das Bild Marie Louises
und ließ sich von denen, die sie kannten, erklären, ob dieses oder

jenes vorteilhafte Merkmal ihrer Gestalt und ihres Gesichts authentisch sei. Besonders erfreut war er über die Habsburger-Lippe. Wahrscheinlich schien ihm das die beste Garantie der echten Habsburger-Rasse. Sehr glücklich war er, wenn man ihm von Marie Louises Jugendfrische, von ihrer reizenden Unschuld, von ihrem natürlichen, unbefangenen Wesen erzählte. Dann rieb er sich vergnügt die Hände und schien mit seiner Wahl sehr zufrieden zu sein. Stolz und Freude leuchteten aus seinen Augen in Erwartung des neuen Glücks.

Alles, was Liebe und Ritterlichkeit erfinden können, tat Napoleon für diese junge Frau. Ein besonderes Zartgefühl veranlaßte ihn, aus den Sälen der Schlösser alle Bilder wegnehmen zu lassen, die sich auf die Siege der Franzosen über die Österreicher bezogen, denn er wußte, mit welcher Liebe Marie Louise an ihrem Österreich hing. Im voraus hatte er sich über alle ihre Gewohnheiten, ihre Beschäftigungen, ihre Neigungen, ihre Lieblingsgegenstände erkundigt. In ihren Privatgemächern war alles so von ihm eingerichtet worden, daß sie es fand, wie sie es von früher her gewohnt war. Er hatte sogar eine Stickerei aus Wien kommen lassen, die Marie Louise dort unbeendet hatte zurücklassen müssen. Eine andere Überraschung für sie waren zwei ihrer Lieblingsvögel und ein kleiner Hund. Napoleon ließ sie heimlich aus Schönbrunn holen, um seine junge Frau bei ihrem Einzug damit zu beglücken.

Die Ausstattung, die Napoleon für die Kaisertochter bereit hielt, übertraf alles, was je von Fürstinnen erträumt worden ist. Fünf Millionen Franken hatte er dafür ausgegeben. Eine ungeheure Summe im Vergleich zu der Mitgift der Braut, die bedeutend weniger betrug.

Und auch seine eigene Persönlichkeit wurde nicht vernachlässigt. Napoleon wollte vor der jungen Marie Louise in dem denkbar vorteilhaftesten Lichte erscheinen. Es konnte ja sein, daß sie den zweiundvierzigjährigen behäbigen Mann zu alt fände. Er suchte sich daher ihr zuliebe soviel wie möglich zu verjüngen und zu verschönen. Er, der nie viel mit Kleider- oder Schuhkünstlern zu tun haben wollte, ließ sich jetzt neue modische Fräcke und Röcke, zierliche Stiefel und Schnallenschuhe machen. Er versuchte es sogar noch einmal mit dem Tanzen, denn er hatte erfahren, daß seine junge Gattin den Walzer leidenschaftlich liebe. Es gelang Napoleon jedoch jetzt ebensowenig wie in seiner Jugend, in der Kunst Terpsichorens etwas zustande zu bringen, so große Mühe sich auch die Königin Hortense und die Großherzogin Stephanie von Baden mit ihm gaben. Aber er wollte unbedingt in den Augen Marie Louises jung erscheinen. Um magerer zu werden, ritt er viel, ging viel auf die Jagd und machte Bewegung im Freien.

Mittlerweile näherte sich der Brautzug immer mehr den Städtchen Soissons und Compiègne. Zwischen ihnen lag ein Wald. Hier sollten Napoleon und Marie Louise sich unter einem mit Gold und Purpur behangenen Zelt zum erstenmal begegnen. Von München an hatte die Kaiserbraut täglich einen Brief von ihrem Verlobten erhalten. Aber von Straßburg an überraschte er sie außerdem noch jeden Morgen mit den herrlichsten frischen Blumen aus seinen Gewächshäusern und Gärten. Er wußte, daß sie Blumen über alles liebte, und sofort bot er alles auf, um ihr täglich die schönsten zu senden. Auch Beutestücke von seiner Jagd erhielt sie.

Überall wurde die junge Kaiserbraut mit den größten Huldigungen und Auszeichnungen empfangen. Ihre Reise war wirklich ein Triumphzug von Stadt zu Stadt, von Ort zu Ort. Dazu trug nicht wenig die große Freigebigkeit des kaiserlichen Bräutigams bei. Er überhäufte nicht nur seine zukünftige Gattin, sondern auch deren Gefolge mit Geschenken. Die Frankfurter und Pariser Juweliere vermochten nicht genug Juwelen und Edel-

steine, Gold- und Silbergegenstände herbeizuschaffen, um Marie
Louise und ihre Damen würdig damit zu bedienen. Aber seine
Freigebigkeit erreichte ihren Höhepunkt, als der Brautzug Straßburg verlassen hatte, dessen Bewohner die neue Gemahlin des
Weltherrschers mit einem Pomp ohnegleichen gefeiert hatten.
Zum erstenmal hatte Marie Louise französischen Boden betreten. Ihr Wagen war von einer glänzenden Eskorte Generale,
in Galauniform mit wehenden Straußfederbüschen auf den Drei-
spitzen, umgeben. Unter ihnen befand sich auch der persönliche
Adjutant Napoleons, Graf Lauriston. Als Marie Louise, von
den vielen Empfangsfeierlichkeiten erschöpft, endlich Straßburg
hinter sich hatte und, müde in die Ecke ihres Reisewagens gedrückt, ihren Wege fortsetzte, wurde sie auf einer Zwischen-
station von neuem durch eine ganz besondere Aufmerksamkeit
Napoleons überrascht. Ein französischer Generalstabsoffizier
kam direkt aus Compiègne und überreichte ihr im Namen des
Kaisers eine kleine, ziemlich unscheinbare Dose. So müde und
abgespannt Marie Louise war, sie öffnete sie doch. Zu ihrer großen Freude fand sie wieder einen zärtlichen Brief darin. Plötzlich aber überzog glühende Röte ihr Gesicht. In dem Briefe befand sich die eigenhändig von Napoleon unterschriebene Quit-
tung über die noch rückständigen 35 Millionen Kriegsschulden,
die Österreich zu zahlen hatte.

Solche Aufmerksamkeiten Napoleons schmeichelten Marie
Louise und erfreuten sie. Sie milderten allmählich das Bild, das
sie sich im geheimen von ihm gemacht hatte. Die zärtlichen Liebesworte, die er in seine Briefe einzuflechten verstand, beglückten
sie. Schließlich war sie so daran gewöhnt, täglich von ihm ein
Zeichen seiner Liebe zu erhalten, daß sie betrübt war, wenn der
Kurier Napoleons einmal nicht zur bestimmten Zeit eintraf. War
das ein Wunder? Schrieb er nicht, wie sehr er sie begehrte, wie
sehr er sich nach ihr sehnte? Schrieb er nicht: „Warum bin ich

nicht der Page und darf Ihnen den Huldigungseid schwören, kniend, meine Hand in der Ihren? Empfangen Sie ihn wenigstens in Gedanken. Und in Gedanken bedecke ich Ihre schönen Hände mit Küssen." Es war fast die Sprache des jungen Generals Bonaparte, den die Liebe zu Josephine entflammt hatte. Nur empfing jetzt diese sehnsüchtigen Liebesworte ein junges Fürstenkind, das nicht an glühende Herzensergüsse der Männer gewöhnt war. Noch nie hatte ein fremder Mann so zu Marie Louise gesprochen. Außer ihrem Vater hatte keiner es gewagt, ihr Zärtlichkeiten zu sagen oder zu schreiben. Wie stark mußte diese Menschlichkeit Napoleons auf diese unerfahrene romantische Prinzessin wirken.

Zwar schüchtern noch, aber täglich antwortete sie auf jeden Brief ihres zukünftigen Gatten. Manchmal waren die Antworten recht lang und ausführlich, denn sie erzählte ihm meist jede Einzelheit ihrer Reise. Napoleon war überglücklich. Er hatte nicht nötig, wie einst Josephine, Marie Louise zu erinnern, öfter zu schreiben. Sie selbst hatte das Bedürfnis, ihm alles zu sagen, was sie erlebte und was sie bewegte. Den letzten Brief erhielt er, als Marie Louise Reims verlassen hatte und sich bereits auf dem Wege nach Soissons befand.

In Compiègne war inzwischen seit dem 20. März alles zum Empfang der jungen Herrscherin bereit. Die ganze Familie Napoleons und der Hof waren versammelt. Nur Hortense und Eugen, die Kinder Josephines, fehlten. Napoleon wollte seiner jungen Frau nicht gleich die Kinder der ersten Frau vor Augen führen. Er suchte alles zu vermeiden, was das Feingefühl Marie Louises verletzen konnte. Seine Adoptivkinder trafen erst ein paar Tage später ein, als Marie Louise schon ein wenig Fühlung mit der übrigen Familie genommen hatte. Mit Ungeduld wartete Napoleon in Compiègne. Es regnete seit Tagen in Strömen, so daß die Wagen des Reisezugs nur schlecht vorwärtskamen. Der

MARIE LOUISE

Kaiser befand sich in einem Zustand höchster Spannung und Erwartung. Schließlich hielt es ihn nicht mehr in dem Schlosse, wo das unter den unglaublichsten Mühen vorgeschriebene Zeremoniell auf den Augenblick wartete, in Bewegung gesetzt zu werden. Was kümmerte Napoleon dieses Zeremoniell? Was kümmerten ihn die Vorurteile höfischen Lebens? Er war kein geborener Fürst. In diesem Augenblick war er wieder Mensch, wieder der General Bonaparte. Als Mensch wollte er seine junge Frau empfangen, nicht als Herrscher.

In strömendem Regen, nur von seinem Schwager Murat begleitet, in seinen berühmten grauen Mantel gehüllt — der bestickte Frack hatte wieder der Uniform Platz gemacht —, fuhr Napoleon in einer einfachen Kutsche, ohne alle kaiserlichen Abzeichen, der Braut entgegen. Er hatte sich vorgenommen, Marie Louise zu überraschen. Unerkannt wollte er sich ihrem Wagen nähern und ihr wie ein kaiserlicher Ordonnanzoffizier einen Brief überreichen.

In Courcelles stießen die beiden Reisenden auf die ersten Wagen des Brautzuges. Man war im Begriff, die Pferde zu wechseln. Es regnete, regnete, regnete! Napoleon und Murat verließen ihre Kutsche und suchten Schutz unter der Tür einer Kirche. Hier mußte Marie Louises Wagen vorfahren. Nicht lange brauchten sie zu warten. Als Napoleon ihn gewahrte, trat er schnell hervor und war eben im Begriff, an den Wagenschlag zu treten, um seinen Brief zu überreichen, als der Stallmeister Audenarde ihn erkannte. Er riß den Wagenschlag auf und rief den darin sitzenden Damen, Marie Louise und Karoline, zu: „Der Kaiser!" Aber da saß Napoleon auch schon in regendurchnäßten Kleidern neben seiner jungen Gattin. Er schloß sie in seine Arme und küßte sie herzlich. Sie wußte nicht, wie ihr geschah. Ihr Gesicht war wie in Purpur getaucht. Immer wieder nahm er ihre Hände und küßte sie. Als sie sich von ihrem Erstaunen etwas erholt hatte,

86

fand sie endlich Worte. „Sire", sagte sie leise, „Ihr Bild ist nicht geschmeichelt." Er gefiel ihr also. Sie fand ihn jünger, als sie sich ihn vorgestellt hatte. Sie fand ihn durchaus nicht dem Marschall Berthier ähnlich, wie man ihr gesagt hatte. Und darüber war sie froh, denn Berthier gefiel ihr gar nicht. Während sie sprach, hatte Napoleon sie sekundenlang verstohlen betrachtet. Er schien angenehm überrascht zu sein. Seine Voraussetzungen hatten ihn nicht getäuscht. Im stillen hatte er gefürchtet, sie könnte bäurisch, allzu robust sein. Marie Louise war zwar keine Schönheit, aber äußerst sympathisch. Die Lippen waren ein wenig zu dick, die blauen Augen vielleicht ein wenig zu hell und zu weit voneinander entfernt und die hohe Gestalt für ihr Alter ein wenig zu üppig. Dennoch, die Gesamterscheinung dieser jungen Wienerin war reizvoll. Die köstliche Jugendfrische überstrahlte alle Mängel. Die Fülle des blonden Haares, das sanfte, angenehme Lächeln verliehen ihren Zügen großen Liebreiz. Marie Louises Arme und Füße aber waren vollendet schön, die Füße so klein und schmal, daß man kaum begriff, wie sie den Körper zu tragen vermochten. „Die junge Kaiserin", meinte Metternich, „wird und muß in Paris durch ihre Güte, ihre außerordentliche Sanftmut und Einfachheit gefallen ... sie hat eine sehr schöne Gestalt, und wenn sie ein wenig hergerichtet und gut angezogen ist, wird sie sehr gut aussehen." Wie sehr Metternich recht behielt, lehrte die Zukunft. Marie Louises Äußere verwandelte sich am Hofe Napoleons, wo es so viele schöne und elegante Frauen gab, sehr bald, und sie galt als eine der geschmackvollsten Damen der Pariser großen Welt. Metternich hatte aber auch prophezeit, die junge Kaiserin werde sich die Herzen der Franzosen im Sturm erobern. So leicht waren indes die Pariser nicht zu befriedigen, wie es Metternich sich vorstellte. Er bedachte nicht, daß Marie Louise eine Nachfolge antrat, die schwer war. Er dachte nicht daran, daß die wundervolle kreolische Anmut Josephines, die Liebenswür-

87

digkeit und Geschmeidigkeit ihres Geistes, die ganze Art der Pariser Weltdame sie zum Liebling des Volkes gemacht hatten. Marie Louise war sowohl im Wesen als auch im Charakter ein ganz anderer Mensch. Sie kannte keine Verstellung, keine Koketterie mit ihren Gaben, sie war die Natürlichkeit selbst. Ihr Intellekt war kein gewöhnlicher und ihre Bildung stand weit über der Josephines. Alle diese Eigenschaften krönte ein wahrhaft tiefes religiöses Gefühl, das selbst Napoleon Achtung einflößte. Mit Josephine hatte sie nur die Güte und Sanftmut gemeinsam, aus der eine große Mildtätigkeit entsprang. Aber was vor allem Josephine nicht besaß, das hatte Marie Louise in erhöhtem Maße: ein stark ausgeprägtes Pflichtgefühl. Die etwas steife Art, sich in der Öffentlichkeit zu bewegen, war weder Hochmut noch Stolz auf ihre Abkunft. Es war die Unsicherheit eines Menschen, der nicht weiß, ob die Gefühle, die man ihm entgegenbringt, echt sind oder nicht. Denn noch bis vor kurzem hatte Marie Louise die Franzosen als die Feinde ihres Vaters und ihres Landes betrachten müssen. Wenn sie ihr jetzt zujubelten, wurde sie vielleicht das Gefühl nicht los: es ist alles nur Mache, nur Schein. Ein einziger Fehlschlag in der Politik ihres Mannes könnte diesen frenetischen Jubel in bitteren Haß verwandeln, und mit einemmal stand ihr vielleicht auch das Schicksal ihrer Tante vor Augen, die das Pariser Volk auf einem Karren zum Richtplatz geführt, nachdem es sie vorher genau so begeistert empfangen hatte wie jetzt Marie Louise. Konnte man dieses innere Mißtrauen der Österreicherin verübeln?

Als Napoleon an der Seite seiner jungen Gattin dahinfuhr, sah er vorläufig nur ihre äußeren Vorzüge. In rasender Eile ging es vorwärts. Er wollte noch am Abend in Compiègne sein. Nirgends wurde haltgemacht. Das Zeremoniell schrieb vor, in Soissons zu Abend zu essen, aber der Kaiser überging auch darin seine eigenen Vorschriften und ließ den Wagen direkt nach

Compiègne fahren. Dort traf man um zehn Uhr abends ein.
Napoleon schien äußerst nervös. Hastig stellte er seine junge
Gemahlin den anwesenden Familienmitgliedern, seiner Mutter,
seinen Schwestern und Brüdern und den hauptsächlichsten Würdenträgern vor. Kaum ließ er den jungen Mädchen der Stadt, die
mit Blumen ins Schloß gekommen waren, um Marie Louise zu
begrüßen, Zeit, ihre Willkommengedichte herzusagen. Eilig zog
er sich mit ihr in die inneren Gemächer zurück. Er ließ ihr keine
Zeit, sich auszuruhen. In der Eile hatte man — denn nichts war
vorbereitet, weil man die Majestäten erst am nächsten Tag erwartete — ein kleines Souper hergerichtet, an dem nur als Dritte
im Bunde die Königin Karoline teilnahm. Gern hätte Napoleon
auch seine Schwester von diesem ersten Tête-à-tête ausgeschlossen. Aber das gestattete der äußere Anstand denn doch nicht.
Während der Mahlzeit war Marie Louise schrecklich schüchtern und verlegen. Purpurröte überzog ihre Wangen, wenn Napoleon sie ansah oder ihre Hand nahm. Die zärtlichen Worte,
die er ihr zuflüsterte, verwirrten sie. Aber gerade diese Befangenheit hatte einen großen Reiz. Ihre naiven Antworten begeisterten ihn. Als er sie fragte, was denn ihr Vater ihr gesagt habe, ehe
sie abgereist sei, erwiderte Marie Louise in unschuldiger Offenheit: „Er hat mir gesagt, ich soll Ihnen ganz angehören und alles
tun, was Sie von mir verlangen."

Gegen ein Uhr nachts war alles still im Schloß. Die Kerzen
waren verlöscht. Die Menschen hatten sich aus den Vorzimmern
zurückgezogen. Vom Schloßhof und von den Portalen waren
Wagen und Diener verschwunden. Auch der Kaiser hätte sich,
dem Zeremoniell gemäß, nach dem Souper entfernen sollen —
aber er war geblieben. Ihm wäre bis zum 1. April, dem Tage,
an dem die offizielle Vermählung stattfinden sollte, das Kanzlei-
gebäude zur Wohnung bestimmt gewesen. Um aber auch sicher
zu sein, daß er mit seinem Bleiben im Schloß nicht gegen die

Gesetze verstieß, hatte er den Kardinal Fesch gefragt, ob er wohl durch die Trauung in Wien der rechtmäßige Gatte Marie Louises wäre. „Ja", hatte ihm sein Onkel geantwortet, „Sie sind nach dem Zivilgesetz mit der Erzherzogin verheiratet." Nun war sein Gewissen beruhigt. Auf seine junge Frau sollte nicht der leiseste Zweifel fallen und auf ihm nicht der Verdacht eines Formfehlers ruhen.

Am nächsten Morgen ließ Napoleon das gemeinsame Frühstück ans Bett der Kaiserin bringen. Er war den ganzen Tag sehr heiter. Seinem Kammerdiener Constant fragte er, ob man gemerkt hätte, daß er das Zeremoniell so brüsk übergangen habe. Zum Diner zog er Marie Louise zuliebe einen der bestickten Fräcke an, den ihm der Schneider seines Schwagers Murat gemacht hatte. Es war jedoch das letzte Mal, daß Napoleon sich diesen Zwang antat, denn am nächsten Tag erschien er schon wieder in seiner dunkelgrünen Uniform bei Tisch. Er war überglücklich. Seinem Schwiegervater wußte er nicht genug zu danken für das Glück, das er ihm mit dem Geschenk seiner Tochter bereitete. „Sie erfüllt alle meine Hoffnungen", schrieb er ihm zwei Tage nach der Ankunft Marie Louises in Compiègne, „und wir hören nicht auf, uns gegenseitig unsere zärtlichste Liebe zu beweisen." Auch Marie Louise fühlte sich an Napoleons Seite gleich vom ersten Tage an froh und glücklich. Sie merkte, daß er ihr herzlich zugetan war und erwiderte seine Liebe. Sie fand auch, daß er sehr gewänne, wenn man ihn näher kannte. „Er hat etwas Einnehmendes und Zuvorkommendes, dem man unmöglich widerstehen kann", schrieb sie an den Vater. Franz konnte also sicher sein, sein geliebtes Kind keinem Unwürdigen zur Frau gegeben zu haben.

Die offiziellen Feierlichkeiten der bürgerlichen Trauung fanden am 1. April in Saint-Cloud statt und am 2. vereinigte die Kirche, das heißt der Kardinal Fesch, in der Eigenschaft als

kaiserlicher Großalmosenier, vor der Welt Napoleon und Marie
Louise als Mann und Frau. Gleichzeitig hielt die neue Kaiserin
ihren Einzug in Paris.

An Pomp und Pracht hatte man in der Hauptstadt Frankreichs noch nichts Ähnliches gesehen. Selbst nicht in der ver-
schwenderischen Zeit des Sonnenkönigs. Die Damen des napoleonischen Hofes erschienen in den kostbarsten Toiletten, über
und über mit Diamanten bedeckt. Marie Louise selbst war herrlich gekleidet. Sie trug eine wundervolle Hochzeitstoilette aus
Silbertüll mit prachtvollen Juwelen bestickt und war buchstäblich mit Brillanten übersät. Sechs Königinnen oder königinnen-
gleiche Fürstinnen trugen ihr den Purpurmantel, nämlich Napoleons drei Schwestern, Großherzogin Elisa von Toskana, Königin Karoline von Neapel, Fürstin Pauline Borghese, Königin
Hortense von Holland, Königin Katharina von Westfalen und
Königin Julie von Spanien. Und der erste bittere Tropfen des
Neides fiel auf den Brautschleier Marie Louises. Die stolzen
Schwestern Napoleons fühlten sich gedemütigt, daß sie der „Erzherzogin" den Brautmantel tragen mußten. Sie sahen in der Art,
wie Marie Louise den Kopf nach rückwärts wandte, um zu
sehen, ob der Mantel über ihren Sessel richtig ausgebreitet sei,
Hochmut und Arroganz der österreichischen Kaisertochter. Aber
es war sicher nur eine jener verlegenen Gesten, die sie oft in der
Öffentlichkeit machte, ohne zu wissen, welche Wirkung sie aus-
übte. Übrigens erdrückte sie die schwere, mit Edelsteinen und
Diamanten beladene Hochzeitskrone fast. Aber die Schwestern
Napoleons vergaßen ihr diese Bewegung nicht. An diesem Tage
indes wagten sie noch nichts zu sagen. Die ganze Feier verlief
glänzend. Es schien, als wollte auch der Himmel seinen Anteil
daran haben. Nach einer fürchterlichen Regen- und Sturmnacht
überstrahlte am nächsten Morgen die Sonne mit ihrem Glanze
den von Saint-Cloud nach Paris ziehenden Hochzeitszug.

MARIE LOUISE

Die Pariser befanden sich wie in einem Rausch der Freude. Sie waren ebenso glücklich und stolz darüber wie Napoleon selbst, daß er nun die Tochter der Cäsaren in den Armen hielt. Sie begrüßten Marie Louise mit unbeschreiblichem Jubel. Man sah in ihr die Glück-, die Friedensbringerin, die junge Herrscherin, die dem Lande einen Erben schenken sollte. Das ganze Volk war bereit, sich Marie Louise zu Füßen zu werfen. Und es war betroffen, in ihrem Gesicht nicht das glückstrahlende Lächeln zu bemerken, das Napoleons Antlitz überstrahlte. Die unüberwindliche Schüchternheit der jungen Kaiserin schadete ihr. Ihre Erscheinung ließ die Kaiserin Josephine nicht vergessen. Man legte Marie Louise als Stolz und Unnahbarkeit aus, was nur zaghaftes Zurückhalten ihres Empfindens war. Sie verstand nicht, bezaubernd zu lächeln und zu nicken, wenn sie an der jubelberauschten Menge vorüberfuhr. Sie verstand nicht, sich anders zu geben, als sie war. War sie müde oder fühlte sie sich von all den Förmlichkeiten und Begrüßungen erschöpft, hatte sie Kopfweh, so merkte man es ihr an. Dann zog sie sich zurück, unbekümmert um die Blicke des harrenden Publikums. Josephine wäre lieber gestorben, als daß sie das Volk hätte merken lassen, wie sie sich fühlte, wenn es galt, die Kritik der Öffentlichkeit auszuhalten und repräsentieren zu müssen. Sie hatte für jeden ein liebes Wort, ein holdes Lächeln, einen freundlichen Blick. Marie Louise fand selten Worte im Zwang der Öffentlichkeit. Und wenn, dann kamen ihre Reden schüchtern und ungeschickt heraus, obwohl sie das Französische wie ihre Muttersprache beherrschte. Vor lauter Angst, daß man sie beobachtete, drückte sie beide Hände stets fest ineinander, wenn sie öffentlich erschien. Oft gruben sich dabei ihre Nägel dermaßen ins Fleisch, daß die Handflächen bluteten. Wie groß muß ihre Schüchternheit und ihre innere Zaghaftigkeit bei diesem Einzug in die Stadt gewesen sein, deren Bewohner sie zum erstenmal als ihre Herrscherin begrüßten!

FÜNFTES KAPITEL

DIE KAISERIN

Der Hof Napoleons — Der Ball beim Fürsten Schwarzenberg — Marie Louise
zu Hause — Die Ehe — War Napoleon treu? — War er eifersüchtig? —
Josephine in Malmaison — Marie Louises Eifersucht — Die Familie Bona-
parte — Die Hoffnung auf den Thronerben

Die meiste Zeit verbrachte der Kaiser mit seiner jungen Frau
in den Schlössern Saint-Cloud und Compiègne. Länger als zwei
Jahre lebten sie hier, ohne sich jemals zu trennen. Wenn der
Kaiser verreiste, nahm er seine Marie Louise mit. Vor allem gefiel
ihnen Compiègne, wo ihr Glück begonnen hatte. Marie Louise
hielt sich hier am liebsten auf. Hier nahm Napoleon stets an
ihren Mahlzeiten teil. Hier leitete er ihre Reitstunden, begleitete
sie auf ihren Spazierfahrten, spielte mit ihr Billard. Kurz, hier
hatte er mehr Zeit als in den Tuilerien, wo beständig Minister-
räte, Audienzen und Konferenzen stattfanden, die ihn der Gesellschaft seiner Frau entrissen. Da Compiègne und Saint-Cloud
in der Nähe von Paris liegen, war die junge Kaiserin stets von
einer großen Zahl Besucher, besonders von ihren Landsleuten
umgeben. Fürst Schwarzenberg, Fürst Liechtenstein, Feldmarschalleutnant von Wallmoden, Graf Paar, Graf Starhemberg,
Schönborn, Sickingen, Thurn und viele andere Österreicher mit
ihren Damen und ihrem Gefolge kamen an den Hof. Sie suchten
sich gegenseitig an Festen zu Ehren der Tochter ihres Kaisers zu
überbieten. Wenn das Kaiserpaar sich aber in Paris oder auf
Reisen aufhielt, war es besonders Graf Klemens Metternich, der

MARIE LOUISE

sich seiner Gunst unter den Österreichern erfreute. Er genoß bald
darauf den Vorzug, Marie Louise und Napoleon auf ihrer Reise
nach dem Norden Frankreichs, nach Belgien und nach Holland
zu begleiten. Nicht zum wenigsten hatte er diese Gunst Napoleons Schwester Karoline zu verdanken. Während der Brautreise
schon zeigte der damals noch junge, kluge Diplomat für die
hübsche Königin von Neapel großes Interesse. Jetzt in Paris
war sie Oberintendantin des neuerrichteten Hofstaates. Die
Freundschaft dieser intelligenten, reizenden Frau konnte einem
Mann wie Metternich nur von Nutzen sein. Wer weiß, vielleicht
wurden schon damals die Fäden des Netzes gesponnen, das
Österreich nach dem russischen Feldzug so überaus geschickt entfaltete. Hatte Metternich nicht bereits 1810 zum Grafen Neipperg in Straßburg gesagt, er setze trotz der Heirat mit der österreichischen Kaisertochter keine starke Hoffnung auf die Erhal-
tung des Weltgebäudes Napoleons. „Die Idee eines europäischen
Friedens sei eine Chimäre. Europa würde das napoleonische Joch
abwerfen, sobald dieser Hochzeitstaumel vorüber sei." Welch
seltsame Verkettung der Umstände! Metternich sagte das jenem
General Neipperg — übrigens einem fanatischen Gegner Napoleons —, dem vier Jahre später die entthronte Kaiserin der Franzosen ihr Herz und ihre Hand anvertraute. Neipperg hielt sich,
als er Metternich damals begegnete, in Straßburg auf, um die
Auswechslung und Verpflegung der Kriegsgefangenen zu leiten.

Vorläufig schienen jene prophetischen Worte des österreichischen Ministers allerdings kaum glaubhaft. Alles und alle befanden sich wie in einem Taumel des Glücks über den Frieden.
Man jubelte Napoleon wie einem Gottgesandten entgegen, und
nie empfing ein fürstliches Paar glänzendere Huldigungsbeweise
als er und Marie Louise. Paris war wochen- und monatelang eine
einzige Feststadt. Jede Gesandtschaft, jedes Fürstenhaus wett-
eiferte in Veranstaltungen von großartigen Festlichkeiten. Nie-

Erzherzog Karl, der Sieger von Aspern
Stich von Benedetti nach einer Lithographie von Kriehuber

mand wollte zurückstehen an Entfaltung von größtem Glanz und Reichtum.

Unter diesen zu Ehren der neuen Kaiserin veranstalteten Festlichkeiten übertraf der Ball beim Fürsten Schwarzenberg, dem ersten Repräsentanten des österreichischen Kaiserhofes in Paris, gewiß alles Bisherige an Geschmack und Aufwand. Der Kaiser und die Kaiserin, sämtliche Prinzen und Prinzessinnen des kaiserlichen Hauses, die Gesandten aller Staaten, der ganze Hof nahmen daran teil. Da das Palais Schwarzenberg für eine so große Gesellschaft zu klein war, hatte der Fürst binnen wenigen Tagen einen Ballsaal aus Holz mit Wandelgängen und Galerien, ein wahres Feenschloß in seinem Park erstehen lassen. Tausende von Kerzen erleuchteten die reich mit Blumen und Girlanden, Teppichen und Draperien dekorierten Säle. Hier tanzte König Jérôme mit Gräfin Maria von Metternich, Königin Karoline von Neapel mit Fürst Esterházy, Vizekönig Eugen von Italien mit Fürstin Pauline Schwarzenberg und andere gekrönte Häupter die berühmte Quadrille. Napoleon und Marie Louise waren als Zuschauer erschienen. Sie hielten Cercle, worauf sie im Saale promenierten. Man sah es Napoleon an, wie stolz er auf den größten Erfolg seines Lebens war. Sein Glück stand ihm auf dem Gesicht geschrieben. An der Seite seiner jungen Frau wußte er jeder Dame, an der sie vorüberkamen, etwas Höfliches zu sagen. Dabei scherzte er, wie er oft tat, wenn er gut aufgelegt war. Nicht immer glückten ihm seine Komplimente, und mehr als einmal hatte die junge Kaiserin Gelegenheit, im stillen über seine Unbeholfenheit zu lächeln. Es waren so viele junge und schöne Frauen anwesend. Die heitere Laune all dieser Jugend konnte nicht einmal die Anwesenheit der Majestäten stören. Es wurde viel getanzt. Die jungen Offiziere und Diplomaten ließen selten einen Tanz vorübergehen. Da eine Menge Österreicher anwesend waren, wurde auch Walzer getanzt, worüber Marie Louise sich

besonders freute. Schließlich aber war sie müde vom vielen Her-
umgehen. Jedem hatte sie etwas Nettes sagen müssen. Der Kaiser
führte sie zu ihren Damen und Herren im Hintergrund des
Saales. Er selbst begab sich gleich darauf nach der entgegen-
gesetzten Seite zur Fürstin Pauline Metternich, die ihm ihre
Tochter vorstellte. Plötzlich ertönte der gellende Schrei: „Feuer!"
Eine Girlande hatte in einem der Nebensäle an einer Kerze
Feuer gefangen. In wenigen Augenblicken stand der ganze Ballsaal in Flammen. Wie aus einem Munde riefen alle: „Rettet die
Kaiserin! Rettet den Kaiser!" Napoleon hatte jedoch schon selbst
die Situation übersehen. Es blieb ihm gerade noch Zeit, zu Marie
Louise zu eilen. Rasch, aber ohne äußere Zeichen der Aufregung,
führte er sie in Begleitung des Fürsten Schwarzenberg aus dem
brennenden Gebäude. Aber sein Gesicht war bleich, fast erstarrt.
Nur daran konnte man die Angst und den Schrecken erkennen,
die er um sie durchlebte. Als er Marie Louise in Saint-Cloud in
Sicherheit gebracht hatte, kehrte er zur Brandstätte zurück, nur
von einem einzigen Adjutanten begleitet.

Anfangs war auf dem Schauplatz des Schreckens alles in guter
Ordnung verlaufen. Die Ausgänge waren groß und weit. Die
Menschenmenge konnte leicht hinaus in den Garten gelangen.
Aber mit der Zeit steigerte sich die Angst und Aufregung der
vielen sich noch im Saale befindlichen Menschen derart, daß ein
furchtbares Getümmel entstand. Mütter suchten und riefen nach
ihren noch eben beim Tanze frohen Töchtern. Die Töchter suchten in dem Gewirre verzweifelt ihre Eltern. Das Feuer nahm mit
solcher Gewalt zu, daß die meisten ihre Geistesgegenwart verloren. Alle rannten und stürzten wild durcheinander. Alles schrie
und drängte zu den Ausgängen. Karoline, die Schwester Napoleons, strauchelte und fiel zu Boden. Nur durch rasches Zugreifen
des Herzogs von Würzburg wurde sie vor dem Zertretenwerden
geschützt. Die Königin von Westfalen wurde von Jérôme und

dem Fürsten Metternich halb ohnmächtig aus dem Saale gebracht. Napoleons Stiefsohn Eugen, der fast bis zuletzt in dem brennenden Gebäude geblieben war, sah plötzlich, wie der Kronleuchter schwankte und herabzufallen drohte. Er und seine Frau konnten glücklicherweise noch durch eine Nebentür entkommen. Mehr als zwanzig Damen der Hofgesellschaft wurden in diesem fürchterlichen Durcheinander schwer verwundet. Der russische Botschafter Fürst Kurakin brach ohnmächtig und vom Rauch fast erstickt am Ausgang zusammen. Er verdankte die Rettung seines Lebens nur zwei jungen Offizieren. Sie trugen ihn bewußtlos aus den Flammen. Die ungeheure Feuersbrunst erleuchtete grell den schönen Schwarzenbergschen Garten. Über die Mauern stiegen die draußen stehenden Zaungäste, ein armes Lumpengesindel, das sich die furchtbare Verwirrung zunutze machte. Es stahl, was ihm in die Hände fiel. Verlorene Diademe, Armbänder, Halsketten, Gold- und Silbergeschirr von den Tischen, Schals und Mäntel von den Stühlen und aus den Garderoben. Niemand achtete darauf. Die Lakaien waren damit beschäftigt, den Verwundeten und Bedrängten Hilfe zu leisten. Aber das Bedauernswerteste bei diesem Unglück war das Schicksal der Fürstin Pauline Schwarzenberg. Sie fand auf tragische Weise den Tod in den Flammen. Mit ihrer jüngsten Tochter an der Hand wollte sie gerade fast als letzte den Ballsaal verlassen, als ein einstürzender Balken das Kind von ihrer Seite riß. Im Gedränge wurde das kleine Mädchen vollkommen von seiner Mutter getrennt, aber, ohne daß die Fürstin es ahnte, von einem der Hofleute heil aus dem Saale getragen. Auch die Fürstin wurde in den Garten hinausgerissen. Als sie jedoch ihre kleine Tochter dort nicht fand, eilte sie verzweifelt wieder in den brennenden Raum zurück. König Jérôme und Fürst Borghese versuchten sie vergebens davon abzuhalten. Kaum war Pauline Schwarzenberg in dem raucherfüllten Ballsaal verschwunden, als ein furchtbares Getöse den Draußenstehenden den Einsturz der Decke verkündete. Die Fürstin kehrte nicht zurück. Die ganze Nacht hindurch suchte Fürst Schwarzenberg seine Frau, aber erst beim Morgengrauen fand man ihren verstümmelten Leichnam unter den Trümmern. Am nächsten Tag erfuhr man die ganze Tragweite dieses furchtbaren Ereignisses. Marie Louise war tief erschüttert. Österreichische Erzherzoginnen brachten also den Parisern kein Glück. Auch Marie Antoinettes Einzug in Paris war von einem todbringenden Brandunglück begleitet gewesen. Erst gegen vier Uhr morgens war Napoleon von der österreichischen Gesandtschaft zurückgekehrt, vom Rauche schwarz, die Kleider zerrissen und vom Regen durchnäßt. Er hatte wie ein Feldherr Befehle bei den Löscharbeiten gegeben und sich um alles gekümmert. Währenddessen wartete Marie Louise mit Karoline die ganze Nacht in Angst und Sorge auf ihn. Als er zu ihr ins Zimmer trat, waren seine ersten Worte: „O Gott, welches Fest!" Erschöpft ließ er sich in einen Sessel fallen. Später drückte er dem Kammerdiener Constant gegenüber die Besorgnis aus, das grauenvolle Unglück jener Nacht könne eine Vorbedeutung verhängnisvoller Ereignisse sein. Denn Napoleon war abergläubisch. Der Gedanke, daß seine Frau bei diesem Brande ebenso hätte ums Leben kommen können wie die unglückliche Fürstin Schwarzenberg, ließ ihn erschauern. Unendlich schmerzte ihn der Tod dieser reizenden Frau. Sie war es gewesen, die von Josephine zuerst auf die Möglichkeit einer österreichischen Heirat aufmerksam gemacht worden war. Und die Fäden hatten sich von der Gesandtschaft in Paris weitergesponnen zu Metternich. Verdankte Napoleon nicht auch ein wenig der Fürstin sein Glück mit Marie Louise? Noch nie hatte des Kaisers Umgebung ihn so bewegt gesehen, als nach diesem ihm und Marie Louise zu Ehren gegebenen Ball, der auf so tragische Weise endete. Als Napoleon seine Frau weinen sah, hatte er selbst Tränen in den Augen.

Lange Zeit nach dieser Schreckensnacht blieb der Kaiserhof allen Festen der Hauptstadt fern. Marie Louises Leben mit Napoleon wurde immer herzlicher, immer vertraulicher. Sie fand ein unverhofftes Glück an der Seite des Mannes, den sie vorher gehaßt hatte. Jeden Tag erkannte sie mehr seine großen menschlichen Eigenschaften. Sie fühlte sich geborgen bei ihm. Bald legte sich auch ihre Schüchternheit und Ängstlichkeit. Marie Louise wurde selbstbewußter, ihr Wesen persönlicher, der bedeutenden Stellung, die sie einnahm, angemessener. Noch vor kurzem auf der Reise war es ihr seltsam erschienen, Befehle erteilen zu müssen, als Mittelpunkt zu gelten. Jetzt verstand sie das Befehlen schon besser. Auch als Frau. Sie, die bisher immer die Gehorchende gewesen war, fing bereits an, eine gewisse Macht über den Mann zu gewinnen, der sonst anderen seinen Willen aufzwang. Während man sich am Wiener Hofe die größten Sorgen machte, daß die junge Frau täglich vor dem „Korsen" zittern müsse, ging es Marie Louise im Gegenteil äußerst gut an seiner Seite. Und so konnte sie eines Tages lachend zu Metternich sagen: „Ich bin überzeugt, man macht sich in Wien viel mit mir zu schaffen. Man kann es sich dort gar nicht anders vorstellen, als daß ich in beständiger Todesangst vor ihm schwebe. Aber das Scheinbare ist nicht immer das Wahre. Ich fürchte mich gar nicht vor Napoleon, im Gegenteil, ich fange an zu glauben, daß er sich vor mir fürchtet." Diese Art Beherrschung ließ der Herrscher der Welt sich gern von einer Frau gefallen. Sie durfte nur nicht in Tyrannei ausarten. Und das war bei Marie Louises angeborener Sanftmut nicht zu befürchten. Sie war nie launisch, nie irgendwie herrisch oder anspruchsvoll. Sie mischte sich nicht in seine Staatsangelegenheiten. Sie stand allen Hofintrigen fern. Sie hatte nie ein Geheimnis vor ihm. Er erschien in den Gemächern seiner Frau wann und wie er wollte, aber nie traf er sie unwillig oder unvorbereitet. Er war öfters zugegen, wenn sie sich ankleidete.

Die geringsten Kleinigkeiten ihrer Toilette, ihrer Frisur interessierten ihn. Er riet ihr, welchen Schmuck sie zu diesem oder jenem Kleid anlegen sollte, welchen Mantel, welchen Hut sie tragen mußte, wenn er mit ihr ausfuhr oder im Theater erschien. Hier und da machte er eine scherzhafte, spöttische Bemerkung, kniff sie in die hübschen Arme oder in die roten Wangen und nannte sie, wenn sie ein wenig ärgerlich darüber wurde, „ma grosse bête", einen Ausdruck, den er für besonders zärtlich hielt. Er kümmerte sich aber auch um die geringsten Dinge ihrer Hofhaltung. Es ist erstaunlich, woher dieser universelle Mann zu diesen unbedeutenden Sachen die Zeit nahm. Er sah alles, wußte alles, erkundigte sich nach allem und war empört, wenn irgend etwas im Dienst der Kaiserin vernachlässigt wurde. Hätte das Schicksal Napoleon in ein bürgerliches Leben gezwängt, er wäre, wie man es nennt, ein „Topfgucker" gewesen. Nie wollte er zugeben, daß er als Monarch die Waren teurer bezahlen müsse als ein gewöhnlicher Bürger. „Ich werde mir das anders einrichten", sagte er einmal zu Marie Louise in Gegenwart des Haushofmeisters, als sie bei Tisch darüber sprachen, was die soeben aufgetragene Pastete kostete. Der Haushofmeister antwortete: „Zwölf Franken für Eure Majestät." — „Und was bezahlen die anderen?" — „Sechs Franken, Sire." — „So werden wir also bestohlen", sagte er zur Kaiserin, die lachend zustimmte.

Nie war Napoleon gegen Marie Louise jähzornig, nie hatte er mit ihr Szenen. Ihre Gesellschaft war ihm jederzeit angenehm. Er schien wirklich, wie Katharina von Westfalen an ihren Vater, den König von Württemberg, schrieb, „der Welt den Frieden und Zaire seine ganze Zeit spenden zu wollen". Alle Welt war sich darüber einig, daß er sehr glücklich sei. Der Herzog von Cadore nannte ihn den besten Ehemann von der Welt, denn kein Mann könne seiner Frau mehr Fürsorge, mehr zarte Aufmerksamkeit beweisen, als Napoleon Marie Louise entgegenbringe.

Sogar der Zyniker Fouché stellte dem Kaiser das Zeugnis aus, daß er zu ihr außerordentlich gut gewesen sei.

Welch große Vorzüge die junge Marie Louise für ihn haben mußte, geht allein aus den Worten hervor, die er oft zu seiner Umgebung äußerte und sogar noch in Sankt Helena aussprach: „Heiratet eine Deutsche. Sie sind sanft, gut, unverdorben und frisch wie Rosen." Und zu Chaptal sagte er einmal: „Wenn Frankreich alle die Tugenden dieser Frau kennte, es würde vor ihr auf den Knien liegen." Er war buchstäblich in sie verliebt und liebte sie wirklich jeden Tag mehr. Wäre Marie Louise ein anderer, selbstsicherer Charakter gewesen, vielleicht hätte sie auf Napoleon und seine Politik einen Einfluß gewinnen können, größer, als der Einfluß und die Macht Josephines je gewesen waren. Dies erkannte auch Metternich. In einem Briefe an seinen Kaiser schrieb er: „Napoleon hat vielleicht mehr schwache Seiten als mancher andere, und wenn die Kaiserin fortfährt, sie so zu benutzen, wie sie die Möglichkeit hat und jetzt einzusehen anfängt, so kann sie sich und ganz Europa die größten Dienste leisten." Marie Louise aber war in diesen Dingen zu unerfahren, zu wenig gewohnt, daß man sie um ihre Meinung in Angelegenheiten fragte, die sie bisher nur von Staatsmännern und ihrem Vater behandelt gesehen hatte.

Napoleons Glück aber erreichte den höchsten Grad, als Marie Louise merkte, daß sie Mutter werden würde. Drei Monate hatte man vergebens auf dieses Zeichen gehofft. Auf der Reise in Holland war die Kaiserin einmal ohnmächtig geworden; sie hatte bereits damals ihr Übelbefinden auf diesen Zustand zurückgeführt, aber ihre Hoffnungen bestätigten sich erst in Paris. Von dieser Stunde an verdoppelte Napoleon seine Fürsorge, seine Rücksicht, seine Liebe und Zärtlichkeit für sie. Er befand sich in einem schwer zu beschreibenden Jubel. Endlich sollte sich sein Wunsch, rechtmäßige Nachkommen zu haben, erfüllen! Der

Wunsch, den er vierzehn Jahre lang vergebens gehegt hatte. Alle seine Lebensgewohnheiten ordnete er jetzt den Wünschen Marie Louises unter. Er überhäufte sie mit Aufmerksamkeiten und Geschenken. In mancher Hinsicht artete allerdings seine Fürsorge für sie fast in eifersüchtige Überwachung aus. So schien es wenigstens den Fernstehenden. Napoleon gestattete nicht, daß ein männliches Wesen ohne seine persönliche Erlaubnis die Gemächer der Kaiserin betrat. Und auch dann mußte eine Hofdame zugegen sein. Während der Zeichen-, Mal- und Musikstunden Marie Louises war stets eine ihrer Damen im Salon, und wehe, wenn sie sich erlaubten, die Kaiserin auch nur eine Sekunde mit dem Lehrer allein zu lassen. Nachts schlief eine Hofdame neben dem Zimmer Marie Louises; wollte man zu ihr gelangen, so mußte man erst am Bett der Hofdame vorbei.

Was indes anderen als Eifersucht Napoleons erschien, war nichts als kluge Vorsicht. Vielleicht war auch eine gewisse Eitelkeit dabei. Napoleon kannte die Welt. Er kannte das Leben an einem Hof. Seine Ansicht über Untreue und Ehebruch faßte er einst in dem Satze zusammen: „Der Ehebruch ist eine Sofaangelegenheit, das ist alles." Er wollte nicht, daß auf der Kaiserin, der Mutter seiner Kinder, auch nur der leiseste Schatten eines Verdachtes ruhte. „Ich achte und ehre die Kaiserin", sagte er eines Tages zu einer Anmeldedame, die einen Moment den Salon verlassen hatte, wo der alte Paër Marie Louise Musikstunde gab, „aber die Herrscherin eines großen Reiches muß vor jedem Verdacht bewahrt bleiben." Aus demselben Empfinden heraus wollte er auch nicht, daß Marie Louise später als Regentin den greisen Erzkanzler Cambacérès zur Audienz empfinge, wenn sie noch im Bett läge. Das könne sich nur eine Frau über Dreißig gestatten, meinte er. Er hatte es gewiß nicht nötig, eifersüchtig zu sein. Das wußte er. Marie Louise war nicht Josephine, auch nicht wie seine leichtlebigen Schwestern. Und dennoch mag eine gewisse Unsicherheit in dem nicht mehr jungen Mann auch ihren Anteil an dieser Überwachung gehabt haben. Er liebte Marie Louise gerade wegen ihrer Jugend. War es so sicher, daß ihr eines Tages nicht ein Jüngerer als er besser gefiele? Sie war eine von den Frauen, die, ohne schön zu sein, auf die Männer wirken. Sie hatte so vieles für sich. Er hätte es nicht ertragen, schon aus Eitelkeit nicht ertragen, wenn ihm diese Kaisertochter einen anderen vorgezogen hätte. Anfangs hatte Marie Louises Jugendfrische seine Sinne gereizt. Später waren es ihre für einen Mann wie ihn vortrefflich geeigneten Charaktereigenschaften, die ihn fesselten und bei ihr hielten. Ihre Sparsamkeit, ihr Ordnungssinn, Tugenden, die er an Josephine vermißt hatte, entzückten ihn. Niemals gab sie ihr Nadelgeld ganz aus, stets behielt sie noch etwas für milde Zwecke übrig. Und je weniger sie vom Kaiser verlangte, desto freigebiger war er. Niemals machte Marie Louise Schulden. Sie war die Frau, die er wünschte. Sogar ihre Unselbständigkeit war gerade das, was er liebte. Sein starker Arm wußte sie, die Schwache, zu beschützen. Sein Wille war der ihrige, wie es früher in Wien der Wille ihres Vaters gewesen war, wenn Napoleon sich bisweilen auch in kleinen Dingen von ihr beherrschen ließ. Manche liebe Gewohnheit gab er um ihretwillen auf. Er liebte bekanntlich die Wärme und hatte sogar des Nachts im Sommer gern ein Kaminfeuer im Zimmer. Marie Louise aber war gewohnt, in ungeheiztem Zimmer zu schlafen. Und Napoleon fügte sich.

Sie lebten wirklich sehr glücklich miteinander. Treu war jedoch Napoleon, nachdem die ersten Monate des jungen Eheglücks vorüber waren, Marie Louise ebensowenig wie einst Josephine. Aber er war ihr gegenüber in diesen Angelegenheiten diskreter. Neben Josephine hatte er offizielle Mätressen gehabt, Hofdamen und Schauspielerinnen, die zu ihm ins Schloß kamen. Neben Marie Louise galten seine galanten Erlebnisse nur vorübergehenden

Abenteuern. Zwar wohnte die Gräfin Walewska, die Frau, die er von allen seinen Mätressen am meisten geliebt hatte und von der er einen Sohn erhielt, gerade als auch Marie Louise sich Mutter fühlte, ganz in der Nähe der Tuilerien, aber Napoleon sah die Gräfin nie mehr allein, wenigstens nicht in den ersten zwei Jahren nach seiner Heirat. Maria Walewska hatte um seinetwillen alles aufgegeben. Jetzt mußte sie sich damit begnügen, ihn ab und zu mit ihrem kleinen Sohn zu besuchen. Flüchtige Augenblicke, in denen der Kaiser sie wohl wie ein Freund, nicht aber als Geliebter begrüßte. Marie Louise durfte von diesen Besuchen nichts erfahren. Sie wußte auch nicht, in welcher Weise der Kaiser für den kleinen Walewski sorgte. Erst viele Jahre später, als Herzogin von Parma, erfuhr sie, daß Napoleon seinem Sohn von der Gräfin Walewska im Jahre 1812 ein Majorat in der Nähe von Neapel geschenkt hatte, das ihm 100.000 Franken Rente brachte. Niemals war Napoleon rücksichtslos gegen Marie Louise. Nie wußte sie etwas von seinen gelegentlichen Seitensprüngen. Immer hüllte er seine Beziehungen zu anderen Frauen in tiefstes Geheimnis vor ihr. Immer war er gleich zärtlich, gleich aufmerksam. Und doch war Marie Louise eifersüchtig. Eifersüchtig auf Josephine.

Napoleon hatte der Verstoßenen seine freundschaftlichen Gefühle bewahrt und sie nach der Scheidung in Malmaison öfter besucht. Er glaubte dies der Frau schuldig zu sein, die seine Jugend beglückt, mit ihm Leid und Freud geteilt, mit ihm von Stufe zu Stufe emporgestiegen war. Das Band innerer Zugehörigkeit zwischen beiden war nie zerrissen worden. Er wußte, wie sehr Josephine unter der Trennung von ihm und von allem litt, was der Glanz des Thrones und die Stellung als erste Frau des Reiches ihr gegeben hatten. Er wußte, daß Josephine sich halbtot weinte, nicht mehr bei ihm im Elysée leben zu können. Es wurden sogar Gerüchte laut, es bestände bereits die Absicht, die geschiedene Kaiserin wieder in Paris wohnen zu lassen und eine Annäherung beider Herrscherinnen in freundschaftlicher Weise herbeizuführen. Nur ob Marie Louise damit einverstanden war, bezweifelte man. Josephine hingegen verbarg nie ihre Neugier, soviel wie möglich über ihre Nachfolgerin zu erfahren. Aber sie hörte lieber Gutes von Marie Louise als Schlechtes. Böswilligen Klatsch über die neue Gattin Napoleons wies sie zurück. Als man ihr eines Tages sagte, Marie Louise besitze nicht die Gabe, sich geltend zu machen, entschuldigte Josephine das mit der großen Jugend der Kaiserin.

In der ersten Zeit der zweiten Ehe Napoleons hatte es Josephine über sich gewonnen, sich von Paris fernzuhalten. Im Mai 1810 jedoch war sie wieder in Malmaison. Ihr Kummer war in Navarra nur noch größer geworden. Sie fühlte sich dort noch einsamer als in Malmaison, wo sie doch wenigstens den Trost und die Hoffnung hatte, ihn dann und wann zu sehen. Als Napoleon mit Marie Louise von seiner Reise aus Holland zurückkehrte, galt sein erster Besuch der Verlassenen. Er ahnte nicht, daß Marie Louise davon Kenntnis erhielt. Bei seiner Rückkehr aus Malmaison fand er sie weinend in ihrem Zimmer. Es waren die ersten Tränen, der erste Schmerz in Marie Louises Ehe. Bald darauf begab Josephine sich nach Aix-les-Bains. Napoleon hatte den Zwischenfall vergessen. Nichtsahnend schlug er eines Tages der jungen Kaiserin vor, sie solle mit ihm das leerstehende Schloß Malmaison besichtigen, da sie es noch nie gesehen hatte. Da schossen Marie Louise plötzlich die Tränen aus den Augen. Ihr Gesicht war dermaßen vom Schmerz verzerrt, daß Napoleon sie tröstend in seine Arme nahm und nie wieder auf Malmaison zu sprechen kam. Josephine blieb darauf ein ganzes Jahr von Paris fern. Sie begab sich von Aix sofort nach Navarra. Hatte sie von Napoleon dazu die Weisung bekommen, weil er Marie Louise den Kummer über ihre Nähe ersparen wollte?

Mit der übrigen Familie verstand sich Marie Louise zu Napoleons großer Genugtuung ausgezeichnet. Wenigstens in der ersten Zeit mit den meisten Mitgliedern. Was Josephine nie geglückt war, Marie Louise gelang es. Sie gewann sich, wenn auch nicht die Liebe, so doch die Achtung seiner Mutter und fast die Zuneigung seiner Schwester Elisa. Letizia, die Korsin, hatte die Heirat ihres Sohnes fast ebenso befriedigt als ihn selbst, aber in anderem Sinne. Nicht weil die neue Schwiegertochter ein Fürstenkind war, sondern weil sie jung war und ihr die Hoffnung ließ, Enkel zu bekommen. Die Mutter so vieler Kinder sah nur im Kindersegen das Glück einer Ehe. Wegen ihrer Kinderlosigkeit mit Napoleon hatte Madame Mère Josephine gehaßt. Als er sich von ihr scheiden ließ und die Kaisertochter heiratete, atmete seine Mutter auf. Aber es kam auch zwischen ihr und Marie Louise zu keiner herzlicheren Beziehung. Letizia gehörte einer anderen Welt an als Marie Louise. Die Kluft war zu tief. Beide Frauen achteten sich, das war alles. Als aber Marie Louise den Sohn Letizias in seinem Unglück verließ, da erwachte der Stolz der Mutter in der Korsin von neuem: sie verachtete die kaiserliche Schwiegertochter, die nicht stark genug war, mit ihrem Mann das Unglück zu teilen.

In den Beziehungen Marie Louises zu den Schwestern und Brüdern ihres Mannes entwickelte sich mit der Zeit ein ziemlich angenehmes Verhältnis, wenn man von Sticheleien und Eifersüchteleien Paulines absieht. Vor allem suchte die kluge Großherzogin von Toskana, ebenso wie Karoline von Neapel, sich mit der neuen Gemahlin ihres Bruders auf guten Fuß zu stellen. Lange Jahre war die Vicomtesse de Beauharnais Elisa Bacciochi ein Dorn im Auge gewesen. Nun führte Napoleon eine Kaisertochter auf den Thron der Bonaparte, und das schmeichelte der ehrgeizigen Schwester ebensosehr wie ihm selbst. Aber vielleicht war Elisa die aufrichtigste von den Schwestern Napoleons gegen Marie Louise. Denn mit keinem anderen Mitglied der Familie ihres Mannes hat die Kaiserin so viele Briefe gewechselt als mit der Herzogin von Toskana. Marie Louise fand Elisa zwar häßlich, aber sehr klug. Als diese später durch den Sturz ihres Bruders ebenfalls in die Verbannung gehen mußte und von den Österreichern, wie alle Bonaparte, scharf bewacht wurde, bemühte Marie Louise sich bei ihrem Vater besonders um sie. Allerdings vergebens. Franz hielt es nicht für nötig, der Schwägerin seiner Tochter auf ihren Brief und ihre Bitte, in Paris leben zu dürfen, zu antworten.

Am wenigsten gefiel Marie Louise die schöne Pauline. Sie war ihr zu frivol und oberflächlich. Und doch war sie von den drei Schwestern Napoleons die ungefährlichste, weil sie nur mit sich allein beschäftigt war. Marie Louise, das hatte Pauline auf den ersten Blick heraus, konnte sie trotz ihrer Jugend am Hofe des Bruders nicht überstrahlen. Deshalb schloß sie in der ersten Zeit gnädig Freundschaft mit der neuen Kaiserin, die den Sieg der Familie Bonaparte über die Beauharnais herbeigeführt hatte. Das gute Einvernehmen dieser Schwester Napoleons mit der neuen Kaiserin aber währte nicht lange. Bald brachen Neid und Eifersucht in Pauline durch. Sie merkte nur zu gut, daß alle Welt der jungen Kaisertochter, der auf dem Throne Geborenen, huldigte, während Pauline, die nur im Reiche der Schönheit eine Krone trug, etwas ins Hintertreffen geriet. „Der Kaiserhof", schreibt Fouché zu jener Zeit, „verbesserte sich plötzlich vollkommen in seinen Gebräuchen, seinen Sitten und seinen Gewohnheiten. Alles wurde anders, vornehmer." Napoleon selbst ging durch strenge Aufrechterhaltung des Anstandes und seiner Pflichten mit gutem Beispiel voran. In der freien, leichtlebigen Umgebung Paulines wurde es einsamer. Diese Frau, die alle Schwächen ihres Geschlechtes und auch alle Vorzüge mit reizender Anmut vereinigte, betrachtete Marie Louise fortan als ihre Rivalin. Meist machte sich der Ärger der Fürstin Borghese über die junge Kaiserin in kindischen Spöttereien Luft. Als Napoleon im Herbst 1811 mit seiner Frau aus Holland zurückkehrte, trafen sie in Brüssel mit Pauline zusammen. Bei irgend einer Gelegenheit erlaubte sich die Fürstin hinter dem Rücken ihrer Schwägerin eine sehr unanständige Handbewegung zu machen, die gewöhnlich das Volk gebraucht, wenn es andeuten will, daß einer der beiden Gatten der Dumme, der Betrogene ist. Das hatte sowohl der Kaiser als auch Marie Louise im Spiegel gesehen. Am nächsten Tag ereilte Pauline das Geschick. Der Hof wurde ihr für einige Zeit untersagt, und es trat von diesem Augenblick an zwischen Napoleon und seiner Lieblingsschwester eine merkliche Spannung ein. Pauline hatte es nicht verstanden, seiner Gattin die gebührende Achtung zu beweisen. Damit hatte sie sich eine Zeitlang seine Sympathie verscherzt.

Trotz allem fand Marie Louise, es ließe sich mit „der Familie des Kaisers recht gut leben". Merkwürdigerweise befreundete sie sich am meisten mit den Kindern Josephines, mit Hortense und Eugen. Die harmlose jugendliche Kaiserin dachte nicht darüber nach, daß die Partei der verstoßenen Josephine, wozu an erster Stelle deren Kinder gehören mußten, hinter ihrem Rücken nicht immer freundlich für sie gesinnt war. Eugen hatte bestimmt damit gerechnet, der Nachfolger seines Stiefvaters zu werden, und Hortense stand als Tochter der verstoßenen Kaiserin sowieso auf deren Seite. Außerdem hatte auch sie einst berechtigte Hoffnungen gehabt, ihren Sohn als Präsumtiverben des Kaiserthrones zu betrachten. Daß dennoch einer ihrer Söhne und nicht der Sohn Napoleons den französischen Thron einst besteigen würde, konnte sie damals nicht voraussehen. Alle diese Wünsche und Träume sowohl der Beauharnais als auch der Bonaparte waren nun durch das Erscheinen dieser jungen Kaiserin in ein Nichts zerflossen! Sie würde dem Throne den Erben schenken! Sie würde die Dynastie Napoleons begründen! Kleinlicher Neid und kleinliche Intrigen von seiten der Schwägerinnen versuchten schließlich das Privatleben Marie Louises mit Napoleon zu vergiften. Aber es gelang ihnen nicht. Er wußte genau, was er an dieser jungen Fürstentochter hatte. Daß auch Marie Louise Fehler und Schwächen besaß, war ihm nicht unbekannt. Die waren indes nicht so überwiegend, daß sie sein Glück gestört hätten. Gewiß, sie war kein blendender Geist. Sie war keine strahlende Schönheit. Kein überschäumendes Temperament. Sie lebte lieber in ihrer Häuslichkeit als in der rauschenden Welt. Sie war nicht immer leutselig in der Öffentlichkeit. Aber daran war mehr ihre unüberwindliche Schüchternheit schuld als Hochmut. Sie besaß von Kindheit an Hemmungen, die sie erst viel, viel später überwand, als sie nicht mehr die Blicke der ganzen Welt auf sich gerichtet wußte. Sie war in ihrem Innern mehr eine Bürgerin als eine Herrscherin. Und vielleicht war es gerade diese Eigenschaft, die Napoleons Privatleben mit Marie Louise so harmonisch gestaltete. Denn er war und blieb trotz aller Herrschergröße doch der Korse, der Mann aus bürgerlichen Verhältnissen, in denen das Familienleben im Vordergrund steht. Das beweist allein sein stark ausgeprägter Familiensinn. Diese junge Erzherzogin, die ein so warmes Familienleben von Haus aus gewohnt war, brachte in seine eigene Familie etwas von jenen patriarchalischen Gefühlen mit, die er, Napoleon, so gern allen seinen Brüdern und Schwestern eingeflößt hätte. Aber sie waren die größten Egoisten, die es gab. Sie waren alle hochmütig, eitel und undankbar. Hätte Marie Louise sich ebenso hochmütig und undankbar gegen ihn benommen, hätte sie ihn und seine Familie den Unterschied zwischen ihrer und seiner Abstammung fühlen lassen, nie hätte er sich so menschlich in ihrer Gesellschaft gegeben. Er kannte sie genau. Er wußte, was sie wert war. So verteidigte er sie auch vor seiner Familie aufs energischeste. Stets wußte er nur Lobendes von ihr zu sagen. Auch Marie Louise fand nie genug Worte des Lobes über ihr Glück mit ihm. Alle, die es wissen wollten, Metternich, Schwarzenberg, der Vater, die Stiefmutter, die Freundin Colloredo und Viktoria de Poutet, bekamen es zu hören, wie sehr die junge Kaiserin der Franzosen ihr Glück empfand, das auch für sie den Höhepunkt erreichte, als die Stunde nahte, in der sie Mutter ward.

Die Ankunft Marie Louises in Compiègne
Nach einer Zeichnung von Isabey

SECHSTES KAPITEL

DER THRONERBE

Die Geburt des Königs von Rom — Zwei glückliche Friedensjahre — „L'Aigle et L'Aiglon" — Freundschaftliche Beziehungen zwischen Wien und Paris — Reisen mit Napoleon — Dresden — Prag — Erste Begegnung mit Neipperg — Kriegssorgen — Der Kaiser begibt sich ins Feld nach Rußland

In der ganzen Welt hatte die Nachricht, dem Hause Napoleon werde bald ein Erbe geboren, das größte Interesse erregt. So waren also seine dynastischen Absichten wahr geworden. Man zweifelte nicht im geringsten daran, daß die Kaiserin einem Sohne das Leben schenken werde. Eigenhändig unterschriebene Rundschreiben Napoleons an die Erzbischöfe und Bischöfe seines Reiches, eine offizielle Botschaft an den Senat sprachen von der zukünftigen Niederkunft Marie Louises als einem „für das persönliche Glück Napoleons ebenso als für das Interesse und die Politik Frankreichs wesentlichen Ereignis". Seit dem Sommer 1810 wußte die Öffentlichkeit davon, und die frohe Kunde löste · überall den größten Jubel aus. Die Bevölkerung von Paris nahm den regsten Anteil an diesem bevorstehenden Familienereignis im Kaiserhaus. In den Tuilerien wurden Vorbereitungen getroffen, den Thronfolger Napoleons würdig zu empfangen. Alle Einzelheiten über die bevorstehende Geburt des ersehnten Kindes wurden in den Zeitungen bekanntgegeben und vom Publikum mit größtem Interesse gelesen. Wie interessant, zu erfahren, die Kaiserin Marie Louise werde demnächst die „Petits Appartements" in den Tuilerien beziehen! Wie interessant für die guten Pariser Bürger, zu lesen, Marie Louise nähme großen Anteil an der Einrichtung der Kinderzimmer. Oder: für die „Kinder Frankreichs" müsse der Großmarschall des Palastes seine bisherige Wohnung hergeben, weil sie mit den Gemächern der Kaiserin direkt in Verbindung stehe. Später werde der Pavillon de Marsan für die kaiserlichen Kinder hergerichtet. Als Erzieherin des zu erwartenden Erben hatte man schon längst die Gräfin de Montesquiou bestimmt. Auch die Wiege stand bereit. Die Stadt Paris hatte sie Marie Louise geschenkt. Eigentlich war es ein kostbares Museumsstück aus vergoldetem Silber mit Perlmutter eingelegt. Die Vorhänge dieses „Babybettchens" waren aus herrlichen Brabanter Spitzen, mit goldenen Bienen bestickt und mit schwerem weißen Atlas gefüttert. Am oberen Ende der Wiege schwebte vergoldet die Göttin des Ruhmes, eine Krone in der Hand haltend, und ein junger Adler, ebenfalls golden, prangte an der Vorderseite, beide als Sinnbilder des Ruhmes und des Genies des Helden gedacht, der Frankreich und die Welt beherrschte.

Täglich wurden Bulletins über das Befinden Marie Louises veröffentlicht, und jeden Morgen zeigte sie sich im Tuileriengarten der an den Gittern harrenden Volksmenge. Das Publikum sollte sich selbst durch den Augenschein überzeugen, daß die Dynastie des Kaisers Napoleon wirklich durch die Verbindung mit der österreichischen Kaisertochter begründet werde. Napoleon kannte sein Volk. Es war mißtrauisch. Nun aber konnte es nicht mehr zweifeln: Marie Louise sah dem Tage ihrer Niederkunft bald entgegen.

Am Abend des 19. März 1811, nachdem sie mit Napoleon einen kleinen Spaziergang auf der Terrasse der Tuilerien gemacht hatte, spürte sie die ersten Anzeichen der nahen Geburt. Gerade an diesem Abend waren zu Ehren des in Paris weilenden Großherzogs von Würzburg in ihren Gemächern Empfang und

Theater angesagt. Schon erschienen die ersten Damen und Herren in großer Hoftoilette. Aber Marie Louise hatte furchtbare Schmerzen. Sie mußte sich niederlegen, und die Gesellschaft wurde abgesagt. Man blieb jedoch in den Räumen des Erdgeschosses versammelt. Die ganze Nacht hindurch mußte die Kaiserin leiden. Bald war auch die Pariser Bevölkerung unterrichtet, daß vielleicht noch in dieser Nacht Frankreichs neue Dynastie begründet werde. In allen Kirchen wurde für die Kaiserin gebetet. Den Bischöfen war vom Kaiser selbst befohlen worden, daß die Priester in dem für Fürstinnen üblichen Gebet die Stelle „Pro laborantibus in partu" in „Pro regina praegnante" verwandelten. Gegen Morgen füllten sich die Gänge und Anlagen vor dem Schloß mit einer ungeheuren, ehrfurchtsvoll schweigenden, ängstlich harrenden Menschenmenge. Jeder wollte der erste sein, der das Freudensignal vernähme. Aber nichts ließ sich hören. Stunde um Stunde verrann. Schon machte man sich die besorgniserregendsten Gedanken. Die Stille war unheimlich.

Drinnen im Schloß aber lag die junge Kaiserin auf ihrem Schmerzenslager. Gegen Morgen erst hatten die Wehen aufgehört. Marie Louise war völlig erschöpft. Die Ärzte meinten, es könne noch lange dauern, ehe das Ereignis eintrete. Napoleon schickte daher einen Teil des Hofes nach Hause. Nur die Ehrendame der Kaiserin, Frau von Montebello, einige Hofdamen und Kammerfrauen, die Wärterin Blaise und der Geburtshelfer Dubois blieben. Napoleon selbst hatte die ganze Nacht am Bett Marie Louises gesessen. Besorgt über sie gebeugt, sprach er ihr immer wieder Mut und Trost zu. Zärtlich nahm er sie in seine Arme. Es brach ihm fast das Herz, sie so leiden zu sehen, um einem Kinde das Leben zu schenken, das er für seine Politik ersehnte, das er aus Herrscherehrgeiz wünschte! Er befand sich in der schrecklichsten Aufregung. Der Gedanke, Marie Louise

könne, wie einst ihre Mutter, an der Geburt dieses Kindes sterben, brachte ihn fast zur Verzweiflung. Vollkommen erschöpft
zog er sich ein paar Augenblicke zurück, um ein Bad zu nehmen,
als er sah, daß die Kaiserin ein wenig eingeschlummert war.
Aber er war noch nicht lange im Bad, als Dubois sich bei ihm
melden ließ. Der Arzt sah höchst besorgt aus. Das Kind könne
nur mit der Zange zur Welt gebracht werden, sagte er. Ja, es war
fraglich, ob es möglich sei, beide, Mutter und Kind, am Leben zu
erhalten. Was solle man tun? Napoleon erschrak heftig. Aber er
überlegte nicht lange. „Retten Sie vor allem die Mutter", sagte
er hastig. „Tun Sie so, als wenn Sie eine Bürgersfrau zu behandeln hätten." Darauf ließ er sich von Constant rasch ankleiden
und eilte in höchster Besorgnis zu Marie Louise. Sie lag bleich
und leise jammernd da. Als sie Napoleon bemerkte, wurde sie
ruhiger. Er hielt ihre Hand und sprach freundliche Worte. Dubois schritt sogleich nach dem Eintritt des Kaisers zur Operation.
Die Ärzte Corvisart, Yvan und Bourdier hielten die Kaiserin.
Als Marie Louise die Zange sah, schrie sie auf: „Weil ich Kaiserin
bin, muß ich geopfert werden!" Aber Napoleon beruhigte sie.
Ihre Schmerzensschreie zerrissen ihm fast das Herz. Sein Gesicht
war weiß wie Marmor. Seine Nasenflügel bebten, und die Tränen traten ihm in die Augen. Schließlich fühlte er sich außerstande, die schrecklichen Qualen Marie Louises noch länger
mit anzusehen. Aufs höchste erregt, zog er sich ins Ankleidezim-
mer seiner Frau zurück. Dort blieb er in der fürchterlichsten Verfassung und wartete. Der Mann, der den Tod tausendmal in
seiner grausigsten Gestalt vor Augen gesehen hatte, dem die
grauenvollsten Szenen im Kriege kein Augenzwinkern verursa-
chen konnten, dieser Mann zitterte jetzt, als er seine junge Frau
sich in Schmerzen winden sah. Von Minute zu Minute erkundigte
er sich, wie es Marie Louise gehe.
Endlich, nach einer halben Stunde, gegen halb zehn Uhr mor-

gens, war die Kaiserin von ihren Schmerzen erlöst. Napoleon eilte zu ihr, warf sich über sie und bedeckte ihre bleichen Lippen mit Küssen. Erst als er sich vollkommen überzeugt hatte, daß sie sich wohlbefinde, sah er sich nach dem Kinde um. Es war ein Knabe! Ein Sohn! Doch das Glück, das Napoleon schon zu halten wähnte, schien ihm im letzten Augenblick noch entgleiten zu wollen. Das Kind lag leblos auf dem Teppich. Kein Schrei, keine Bewegung. Napoleon hielt es für tot. Es interessierte ihn daher nicht mehr. Ohne ein Wort zu verlieren, wandte er sich wieder zu seiner leise stöhnenden Frau. Inzwischen beschäftigte sich der Leibarzt Corvisart mit dem Neugeborenen. Nach minutenlangem Klopfen und Frottieren mit warmen Tüchern kam endlich Leben in das kleine Wesen. Der Knabe erwachte und ließ nun sein Stimmchen ziemlich kräftig ertönen.

Der erste Schrei seines Sohnes riß Napoleon aus den Armen Marie Louises an die Wiege. Außer sich vor Entzücken rief er: „Er lebt, er lebt, der König von Rom!" Und er nahm ihn und küßte ihn. Tränen der Freude rannen ihm über die Wangen, als er dieses kostbarste, aber auch das letzte aller Geschenke der Glücksgöttin in den Armen hielt. Dann verließ er das Zimmer der Kaiserin, um seine im Badezimmer nur eilig vorgenommene Toilette zu vervollständigen. Als er wiederkam, strahlte er vor Glück. Zu den in seiner Nähe stehenden Personen sagte er mit sichtlichem Stolz: „Ich denke, es ist ein prächtiger Junge, den wir da haben. Er hat sich zwar etwas bitten lassen, ehe er ankam, aber nun ist er doch da!" — „Aber", fügte er in Gedanken an die Kaiserin hinzu, „was hat die arme Frau gelitten! Um diesen Preis wünsche ich mir keine Kinder mehr."

Unten vor dem Schloß jauchzte die Menge. In banger Erwartung hatte sie die Böllerschüsse gezählt. Bis zum 21. Schuß hatte Totenstille geherrscht. Aber schon beim 22. war ein nicht endenwollender Jubel, ein tausendstimmiges „Vive l'Empereur",

„Vive le roi de Rome", „Vive Marie Louise" losgebrochen. Weiter und weiter, von Straße zu Straße pflanzte es sich fort. Frankreich hatte einen Thronerben! Sein Kaiser Napoleon einen Sohn! Oben im Schlafzimmer Marie Louises stand der Kaiser hinter den Vorhängen und schaute hinab auf das jubelnde Volk. Er gebot seinen Glückstränen keinen Einhalt mehr. In dicken Tropfen rannen sie ihm über die Wangen. Es war der glücklichste Tag seines Lebens. Sein legitimer Sohn war geboren! Der König von Rom! Wer hätte ahnen können, daß dieser Kaisersohn, dieser geborene König, der bestimmt war, über zwei Reiche zu herrschen, zwanzig Jahre später als einfacher Herzog von Reichstadt sein junges, glänzend begonnenes Leben ohne Ruhm und ohne Glanz beschließen mußte!

Aber noch lagen diese Tage des Niederganges der napoleonischen Macht fern. Keinen Augenblick zweifelte der Kaiser an seinem Glück. Es hatte ihm bis jetzt alles in den Schoß geworfen. Die Zukunft gehörte ihm. Feste auf Feste folgten dem glücklichen Ereignis. Niemals hatte das Paris der alten französischen Könige solchen Reichtum, solchen Aufwand bei ähnlichen Gelegenheiten gesehen. In diesem Rausche lechzte Napoleon förmlich danach, die Frau, die ihm den Erben geschenkt hatte, so bald als möglich seinem Volke, den Franzosen, zu zeigen. Kaum hatte sich Marie Louise etwas von ihrem Wochenbett erholt, so begab er sich mit ihr nach dem Norden Frankreichs und nach Belgien. Diese Reise war nicht nur eine zweite Hochzeitsreise, sondern im wahren Sinne des Wortes ein Triumphzug für Marie Louise und für Napoleon. Der eigentliche Zweck dieser Reise aber war eine genaue Besichtigung der Nordwestküsten, die ihm sehr am Herzen lagen, denn er brauchte sie zu seinem verschärften Handelskrieg gegen die Engländer. Er wollte die Befestigungen von Montreuil, seine Truppen in Boulogne, die Flotte in Calais, Dünkirchen, Ostende, das vor Vlissingen kreuzende Geschwader

und endlich den neuen prachtvollen Hafen von Amsterdam in-
spizieren. Am Helder und auf der Insel Texel fanden Manöver
seiner Truppen statt. Für Marie Louise wäre das alles zu anstrengend gewesen. Napoleon fürchtete für ihre Gesundheit. Sie begleitete ihn daher nur bis Brüssel und blieb im Schlosse Laeken.
Zum erstenmal ist sie vierzehn Tage von ihrem Mann getrennt.
Aber er schreibt ihr täglich, obwohl er genug mit der englischen
Kreuzerflottille in Boulogne zu tun hat. Zum erstenmal kennt sie
die Sehnsucht nach dem Manne, über den sie ihrem Vater kurz
nach der Geburt ihres Sohnes schrieb: „Sie können sich mein
ganzes Glück vorstellen, ich hätte mir nie gedacht, dass ich
eine so grosse Freude werde fühlen können; wenn es aber möglich ist, so ist seit dem Augenblick der Geburt meines Sohnes
meine zärtliche Liebe gegen meinen Gemahl noch vergrössert
worden; auch werden mir unvergesslich seyn die Beweise von
Anhänglichkeit, welche er mir diese ganze Zeit hindurch gab, und
welche mich noch itzt bis zu Thränen rühren, wenn ich daran
denke, diese Beweise würden mich, wenn seine guten Eigenschaften es nicht schon vorher bewirkt hätten, auf ewig an ihn
fesseln." Sie ist besorgt, wenn er die Engländer verfolgt, und
bittet ihn inständig, nicht noch einmal auf hoher See sein Leben
aufs Spiel zu setzen. Napoleon aber lacht und schreibt, sie
brauche keine Angst zu haben. Seine gute Louise solle nicht denken, daß seine Beschäftigungen auch nur im geringsten die
Gefühle für sie vermindern könnten, er liebe sie über alles. Ja,
sie fürchtet, die militärischen Dinge ziehen ihn allzusehr von
ihr ab. Sie möchte ihn wieder bei sich haben. Zum Trost schickt
er ihr 30.000 Franken als Geschenk und empfiehlt ihr, sich für
100.000 Franken Brüsseler Spitzen zu kaufen. „Ich gebe An-
weisung, sie zu bezahlen." Und endlich ist er wieder bei ihr.
Über Antwerpen kehren sie gemeinsam nach Paris zurück.
Wenige Wochen vor dieser Reise hatte in Notre-Dame die

Taufe des Königs von Rom stattgefunden. Als der Chor das
Veni creator anstimmte, nahm Napoleon seinen Sohn in die
Arme und zeigte ihn glückstrahlend den Anwesenden. Da bra-
chen die Beifallsrufe wie brausender Sturm von allen Seiten los.
Man vergaß, daß man sich an geheiligter Stätte befand. Die
Mauern von Notre-Dame erdröhnten von den Stimmen der
tausendköpfigen Menge, die sich in dem einen Ruf „Vive
l'Empereur" vereinigten. Der kleine König hatte außer dem
Namen Napoleon noch die Namen Franz Karl erhalten, nach
seinem Großvater und dem Onkel Marie Louises.

Marie Louise hatte die Geburt des Kindes zu ihrem Vorteil
verändert. Sie war schlanker geworden, und auf ihrem Gesicht
lag ein beständiger Ausdruck des Glücks. Sie liebte ihren kleinen
Sohn zärtlich. Aber auch an der Wiege des Kindes zeigte sich
Marie Louises angeborene Schüchternheit. Sie wagte kaum das
kleine Wesen anzufassen, aus Angst, sie könne ihm weh tun.
Auch später, als er etwas älter war, wagte sie nur zaghaft, ihren
Sohn auf den Arm zu nehmen. Es war erklärlich, daß der Kleine
seine Gouvernante, die ihn hegte und pflegte, viel lieber hatte als
die Mama, die nicht wußte, was sie mit ihm beginnen sollte. Ganz
anders Napoleon. Mit seinem kleinen Sohn wurde er selbst wieder zum Kinde. Sein größtes Vergnügen war, mit ihm zu spielen. Wenn der kleine Napoleon bei ihm war, vergaß der große
Napoleon alles um sich her. Seine Minister, seine Arbeit, seine
Geschäfte. Dann war er nur Vater und der kleine König sein
Sohn. Manchmal setzte er auch die Arbeit mit dem geliebten
Kinde auf den Knien fort. Es mußte sich übrigens alle möglichen
Zärtlichkeiten, mitunter sehr stürmische, gefallen lassen. Napoleon warf den Kleinen hoch in die Luft und fing ihn wieder auf,
so daß der Knabe vor Lust jauchzte. Besorgt und angsterfüllt um
ihr Kind stand Marie Louise dabei. Im stillen bewunderte sie
Napoleon, daß er so wild mit diesem zerbrechlichen Wesen um-

sprang. Manchmal stellte der Kaiser sich mit seinem Sohn auf dem Arm vor den Spiegel und schnitt Grimassen, um ihn zu belustigen. Das verstand der Kleine indes falsch. Er fürchtete sich vor den unheimlichen Fratzen im Spiegel und fing an zu weinen. Da sah Napoleon den Knirps halb scherzend, halb ernst an und sagte: „Wie, Sire, Sie weinen? Pfui, ein König, der weint, ist häßlich." Und er sann auf neue Späße, die dem Kinde besser gefielen. Später, als der kleine König älter war, weinte er nicht mehr, wenn der Vater mit ihm spielte. Er kreischte vor Lust, wenn Napoleon allerlei Dummheiten mit ihm trieb, ihm das Gesicht beim Frühstück mit Bratensaft beschmierte oder ihm Wein zu trinken geben wollte. Scherzend setzte er ihm seinen Hut auf, und als das Kind kaum stehen konnte, schnallte der Vater ihm seinen Säbel um. Am liebsten aber spielte der kleine König mit seinem Vater „Reiten". Dann mußte der Kaiser niederknien, der Prinz setzte sich auf seinen Rücken und nun ging es wie toll durch die Zimmer. Hei, wie war das schön! „Napoleons Geduld mit diesem Kinde", sagt Méneval, „war unerschöpflich. Sein Wohl und Wehe lag ihm ebenso wie einer Mutter am Herzen." Täglich ließ er sich über das Befinden und Gedeihen seines Sohnes berichten. War er abwesend, so stand er mit Frau von Montesquiou und mit Marie Louise im Briefwechsel über ihn. Sie mußte ihm sogar, während er das Kommando einer großen Armee führte, von dem Fortschritt des Zahnens Bericht erstatten. Das Kind hing mit großer Liebe an ihm. Als es etwas sprechen konnte, nannte es seinen Vater immer sehr gravitätisch „Mon Papa l'Empereur" und sich selbst „Le petit roi".

Für Marie Louise persönlich bedeutete die Geburt ihres Sohnes, abgesehen von dem großen Glück, das sie als Mutter empfand, eine gewisse Enttäuschung. Das Kind brachte natürlicherweise manche Veränderung in ihrem Privatleben mit Napoleon mit sich. Zwar lasten die Pflichten einer Mutter nicht allzusehr auf einer regierenden Fürstin. Aber für Marie Louise war es von diesem Augenblick an vorbei mit den vielen vertrauten Stunden des Beisammenseins mit dem Kaiser. Er nahm wieder seine alten Gewohnheiten an. Das Leben am Hofe richtete sich wieder nach dem früheren Zeremoniell. Napoleon speiste nur noch abends mit der Kaiserin. Er widmete sich mit verdoppelter Kraft seinen Geschäften. Selbst seine freien Augenblicke gehörten jetzt nicht mehr Marie Louise allein. Sie mußte sie mit seinem Sohne teilen, den er abgöttisch liebte. Und doch war sie unendlich glücklich über ihr Kind.

Aber auch dieses kurze Familienleben wurde bald durch neue Kriegswolken verdunkelt, die sich hoch im Norden zusammenballten. Vergebens hatte Napoleon sich bemüht, der Welt zu beweisen, daß man auch ohne englische Waren leben könne. Umsonst hatte er Spanien eine freisinnige Verfassung gegeben. Es hatte nichts genützt, daß er vom Finnischen Meerbusen bis hinunter ans Mittelmeer die Kontinentalsperre einführte. Die Welt hallte von neuem wider von Kriegsgeschrei. Aber diesmal ging es von jenem Alexander aus, dem Napoleon mehr als Freundschaft, ja fast brüderliche Liebe entgegengebracht hatte. Von jenem Alexander, der ihm vier Jahre zuvor in Tilsit und Erfurt unverbrüchliche Freundschaft geschworen hatte! Durch ihn drohte Napoleons System auseinandergerissen zu werden. Und zwar schien es, als wenn die österreichische Familienallianz den Zaren mit Napoleon entfremdet hätte. Alexander neigte zur Seite Englands. Der europäische Frieden war in Gefahr, Metternichs Prophezeiung schien sich zu verwirklichen. Auch er hatte seinen Teil daran, daß die Welt wieder Krieg bekam.

Lange vor der Eröffnung des russischen Feldzugs bemerkte Marie Louise ihres Mannes Besorgnisse. Wenn er abends eine Stunde bei ihr verbrachte, war er zerstreut, wie abwesend. In Trianon hatte sie im Frühjahr 1812 zum erstenmal das Gefühl, es bedrücke ihn eine schwere Last. Eines Abends saß er neben ihr auf der Terrasse. Plötzlich sprang er auf. Ohne sich zu verabschieden, trat er in den Salon. In Gedanken versunken schritt er ein paarmal auf und ab und begab sich dann rasch in sein Arbeitszimmer. Er setzte sich sofort an seinen Schreibtisch und rief seinen Sekretär Méneval. Bis tief in die Nacht hinein arbeitete er mit ihm. An diesem Abend fragte er nicht wieder nach seiner Frau. Es war das erstemal seit ihrer Verheiratung, daß Marie Louise ihn so mißgestimmt sah. Und diese Stimmungen wiederholten sich. Er war gereizt und übelgelaunt, glaubte überall und in jedem Widersprüche zu begegnen. Zuweilen begab er sich unter dem Vorwand der Jagd nach Malmaison zu Josephine, um sich mit ihr auszusprechen und bei ihr Rat zu holen. Sie war dem Kriege abgeneigt. Sie allein ahnte, daß Napoleon sich auch körperlich nicht mehr auf der gleichen Höhe befand wie vor Jahren. Er war mit dreiundvierzig Jahren infolge der jahrelangen Strapazen während seiner Feldzüge mehr verbraucht als andere Männer in seinem Alter und als seine Umgebung im allgemeinen annahm. Er war zwar immer noch äußerst tätig und arbeitete viele Stunden hintereinander mit seinen Sekretären und Ministern. Aber er war sehr beleibt. Sein Körper besaß nicht mehr die jugendliche Spannkraft und es scheint, daß sich bereits seit dem Jahre 1811 das Leiden bemerkbar machte, dem er auf Sankt Helena erlag. Kriegssorgen ließen ihn des Nachts nicht schlafen. Am Tage lag er oft, ganz gegen seine Gewohnheit, nachdenkend auf dem Diwan. Er konnte zu keinem Entschluß kommen, ob er den russischen Feldzug wagen sollte oder nicht. Er fühlte sich oft so matt und unmutig! Schließlich versuchte er durch lange Ritte und die Jagd seinen Körper wieder zu stählen. Aber auch das nützte nicht viel. Seelisch quälten ihn die Sorgen und Befürchtungen. Er war sich wohl bewußt, was er hinter sich ließ, wenn er mit einem großen Heere nach Rußland zog. In seinem Rücken das englische Heer in Spanien und das zum Aufstand bereite Deutschland. Was würde dann aus Frankreich, seinem Thron, seiner Frau und seinem Kind werden? Man warnte ihn. Jérôme schrieb schon im Dezember 1811 aus Deutschland, daß, falls ein Krieg mit Rußland ausbrechen sollte, alle zwischen Rhein und Oder gelegenen Gegenden der Schauplatz einer großen Erhebung werden... und in allen Frankreich einverleibten Ländern und des Rheinbundes der Brand ausbrechen würde. Solche Nachrichten konnten Napoleon in seinen Plänen zwar nicht beirren, aber sie gaben ihm zu denken. Wie hätte Marie Louise diese veränderte Stimmung ihres Gatten nicht bemerken sollen? Sie war täglich ein paar Stunden mit ihm zusammen. Diese jugendliche Kaiserin machte sich um den Zustand Napoleons mehr Sorgen, als die Außenwelt von ihr annahm. Die meisten hielten Marie Louise für allzu passiv, allzu gleichgültig. Und man täuschte sich auch diesmal in ihr. Später erzählte sie selbst, es habe sich ihrer seit jenen Augenblicken eine unerklärliche Angst bemächtigt vor etwas Furchtbarem, Unabänderlichem, das Napoleon und ihr bevorstand. In dieser Zeit konnte sie kaum die Abwesenheit des Kaisers für kurze Zeit ertragen, so sehr war sie mit Sorge für ihn erfüllt. Oft sandte sie in den Staatsrat, um zu erfahren, ob die Sitzungen nicht bald beendet seien, und wenn er immer noch nicht kam, weinte sie.

Schließlich wurde diese Angst Marie Louises vor dem Schrecklichen Gewißheit. Der Feldzug nach Rußlands Eisfeldern war für den Kaiser der Franzosen unvermeidlich geworden. Aber es ist Legende, Napoleon habe diesen Krieg durch seinen unersättlichen Ehrgeiz heraufbeschworen. Er hatte weder Grund noch Lust zu diesem Feldzug. Eigentlich paßte er gar nicht in seine Pläne gegen England. Aber er wollte nicht angegriffen werden. Deshalb ging er dem russischen Wagnis entgegen. Mit ein paar siegreichen Schlachten hoffte er den Zaren gefügig zu machen.

Zum erstenmal stand Marie Louise vor einer längeren Trennung mit ihm. „Ich werde lange abwesend sein", hatte er zu seiner Umgebung gesagt. Der Gedanke daran machte die Kaiserin ganz krank. Sie grämte sich entsetzlich. Sie konnte seine Liebe, seine Zärtlichkeit, seine Fürsorge und seinen Schutz nicht mehr entbehren. Daß er sich neuen Beschwerden, neuen Gefahren aussetzen wollte, erfüllte sie mit namenloser Angst. Ihre Gesundheit war von all den Sorgen ernstlich angegriffen. Die Ärzte bemühten sich vergebens, ihr mit allen möglichen Medikamenten zu helfen. Der Vater schrieb besorgt aus Wien, sie möge sich schonen, und sie versprach es. „Aber", erwiderte sie, „wie wollen Sie, lieber Papa, dass der Körper sich wohl befindet, wenn die Seele krank ist? Und dass kann nicht anders seyn bei allen denen Gerichten, welche seit zwey Monathen herumlaufen. Ich gestehe aufrichtig, dass ich mich gar nicht gut befinde." Daß es tatsächlich so um sie stand, bestätigen viele, die damals mit ihr lebten. Die sächsische Gräfin Kielmannsegge gehörte zu den Intimen des Kaiserhofes in Paris. Auch sie bestätigt den großen Kummer, der Marie Louise damals bedrückte. „Wer das glückliche Verhältnis, die Sorgfalt des Kaisers zu beobachten Gelegenheit hatte, der begreift ihren Schmerz", schreibt sie in ihren Memoiren. Erst das Versprechen Napoleons, daß sie ihn bis Dresden begleiten dürfe, machte Marie Louise wieder froh und gesund. Und an einem blühenden Maimorgen 1812 traten sie mit einem glänzenden Gefolge die gemeinsame Reise an, die als Triumphzug begann und für Napoleon auf so niederschmetternde Weise endete.

Ehe er sich endgültig in den Krieg nach Rußland begab, wollte er in Dresden alle Könige und Fürsten, alle gekrönten Häupter Europas, seine ganze österreichische Verwandtschaft um sich versammeln, nicht nur um mit seinen Verbündeten in diesem Feldzug den Kontakt aufzunehmen, sondern um der Welt zu zeigen, daß er durch seine Heirat mit der Kaisertochter nun vollkommen in die Gemeinschaft der Könige aufgenommen sei, nicht mehr nur als politischer Herrscher, sondern als ihresgleichen, als ein dynastischer Fürst wie sie! Am 10. Mai 1812 erschien im „Moniteur" jene seltsame Bekanntmachung vom 9., in der Napoleon der Welt verkündete, er werde sich zu einer Inspektionsreise der Großen Armee an die Weichsel begeben. Aber gleichzeitig teilte er in demselben Dokument der Öffentlichkeit mit, daß bei seinem Sohn die ersten Zähne durchgebrochen seien und er sich wohlbefinde. Seltsame Zusammenstellung! Aber für Napoleon charakteristisch. Die Welt sollte nicht glauben, daß die Kaiserin den Thronfolger krank und in Gefahr zurückließe oder gar ihre Pflichten als Mutter vernachlässigte.

Marie Louise war überglücklich, ihren Gatten begleiten zu dürfen. Die Dresdner Tage gestalteten sich zu den schönsten ihrer Ehe. Nicht nur, daß sie täglich, stündlich mit ihm zusammen war. Auch ihr geliebter Papa und die Mama waren da. Kaiserin Ludovika war zwar widerstrebend nach Dresden gekommen, denn sie konnte ihre Abneigung gegen Napoleon nicht überwinden, obwohl sie seinerzeit aus Politik zur Hochzeit ihrer Stieftochter mit ihm zugestimmt hatte. Aber auch sie wurde in Dresden von seinem persönlichen Zauber gefangen. Napoleon war ein geschickter Diplomat. Er wußte, daß Ludovika gegen ihn eingenommen war. Er wußte, daß sie das Bündnis des Kaisers Franz mit ihm mißbilligte. Nun erst recht zeigte Napoleon sich zu seiner Schwiegermama von hinreißender Liebenswürdigkeit und Ritterlichkeit. Er machte ihr dermaßen den Hof, daß die Leute bereits anfingen, darüber zu tuscheln. Sein Genie, seine Persönlichkeit strahlten eine derartige Macht über alle aus, daß selbst diejenigen, die anfangs seine persönlichen Feinde waren, als Freunde von ihm gingen, wie der König von Preußen. Kaiserin Ludovika schied zwar nicht gerade als Freundin von Napoleon, aber sie bekämpfte wenigstens mit Liebenswürdigkeit

Kaiserin Marie Louise
Nach einer Zeichnung von P. P. Prud'hon

ihren Abscheu vor ihm. Sooft sie in Dresden mit ihm zusammen-
traf, mußte auch sie zugeben, daß er Eigenschaften besaß, die
faszinierten. Kaum war Ludovika wieder in Wien, so brach der
alte Haß gegen ihn von neuem in ihr durch. Sie war nicht
gesonnen, sich ihm der Politik wegen unterzuordnen. Noch
aber war der Augenblick nicht gekommen, da Österreich wirklich erwachte und sich gegen den Usurpator erheben konnte.

Nie schien Napoleons Macht größer, nie seine Größe unbesieg-
barer, sein Stern heller zu leuchten wie in jenen Tagen in
Dresden, als so „viele Fürsten und Monarchen um ihn versammelt waren, die das Schicksal in Höflinge eines Soldaten der
Französischen Revolution verwandelt hatte". Und dieser Glanz
wurde durch seine Heirat mit der Prinzessin des ältesten deutschen Herrscherhauses noch erhöht. Marie Louise strahlte in
ihrer Jugend an seiner Seite. Mit Staunen sahen der Kaiser und
die Kaiserin von Österreich, welch äußere und innere Veränderung mit ihrer Tochter vorgegangen war. Aus der schüchternen,
bescheidenen Erzherzogin war nicht nur eine mächtige Herrscherin, sondern auch eine Frau geworden, die sich ihrer Persönlichkeit wie ihrer Stellung in der Welt bewußt war. Überrascht
bemerkten sie, wie glücklich Marie Louise sich mit Napoleon fühlte und wie stolz und zufrieden er an ihrer Seite war.
Keinem, der sie sah, wäre der Gedanke gekommen, daß sie als
Opfer der Politik dem „Minotaurus" ausgeliefert wurde, wie
Lord Castlereagh behauptete. Marie Louises Äußere hatte sich
zum Vorteil verändert. Ihre schöne Gestalt kam in den prachtvollen Kleidern zur vollen Geltung. Sie war mit ausgesuchtem
Geschmack angezogen. Die Pracht ihrer Toiletten und der herrliche Schmuck, den sie trug, erregten Aufsehen, vielleicht sogar
ein wenig Neid bei den anderen anwesenden Fürstinnen. Nicht
einmal die Schwestern Napoleons, die Königinnen der Mode
und Eleganz, konnten mit der jungen Kaiserin Marie Louise

rivalisieren. Napoleon strahlte vor befriedigtem Ehrgeiz, wenn er an ihrer Seite seinen Rundgang durch die Säle des Dresdner Residenzschlosses machte und alle die Könige und Fürsten um ihn herum seinen Blicken folgten und seinen Worten lauschten. Er fühlte sich mit Marie Louise wahrhaft als „König der Könige". Leider sollten diese glücklichen Tage bald ein Ende nehmen. Die Scheidestunde schlug. Marie Louise ging in Dresden fast nie aus, um keinen Augenblick des Zusammenseins mit Napoleon zu verlieren. Sie schluchzte bitterlich, als er am 29. Mai von ihr Abschied nahm. Nicht einmal die kürzeste Trennung von ihm vermochte sie zu ertragen. Nun stand sie vor einer, von der man nicht wußte, wie lange sie währen würde. Napoleon begab sich in einen Feldzug, in ein Land, dessen Gefahren ihm unbekannt waren. Konnte man wissen, ob er und wie er zurückkäme? Ohne ihn fühlte Marie Louise sich verlassen, einsam. Aber diesmal war es auch die Angst um sein Leben, die sie unendlich traurig machte. „Sie können sich nicht vorstellen, wie unglücklich und traurig ich bin", gestand sie ihrer Hofdame Luçay. „Ich versuche mich zwar zu beherrschen, aber ich werde so bleiben bis zu dem Augenblick, da ich ihn wiedersehe. Und diesen Augenblick möchte ich um ein paar Jahre meines Lebens erkaufen können."

Der einzige Trost für sie sind seine Briefe. Er schreibt ihr fast täglich. Immer findet er Worte der zärtlichsten Zuneigung, Worte des Herzens und der Güte für Marie Louise. Schon in den ersten Wochen der Trennung sehnt er sich nach ihr. Sie ist so glücklich, wenn er schreibt, sie wisse, daß er sich ebenso nach ihr sehne wie sie nach ihm, um ihr alle die Gefühle zu sagen, die sie ihm einflöße. Oder er versichert ihr, sie dürfe nicht daran zweifeln, wie selig er wäre, sie bald in seinen Armen zu halten. — Sie dürfe nicht zu traurig und kummervoll sein. — „Ich weiß, daß Du vernünftig bist — gräme Dich nicht. Sei fröhlich und zufrieden — es quält mich, wenn Du Dich beunruhigst." Seinem Sohn sendet er drei Küsse. Nie vergißt er ihn in seinen Briefen. Als Napoleon Dresden verlassen hatte, waren auch Marie Louises Eltern abgereist. Sie begaben sich nach Prag. Dorthin folgte ihnen Marie Louise ein paar Tage später. Man erwartete sie schon mit der größten Spannung, denn alle ihre Geschwister waren von Wien gekommen, um die Kaiserin der Franzosen in ihrem Glanze zu bewundern. Welch frohes Wiedersehen! Für Marie Louise um so freudiger und glücklicher, als sie dadurch etwas leichter über den Trennungsschmerz von Napoleon hinwegkam. Einen ganzen Monat war sie mit ihren Schwestern und Brüdern zusammen. Und nicht nur die nahen Verwandten waren gekommen, sondern auch viele Freunde aus Wien. Sogar die Gräfin Colloredo hatte vom Kaiser Franz die Erlaubnis erhalten, an der Familienzusammenkunft in Prag teilzunehmen. Er hatte ihr längst die vermeintlichen Intrigen verziehen, wegen denen er sie einst aus der Umgebung seiner Tochter verbannte. Man kann sich denken, was Marie Louise empfand, als sie ihre liebe Colloredo nach so langer Zeit wieder umarmte. Überhaupt findet sie kaum Worte, um das Glück auszudrücken, das sie durch das Wiedersehen mit all den lieben Menschen aus der Heimat und besonders mit ihrer Familie genoß. Mit den Schwestern und Brüdern wieder in ihrer Muttersprache reden zu können, alte Erinnerungen auszugraben, von Wien, von Laxenburg, von Schönbrunn zu plaudern, das war es, was Marie Louise in Prag so glücklich machte. Alle, die zu ihr kamen, nahmen teil an ihrer Freude. Jeder wurde mit Geschenken von der Kaiserin überhäuft. Ihre Stiefmutter, ihre Schwestern und Schwägerinnen, die Damen des österreichischen Hofes, keine ging mit leeren Händen aus den Zimmern Marie Louises. Wenn ihnen dies oder jenes von den persönlichen Dingen der Kaiserin gefiel, sofort schenkte sie es ihnen. Sie hatte sich nicht geändert. Immer noch machte ihr

Schenken die größte Freude. Und Marie Louise gab alles aus wirklicher Güte. Sie war auch sonst sehr freigebig und wohltätig. Oft versagte sie sich selbst etwas, um anderen zu geben. Jetzt, da ihr als Frau eines reichen Herrschers große Schätze zur Verfügung standen, schenkte sie um so lieber. Sie gab ihren jungen Schwestern und Brüdern in Prag Bälle und Feste und hatte dabei selbst, jung wie sie war, die größte Freude am Tanzen. Sie tanzte für ihr Leben gern, und wäre die Sorge und der Kummer um Napoleon im Felde nicht so stark gewesen, sie hätte sich diesem Vergnügen gern ohne Bedenken hingegeben. Noch wußte man ja in Prag nichts von den Leiden der Großen Armee in Rußland. Noch hatten nicht Tausende in den eisigen Fluten der Beresina den Tod gefunden. Die Kaiserin der Franzosen durfte mit gutem Gewissen unter ihren Verwandten fröhlich sein. Nicht weniger als 125.000 Franken verausgabte sie für die Unterhaltungen ihrer Geschwister. Aber so reich sie war und so wenig Napoleon ihr Vorschriften über diese Freigebigkeit machte, kam es ihr doch selbst so vor, als sei sie in Prag viel zu verschwenderisch gewesen. Denn zu Frau von Luçay sagte sie, man müsse nun in den nächsten Monaten in Paris um so mehr sparen, um die großen Extraausgaben auf ihrer Reise wieder glattzumachen. So war Marie Louise. Josephine wäre es nicht eingefallen, an Sparen zu denken, und hätte sie auch noch so ungeheure Summen verschwendet. Leider würdigte man diese Eigenschaft Marie Louises nie genug.

Mit der Prager Reise verknüpfte sich für die Kaiserin der Zufall einer Begegnung, über die sie später oft nachdenken mußte. Unter den anwesenden offiziellen Persönlichkeiten befand sich ein ungefähr siebenunddreißigjähriger österreichischer General. Er gehörte zu der Suite, die Franz für seine Tochter während ihres Aufenthaltes in Prag ausgesucht hatte. Abgesehen davon, daß der Name und die Karriere dieses Offiziers von sich reden

machten, war sein Äußeres allein schon dazu angetan, aufzu-
fallen. Eine nicht sehr hohe, aber sehr gut gewachsene Gestalt,
äußerst männliche, markante Züge, ein gebräuntes, von blonden
Haaren umrahmtes Soldatengesicht, dessen Charme durch eine
schwarze Binde über dem rechten Auge eher erhöht als vermindert wurde. Sein Ruf als tapferer Soldat in den Revolutionskrie-
gen, in denen ihm ein Auge ausgestochen worden war, seine Ge-
schicklichkeit als Diplomat in verschiedenen Sendungen an
fremde Höfe, sein Ansehen beim Kaiser von Österreich und
schließlich ein paar Liebesgeschichten umgaben den General
Adam von Neipperg mit einem gewissen Nimbus. Die Damen
des Wiener und auch des Pariser Hofes in Prag fingen an, sich
für den nichts weniger als schönen Mann zu interessieren. Ohne
Frage hörte auch die junge Kaiserin Marie Louise von dem General und bemerkte ihn in der Menge ihres zahlreichen Gefolges.
Vielleicht richtete sie auch, als er ihr vorgestellt wurde, ein paar
liebenswürdige Worte an ihn. Nichtsdestoweniger war er ein
Fremder für sie. General Neipperg indes hatte schon öfter Gelegenheit gehabt, die Tochter seines Souveräns zu sehen und zu
beobachten. Zum drittenmal bereits kreuzte er ihren Weg. Zuerst in Straßburg auf Marie Louises Brautfahrt, dann in Paris, als
er zwei Monate nach ihrer Hochzeit offiziell an den Hof Napoleons wegen der Auswechslungsverhandlungen der Gefangenen
gesandt worden war, und nun in Prag. Aber keiner von beiden,
weder Marie Louise noch Neipperg, hätte es damals für möglich
gehalten, daß sie einmal ihren Lebensweg gemeinsam gehen würden. Marie Louise war Kaiserin. Sie liebte den größten Monarchen der Zeit und wurde von ihm wieder geliebt. Sie war eine
musterhafte Gattin und die Mutter des Königs von Rom! Neipperg, zwar ein hervorragender Offizier und Diplomat und von
einer der ältesten Familien abstammend, aber immerhin einer
von vielen unter der Menge genialer und hervorragender Men-

schen. Daß er die junge, blühende Kaiserin, die er schon als Erzherzogin bewundert hatte, in Prag heimlich verehrte, ist möglich. Weshalb nicht? Viele bewunderten Marie Louise. Sie war
zwanzig Jahre alt und „frisch wie eine Rose". Daß Neipperg sich
jedoch schon damals hätte Hoffnungen machen können, einmal
auch nur die geringste Gunst von der Kaiserin, der Frau des ge-
fürchtetsten und von ihm bitter gehaßten Napoleon, zu erhalten,
ist ein Märchen, erfunden von Marie Louises Verleumdern. Von
ihrer Seite ist damals erst recht nichts geschehen, um auch nur in
den geringsten Kontakt mit dem General zu kommen. Nicht einmal der Gedanke an einen Flirt keimte in ihr. Wie hätte sie
sonst an Frau von Luçay aus Prag schreiben können: „Man gibt
mir hier ununterbrochen Feste, die mich indes nur noch trauriger
machen ... Ich könnte vollkommen glücklich sein, wenn der
Kaiser bei mir wäre, aber ohne ihn gibt es für mich kein Glück."
— „Marie Louise war die Ehrbarkeit und Unschuld selbst." Dieses
Zeugnis stellte ihr der eigene Mann aus, als er, schon längst in
Sankt Helena, erfahren hatte, daß sie diesem anderen gehörte.
Nach der Prager flüchtigen Begegnung entschwand Graf Neipperg ihren Blicken, wie jeder andere Höfling aus ihrer damaligen
Umgebung. Erst zwei Jahre später, als der Glanz des napoleoni-
schen Thrones erbleichte, führte das Geschick, der Zufall oder
besser die Klugheit Metternichs den General zum viertenmal
zu ihr. Und diesmal blieb er. Aber bis dahin geschah noch vieles.
Auch Neipperg zog an der Spitze seines Regiments ins Feld. Er
nahm teil an dem Riesenkampfe der europäischen Koalition
gegen Napoleon. Er schlug sich tapfer bei Stolpen, Leipzig und
Reichenberg. Er wurde Feldmarschalleutnant, und schließlich
war er es, der beauftragt wurde, die Nachricht vom Siege der
Verbündeten über Napoleon nach Wien zu bringen. Prag 1812
und Wien 1814! Welche welterschütternden Ereignisse lagen
dazwischen!

Bald waren auch die Prager Tage für Marie Louise zu Ende. Man hatte ihr gehuldigt, man hatte sie gefeiert wie nie eine Fürstin. Die Prager Bürger waren außer sich vor Freude gewesen, die Tochter ihres Kaisers in ihrer Stadt beherbergen zu können. Sie hatten es an Ovationen und liebenswürdiger Gastfreundschaft nicht fehlen lassen. Wenn Marie Louise sich auf der Straße sehen ließ, hielt man ihren Wagen an, warf Blumen hinein und suchte ein Lächeln von ihr zu erhaschen. Die Prager waren von den Mitgliedern ihres Herrscherhauses gewöhnt, daß ihnen diese Anhänglichkeit mit leutseligem Dank vergolten wurde. Aber Marie Louise schien das vergessen zu haben. Ihre Befangenheit bei allen offiziellen Gelegenheiten ließ sie steif und unbeweglich in ihrem Wagen sitzen. Höchstens nickte sie ab und zu mit dem Kopfe, wenn die brausenden Jubelrufe des begeisterten Publikums an ihr Ohr drangen. Es war ihr nun einmal nicht gegeben, anders zu erscheinen, als sie sich fühlte. Lange konnten ihr das die Prager nicht vergessen. Und doch, wer weiß, was im Innern dieser jungen Herrscherin gerade damals vorging? Hatte sie nicht Grund zu Besorgnissen um das Geschick des Mannes, den sie liebte? Vielleicht war Napoleon in demselben Augenblick, in dem sie durch die Straßen von Prag fuhr, den Strapazen und Unbilden der Witterung, den Gefahren einer Schlacht ausgesetzt? In der Ecke ihres Wagens konnte sie am besten über das alles nachdenken. Alle ihre Gedanken gehörten ihm. Anfangs waren seine Briefe fast täglich eingetroffen. Später vergingen oft sieben Tage, ehe sie Nachricht erhielt. Und die Sehnsucht nach ihm verzehrte sie fast. Sie brauchte seine Zärtlichkeit. Sie brauchte seine führende Hand, wie ehedem die schützende Hand des Vaters. Es lag außerdem eine so große Verantwortung auf ihr, seitdem Napoleon fern war. Er sah streng auf Etikette. Nichts durfte an ihrem Hofe außer acht gelassen werden, was der Welt zur Kritik über Marie Louise Gelegenheit hätte geben können. Bisher hatte sie nur nach seinem Rat, nach seinen Anordnungen gehandelt. Jetzt verlangten ihre Damen und Herren oft von ihr eine Entscheidung. Ach, es war so schwer für Marie Louise, die Unschlüssige, Entscheidungen zu treffen! Aber bald sollte sie in Paris vor ernstere Pflichten gestellt werden.

SIEBENTES KAPITEL

ALLEIN IN PARIS

Rückkehr nach Saint-Cloud — Das Bild des kleinen Königs im Feldlager Napoleons — Sehnsucht und bange Ahnungen — Die Verschwörung des Hochverräters Malet — Die Katastrophe in Rußland — Der Kaiser erscheint unvermutet in den Tuilerien — Erschütterndes Wiedersehen

Lange noch bildet das Wiedersehen mit ihrer Familie den Ge-sprächsstoff in Marie Louises Unterhaltung mit ihrer Umgebung und in ihren Briefen. Immer wieder kommt sie darauf zurück, wie herrlich es in Prag gewesen sei. Als schönste Erinnerung an diese Zeit hat sie Bilder von allen ihren Lieben mitgebracht, die Isabey hatte malen müssen. Zu diesem Zwecke hatte sie ihn von Paris nach Prag kommen lassen. Überglücklich aber sprach sie von der Liebe und Fürsorge, mit der ihr Vater sie behandelt habe. Wie einst in Braunau, hatte er sie bei ihrer Abreise von Prag ein Stück des Weges geleitet. Über Karlsbad und Franzens-bad war sie nach Saint-Cloud zurückgekehrt. Zwei Monate hatte sie ihren kleinen Sohn nicht gesehen. Nun empfing sie ihn gesund und wohl aus den Händen seiner „Maman Quiou". Napoleon in Rußland beneidete sie um dieses Glück. Der kleine König hatte sich körperlich und geistig kräftig entwickelt. Er war jetzt bald anderthalb Jahre alt, ein schönes, gesundes Kind, was Marie Louise nie versäumt, sowohl ihrem Mann als auch ihrem Vater in jedem Briefe mitzuteilen. Drastisch nennt Napoleon einmal seinen kleinen dicken Sohn in einem Briefe aus Rußland: „einen verfressenen kleinen Radaubruder". Das Kind war für sein Alter äußerst lebendig und aufgeweckt, ein wirklich reizendes Baby. Um den Vater im Felde mit einem Bilde seines Sohnes zu überraschen, ließ Marie Louise gleich nach ihrer Rückkehr den Maler Gérard nach Saint-Cloud kommen, damit er den König von Rom male. Als das Bild fertig war, beauftragte sie den Baron Bausset mit der Überbringung dieses hübschen Geschenkes für Napoleon in Rußland. Bausset brauchte siebenunddreißig Tage, bis er zum Hauptquartier gelangte. Als er vor dem kaiserlichen Zelte vor Moskau eintraf, war Napoleon eben von einer Inspektion der russischen Stellungen zurückgekehrt. Müde und abgespannt hatte er sich ein paar Minuten auf seinem Feldbett ausgestreckt. Doch die Freude über das Bild und die Aufmerksamkeit Marie Louises ließen ihn rasch alle Müdigkeit vergessen. Lange und glücklich betrachtete er das Bild seines Sohnes. „Wäre er fünfzehn Jahre älter", sagte er zu Bausset, „er stände jetzt gewiß nicht nur im Bilde hier." Darauf ließ der Kaiser das Gemälde vor seinem Zelt aufstellen, damit seine Garde sich an dem Anblick des schönen Knaben erfreuen sollte. Eine Zeitlang stand es dort. Plötzlich mußte es der Mameluck Rustam wieder fortnehmen und ins Innere des Zeltes tragen. Napoleon wollte nicht, daß sein Sohn „schon so früh die Greuel der Schlacht mit ansähe". In Moskau hing er es in seinem Schlafzimmer auf, aber auf dem Rückzug ging es mit anderen Kostbarkeiten verloren.

In Paris lebte inzwischen Marie Louise ziemlich zurückgezogen, abgesehen von den vorgeschriebenen Empfängen, Spielabenden und Theaterbesuchen, die sie der Etikette gemäß einhalten mußte. Täglich schrieb sie dem Kaiser. Ja, er wünschte oft zweimal täglich von ihr Nachricht. Und fast jeden Tag erhielt sie einen Brief von ihm. Fast ist es ein „Tagebuch aus dem Felde". In kurzen Worten berichtet er alles Wesentliche. Vor allem aber weiß Marie Louise immer, wo er sich befindet. Er schickt ihr Bulletins und Tagesbefehle. Er berichtet von seinen Märschen, manchmal über eine Schlacht, über diese und jene wichtigen Ereignisse, nicht immer der Wahrheit gemäß, um sie nicht zu ängstigen. Nie eine Klage über die Beschwerden und das Elend, das die ganze Armee erleidet. Mitten in den schwierigsten militärischen Bewegungen denkt er an Liebe, an Marie Louise, nach der er sich sehnt. Er braucht ihr nicht zu sagen, wie sehr er sie liebt, aber er möchte sie so gern bei sich haben. Es ist ihm zur süßen Gewohnheit geworden, sie in seiner Nähe zu wissen. Er sorgt sich um sie, um ihre Gesundheit. Warum schläft sie nicht? Sie soll schlafen und sich nicht um ihn grämen. Nicht weinen. Sie soll an ihn denken und ihn lieben. In jeder Beziehung ist er auf ihr Wohl, ihren guten Ruf bedacht. Er warnt sie vor gewissen Leuten, denen sie in ihrer Menschenunkenntnis Vertrauen schenkt. Besonders vor Talleyrand. Nicht einmal zu ihrer Whistpartie darf sie den Intriganten mehr einladen. Nichts entgeht ihm aus ihrem Leben, denn jede Woche geht eine Stafette aus Paris an ihn nach Rußland ab mit einem Bericht, was die Kaiserin stündlich in diesen sieben Tagen unternommen hat. Aber die Nachrichten von ihm und der Großen Armee treffen in immer größeren Abständen in Paris ein. Immer weiter entfernt sich das kaiserliche Hauptquartier. Immer größer wird der Raum zwischen Paris und der Armee Napoleons.

Marie Louise fühlte sich nach ihrer Rückkehr nach Saint-Cloud recht elend. Sie war schwach und hinfällig, hatte oft Fieber. Die Trennung von Napoleon griff sie schrecklich an. Das Alleinsein ertrug sie schwer. Denn wenn auch im allgemeinen das Leben an einem Hofe abwechslungsreicher als in einem Privathause ist, so genügten ihr doch die offiziellen repräsentativen Gesellschaften nicht. Sie schloß sich noch enger an Frau von Montebello, ihre Ehrendame, an. Aber auch sie konnte ihr kein Ersatz für Napoleon sein. Ohne ihn war die Welt leer. Man wagte in der ersten Zeit nach ihrer Rückkehr kaum, seinen Namen in ihrer

MARIE LOUISE

Gegenwart zu nennen, weil sie sofort Tränen in den Augen hatte,
wenn sie ihn hörte. Auch die Kaiserin vermied es, in den ersten
Tagen von ihm zu sprechen. Stumm ehrte man Marie Louises
Schmerz, und alle waren sichtlich bemüht, ihr Aufmerksamkeiten
und Liebe zu beweisen. Jetzt erst in Saint-Cloud fühlte sie, wie
einsam sie war. Es war oft eine Leere in ihr, die sie beängstigte.
Sie besaß so wenig Erfahrung. Sie verstand nicht viel von der
Politik ihres Gatten. Jetzt aber wäre es oft nötig gewesen, ein
wenig mehr Einblick in die Geschäfte zu haben. Napoleon hatte
sich indes nie bemüht, Marie Louise ernstlich darin einzuweihen.
Das war seiner Meinung nach nicht Frauensache. Er liebte es
nicht, wenn Frauen sich in Staatsangelegenheiten mischten. Und
noch dazu eine so junge, kaum zwanzigjährige Frau. Auch Josephine hatte er nur in sehr wenige Dinge seiner Politik Einblick
gewinnen lassen. Dennoch hätte gerade Marie Louise mit ihrem
gesunden Urteil, ihrer leichten Auffassungsgabe, ihrem prakti-
schen Sinn manches besser begriffen und vieles von ihm lernen
können, wenn er sich die Mühe genommen hätte, es ihr beizu-
bringen. Vielleicht hätte ihr Einfluß manches in seiner Politik,
vor allem aber in seinem unersättlichen Eroberungsdrang, gemil-
dert. Sie war pazifistisch gesinnt. Sie hatte in ihrem Vaterhaus
zu viele und zu schreckliche Kriege mit durchgemacht. Ihr graute
vor der Zukunft, die eine neue Serie Kriege für Frankreich er-
blicken ließ. Aber Marie Louise war ein hilfloses Kind. Sie
glaubte an Napoleon, an seine Unbesiegbarkeit und an alles, was
er unternahm. Sie hatte nicht genug Mut, zu versuchen, ihn von
Dingen abzuhalten, die ihn ins Verderben stürzen mußten. Und
sie verstand sie auch nicht.

Noch ahnte Marie Louise nicht, daß es bereits mit der Großen
Armee sehr schlecht stand, daß die Russen Napoleon immer
tiefer ins Land lockten, bis nach Moskau, ins Herz des Mütter-
chens Rußland, um ihn und sein Heer durch die Elemente, durch

den mörderischen russischen Winter völlig zu vernichten. Napoleon hatte seiner Frau fast nur Günstiges geschrieben. Alles, worüber sie sich aufregen konnte, suchte er von ihr fernzuhalten. Stets beruhigte er sie über alles, auch über seine Gesundheit. In jedem Brief las sie: „Mir geht es gut, ich befinde mich ausgezeichnet." Dabei war er in Wirklichkeit fast immer leidend in diesem Feldzug. Oft war er so erkältet, daß er fast keine Stimme mehr hatte. Aber das durfte Marie Louise um Gottes willen nicht erfahren. Sie würde sich um ihn ängstigen, vielleicht selbst vor Sorge krank werden. Nichts in seinen Briefen von der hungernden, frierenden Armee, die sich elend dahinschleppt. Nichts von dem fürchterlichen Schlachten bei Borodino, von dem großen Elend, das er nicht lindern konnte. Um so erschreckender wirkte auf Marie Louise die Nachricht von dem Brande von Moskau. Napoleon selbst schreibt jetzt seiner Frau darüber, das Feuer verzehre Moskau seit vier Tagen. Gut zwanzigtausend Einwohner lägen verzweifelt und elend auf der Straße. Sogar die Wasserschläuche hätten diese Schurken von Russen zerstört. Die Bevölkerung von Paris war durch diese Mitteilung aufs höchste erregt. Es wurden Gerüchte laut, der Kaiser befinde sich bereits auf dem Rückzug. Aberglaube und ernstliche Besorgnis verbreiteten die phantastischesten Geschichten und Legenden. Im Volke erzählte man sich, man habe die Napoleonsäule auf dem Vendômeplatz jeden Morgen rot erglühen sehen, und auf dem Pont d'Austerlitz höre man um Mitternacht fliehende Reiter ächzen. Diese Stimmung der Pariser Bevölkerung benützte ein Hochverräter, General Malet, um den von ihm seit Jahren gehegten Plan, das Kaiserreich zu stürzen, zur Ausführung zu bringen. Malets Helfershelfer waren Feinde Napoleons aus den Tagen seines wunderbaren Aufstiegs: Moreau, Carnot, Augereau und der Vizeadmiral Truguet. Einige von ihnen hatten ihm alles zu danken.

MARIE LOUISE

Am 22. Oktober war Malet aus dem Gefängnissanatorium, wo er seit 1808 eingesperrt war, entwichen. Er hatte sich seine Generalsuniform angezogen, hatte durch Anschläge überall den Tod Napoleons auf den russischen Schlachtfeldern verbreitet. Fast alle höheren Magistratsbeamten in Paris waren auf seinen Befehl verhaftet worden, und schließlich hatte er persönlich den Platzkommandanten Hullin mit einem Schuß niedergestreckt, ohne ihn allerdings tödlich zu treffen. Aber Hullins Generalstabschef und seine Offiziere wurden stutzig, daß der General ohne Eskorte ins Generalstabsgebäude eingedrungen war. Sie stürzten sich auf ihn und fesselten ihn. Der Anschlag Malets war mißlungen, der Thron Napoleons gerettet!

Dieses Ereignis zeigte indes, auf wie schwachen Füßen sein Reich bereits stand. Ein einziger Mißerfolg des Gewaltigen hatte genügt, es in seinen Grundfesten zu erschüttern. Was fast ganz Europa seit langem vergebens versuchte, einem einzelnen Menschen wäre es beinahe gelungen: der Sturz des Riesen! Keiner dachte dabei an die Kaiserin, keiner an den Sohn Napoleons. Als man Malet im Verhör fragte, welches Schicksal er der Kaiserin Marie Louise zugedacht hatte, antwortete er: „Man würde sie als österreichische Erzherzogin behandeln und sie so lange hier behalten haben, bis ihr Vater über sie verfügt hätte." — „Und der König von Rom?" — „Man würde ihn der Barmherzigkeit des französischen Volkes empfohlen haben."

Marie Louise erfuhr das Attentat am 23. Oktober, als sie in Saint-Cloud durch eine Abteilung Gardereiter, die in den Schloßhof einrückte, geweckt wurde. Der Kriegsminister hatte sie zum Schutze der Kaiserin und des kleinen Königs gesandt. Um die Sicherheit ihres Kindes besorgt und anfangs durch die Nachricht, daß Napoleon für tot erklärt worden war, furchtbar erschrocken, eilte sie im Morgenkleid und mit aufgelöstem Haar auf den Balkon ihres Zimmers. Als man ihr mitteilte, es sei alles bereits

Marie Louise malt Napoleon
Nach einem Gemälde von Menjaud

niedergeschlagen und keine Gefahr mehr, weder für sie noch für ihr Kind, beruhigte sie sich rasch. Sie hatte so großes Vertrauen zu den Parisern, daß sie sogar ihrem Vater nach diesem Ereignis schreiben konnte, sie sei gar nicht besonders erschrocken gewesen, denn sie kenne den guten Charakter des Volkes und seine Anhänglichkeit an den Kaiser zu gut, um sich darüber auch nur einen Augenblick zu ängstigen.

Da man ihr gesagt hatte, es seien nur ein paar „Banditen" gewesen, die diesen Anschlag verübt hätten, forschte sie nicht nach dem tieferen Grund. So harmlos jedoch, wie die naive junge Kaiserin, faßte Napoleon das Ereignis nicht auf. Auch in Wien war man um das Schicksal Marie Louises aufs höchste besorgt. Nur sie ahnte nicht, in welcher Gefahr sie sich befunden hatte. Als Napoleon davon in Rußland Kenntnis erhielt, war er außer sich vor Empörung über das Verhalten seiner Staatsmänner und seiner Beamten. Hatten sie denn alle ganz und gar den Kopf verloren ohne ihn?

Erst auf dem Rückzug, am 6. November, als er seine „sterbende Armee" bis Smolensk führte, erfuhr er durch Marie Louise selbst alle Einzelheiten des Attentats. An diesem Tag ging er zu Fuß neben seiner Garde, wie er es öfter tat, wenn ihm vom langen Sitzen im Wagen die Beine steif und kalt wurden. Dann überließ er seinen Platz im Reisewagen einem seiner vom Marsche und den Strapazen ermüdeten Marschälle oder Generale. Sie waren einer wie der andere elend. Mancher hatte auf dem Rückmarsch sein ganzes Gepäck verloren. Ihre Uniformen hingen in Fetzen herunter. Alle hatten sich, so gut sie konnten, ausstaffiert, um sich vor der Kälte zu schützen. Auch Napoleon. Eine grüne, pelzverbrämte Samtmütze über die Ohren, statt des grauen Mantels einen dicken Pelz, einen Stock als Stütze, so marschierte der Kaiser auf der von den Truppen ausgefahrenen und ausgetretenen harten, vereisten Straße. Da brachte ihm ein

Kurier den Brief der Kaiserin. Sofort antwortet Napoleon. Die
Sorge um sie ist sein erster Gedanke. „Ich fürchte, liebe Freundin,
das alles hat Dir großen Kummer verursacht — obwohl ich ja
Deine Charakterstärke kenne." Nichts in seinem Brief über sich
selbst, nichts, was sie über sein eigenes Geschick, seine persönlichen Leiden und Beschwerden beunruhigen hätte können. Nur
der rührende Trost, daß er bald wieder ganz nahe bei ihr sein
wird. Schon morgen, tröstet er, werde er in Smolensk sein.
— Smolensk, die Hoffnung des ausgehungerten, zerlumpten
Heeres! — Und die größte Enttäuschung! Smolensk, schreibt er
weiter, das heißt für ihn schon mehr als 100 Meilen näher an
Paris! Es dauert jetzt nur noch zwölf Tage statt siebzehn, bis er
einen Brief von ihr bekommt! — Nur noch zwölf Tage! Was
konnte in zwölf Tagen mit ihm, mit der Kaiserin, mit seinem
Sohn in Paris alles geschehen!

Diese Gedanken beschäftigten ihn. Die Verschwörung in
Paris traf ihn schwerer, als er es sich in seiner Antwort an Marie
Louise merken ließ. Als er den Brief seiner Frau gelesen hatte,
trat er mit wutverzerrtem Gesicht in ein nebenstehendes Haus
und rief ein um das andere Mal leidenschaftlich: „Hat man denn
gar nicht daran gedacht, daß ich einen Sohn habe? Eine Frau?
Und das Reich seine Institutionen?" — Scharf beobachtete er
seine Offiziere, welchen Eindruck das Ereignis auf sie gemacht
hatte. In ihren Gesichtern wollte er die Gewißheit geschrieben
sehen, daß sie in ihm noch immer die starke Hand zur Stütze
Frankreichs erblickten. Mancher der alten Marschälle bemerkte,
daß Napoleon die Vorgänge in Paris mehr Sorgen zu bereiten
schienen, als die Vernichtung seines schönen, großen Heeres.
Regimenter waren zu ersetzen, ein Thron nicht!

Der Fels war erschüttert, der Granit hatte Sprünge bekommen. Ein Fingerzeig, daß seine Macht geschwächt war, mußte
das Attentat für Napoleon sein. Paris, die Sicherheit seiner Frau

und seines Sohnes erforderten seine Anwesenheit. Und wenn Napoleons Abreise von der Großen Armee auch längst in seinem Innern beschlossen war, jetzt beschleunigte er sie. Jetzt hielt es ihn nicht länger mehr fern von Frankreich. Noch am 5. Dezember hatte er die Absicht, Marie Louise nach Polen kommen zu lassen, um die lange Trennung ein wenig zu verkürzen. Er wollte mit ihr gemeinsam nach Paris zurückreisen. Und so schreibt er ihr an diesem Tage, sie solle die Hoffnung nicht verlieren, sich nicht sorgen. Bald sei sie bei ihm. Bald werde er sie persönlich trösten können. Plötzlich aber entschloß er sich noch am gleichen Tage, mitten im Winter, nachdem die russische Kälte, der Hunger, die Entbehrungen, die Schlachten und die Fackel Rostoptschins eine halbe Million seiner besten Soldaten gekostet hatte, zur Rückkehr.

Mit nur wenigen Begleitern verließ er in Smorgoni in einem Schlitten das Heer. In wahnsinniger Fahrt reist er Tag und Nacht. Kaum gönnt er sich ein paar Stunden Rast. Ein Flüchtender in strengstem Inkognito. In der Woiwodschaft Rawa, nahe beim Dorfe Lowicz in Polen, hätte er gern einen Umweg über Schloß Walewicz genommen. Hier wartete Maria Walewska auf ihn. Sie hatte gehofft, vom Kaiser während seiner Anwesenheit in Warschau zu Beginn des Feldzuges ins Hauptquartier gerufen zu werden. Aber sie täuschte sich. Die Dresdner Tage mit Marie Louise waren damals noch zu frisch in seiner Erinnerung. Jetzt aber befand er sich auf der Flucht. Er brauchte Trost. Die Freundin sollte ihn ihm spenden. Marie Louise traf er nicht in Polen. Doch es war gefährlich, hier haltzumachen. Kosaken schwärmten überall in der Gegend. Caulaincourt riet dem Kaiser von einem Abstecher in Walewicz ab. Und als er ihm vollends vorstellte, daß Marie Louise gewiß traurig sein würde, wenn sie von diesem Besuch bei der Gräfin erführe, gab Napoleon sofort seine Absicht auf. Es lag ihm fern, Marie Louise zu kränken.

In Wilna und Dresden machte er kurzen Halt. Darauf ging die Reise unaufhaltsam bis Paris weiter. Bis Weimar im Schlitten, dann im Wagen des Herrn von Saint-Aignan. Nur Caulaincourt und der Mameluck Rustam begleiteten den Kaiser. Kurz vor Paris noch ein Hindernis. Der Wagen bricht. Der Kaiser und sein Begleiter sind gezwungen, eine gewöhnliche Postkutsche zu besteigen. Um Mitternacht treffen sie in Paris ein.

Inzwischen war bei Marie Louise Napoleons Abgesandter Herr von Montesquiou angekommen. Er hatte nur Grüße vom Kaiser aus Rußland zu überbringen, aber im übrigen den geheimen Auftrag, auf seiner Reise bis Paris überall die besten Nachrichten vom Zustand der Armee zu verbreiten. Er hatte Napoleon am 2. Dezember verlassen, wußte also nichts von dessen eiliger Rückkehr. Man hatte keine Ahnung in Paris, daß Napoleon seiner Hauptstadt so nahe war.

Wie alljährlich vertauschte Marie Louise um diese Zeit Saint-Cloud mit den Tuilerien. Auch sie wußte nicht, wo der Kaiser sich befand. Zehn Tage vorher, am 20. November, hatte er ihr geschrieben, daß die Kosaken auf seine Verbindungswege gekommen seien und er daher keine Nachricht von ihr erhalten könne. Aber er selbst will keine Zeit verlieren und ihr schreiben. „Ich befinde mich wohl und nähere mich Dir ... Adio mio bene." Und dann aus Zembin die letzte Nachricht vor seinem Eintreffen in Paris: Fünfzehn Stafetten lang wird sie ohne Nachricht von ihm und er von ihr sein! So viele Tage ohne Nachricht! Aber er weiß, daß er unter diesen außergewöhnlichen Umständen auf ihren Mut und ihre Charakterstärke zählen kann. — Die Sorge um ihn und sein ungewisses Schicksal wird für sie immer größer, als bald darauf das berühmte 29. Bulletin die Wahrheit über die Katastrophe in Rußland enthüllt. Eine wahnsinnige Bestürzung bemächtigte sich aller. Es machte einen unbeschreiblichen Eindruck auf die Pariser. Die ganze Bevölkerung schien nur das eine zu fragen: „Wo ist der Kaiser? Ist er gesund, gefangen, ist er tot?"

Traurig und niedergeschlagen, sehr elend an Körper und Seele, von Angst und Sorge gequält, hatte sich die junge Kaiserin am 18. Dezember ziemlich früh zur Ruhe begeben. Soeben war die Kammerfrau vom Dienst im Begriff, die Vorhänge in Marie Louises Zimmer zuzuziehen, alle Türen zu schließen. Plötzlich vernimmt sie im Salon nebenan Schritte. Gleich darauf werden die Türen aufgerissen. Zwei Männer, dicht in dunkle Mäntel gehüllt, stehen vor ihr. Der eine sagt, er sei ein Kurier des Kaisers. Er habe sehr gute Nachrichten von ihm für die Kaiserin. Und damit schreitet er direkt auf die Tür des kaiserlichen Schlafzimmers zu. Schon will die Kammerfrau um Hilfe rufen. Da erkennt sie den Kaiser. Der andere war Caulaincourt, der Großstallmeister. Die Schildwache unten am Tor hatte sie zuerst nicht einlassen wollen, bis Napoleon sich ihr zu erkennen gab.

Durch den Schrei der Kammerfrau erschreckt, ist Marie Louise aus dem Bett gesprungen. Da steht auch schon Napoleon vor ihr. Beglückt schließt er sie in seine Arme. Welcher Wechsel der Stimmung! Eine schönere Überraschung konnte er ihr nicht bereiten. Einen schöneren Tag erlebte Marie Louise kaum! Sie war vor Freude und Glück außer sich. Alle Qual, alle Sorge war nun für sie zu Ende. Geborgen fühlte sie sich und gut. Aber welch ein Wiedersehen!

ACHTES KAPITEL

DIE REGENTIN

*Marie Louise als Stellvertreterin Napoleons — Besuch beim Papst — Die
Kriegsfackel lodert von neuem auf — Gatte und Vater als Feinde — Metter-
nich bei Napoleon in Dresden — Der Bruch — Kaiser und Kaiserin in
Mainz — Das große Völkerringen — Napoleon von neuem geschlagen —
Zurück in Saint-Cloud*

So glücklich Marie Louise war, wieder mit Napoleon vereint
zu sein, sie konnte sich doch nicht von dem Gedanken losreißen,
daß ihnen schwere Zeiten bevorstanden. Wenn sie auch in ihrem
Innern mehr Österreicherin als Französin war, so konnte ihr
doch das Schicksal Frankreichs nicht gleichgültig sein. Allein um
ihres Sohnes willen nicht. Er sollte ja seinem Vater einst auf dem
Throne nachfolgen. Zum erstenmal aber hatte das Kriegsglück
Napoleon im Stich gelassen. Zum erstenmal war sein Stern auf
dem Schlachtfeld erblichen. Aus Angst vor der Zukunft weinte
Marie Louise oft heimlich am Bett ihres Sohnes. Nur die Gräfin
Montesquiou und die Herzogin von Montebello waren Zeugen
dieser Tränen der Kaiserin. Inbrünstig wünschte sie Frieden. Sie
wünschte ihn nicht nur für sich und Napoleon, sondern für alle:
für ihren Sohn, ihren Vater, für die beiden Länder, die sie am
meisten liebte. Für Frankreich und für Österreich. Allabendlich
ließ sie den kleinen König beten, der liebe Gott möge seinen
Vater bestimmen, der Welt den Frieden zu schenken. Das Kind
plapperte schlaftrunken die Worte seiner Gouvernante nach, und
Napoleon lächelte, wenn er es hörte. Für ihn war der Frieden
augenblicklich nicht aktuell. Für ihn hieß es jetzt siegen oder

sterben! Und von neuem stand das Gespenst der Trennung vor
Marie Louise.

Nichts vermochte Napoleon in seiner Politik zu beirren. Weder
die väterlichen Ratschläge des Kaisers Franz noch die Bitten seiner Frau. Franz hatte am Neujahrstage 1813 gleichzeitig mit
einem Brief an Napoleon auch einen an seine Tochter gesandt,
worin er den sehnlichsten Wunsch nach Frieden ausdrückte.
„Wollte Gott", antwortete Marie Louise, „Ihre Wünsche gingen
in Erfüllung und wir bekämen bald Frieden." Und aufs neue die
Klage, wenn nur um Gottes willen Napoleon sie nicht verließe.
Der Gedanke an seine Abreise ist für sie entsetzlich, nach all der
Angst, die sie um ihn im vorigen Jahr ausgestanden hat.

Napoleon selbst merkte man nicht die geringste Beunruhigung
an. Nicht wie ein Geschlagener war er aus Rußland zurückgekehrt, nicht als Besiegter hatte er wieder von seinem Reiche
Besitz ergriffen, sondern als Imperator, wie ein Triumphator.
Sein Kriegsmut war nicht gebrochen. Seine Arbeitskraft größer
denn je. Nachdem er eine Nacht geruht und ein paar Stunden
des nächsten Tages mit seiner Frau und seinem Sohn verbracht
hatte, besuchte er mit der Kaiserin die Messe und begab sich darauf sofort an seine Staatsgeschäfte. Man sah ihm weder die
Strapazen des Feldzugs noch die anstrengende vierzehntägige
Schlitten- und Wagenfahrt an, noch konnte man bemerken, daß
er körperlich nicht mehr ganz gesund war. Sein Wille bekämpfte
alles. Nicht einen Augenblick Zeit verlor er. Denn der Krieg ging
weiter. „Der Feldzug von 1813 würde das übrige tun", hatte er
in Witebsk gesagt. Nur hatte er es sich anders vorgestellt, als es
jetzt gekommen war. Schon am nächsten Tag nach seiner Ankunft schilderte Napoleon dem Senat in seiner Rede über die
Katastrophe in Rußland in glänzenden Farben die Lage des
Reiches. Eine neue große Armee wird erstehen, und im Frühjahr
wird er mit ihr zu neuen Taten nach Deutschland ziehen!

DIE REGENTIN

Die letzten Ereignisse in Paris haben Napoleon jedoch zu denken gegeben. Ein zweiter Versuch, die Krone Frankreichs, seine Frau und seinen Sohn in Gefahr zu bringen, wenn das Staatsoberhaupt abwesend ist, mußte vermieden werden. Das aber konnte man nur erreichen, wenn die Kaiserin und der König von Rom Anteil an der Macht hatten. Bisher hatte Napoleon nie daran gedacht, während seiner oft monatelangen Abwesenheit von Paris eine Regentschaft einzusetzen. Die ihn vertretenden Minister hatten, wo er sich auch befand, stets seine genauesten Instruktionen erhalten. Jetzt jedoch hielt er es für nötig, teils aus den oben erwähnten Gründen, teils aber auch, um Österreich zu schmeicheln und den Kaiser Franz leichter dazu zu bewegen, nichts gegen Frankreich zu unternehmen. Und so war es bald nach Neujahr 1813 beschlossene Sache, daß Marie Louise für die Zeit der Abwesenheit Napoleons zur Regentin ernannt werde. Am 30. März, am Geburtstag seines Sohnes, führte Napoleon diesen Plan aus.

Ehe aber dieser große Tag kam, erlebte Marie Louise noch eine andere Freude. Napoleon hatte sich endlich — weil er es für seine Politik brauchte — mit dem Heiligen Vater versöhnt! Mit Pius VII., den er seit sieben Monaten in Fontainebleau gefangenhielt! Für eine so gute Katholikin wie Marie Louise war der 23. Januar, an dem das Konkordat von Fontainebleau zustande kam, ein wirklicher Freudentag, um so mehr, als sie den Kaiser zum Papst begleiten durfte. Pius VII. empfing die Tochter des apostolischen Herrschers so freundlich und herzlich, daß es Marie Louise schien, als lägen jene Zeiten unendlich fern, da Pius VII. sich geweigert hatte, Napoleons Ehe mit Josephine zu scheiden und seine Kardinäle bei Marie Louises Heirat nicht zugegen sein wollten. Begeistert schrieb sie nach Wien über ihren Besuch beim Papst. Vor allem war sie unendlich froh, daß nun die für Frankreich so wichtigen Fragen der Kirche geregelt seien. Sie fand

Pius VII. schön und interessant, „sehr gut aufgelegt und äußerst gnädig". Sie war überzeugt, daß die Versöhnung ihren Eltern ebensoviel Freude bereiten werde als ihr selbst, denn dadurch seien die „Angelegenheiten der Christenheit" endlich geregelt. Bisher war Marie Louise wenig mit der Politik und den diplomatischen Handlungen Napoleons in Berührung gekommen. Der Besuch in Fontainebleau war sozusagen der erste Schritt der Kaiserin als Mitregentin. Er beweist, daß sie nicht nur Interesse für die politischen Angelegenheiten ihres Mannes hatte, sondern ihnen sogar nicht ganz so fremd und gleichgültig gegenüberstand, wie es ihre Verleumder bemüht sind darzustellen. Hing doch von diesem Konkordat nicht nur Frankreichs kirchliche Ruhe ab, sondern es sollte auch der Regentschaft Marie Louises die Bestätigung der Kirche verleihen. Napoleon wollte durch seine Aussöhnung mit dem Heiligen Vater seinen Sohn und seine Frau gewissermaßen dem Schutze der Kirche anvertrauen. Gern hätte er auch noch vor seiner Abreise zur Armee die Kaiserin von Pius VII. krönen lassen. Alles war schon dazu bestimmt. Sogar der Tag. Am 25. März sollten Marie Louise und der König von Rom gekrönt werden. Aber es blieb Napoleon keine Zeit mehr. Die Kriegsvorbereitungen nahmen ihn zu sehr in Anspruch. Er verschob es auf eine spätere Zeit.

Der Papst hatte sich außerdem die Sache anders überlegt. Kurz nachdem Marie Louise und Napoleon Fontainebleau verlassen hatten, machte er das Konkordat rückgängig, weil er es nicht mit seinem pontifikalen Gewissen vor der Kirche und vor Gott vereinbaren konnte. Napoleon aber kümmerte sich nicht um die Einwände des Heiligen Vaters. Er erklärte den Vertrag mit der Kirche vom 23. Januar für gesetzmäßig. Pius VII. blieb nach wie vor ein halber Gefangener Napoleons, und erst der Einzug der Verbündeten in Paris gab ihm den Weg nach Rom frei.

DIE REGENTIN

Dieses Verhalten dem Oberhaupte der Kirche gegenüber hat Napoleons Popularität mehr geschadet als alle seine Verluste auf dem Schlachtfelde. Leider ging diese Unpopularität auch in gewissem Sinne auf Marie Louise, die Österreicherin, über, der man eine Art Zaubermacht auf seinen immer mehr im Sinken begriffenen Stern zuschrieb. Sie aber war unentwegt bemüht, vermittelnd zwischen ihrem Gatten und ihrem Vater zu wirken und zum Frieden zu raten. Doch die Stunde der Befreiung und Wiedervergeltung war für die deutschen Völker gekommen. Preußen war aufgestanden und hatte mit den Russen ein Bündnis zum Angriff gegen Napoleon geschlossen. Am 27. März überreichte der preußische Gesandte von Krusemarck in Paris dem Minister des Äußern, Herzog von Bassano, die Kriegserklärung Friedrich Wilhelms III. und des Zaren. Der Krieg beginnt.

In der festen Überzeugung, die schwachen russisch-preußischen Truppen bald entscheidend schlagen zu können, war Napoleon am 15. April 1813 zu seiner glänzenden Armee abgereist. Weinend hatte Marie Louise von ihm Abschied genommen. Als Trostgeschenk hatte er ihr zwölf wundervolle indische Schals, einen diamantenbesetzten Gürtel und Armbänder mit Opalen und Brillanten gegeben, die einen Wert von 100.000 Franken repräsentierten. Aber was waren ihr die kalten Steine gegen all die Zärtlichkeit, die sein Herz für sie jederzeit übrig hatte. Wieder war sie allein. Wieder ohne ihn, ohne seinen Schutz. Opale bringen Unglück, flüsterten sich die Damen ihrer Umgebung zu. Und dieser Feldzug schien Marie Louise der schlimmste von allen. Ihre Stellung als Regentin eines großen Reiches war zwar sehr schmeichelhaft für sie, aber Marie Louise besaß zu wenig Ehrgeiz, um ganz von dem Gedanken einer großen Machtbefugnis erfüllt sein zu können. Sie war viel mehr Frau als Herrscherin. Die große Verantwortung, die eine derartige Stellung mit sich bringt, flößte ihr Angst ein. Sie als Stellvertreterin Napoleons, des genialsten Mannes und Staatenlenkers der Welt! Auch ein weniger bescheidener Charakter als Marie Louise wäre vor einer solchen Aufgabe zurückgeschreckt. Dennoch zeigte sie sehr viel Würde und Haltung, als sie zum erstenmal in Saint-Cloud das diplomatische Korps als Regentin empfing. Die Franzosen waren zufrieden mit ihr.

Auf Marie Louises jungen Schultern ruhten nun die Sorgen der Regierung. Wenn ihr auch eine aus den bedeutendsten Ministern zusammengesetzte Regentschaft zur Seite stand, wenn auch der Erzkanzler ausdrücklichen Befehl hatte, alles Unange-nehme von der Kaiserin abzuwenden, und wenn auch Napoleon ihr alles, was sie zu tun hatte, bis ins kleinste vorschrieb, so blieb doch die Verantwortung. Als Regentin hatte Marie Louise dem Senat, dem Staatsrat, den Ministerräten vorzustehen. Sie mußte Dekrete unterschreiben, Gnadengesuche genehmigen, Urteile unterzeichnen, Ernennungen befürworten oder verwerfen, diplomatische Empfänge abhalten, Audienzen gewähren, vor allem aber die Verhandlungen mit dem österreichischen Kaiserhof, mit Metternich und ihrem Vater führen. Und wie verantwortungsvoll gerade diese Vermittlerrolle für Marie Louise war, geht aus den vielen Briefen hervor, die sie mit ihrem Vater in dieser Zeit wechselte. Taktvoll hatte Napoleon angeordnet, Polizeiberichte, Mordprozesse und die Ablehnung oder Unterzeichnung von Todesurteilen von ihr fernzuhalten. Das Häßliche und Gemeine im Leben sollte ihre unverdorbene Seele nicht berühren. „Man muß den Geist einer jungen Frau nicht durch gewisse Dinge beschmutzen", sagte er einmal zum Erzkanzler Cambacérès. Nie wollte er Marie Louises Feingefühl verletzen. Solange er noch in Paris war, weihte er sie persönlich in die Angelegenheiten ein, die sie wissen mußte. Er, der sonst wenig von Frauen hielt, die sich in Staatsangelegenheiten mischten, machte mit Marie Louise eine Ausnahme. „Sie ist eine geborene Prinzessin",

hatte er gesagt, als man ihn fragte, warum er diese Ehre Josephine nicht zugestanden hätte. Seine Eitelkeit, eine Kaisertochter
zur Frau zu haben, spielte also auch bei der Regentschaft Marie
Louises eine Rolle. Sie nahm regelmäßig an seinen Beratungen
mit den Ministern teil, und Napoleon war über ihre oft klugen
und treffenden Bemerkungen erstaunt. Sie war sich des Ver-
trauens bewußt, das der Kaiser in sie setzte. Ihr angeborenes
Pflichtgefühl ließ sie das verantwortungsvolle Amt zu seiner
größten Zufriedenheit ausfüllen. Er sprach sich darüber wiederholt in den Briefen an den Schwiegervater aus, wie außerordentlich leicht sich Marie Louise in alles schicke, was man von ihr
verlange. Hat er wirklich manchmal etwas an ihr auszusetzen,
so entschuldigt er sich sofort und versucht die Kränkung wieder
gutzumachen. Sie könne niemals etwas tun, was ihn ärgert,
schreibt er, dazu wäre sie viel zu gut und zu vollkommen. Dennoch muß er ihr sagen, was seiner Meinung nach zu tun nicht
richtig war. Sie soll aber deshalb nicht traurig sein. Marie Louise
war verhindert gewesen, der angesagten Messe beizuwohnen und
hatte sie ganz abgesagt. Das verstieß gegen die Etikette. „Man
kann Messen und Theatervorstellungen auch ohne Deine oder
meine Anwesenheit abhalten." Täglich schrieb er ihr während
seiner Abwesenheit. Täglich erhielt sie seine Instruktionen und
täglich antwortete die Regentin durch ihren Sekretär Méneval
auf alle Fragen des Staates. Diese Briefe waren indes unabhängig
von der Privatkorrespondenz Marie Louises und Napoleons.

Man hat Marie Louise von französischer Seite vorgeworfen,
sie habe mehr als Tochter des Kaisers Franz gehandelt denn als
Gattin Napoleons. Das war indes, solange sie unter Napoleons
Einfluß stand, gewiß nicht der Fall. Sie war im Gegenteil ganz
seine Schülerin in der Politik, soweit sie überhaupt eingeweiht
war. Sie stand auf seiner Seite. Alles, was Napoleon ihr ihrem
Vater gegenüber riet, tat sie. Alle Tage mußte sie dem „Papa

Franz", wie ihn Napoleon in seinen Briefen aus jener Zeit nennt, schreiben. „Gib ihm militärische Details und erzähle ihm von meiner Anhänglichkeit an ihn." Als im Frühjahr Gerüchte laut werden, daß Österreich sich gegen Napoleon wenden und sein Bündnis mit ihm lösen wolle, wenn er nicht Frieden schlösse, hat sie einen aufregenden Briefwechsel mit ihrem Vater. Immer wieder sagt man ihr, ihr Mann wolle den Frieden nicht, er sei unvernünftig. Und immer wieder verteidigt sich Napoleon ihr gegenüber, daß das nicht wahr sei. Er bittet sie, ihrem Vater zu schreiben, daß es böser Wille sei, wenn man sage, er wolle den Frieden nicht. Allerdings, wenn man ihm Bedingungen auferlege, ohne zu verhandeln, wie bei einer Kapitulation — dann hätte man sich verrechnet. Er erinnert sie daran, daß sie Französin zu sein hat. Louise solle sehen, daß dieses Land, ihr Land, sich nicht unwürdig behandeln, sich keine schimpflichen Bedingungen auferlegen lasse, weder von Rußland noch von England. Er habe zur Zeit zwei Millionen Soldaten unter den Waffen. Er werde noch mehr haben — soviel er wolle, wenn die Franzosen erfahren, daß „Papa Franz" ihn der Wut der Engländer ausliefern wolle. Immer schwieriger wird die Lage der jungen Regentin. Sie will sich Gewißheit holen, ob all die Gerüchte wahr sind, daß ihr Vater, wenn Napoleon weiter sich gegen den Frieden zeigt, von ihm abfällt, weil Österreich nicht gegen Deutschland die Waffen ergreifen kann. Sie läßt auf Napoleons Rat hin den Botschaftsrat Floret kommen. Aber Floret wußte damals nichts von den Absichten des Wiener Hofes oder wollte nichts wissen. Marie Louise geht nicht davon ab. Schwarzenberg hat ihr bereits angedeutet, daß Österreich gezwungen wäre, seine Politik gegen Napoleon zu wenden. Auch von Napoleon hat sie genauere Informationen darüber erhalten. Denn sie bemerkt zu Floret: „Der Kaiser selbst scheint zu befürchten, die Freundschaft meines Vaters verloren zu haben. Es

MARIE   LOUISE

Kaiserin von *Frankreich*

N. L.

würde ihm schwer ankommen, Österreich den Krieg zu erklären, nicht nur weil er weiß, wie unglücklich mich das machen würde, sondern auch weil er sich persönlich zu meinem Vater hingezogen fühlt, seit er ihn in Dresden näher kennengelernt hat. Um so mehr würde es ihn aufbringen, und seine Erbitterung wäre dann grenzenlos. Urteilen Sie selbst, wie fürchterlich dadurch meine Lage wäre..." Und warnend macht Marie Louise den Botschaftsrat darauf aufmerksam, welch unermeßliche Kriegskräfte Napoleon zur Verfügung ständen. Eine Million Soldaten habe er unter Waffen! Sie selbst könne das sehr genau beurteilen, da sie täglich über die Kaders und die Bewegungen der Truppen Bericht erstattet erhielte. „Und", fügt sie den Instruktionen Napoleons gemäß ernst hinzu, „die Franzosen zeigen eine Hingebung ohnegleichen. Wenn Österreich den Krieg erklärt, so werden die Franzosen alle Kräfte aufbieten, und ich müßte, was mich im höchsten Grade beunruhigt, das Schlimmste für meinen Vater und meine Heimat befürchten."

Als Floret sie zu beruhigen suchte, bat sie ihn, doch selbst nach Wien zu schreiben. Er könne ja die Lage am besten beurteilen. „Mein Vater wird Ihnen mehr glauben als mir", sagte sie traurig. Kaiser Franz redete nicht gern über Geschäfte mit seiner Tochter. Er und Metternich ließen sich in diesen Dingen von Marie Louise ebensowenig beeinflussen wie einst bei ihrer Heirat. Ehe der Botschaftsrat sich von der Kaiserin verabschiedete, legte er ihr noch nahe, es stehe allein in Napoleons Macht, der Welt den Frieden zu verschaffen. Da sagte sie: „Seien Sie versichert, er wünscht aufrichtig den Frieden. Er ist des Krieges müde. Er hat mir oft gesagt, daß, wenn dieser Krieg einmal beendet sei, er keinen mehr beginnen, sondern sich nur dem Wohle seines Landes und seiner Familie widmen wolle. Aber er kann keinen Frieden schließen, der ihn in den Augen Frankreichs bloßstellt. Er würde das ganze Volk gegen sich haben."

MARIE LOUISE

Sie konnte sich kaum denken, daß ihr Vater aus politischen
Gründen die Zukunft seiner Tochter und seines Enkels aufs
Spiel setzen würde. Auch Napoleon glaubte es nicht. Mit einer
Naivität, die vielleicht gerade so großen Genies eigentümlich ist,
vergaß er, wie wenig ausschlaggebend Familienbeziehungen in
der Politik seit Jahren gewesen waren. Er selbst hatte schlechte
Erfahrungen mit seiner eigenen Familie gemacht. Aber er war
Korse. Er hielt auch jetzt noch die Familie für das stärkste
Band. Mit ein paar einschmeichelnden Worten in seinen Briefen
an Kaiser Franz glaubte er auf die Politik Metternichs beein-
flussend wirken zu können. Er, der sonst so Klarsehende, dachte,
die Ehe mit der österreichischen Kaisertochter werde ihn in jeder
Beziehung vor einer feindlichen Stellungnahme Österreichs
schützen. Und Marie Louise, die alle Ansichten ihres Mannes
gern teilte, schrieb ihrem Vater in unerschütterlichem Vertrauen auf seine Freundschaft und seine Verwandtschaft mit
Napoleon. Außerdem war sie von Napoleons Unbesiegbarkeit jetzt ebenso fest überzeugt wie als junges Mädchen von
dem Siegesglück ihres Vaters. Konnte sie anders? Der ganze
Hof, ihre Umgebung, Napoleon selbst, sogar die Mitglieder
der österreichischen Gesandtschaft wiegten sie durch ihren
Optimismus in dem Glauben, alles stünde aufs beste zwischen Österreich und Frankreich. Erst als sie von der stürmi-
schen Unterredung ihres Mannes mit dem kaltblütigen Diplomaten Metternich erfuhr, die im Marcolinischen Palais in Dresden stattfand, da wußte auch sie, daß es mit der Freundschaft
ihres Vaters zu ihrem Mann zu Ende war. — „Wie", hatte
Napoleon in höchster Erbitterung zu Metternich gesagt und dabei
seinen Hut wütend auf die Erde geworfen, „Sie wollen also
Krieg? Gut, Sie sollen ihn haben ... Sind denn die Menschen alle
unverbesserlich? Dreimal habe ich den Kaiser Franz auf seinen
Thron wieder eingesetzt. Ich habe ihm zugesagt, mein ganzes

Leben mit ihm im Frieden zu bleiben. Ich habe seine Tochter ge-
heiratet . . . Sagen Sie offen, Metternich, habe ich nicht eine große
Dummheit gemacht, eine österreichische Prinzessin zu heiraten?"
— „Sire", erwiderte Metternich eisig, ohne den Hut Napoleons
aufzuheben, „Napoleon, der Eroberer, macht eine." — „Kaiser
Franz will also seine Tochter entthronen?" — „Mein Herr, der
Kaiser, kennt nur seine Pflicht und er wird sie zu erfüllen wissen.
Was immer das Schicksal seiner Tochter sein möge, der Kaiser ist
in erster Linie Monarch, und das Interesse seiner Völker wird
stets die erste Stelle in seinen Plänen und Beschlüssen einnehmen."
— „Nun denn, Sie bestätigen nur meine Überzeugung, daß ich
mich verrechnet und einen unverbesserlichen Fehler begangen
habe . . . Dieser Fehler kann mich meinen Thron kosten, aber ich
werde die Welt in seinen Trümmern mit begraben." — Als Metternich spät am Abend den Marcolinischen Palast verließ, begegnete er Berthier im Vorzimmer. „Sind Sie mit dem Kaiser
zufrieden", fragte dieser ihn leise. „O ja, vollkommen, denn ich
habe klar gesehen, er ist ein verlorener Mann", erwiderte Metternich, und ein spöttisches Lächeln umspielte seinen Mund.

Wenn auch Marie Louise nicht alle Einzelheiten dieser Unterredung zu Ohren kamen, so wußte sie doch genug davon, um sich
die größten Sorgen zu machen. Sie war in dieser Zeit maßlos
traurig und niedergedrückt. Das Zerwürfnis zwischen Gatten
und Vater ging ihr jetzt doppelt nahe, weil sie allein war und
sich weder mit dem einen noch mit dem andern aussprechen
konnte. Es wäre für sie leichter gewesen, wenn sie wenigstens
einen Menschen um sich gehabt hätte, der ihr die Wahrheit sagte.
Aber sie hatte niemand. Nicht einmal die Herzogin von Montebello, ihre Freundin und Vertraute, klärte sie über die Wirklichkeit auf. Ihre Lage war nicht beneidenswert. Sie saß zwischen
zwei Stühlen. Einesteils bangte sie um das Schicksal ihres Vaters,
andernteils hing sie außerordentlich an Napoleon. Bisher hatte

er ihr noch nie Grund gegeben, sich über ihn zu beklagen. Sie liebte ihn, aber sie liebte auch ihren Vater. Um so mehr schmerzte es sie, daß Napoleon ihrer Stiefmutter die allermeiste Schuld gab, Franz zum Kriege mit ihm zu beeinflussen. „Sage ihm", droht er, „daß, wenn er sich weiter so von ihr beeinflussen läßt, er sich das größte Unglück zuzieht." Er hatte gewiß nicht unrecht, denn Maria Ludovika war seine stärkste Feindin in der Familie Marie Louises. Aber ausschlaggebend war diese Beeinflussung, die Napoleon als „Gegacker der Kaiserin" bezeichnete, nicht. Der Spott und die Ironie Napoleons über die „Mama Beatrice", nämlich Ludovika, waren keineswegs angenehm für Marie Louise. Wie soll sie sich dazu stellen, wenn er über die Mutter nach dem Siege von Lützen sagt, er glaube, der Tag von Lützen und seine Ankunft in Dresden habe die Hoffnungen seiner Feinde in Wien heftig enttäuscht. Wenn „Mama Beatrice" erführe, daß er noch 1,200.000 ebensolcher Soldaten hätte, würde sie wohl den Mund halten.

Sie atmete daher auf, als Ende Juni in Poischwitz ein Waffenstillstand zustande kam. Vor allem sah sie darin eine erneute Annäherung ihres Mannes an ihren Vater. Wie sehr täuschte sie sich. Napoleon brauchte diesen Waffenstillstand zu neuen Rüstungen. Aber wenigstens gab diese Waffenruhe Marie Louise Gesundheit und innere Zufriedenheit zurück. Sie machte sich mit dem Gedanken eines dauernden Friedens, mit dem Ende des so glänzend begonnenen Feldzuges vertraut. Bald mußte sie sich jedoch überzeugen, daß dieser Waffenstillstand nicht Frieden, sondern Krieg bedeutete. Metternichs kühle, abwartende Haltung bringt Napoleon zur Verzweiflung. Es wird nichts entschieden; schon ist ein Monat seit dem Abschluß des Waffenstillstandes verstrichen. Der Frieden wäre seiner Ansicht nach längst geschlossen, wenn Österreich nicht im Trüben fischte. Der Kaiser werde von Metternich hintergangen, der sich den Russen für

Geld verkauft habe. Wenn sie ihm schimpfliche Bedingungen vorschreiben wollen, werde er mit ihnen Krieg machen, und Österreich solle es teuer bezahlen. Es tut Napoleon zwar leid, daß er Marie Louise damit Kummer bereitet, aber er kann es nicht ändern. Seiner Meinung nach muß man das Unrecht, das man ihm antut, in die Schranken weisen.

Um sie ein wenig aus all diesen Sorgen und Kümmernissen herauszureißen und ihr die Trennung, die nun schon vier Monate währt, zu erleichtern, bestellt Napoleon sie im Juli nach Mainz. Die Sehnsucht nach ihr ist so groß, daß er sogar wichtige Verhandlungen aufschieben läßt. Wie ein junger, verliebter Mann eilt er nach Mainz. Tagelang vorher spricht er mit Caulaincourt von diesem Stelldichein mit seiner Frau. Es sah nicht so aus, als bereute Napoleon, diese Heirat eingegangen zu sein. Als Mensch bereute er es gewiß nicht. Er war heiter und zufrieden. Die Sorgenfalten verschwanden von seiner Stirn, wenn er davon sprach, Marie Louise bald wieder zu sehen. Und als sie dann endlich bei ihm ist, läßt er sie keinen Augenblick von seiner Seite. Er gewöhnt sich wieder so an sie. Immer möchte er bei ihr sein. Es ist so bezaubernd, wenn sie um ihn ist. Er sagt es ihr und hofft, bald, vielleicht schon in vier Wochen, ganz mit ihr vereint zu sein, in Paris! Immer macht er ihr Hoffnung. Nie läßt er sie etwas von seinen wirklichen Befürchtungen merken. Er wünscht sie zu überzeugen, daß seine Angelegenheiten mit ihrem Vater aufs beste geregelt sind. In diesem Gedanken soll sie nach Paris abreisen.

Es kann sein, daß Napoleon mit dieser Zusammenkunft in Mainz außer wirklicher Sympathie für Marie Louise auch noch eine politische Absicht verfolgte. Er wollte vielleicht der Welt Sand in die Augen streuen und sie an seine friedlichen Absichten noch immer glauben lassen. Jedenfalls tat er alles, um Marie Louise in keiner Weise fühlen zu lassen, daß sie die Tochter seines neuen Feindes war. Aber die junge, lebenslustige Kaiserin kann trotz aller Freude über das Wiedersehen mit dem geliebten Napoleon ihren Kummer über die Haltung ihres Vaters nicht verbergen. Sie ist voll Trauer. Die Mainzer haben Gelegenheit, oft ein verweintes, schmerzerfülltes Gesicht zu sehen. Wie viele Tränen mag Marie Louise in den Gesprächen mit Napoleon vergossen haben! Trotz Napoleons Bemühen, sie über das meiste im unklaren zu lassen, werden nicht nur das Schicksal Österreichs und ihrer Familie darin berührt worden sein, sondern auch alles andere Schwere, was sie in dieser für sie harten Zeit bewegte.

Die Trennung ist schon wieder nahe! Napoleon versucht sie zu trösten. Sein Herz gehört noch immer ihr. Aber er muß Abschied nehmen. Der Krieg geht weiter. Nur sechs Tage gehören sie sich. Marie Louise weint bitterlich. Auf der ganzen Reise nach Paris ist sie niedergeschlagen und schrecklich nervös. Es ist Napoleon nicht gelungen, sie zu beruhigen. Weder die schöne Jacht des Prinzen von Nassau, auf der sie reist, noch die reizenden Ufer des grünen Rheins können sie wirklich aufheitern. Immer steht das Gespenst des Krieges zwischen Vater und Gatten vor ihr. Daß sie nichts von Empfängen und Festen in den verschiedenen Städten, durch die sie reist, wissen will, ist bei der Lage der Dinge und ihrem Seelenzustand nur allzu begreiflich. Aber auch das hat man nicht unterlassen, ihr vorzuwerfen, daß sie damals oft kurz angebunden gewesen sei, besonders, als sie bald darauf ihre Reise als Regentin nach Cherbourg unternahm, um den neuen Hafen zu besichtigen. Was wußte das Publikum von der Traurigkeit ihrer Seele? Was wußte es von der inneren Angst um zwei der liebsten Menschen, die sie besaß? Sie war zwanzig Jahre alt! Und man verlangte von ihr die Beherrschung einer Vierzigjährigen.

Sie hatte es jetzt als Regentin in Paris nicht leicht. Seit dem

DIE REGENTIN

Unglück in Rußland hatte sich die Stimmung in einem großen Teil der Pariser Bevölkerung merklich zu ihren Ungunsten gewandelt. Ohne die Österreicherin direkt dafür verantwortlich zu machen, wurde doch die Meinung im Volke laut, daß Napoleon, solange er mit Josephine verheiratet gewesen sei, das Glück nie verlassen habe. Man stellte schlechte Prognosen. Die Heirat mit der Kaisertochter werde ihm noch zum Verhängnis werden. Man hatte durch sie auf einen Dauerfrieden gehofft. Nun sah man sich getäuscht. Paris war in einem Zustand tiefer Trauer durch die ungeheuren Verluste an Menschen. Und immer neue, immer jüngere Soldaten forderte Napoleon. Umsonst empfahl er Marie Louise, als Regentin durch prächtige Bälle und Feste zu repräsentieren. Bei jeder Gelegenheit sollte sie sich den Parisern zeigen. Sollte lächeln, sollte fröhlich sein, sollte reiche Geschenke austeilen. Als reiche, glückliche Herrscherin, als die Gattin des Unbesiegbaren sollte sie auftreten. Umsonst erschien sie mit einem glänzenden Hofstaat in der Oper, im Theater, im Bois de Boulogne. Es nützte nicht viel. Die Franzosen ließen sich nicht mehr so leicht täuschen. Die Schlachten Napoleons hatten zu tiefe Wunden in ihre Herzen geschlagen. Die Große Nation war lange nicht mehr so kriegsbereit wie einst. Man war abergläubisch und mißtrauisch geworden. Ein großer Teil der Bevölkerung betrachtete Marie Louise, deren Vater Napoleon jetzt zum drittenmal auf dem Schlachtfeld gegenüberstand, mit mißtrauischen Blicken. War sie eingeweiht in die Politik Metternichs? Stand sie auf Seiten ihres Vaters? Das fragten sich viele, wenn sie sie sahen. Und wehe, wenn Marie Louise nicht immer freundlich war, nicht immer hold lächelte, nicht immer aufgelegt schien, dem Publikum ein strahlendes Gesicht zu zeigen. Erschien sie aber mit dem kleinen König von Rom auf dem Arme im Garten von Saint-Cloud oder auf der Terrasse der Tuilerien, dann jubelte das Volk beiden zu. Dem Sohne Napoleons galt noch immer die

MARIE LOUISE

Liebe der Pariser. Marie Louise war sehr stolz auf den schönen Knaben. Sie liebte ihn über alles. Aber je mehr sie ihn liebte, desto größer wurde ihre Sorge um ihn.

Während die Regentin sich in Cherbourg befand, hatten die Feindseligkeiten aufs neue begonnen. Marie Louise konnte jetzt nicht mehr im unklaren über die Stellung Österreichs sein. Sie solle nicht zu traurig über das Verhalten ihres Vaters sein, meint Napoleon. Franz sei, wie so oft, hintergangen worden. An seinen Gefühlen für sie dürfe sie jedoch niemals zweifeln. Seine Liebe zu ihr hat längst nichts mehr mit Politik zu tun. Franzosen und Österreicher schlagen sich als erbitterte Feinde. Napoleon indes steht treu zu Marie Louise, wie sie zu ihm. Jeden Sieg meldet er ihr, als wäre sie nicht die Tochter des Feindes, den er bekämpft, sondern eine Französin. Bei Zittau steht er dem General Neipperg gegenüber. „Ich habe ihn aus dem Gebirge verjagt", schreibt er triumphierend seiner Frau. Er ahnt nicht, daß derselbe General Neipperg, den er jetzt besiegt, ein Jahr später den größten Triumph über ihn davonträgt und das Herz Marie Louises erobert.

Napoleon zog in Dresden als Sieger ein, und neue Hoffnungen auf Frieden belebten Marie Louise. Aber er hatte jetzt auch über die österreichische Armee gesiegt und Marie Louise mußte von ihrem Mann hören, wie schlecht die Truppen ihres Vaters seien, „halb nackt und in elendem Zustand". 25.000 Österreicher sind als Gefangene in seine Hände gefallen. Dreißig Fahnen, viele Geschütze hat er ihnen genommen. Alles werde er ihr schicken. Und höhnisch teilt er ihr außerdem mit, „Papa Franz" habe es doch für gut befunden, nicht persönlich die Schlacht zu leiten, was Alexander und Friedrich Wilhelm getan hätten. Das alles nimmt Marie Louise hin, sie, die früher nicht den geringsten Tadel über ihren geliebten Vater geduldet hätte. Sie hat nur jetzt den einen Wunsch: Frieden, Frieden, Frieden! Selbst wenn er auf Kosten Österreichs ginge. Aufs neue spielt sie die Friedensvermittlerin zwischen Vater und Gatten. Sie ist nicht so optimistisch mehr. Immer fürchtet sie ein neues Unglück. Napoleon indes weiß sie zu trösten. Seine Truppen sind dem Feinde entschieden überlegen. Er wird schneller geschlagen werden, als er denkt. Es war indes das letzte Lächeln Fortunas für den Kaiser der Franzosen. Seine stark gelichteten Heere verlangten neue Rekruten. Und diesmal ist es Marie Louise selbst, die als Regentin kurz vor der Schlacht bei Leipzig von dem Senat für Napoleon die nötigen Soldaten verlangen muß. Sie ist gezwungen, gegen den eigenen Vater Truppen ausheben zu lassen! Seltsame Verquickung der Geschicke. In feierlicher Senatssitzung, vor dem ganzen Hof, vor allen Würdenträgern, vor den Mitgliedern der Familie, sprach Marie Louise am 8. Oktober 1813: „Senatoren! Die Hauptstaaten Europas, durch die Ansprüche Englands empört, hatten vergangenes Jahr ihre Heere mit den unseren vereint, um den Weltfrieden und die Wiederherstellung der Rechte aller Völker zu erlangen. Bei den ersten kriegerischen Erfolgen erwachten die Leidenschaften aufs neue. England und Rußland haben Preußen und Österreich in ihre Politik verwickelt. Unsere Feinde wollen unsere Verbündeten vernichten, um sie für ihre Treue zu bestrafen. Sie wollen den Krieg in unser schönes Vaterland tragen, um sich für die Erfolge zu rächen, die unsere siegreichen Adler in ihren Staaten davontrugen. Ich weiß besser als jeder andere, was unser Volk zu fürchten hat, wenn es sich je besiegen ließe. Ehe ich den Thron der Franzosen bestieg, auf den mich mein hoher Gemahl und der Wille meines Vaters beriefen, hatte ich die höchste Meinung von dem Mute und der Tatkraft dieser großen Nation. Und diese Meinung ist eine noch höhere geworden durch das, was sich täglich vor meinen Augen abspielt. Seit vier Jahren mit den geheimsten Ideen meines Gemahls vertraut, weiß ich, welche Gefühle ihn auf einem erniedrigten Thron, unter einer Krone ohne Ruhm bewegen würden. Franzosen! Euer Kaiser, euer Vaterland und die Ehre rufen euch!"

Brausender Beifall umtoste nach dieser Rede die zwanzigjährige Regentin. Sie hatte wie eine Französin gesprochen. Wenige nur überlegten, daß diese Worte Marie Louise von Napoleon und seinen Ministern in den Mund gelegt worden waren. Am 17., einen Tag vor dem Sieg der Verbündeten über Napoleon, erhielt sie Antwort darauf. Der Seinepräfekt redete die Kaiserin in Saint-Cloud mit den Worten an: „Madame, welcher Franzose könnte taub sein, wenn ihn die Stimme des Kaisers ruft? ... Die hohe Tochter Maria Theresias kann nicht vergebens den Mut und die Tatkraft der Völker anrufen ... Den Franzosen ist kein Opfer, keine Anstrengung zu groß, wenn die Ehre es erfordert. Sie können nicht ohne Ruhm leben, und niemals wird die Krone ihres Kaisers ihrer Lorbeeren beraubt werden."

Das waren Reden. Die Wirklichkeit sah anders aus. Trotz ungeheuren Anstrengungen und immer neuen Truppen unterlag Napoleon in der Völkerschlacht bei Leipzig. Er mußte an den Rückzug denken. Ein zweites Mal auf der Flucht, ein zweites Mal vernichtet und geschlagen, dennoch wie ein verwundeter Löwe kämpfend, so kehrte Napoleon heim. „Die Narren", schreibt er noch von Frankfurt aus an seine Frau in Paris, „wollten mir den Rückzug abschneiden ..." Ihm schien es, als rege man sich in Paris viel zu sehr über seine Niederlage auf. Besonders die „Alarmschreier", wie er sie nannte, verdrehten dem Erzkanzler Cambacérès und damit auch der Regentin den Kopf. Marie Louise soll sie schreien lassen. Bald ist er selbst wieder in Paris und wird ihnen zeigen, daß er, Napoleon, noch immer der Herr ist.

Auch diesmal traf der Kaiser unvermutet in Paris ein. Am Morgen des 9. November vernahm Marie Louise im Schloßhof von Saint-Cloud Pferdegetrappel. Sie ahnte, daß er es war. Lange hatte sie ihn schon erwartet. Sie eilte hinaus, ihm entgegen. Weinend vor innerer Bewegung, sank sie ihm in die Arme. Innig preßte er sie an sich. Gleich darauf brachte Frau von Montesquiou ihm seinen Sohn. Napoleon küßte ihn mit der ganzen Liebe eines glücklichen Vaters. Das Wiedersehen mit Frau und Kind schien ihn fürs erste vergessen zu lassen, daß er zum zweitenmal als Besiegter zurückkehrte. Über den Vater Marie Louises und die Politik Metternichs sagte er kein Wort. Er war nur darauf bedacht, Marie Louise froh und glücklich zu sehen. Aber dunkel und traurig lag vor ihr die Zukunft. Das Jahr 1813 brach die Weltmachtstellung Napoleons für immer. Sie ahnte es.

NEUNTES KAPITEL

DER STURZ VON DER HÖHE

Napoleon übergibt Frau und Kind dem Schutz der Garde — Bedrängte Lage der Kaiserin in Paris — Die Räumung der Hauptstadt — Flucht Marie Louises nach Blois — Der Einzug der Verbündeten in Paris — Napoleons Selbstmordversuch — Die Abdankung

Unmittelbar nach seiner Rückkehr entfaltete der geschlagene Kaiser Napoleon, obwohl er körperlich nicht mehr so zäh war wie ehedem, die fieberhafteste Tätigkeit, um Frankreich gegen den zu erwartenden Einfall der Verbündeten zu verteidigen. Vor allem galt seine Sorge der Aufstellung eines neuen Heeres. Er war nicht geneigt, Frieden zu schließen. Er war nicht „vernünftig", wie Metternich gehofft hatte, daß er es nun endlich werden würde. Er hatte die wirklich günstigen Friedensbedingungen seiner Gegner nicht angenommen oder vielmehr, als er darauf eingehen wollte, war es zu spät. Es blieben ihm kaum drei Monate Zeit, diesen neuen Feldzug vorzubereiten. Die Verbündeten überschritten früher Frankreichs Grenze, als er vermutete. Schwarzenberg drang als erster mit den Österreichern über die Schweiz ein. Es galt, sich von neuem zu schlagen. Diesmal auf eigenem Boden. Aufs neue gegen den eigenen Schwiegervater, mit dem er hätte Frieden schließen können, wenn er gewollt hätte. Denn Franz lag durchaus nichts an der Fortsetzung des Krieges. Auch Metternich nicht. Nicht nur, weil Napoleon die Tochter des österreichischen Kaisers geheiratet hatte, nicht nur, weil deren Schicksal und die Zukunft seines Enkels auf dem

Spiele standen, sondern auch weil es Metternich nicht angenehm sein konnte, die durch die Erfolge immer mehr zunehmende Macht Rußlands und dessen Vorherrschaft in Europa ins ungeheure zu steigern. Aus demselben Grunde setzte denn auch Schwarzenberg den Absichten des Zaren, anstatt die Bourbonen den schwedischen König Bernadotte auf den Thron Frankreichs zu erheben, den größten Widerstand entgegen. Denn Bernadotte wurde von Rußland protegiert. Oder hätte Österreich etwa Interesse daran gehabt, Preußen zu einer Großmacht zu erheben? Daran dachte gewiß niemand von den leitenden Persönlichkeiten in Wien. Ebensowenig aber wünschten Franz und Metternich, Frankreich noch weiter zu demütigen, auf dessen Thron Marie Louise saß. Man wollte nur Frieden. Und Napoleon wollte Krieg.

Marie Louise traf das Schicksal schwer. Sie wurde nicht nur über die Politik ihres Mannes im unklaren gelassen, sondern ihre Lage in Frankreich als Österreicherin war schlimmer und gefährlicher als die jeder anderen fremden Fürstin unter den gleichen Umständen. Napoleon wußte es. Er traf seine Maßnahmen. Ein zweites Mal setzte er Marie Louise als Regentin ein und bewies damit, wie hoch er die Tochter seines Gegners achtete und auszeichnete. Vor allem aber mußte sie und sein Sohn in Sicherheit gebracht werden. Sie sollten davor bewahrt bleiben, in die Hände der Verbündeten zu fallen. Wem aber konnte er sie besser anvertrauen als der Nationalgarde? Im Marschallsaale der Tuilerien berief er daher am 22. Januar, ehe er sich zur Armee begab, die Offiziere zusammen. Es war ein feierlicher Moment für alle, als Marie Louise mit dem König von Rom auf dem Arm erschien und Napoleon die Worte sprach: „Meine Herren, ich vertraue Ihnen das Liebste an, was ich besitze: die Kaiserin, meine Frau, und den König von Rom, meinen Sohn. Nicht wahr, ihr steht mir dafür ein", wandte er sich an die atemlos Lauschenden und wiederholte diese Worte mehr-

Der Herzog von Reichstadt in frühester Jugend
Zeichnung nach der Natur von Gonband

mals. Als Antwort schallten ihm wie aus einem Munde aller dieser Tapferen die begeisterten Rufe „Vive l'empereur! Vive l'impératrice! Vive le roi de Rome!" entgegen. Napoleon küßte darauf seinen Sohn, und manches Auge der alten Offiziere wurde naß. Einige schluchzten wirklich, als die Kaiserin, selbst aufs tiefste bewegt, sich mit dem Kinde zurückzog.

Zwei Tage später, nachdem er seine wichtigsten Papiere verbrannt hatte, nahm Napoleon in der Nacht Abschied von Marie Louise und dem König von Rom. Der Kleine hatte an diesem letzten Abend ein paar Stunden in den Armen seines Papas schlafen dürfen. Noch einmal hatte Napoleon den geliebten Sohn an sich gepreßt. Das Kind schlief glücklich und fest. Behutsam trug er es hinüber zu Frau von Montesquiou. Er hing mit großer Liebe sowohl an ihm als auch an Marie Louise, obwohl er wußte, daß ihm diese Heirat zum Verderben wurde. Zärtlich nahm er die unaufhörlich Schluchzende in seine Arme. Immer wieder versuchte er sie zu trösten. Seine eigenen Befürchtungen verbarg er ihr. Er werde bald wiederkehren, nicht geschlagen, nicht besiegt, sondern wieder, wie einst, als Triumphator. Er hatte Mitleid mit ihr, so jung, so unglücklich, so hilflos war sie. Aber er wußte, er konnte sich auf sie verlassen. Er wußte, alles, was er von ihr verlangte, würde sie tun. Alle seine Instruktionen würde sie ausführen, gehorsam ihrem unerschütterlichen Pflichtgefühl. Und er küßte sie zum letztenmal innig.

Marie Louise hat diese letzte Nacht wohl nie vergessen. In ihr vollzog sich ihr Geschick. Niemals sah sie Napoleon wieder! Von dieser Nacht an war sie allein. Allein auf sich angewiesen. Zwar hatte Napoleon zu ihrem Schutz seinen Bruder Joseph bestimmt. Aber weder Joseph noch die anderen Brüder und Schwestern des Kaisers konnten ein wirklicher Schutz für sie sein. Als der Thron des großen Bruders zu wanken begann, zeigten sie sich am schnellsten verzagt. Marie Louise kannte diese Familie seit vier Jahren. Sie wußte, daß sie alle, mit wenigen Ausnahmen, auf ihr eigenes Wohl und auf die Wahrung ihrer eigenen Interessen bedacht waren. Was konnte sie von ihnen erwarten? Sie war ja doch eine Fremde in ihrer Mitte. Das erkannte nur Hortense. Sie allein hatte Mitleid mit dem Unglück der jungen Kaiserin, das sie voraussah. Auch sie war durch einen Bonaparte unglücklich geworden. Aber sie hatte nicht einmal den Trost, ein kurzes Glück mit ihm genossen zu haben.

Da Napoleon seinen Bruder Joseph zum Generalleutnant des Reiches ernannte, vertraute er ihm damit gleichzeitig die Verteidigung von Paris an — das heißt im Fall eine Verteidigung überhaupt nötig wäre! Er hielt es noch nicht für möglich, obwohl die Verbündeten seiner Hauptstadt immer näher rückten. Noch war er ja da, ihnen den Marsch auf Paris zu wehren! „Sind die Leute in Paris wirklich so ängstlich?", hatte er noch kurz vor seiner Abreise zu Hortense gesagt. „Sieht man wirklich schon die Kosaken hier? Nun, vorläufig sind sie noch nicht da, und wir haben unsere Soldatenehre noch nicht vergessen!" Und, zu Marie Louise gewendet, fuhr er halb im Scherz, halb im Ernst fort: „Du kannst versichert sein, Louise, wir werden noch einmal nach Wien gehen und Papa Franz schlagen." Das aber war es ja auch nicht, was Marie Louise wünschte. In ihrem Herzen wollte sie weder, daß ihr Vater noch daß Napoleon eine Niederlage erlitt. „Überall wo ich auch bin", meinte sie, „bringe ich Unglück. Und wenn ich mich irgendwo glücklich fühle, muß ich wieder fort. Das ist seit meiner Kindheit so gewesen und wird es mein Leben lang bleiben." Aber Napoleon tröstet sie. Bald ist er wieder da, mit neuen Lorbeeren um die Stirn!

Noch vor Napoleons Abreise war der Hof von Saint-Cloud in die Tuilerien übersiedelt. Marie Louise konnte sich jetzt selbst von der furchtbaren Aufregung überzeugen, die sich der Häuptstadt bemächtigte, als man erfuhr, der Feind sei nicht mehr weit. Palisaden wurden errichtet, die Posten an den Toren verstärkt. In den Straßen wogte es von aufmarschierenden und wieder abziehenden Soldaten. Die vielen Verwundetentransporte waren Beweise mörderischer Schlachten außerhalb der Hauptstadt. Und zu dem allem der Kaiser fern! Im Felde! Wieder den größten Gefahren ausgesetzt. Marie Louise war traurig, voller Unsicherheit, beinahe mutlos. Sie fühlte, die Brüder Napoleons, die nie ihre Freunde gewesen waren, und besonders Joseph, gutmütig zwar, aber schwach, würden ihr nur wenig helfen können, wenn ihre Lage in Paris wirklich gefahrvoll werden sollte. Zwar hatte sie bis Februar nur beruhigende Nachrichten von Napoleon erhalten, so daß sie eigentlich für ihn persönlich nichts zu fürchten brauchte, aber seine Briefe waren jetzt sehr kurz und nicht mehr so siegesgewiß wie früher. Immer „hoffte" er nur, daß sich seine Sachen zum besten wenden würden. Nie sprach er bestimmt aus, was zu erwarten war. Seine anfänglichen Siege gaben Marie Louise indes neue Hoffnung, und die Eröffnung des Kongresses von Châtillon durch Metternich, auf dem Caulaincourt bemüht war, die Krone Napoleons zu retten, beruhigte sie wieder. Alles, was Napoleon ihr schrieb, bestärkte sie in ihrem Vertrauen zu ihm und in sein Glück. Und sie hatte den festen Willen, ihr Bestes zu tun. Es fehlte ihr nur an Mut und Selbstvertrauen. Wenn ihre Umgebung nicht bei jeder schlechten Nachricht den Kopf hätte hängen lassen, Marie Louise wäre gewiß auch stärker gewesen. So aber waren alle um sie herum bei der geringsten ungünstigen Wendung der Ereignisse verzagt. Immer wieder muß Napoleon vom Schlachtfeld aus den Seinen in Paris ins Gewissen reden, wie sie sich bei der Lage der Dinge zu verhalten haben. Er ist überzeugt, daß alle, die um Marie Louise sind, den Kopf verloren haben. Nur sie solle ihren Mut bewahren. Sie darf nicht wankend werden! Wenn er erführe, daß sie sich nicht gut zu verhalten wüßte, es würde ihn schrecklich betrüben und furchtbar niederdrücken. Immer wieder sagt er ihr, wie sehr er sie liebe, und diese Liebe allein müsse ihr auch für ihre Umgebung Kraft verleihen. Ja, er geht sogar so weit, ihr vom Frieden zu sprechen, damit sie ja nicht schwach wird. „Dreimal habe ich Dir gestern geschrieben, weil ich sehr ärgerlich darüber bin, daß Du Dich beunruhigst. Ich will es Dir ganz im geheimen, aber nur Dir allein sagen: Wahrscheinlich ist der Frieden in vier Tagen bereits unterzeichnet. — Übrigens ist der Feind noch weit... Man ist zu ängstlich in Paris." Und Marie Louise faßt wieder ein wenig Mut.

Aber die Ereignisse gingen ihren Lauf. Immer näher rückten die Verbündeten. Bald wurden auch die Ergebnisse des Kongresses von Châtillon in Paris bekannt. Er war plötzlich aufgelöst worden. Die letzten Hoffnungen auf Frieden schwanden in Marie Louises Herzen. Napoleon war jetzt nur noch auf seine Waffen angewiesen. Er hatte den Frieden um der Ehre Frankreichs willen nicht annehmen wollen. Während er sich in diesem Feldzug selbst übertraf, während er Wunder von Tapferkeit verrichtete, während er wieder zum General Bonaparte wurde, vollzog sich in Paris sein Schicksal. Die Verräterei in der Hauptstadt griff um sich. Nur noch einmal kommt Hoffnung in die Verzagten, als es schien, daß Napoleons Glücksstern wieder aufleuchten wollte. Napoleon hat gesiegt! Marie Louise schreibt überglücklich an ihn, ganz Paris sei voll von guten Nachrichten. Alles spräche nur von gewonnenen Schlachten und besonders vom Frieden. Sie hat auch wieder an ihren Vater geschrieben, auf Napoleons Wunsch. „Ich wünschte", gesteht sie Napoleon, „meine Briefe hätten eine gute Wirkung. Aber ich glaube nicht daran. Mein Vater hört mich kaum an, wenn ich mit ihm über Geschäfte rede." Gleichzeitig beklagt sie sich über Joseph. Er ist kaum mehr zu sehen... Aber ihm, Napoleon, wird das ja nur recht sein, da er sowieso nicht zu viel von seinem Bruder zu halten scheint. Er warnt sie sogar vor Joseph. Jedenfalls ist Marie Louise in dieser Zeit wieder etwas hoffnungsvoller. Sie schickt Napoleon eine goldene Dose mit dem Bilde des betenden Königs von Rom. Napoleon bedankt sich für dieses Geschenk mit der Sendung von zehn den Russen, Preußen und Österreichern abgenommenen Fahnen und bittet sie, unter das Bild seines Sohnes gravieren zu lassen: „Lieber Gott, rette meinen Vater und Frankreich." Da, plötzlich, ein neuer Schlag. Blücher steht vor den Toren von Paris! Er hat einen Brief von Marie Louise an den Kaiser aufgefangen und schickt ihn ihr geöffnet und natürlich gelesen zurück.

Der Feind vor Paris! Marie Louise und ihr Sohn noch in der Stadt! Vergebens entwickelt Napoleon vor Arcis-sur-Aube die größten Feldherrntalente. Vergebens sucht er selbst den Tod im Kugelregen. Umsonst! „Gott will es nicht", und er sieht darin einen Fingerzeig, daß ihm noch eine Mission bestimmt ist, die er zu erfüllen hat. Seine Gedanken sind bei ihr, der Hilflosen. Was mag sie leiden! Welche Qualen, welche Angst mag sie ausstehen! Er leidet, weil sie so viel zu leiden hat. In den kurzen Briefen aus jenen Tagen zeigt Napoleon seine Seele.

In Paris war inzwischen die Bestürzung aufs höchste gestiegen. Alle waren überzeugt, Napoleon werde der Überzahl seiner Feinde unterliegen. Joseph drängte zum Frieden. Napoleon indes wollte nichts davon wissen. Nur ausharren. Bis zum letzten ausharren! Und die Kaiserin und seinen Sohn vor der Gefangennahme schützen. Vor allem aber mußte Marie Louise ausgeredet werden, daß sie sich in wirklicher Gefahr befinde. Solange er noch da sei, brauche weder sie noch Paris etwas zu befürchten. „Solange ich lebe", hatte er an Joseph geschrieben, „wird Paris nicht besetzt werden! Und", fügte er im Befehlston hinzu, „lebe ich, so m u ß man m i r gehorchen. Ich zweifle nicht, daß man sich fügt. Sterbe ich, so dürfen mein regierender Sohn und die Kaiserin nicht in die Hände meiner Feinde fallen, sondern sie müssen sich zur Ehre Frankreichs mit ihren letzten Soldaten bis ins entfernteste französische Dorf zurückziehen ... Was würde man von der Kaiserin denken? Man würde sagen, sie habe den Thron ihres Sohnes und den meinigen preisgegeben. Und die Verbündeten wären froh, sie als Gefangene nach Wien führen zu können ... Fielen die Kaiserin und der König von Rom in die Hände der Feinde, so wäret Ihr alle, trotz Eurer Beteuerungen, Verräter! Ich möchte meinen Sohn lieber ermordet als ihn in Wien als österreichischen Erzherzog aufwachsen sehen."

Und doch konnte er es nicht hindern, daß sein Sohn in Wien leben mußte. Unglücklicherweise war Paris schlecht verteidigt. Es waren weder die richtigen Leute am Ruder, noch hatte die Stadt die nötigen Truppen zur Verfügung. Und schließlich tat auch „Die Erklärung der Verbündeten" an die Bevölkerung von Paris ihre Wirkung. Darin machte man Napoleon als den Alleinschuldigen für die langen Kämpfe verantwortlich, als den Friedensstörer, der sein Volk opferte, aus Ehrgeiz. Ungeachtet der Warnungen des Kaisers stürmte man auf Marie Louise ein, Paris zu verlassen und sich in den Schutz der Verbündeten zu begeben. Bald rät man der jungen, entschlußunfähigen Frau, sich heimlich mit dem kleinen König zu verstecken, bald wieder, sich offen ihrem Vater anzuvertrauen. Sie weiß nicht, was sie tun soll. Aber noch verhält sie sich allen diesen Angeboten gegenüber kühl. Erst wenn es Napoleon wünscht, will sie Paris verlassen. Inzwischen wechselt sie mit ihrem Vater Briefe und versucht noch immer vermittelnd zu wirken.

Die Gefahr für sie und ihren Sohn wird dadurch nicht geringer. Mit jeder Stunde rücken Blücher und Schwarzenberg den Toren näher. Die Aufregung in der Stadt wird immer größer.

Ein wilder Volkshaufe ist im Begriff, das Standbild Napoleons auf dem Vendômeplatz zu stürzen. In Saint-Germain teilen die Anhänger der Bourbonen bereits weiße Kokarden aus. Denn sie wissen, daß die Verbündeten den Grafen von Bombelles nach Vesoul zum Grafen von Artois gesandt haben, um mit ihm über die Rückkehr der Bourbonen auf den französischen Thron zu verhandeln. Wieder ist zu dieser diplomatischen Sendung ein Mann verwendet worden, der in Marie Louises späterem Leben eine Rolle spielt. Graf Bombelles! Er wurde nach Neippergs Tode der dritte Gatte Marie Louises. Wie man Neipperg zu Beginn des Feldzuges zu Murat nach Italien sandte, um seinen Abfall von Napoleon zu erwirken, so sendet man jetzt Bombelles zum Bruder Ludwigs XVIII., um den Untergang Marie Louises und Napoleons zu besiegeln. Napoleon zwar glaubt nicht an einen Erfolg der Bourbonen. Ende Februar meint er, die Russen wollten die Bourbonen vorschieben, aber man hätte sie überall ausgelacht. Niemand wollte sie unterstützen. Die Österreicher hätten ihnen nicht geholfen. Sie wollten nichts von den Bourbonen wissen. Napoleon irrt sich. In Paris sieht es damit ganz anders aus als bei Troyes. In die Tuilerien dringen von den Bourbonen gedungene Rädelsführer und schreien: „Nieder mit Napoleon! Nieder mit dem Tyrannen!" Marie Louise hört es in ihren Zimmern. Ihre Angst, ihre Nervosität steigert sich zusehends. Joseph und Cambacérès unterrichten sie fast täglich von dem Gang und dem Fortschritt der Ereignisse. Aber noch immer will Napoleon nicht, daß seine Frau in irgend einer Weise über die Lage beunruhigt werde. Mitte März noch schreibt er einen langen eigenhändigen Brief aus Soissons an seinen Bruder. Einen Brief voll stolzer herrschender Gewalt, aber auch voll Sorge erfüllt, Marie Louise könnte sich von ihm abwenden. Er hatte sie zwar der Politik wegen gewünscht, er hatte eine Kaiserin gewollt und

keine Frau, eine Fürstentochter, die seine Dynastie begründen
sollte. Aber jetzt liebte er sie. Jetzt wollte er sie auch als Mensch
nicht mehr verlieren. Und dieser Joseph redet mit ihr von den
Bourbonen, von dem Widerstand, den der Kaiser von Österreich entgegensetzen könnte, wenn es ihr vielleicht einfallen
sollte, bei ihrem Mann zu bleiben! Joseph hatte ihr sogar geraten, bei ihrem Vater vorstellig zu werden, damit Napoleon
für seine eventuelle Abdankung bessere Bedingungen gestellt
würden. „Ich bitte Sie, derartige Unterhaltungen zu unterlassen",
schreibt Napoleon wütend an Joseph, „ich will nicht von meiner
Frau begünstigt werden. Dieser Gedanke würde sie nur korrum-
pieren und uns auseinanderbringen. Weshalb überhaupt mit ihr
von derartigen Dingen reden? Lassen Sie sie doch wohnen wo und
wie sie will. Sprechen Sie mit ihr nur von dem Allerwichtigsten,
was sie wissen muß, um zu unterzeichnen. Und vermeiden Sie
besonders jede Unterhaltung, aus der sie entnehmen könnte, daß
ich einverstanden wäre, mich von ihr oder von ihrem Vater beschützen zu lassen. In den vier Jahren unserer Ehe ist der Name
Bourbon ihr gegenüber nie über meine Lippen gekommen."
Napoleon sprach in diesem Briefe an Joseph nicht die Wahrheit.
Wie oft hatte er Marie Louise gebeten, ein gutes Wort bei ihrem
Vater einzulegen und wie oft hatte sie an ihn geschrieben. Aber
Joseph sollte das nicht wissen. Marie Louise ahnte dieses doppelte Spiel nicht. In ehrlicher Offenheit zeigte sie Joseph, den
man ihr als ersten Berater gegeben hatte, die Briefe an ihren
Vater oder seine Antworten. Napoleon ist außer sich darüber.
Wie kann sie Joseph die Briefe ihres Vaters zeigen! Und ihre
Antworten dazu! Zum erstenmal macht Napoleon ihr Vorwürfe. Sie hat zu viel Vertrauen zu Joseph. Solche Mitteilungen
dürfen nur ihm gemacht werden. Alle verraten ihn. Sollte
es das Schicksal wollen, daß er auch von seinem Bruder verraten
werde? Es würde ihn nicht wundern und seine Sicherheit nicht

erschüttern können. Nur eines könnte ihn wankend machen: nämlich, wenn sie zu Joseph Beziehungen unterhielte, von denen er nichts ahnte. Oder wenn Marie Louise nicht mehr das für ihn wäre, was sie gewesen. Joseph habe einen sehr schlechten Ruf in bezug auf Frauen, und er besitze einen eitlen Ehrgeiz, den er sich in Spanien erworben habe, warnt Napoleon. Marie Louise soll sich den König vom Leibe halten. Wenn sie Napoleon gefallen und ihn nicht unglücklich machen will, dann darf sie Joseph niemals Vertrauen schenken. Er habe ja sogar den unsinnigen Plan gefaßt, eine Friedensadresse an die Verbündeten abzusenden. Wenn dem so wäre, meint Napoleon, sei sein ganzes Vertrauen hin. Es würde auch zu nichts führen, sondern in Frankreich nur alles verderben. Gerade von seiner Familie brauche er Trost in seiner verzweifelten Lage. Aber er sei schon daran gewöhnt, von den Seinen nur Undank und Unangenehmes zu erfahren, daß ihn das jetzt nicht berühre. Nur von ihr, seiner Louise, käme es ihm unerwartet. Es wäre ihm unerträglich zu wissen, daß auch sie ihn hintergehe. Also eifersüchtig ist Napoleon auf seinen Bruder Joseph. Das allein ist der Schlüssel zu dem rätselhaften Verhalten ihm gegenüber. Erst setzt er Joseph zum Beschützer und Beistand Marie Louises ein, nachher darf sie nicht einmal auf seine Ratschläge hören. Wie soll sie sich verhalten? Marie Louise gehorcht Napoleon aufs Wort. Sie hat ihm nichts zu verbergen. Sie hat keine Geheimnisse vor ihm. Sie steckt nicht mit Joseph unter einer Decke. Sie hängt nicht von ihm ab. Sie hat sich nicht von ihm betören lassen.

Napoleon verkannte aber ohne Frage die gefahrvolle Lage der Regierung und somit auch der Kaiserin in Paris. Er hoffte immer noch, durch einen Sieg seinen Thron, seine Frau und sein Kind vor dem Feinde zu retten. Noch einmal empfiehlt er Marie Louise, ihren Vater zu bitten, er möchte keinen Frieden schließen, der ihn und Frankreich erniedrige. Beschwören soll sie ihn, er

möge nicht das Kaiserreich der Habsucht der Engländer opfern.
Er solle um Gottes willen nicht auf die Leidenschaften eines
Stadion und anderer hören, sondern solle die Interessen seiner
Staaten, das Wohl seiner Familie, die Ruhe seines Lebens in
Betracht ziehen. Er möchte den Frieden auf den Frankfurter
Grundlagen schließen. Dann werde es ein dauernder Frieden
sein und der einzige, der den Interessen seiner Monarchie ent-
spräche. Zu spät! Paris war unrettbar verloren. Unter den gegebenen Umständen konnte Marie Louise nicht mehr in den
Tuilerien bleiben. Es war begreiflich. Noch begreiflicher aber
war es, als man durch einen Kurier des Kaisers die Bestätigung
fand, wie schlimm seine Lage sich nach Arcis-sur-Aube gestaltet hatte. Und endlich traf auch der Brief Napoleons an
Joseph vom 16. März ein, worin er empfahl, falls der Feind
mit derartigen Kräften auf Paris marschieren würde, daß
jeder Widerstand unmöglich sei, die Regentin, seinen Sohn,
alle Großwürdenträger, die Minister, die Senatoren, die Prä-
sidenten des Staatsrates, die Großoffiziere der Krone und den
Kronschatz in der Richtung nach der Loire abreisen zu lassen.
Die meisten Briefe Napoleons an Marie Louise persönlich werden vom Feinde aufgegriffen. Die Kosaken sind schuld daran.
So ist sie schließlich nur auf den Rat der Männer angewiesen, die
sie umgeben, und auf die Herzogin von Montebello, ihre Ehrendame, der wenig daran liegt, ob die Kaiserin ihre Pflichten als
Regentin in Paris erfüllt. Der Regentschaftsrat bestand aus alten,
in dem Staatsdienst ergrauten und erprobten Offizieren und
Diplomaten. Konnte man es der unerfahrenen jungen Frau ver-
denken, wenn sie sich auf sie verließ?
Schließlich trat dieser Regentschaftsrat am 28. März in An-
betracht der sich immer mehr zuspitzenden Gefahr zusammen.
Er beschloß, daß die Kaiserin mit dem Thronfolger und dem
Erzkanzler Cambacérès vorläufig allein abreisen sollte. Die

übrigen Würdenträger und Regierungsmitglieder sollten folgen. Joseph war längst aus Paris verschwunden, ohne sich um die Frau und den Sohn seines Bruders zu kümmern. Seit dem 29. März standen die Wagen bereit, in denen Marie Louise und ihre Umgebung Paris verlassen sollten. Dem Wunsche des Kaisers gemäß hatte man auch die Kronjuwelen, den noch etwa dreizehn Millionen betragenden kaiserlichen Schatz und das vergoldete Tafelgeschirr in die Wagen gepackt. Aber immer noch verzögerte sich die Abreise der Kaiserin. Sie konnte sich nicht entschließen. Es war, als hielte sie etwas mit Händen und Füßen in Paris fest. Erst als der Kriegsminister Herzog von Feltre in der Erkenntnis dringendster Gefahr zur schleunigen Abfahrt riet, verließ Marie Louise die Tuilerien. Mit Tränen in den Augen, Verzweiflung im Herzen bestieg sie mit ihrem kleinen Sohn den Wagen, der an der Auffahrt zur großen Treppe auf sie wartete. Tiefer Schmerz lag auf ihren Zügen. Ihre Gedanken waren bei Napoleon. Ob er wohl mit allem, was man von ihr verlangte und was sie getan hatte, einverstanden war? Sie wußte es nicht. Seit dem letzten vom 16. war kein Brief, keine Nachricht mehr von ihm zu ihr gelangt. Sollte sich ihr Schicksal erfüllen? Sollte auch auf dieser Eheverbindung zwischen Wien und Paris ein Fluch lasten?

Vor ihrem Wagen stand schon der kleine König mit seiner Erzieherin. Als wenn er ahnte, daß er die Tuilerien, daß er Paris nie wieder sehen würde, sträubte er sich mit allen Kräften dagegen, den Wagen zu besteigen. Er wollte seine Tuilerien durchaus nicht verlassen. Er wälzte sich am Boden und schrie ganz rot vor Zorn: „Geh nicht nach Rambouillet, Mama, es ist ein häßliches Schloß. Wir wollen hierbleiben." Mit der ganzen Kraft seiner kleinen Hände und Füße verteidigte er sich, als der Stallmeister Canisy ihn in den Wagen trug. „Ich will nicht, ich will mein Haus nicht verlassen", schrie er. „Ich will

nicht fort von hier. Da Papa nicht da ist, bin ich der Herr."
Man hatte ihm dermaßen oft von der künftigen Bedeutung
seiner Thronfolge gesprochen, daß solche Worte aus dem Munde
des kaum dreijährigen Prinzen durchaus nicht überraschen. Sein
Vater hatte ihm sogar vor seiner Abreise erzählt, er ginge,
um den Großpapa Franz in Wien zu schlagen. Und der kleine
König hatte nachgeplappert: „Ja, nach Wien gehen, Großpapa
Franz schlagen." Wenn es auch Scherze gewesen sein mögen, die
sich Napoleon mit dem Kinde erlaubte, der Dreijährige war doch
äußerst intelligent. Er merkte sich Dinge, die man nicht für
möglich hielt. Und später erinnerte er sich daran. Während
der Papa sich bei Arcis-sur-Aube schlug, träumte der Knabe
in der Nacht sehr lebhaft und weinte im Schlaf. Als man ihn
fragte, sagte er, er habe von seinem Papa geträumt. Aber es
war nicht aus ihm herauszubekommen, was er von ihm geträumt hatte. Der unbewußte Widerstand des kleinen Sohnes
Napoleons war zwar nur eine Kinderlaune, aber er rief doch
bei vielen von der Umgebung der Kaiserin Nachdenken hervor.
Es war indes keine Zeit mehr zu verlieren. Unter dem Schreien
und Weinen des Prinzen verließen die Wagen in rascher Fahrt
die Tuilerien und Paris.
  Wie anders gestaltete sich Marie Louises Abreise im Vergleich
zu ihrem glänzenden Einzug in Paris! Kein Abschiedsgruß, keine
Blume, keine Träne des Bedauerns von seiten der Einwohner
für die Frau und den Sohn ihres besiegten Kaisers. Nur Verrat
lauerte hinter den Mauern von Paris. Schon in der darauffol-
genden Nacht vollendete Marmont, der Marschall, der Jugend-
kamerad, der mit Napoleon von Stufe zu Stufe emporgestiegen
war, den Sturz des Kaisers. Er übergab Paris ohne Schwertstreich
den Verbündeten. Und am selben Tag hielt Talleyrand seine
berüchtigte Rede vor dem Senat. Es wurde eine provisorische
Regierung eingesetzt und Napoleon seines Thrones für ver-

lustig erklärt. Russische, österreichische, preußische, englische,
spanische, portugiesische Bajonette blitzten auf den Boulevards
der Hauptstadt Napoleons, dessen Gattin und Sohn wenige
Stunden vorher die Flucht ergriffen hatten. Der Zar und der
König von Preußen zogen als Sieger ein. Alexander wohnte bei
Talleyrand. Kaiser Franz und Metternich waren aus Taktgefühl
für Marie Louise in Dijon geblieben. Sie vertrat Fürst Schwarzenberg beim Einzug in Paris.

Napoleon war nach La Cour de France geeilt, um seine bedrohte Hauptstadt zu verteidigen. Er kam zu spät. Nun zog er
seine Armee bei Fontainebleau zusammen, dem Schlosse, in dem
er allem entsagen mußte: Glanz, Ruhm, Macht und Glück! Inzwischen reiste Marie Louise, ohne auf ihrem Wege behelligt zu
werden, zuerst nach Rambouillet, dann nach Blois. Sie befand
sich in äußerst deprimierter Stimmung. Krank, ganz zerschlagen
und innerlich aufgewühlt traf sie am 2. April abends in Blois
ein. Alles, was man von ihrer Gefühlskälte, ihrer Gleichgültig-
keit, ihrer Passivität in jener fürchterlichen Zeit geschrieben hat,
ist Verleumdung. Im Gegenteil, nie war sie unglücklicher, nie
hilfloser. Ihre ganze Umgebung war Zeuge des tiefen Schmerzes.
Alle bestätigen es. Sie weinte fast unaufhaltsam. Méneval, Fain
und viele andere sahen sie nur mit Tränen in den Augen. Sie
hing an Napoleon. Sie kannte kein anderes Glück als mit ihm.
Sein Unglück war das ihrige. Sehnsüchtig wartete sie auf ein
Lebenszeichen von ihm. Zwei lange Tage vergehen in banger
Ungewißheit. Sie schreibt am 1. und 2. April an ihn, aber immer
noch kommen weder Briefe noch Bulletins, noch irgend eine amt-
liche Nachricht über die Lage, kein Glücksbote vom endlichen
Siege Napoleons, nichts. In ihrer Verzweiflung weiß Marie
Louise nicht, woran sie ist. Endlich ein Brief aus Fontainebleau
vom Kaiser! Er enthält nichts über die vorgefallenen Ereignisse
als die Bemerkung: „Ich fürchte, Du bist über den Verlust von

Paris allzusehr betrübt. Deshalb erhalte ich keine Briefe von Dir."
Dann, am nächsten Tag, ein anderes Schreiben Napoleons mit der
Bestätigung, daß er ihre beiden Briefe erhalten hat und sich um
ihre Gesundheit sorgt. Er spricht ihr Mut zu. Um seinetwillen
muß sie sich aufrechterhalten. Man hat Marie Louise Schwäche,
Unentschlossenheit, Undankbarkeit, Mangel an Zugehörigkeits-
gefühl vorgeworfen. Aber alle vergessen, daß sie kaum dreiund-
zwanzig Jahre alt war und bereits vor Entscheidungen und Auf-
gaben gestellt wurde, die nur ein ganz reifer, ein über den Dingen stehender Mensch, ein Auserwählter mit einem erhabenen
Geiste zu lösen vermag. Was verlangte man von diesem jungen,
unerfahrenen Fürstenkind? Marie Louise war keine bedeutende
Frau, kein starker Charakter, keine Kampfnatur, kein selb-
ständiger Mensch. Sie war nie dazu erzogen worden. Und doch
tat sie in Blois alles, was in ihren Kräften stand, um aus der
Situation zu retten, was zu retten war. Sie ermutigte ihre zagen-
den Minister, ihre schwachen Schwäger. Immer wieder erinnerte
sie sie daran, daß sie um des Thronfolgers willen gezwungen
seien, auszuharren. Die sonst Schüchterne, in der Öffentlichkeit
meist Stumme, wird in ihrer verzagten Umgebung fast zur Red-
nerin, wenn sie die Rechte ihres besiegten Gatten verteidigt. Stolz
erklärt sie jede Handlung, jeden Buchstaben für nichtig, die von
den Verbündeten und nicht von ihr, der Regentin, aus ihrer
Residenz Blois ausgingen. Kuriere und Stafetten fliegen nach
allen Gegenden des Reiches mit Proklamationen und Befehlen
der Kaiserin von Frankreich. Zu spät auch das! Bald steht die
arme Frau vor Schlimmerem. Die alles vernichtende Nachricht
von der Abdankung des Kaisers erreicht sie früher, als er es ihr
selbst mitteilt. Frau Durand überbringt sie ihr. Und welche Abdankung! Er auf eine Insel verbannt. Sein Sohn des Thrones beraubt. Niemals hat Marie Louise mehr Tränen vergossen, niemals war sie verzweifelter. Sie fühlte die ganze Schwere ihrer

unglücklichen Lage. In leidenschaftlicher Klage riß sie den kleinen König an sich. „Wir beide sind jetzt am meisten zu bedauern", rief sie schluchzend, und der erschrockene Knabe stimmte in ihr Weinen mit ein. Was sollte sie nun beginnen? Die Gedanken zermartern ihr Hirn. Ihr erster Impuls ist, zu ihm, dem Unglücklichen, zu Napoleon, zu eilen, an seiner Seite alles abzuwarten, mit ihm sein Unglück zu teilen, wie sie auch Glück und Glanz mit ihm geteilt hat. Ihm nach Elba zu folgen. Dort mit ihm und ihrem Sohn in friedlicher Ruhe, ohne Kriege, ohne Politik, ohne jemals sich von Napoleon trennen zu müssen, zu leben und das Glück fortzusetzen, das er ihr zu geben verstanden hatte. Marie Louises bürgerlichem Sinn hätte ein solches Leben sehr zugesagt. Auch Napoleon hätte sich vielleicht für immer mit Elba begnügt, wenn sie bei ihm gewesen wäre.

Endlich kommt wieder Nachricht aus Fontainebleau! Ein chiffrierter Brief an Méneval vom 3. April. Der Kaiser empfiehlt ihm, Marie Louise darauf vorzubereiten, sich in den Schutz ihres Vaters zu begeben und durch ihn und Metternich sich ihre Rechte als Regentin zu sichern. Man wisse nicht, was alles passieren könne, wenn er nicht mehr sei. Die Anspielung auf seinen freiwilligen Tod ist nicht zu verkennen. Aber Méneval, den der Brief Napoleons außerordentlich aufregt, sagt nicht alles Marie Louise. Inzwischen trifft auch ein Brief vom 3. an sie selbst ein. Napoleon empfiehlt ihr, nochmals an ihren Vater zu schreiben. „Gib ihm zu verstehen, daß er uns zu Hilfe kommt." Und sie tut es. Der Herzog von Cadore muß den Brief überbringen. Er besitzt all ihr Vertrauen. Er weiß am besten, wie es um sie bestellt ist. Er kennt ihr ganzes Leid, ihre furchtbare Seelenqual. Er soll Franz alles sagen. Sie glaubt sich und ihren Sohn bei ihrem Vater am besten aufgehoben. So verlassen fühlt sie sich. Niemand berät sie wirklich, außer Méneval und Frau von Luçay. Alle anderen verfolgen nur ihre eigenen Interessen.

Sie ist fest überzeugt, ihr Vater, der sie immer am meisten geliebt hat, kann nur das Beste für sie und ihr Kind im Auge haben. Der Gedanke, daß er ihr gestatten werde, Napoleon auf Elba wiederzusehen, bestärkt sie, denn sie glaubt daran. Aber Cadore muß lange suchen, ehe er das Hauptquartier des Kaisers Franz auffindet. Marie Louise schreibt dem Vater fast täglich. Napoleon selbst hat es ihr empfohlen. Er denkt an seinen Sohn mit einem Kuß und an seine „gute Louise". Der Vater erscheint ihm als einzige Rettung. Sein Herz krampft sich zusammen, wenn er an ihren Kummer denkt.

In Blois bedauerte Marie Louise aufrichtig, daß sie den Wünschen ihrer Umgebung nachgegeben und Paris verlassen hatte. Immer sprach sie davon, sich mit Napoleon bald wieder vereinigen zu wollen. Aber man sagte ihr, die Wege nach Fontainebleau seien nicht frei. Am liebsten wäre sie sofort aufgebrochen. Nur die großen Meinungsverschiedenheiten in ihrer Umgebung machen sie immer wieder unschlüssig. Frau von Luçay redet ihr zu, und eines Tages ist die Kaiserin bereits entschlossen, einen Wagen zu besteigen, der sie nach Fontainebleau bringen soll. Da tritt die Herzogin von Montebello zu ihr ins Zimmer, und alles wird wieder umgeworfen. Die Reise unterbleibt. Frau von Montebello hatte keine Lust, das Exil Marie Louises und Napoleons in Elba zu teilen. Sie wollte in Paris bleiben, wenn sich die Ereignisse geklärt hätten. Was mit Marie Louise geschah, war ihr gleichgültig. Die arme Kaiserin aber dachte täglich darüber nach, wie sie zu Napoleon gelangen könnte. Ihre Angst und Besorgnisse waren außerordentlich. Die heftigen Gemütsbewegungen, das ununterbrochene Weinen, die vielen schlaflosen Nächte hatten Marie Louises Nerven furchtbar angegriffen. Ihr ganzer Körper zuckte konvulsivisch. Oft vermochte sie sich nicht aufrecht zu erhalten. Sie konnte sich keinen Begriff machen, was in Frankreich vorging. Sie erinnerte sich nur immer an die Versiche-

Kaiserin Marie Louise und der König von Rom
Nach einem Gemälde von Gérard

rungen ihres Vaters. Es war ihr unmöglich, sich vorzustellen, daß der Kaiser von Österreich sie mit ihrem Mann und seinem Sohn opfern werde. Erst die rasch aufeinanderfolgenden Ereignisse in Paris nahmen ihr die Illusion. Sie war erschüttert. Aber wie ein dem Ertrinken naher Mensch den Strohhalm erfaßt, so klammerte sie sich hartnäckig und fest an die väterliche Liebe. Der Vater allein erscheint ihr als die einzige Rettung. „Die Lage der Dinge ist so traurig und schrecklich für uns", schreibt sie ihm am 4. April, „dass ich mit meinem Sohn meine Zuflucht zu Ihnen nehme, ich bin überzeugt, dass Sie allein uns in diesem Augenblicke helfen können. Ich bin überzeugt, dass Sie meine Bitten gnädig anhören werden und dass Sie nicht die Ruhe und das Interesse Ihres Enkels und Ihrer Tochter der Habsucht Englands und Russlands aufopfern werden." Auch einen kleinen Vorwurf kann sie ihm nicht ersparen. „Man hätte Paris besser verteidigt", meint sie in demselben Brief, „wenn man nicht gedacht hätte, dass es mit Ihrer Einwilligung besetzt werde. Wir waren versichert dass Sie weder Ihren Enkel noch Ihre Tochter verlassen möchten. Es ist also in Ihre Hände, liebster Papa, dass ich mein Heil lege, ich bin versichert, dass Sie uns aus diesem schrecklichen Augenblick, welcher mir so viele Sorgen verschafft, helfen werden ... Noch einmal liebster Papa, ich bitte Sie haben Sie mit mir Erbarmen. Ihnen vertraue ich das Heil von jenen welches mir am liebsten in dieser Welt ist, eines Sohnes welcher noch zu jung ist, um alle unsere Kummer und Sorgen zu kennen, und welchen ich gern sagen möchte können mit der Zeit, dass er Ihrem Dazwischenkommen, sein künftiges Glück und Ruhe, der seines Vaters, und das Glück derjenigen verdanke, welche Ihnen zärtlichst die Hände küsst, und stets seyn wird, Liebster Papa, Ihre gehorsamste Tochter Louise."

Marie Louise dachte nicht im geringsten daran, Napoleon aufzugeben. Lange sträubte sie sich dagegen. Hätte Napoleon sie ernstlich gebeten, hätte er ihr gleich anfangs „befohlen", zu ihm nach Fontainebleau zu kommen, sie wäre sofort aufgebrochen und durch die von Truppen besetzten Straßen zu ihm geeilt. Denn zum General Gallois, der ihr kurz nach der Abdankung einen Brief Napoleons unter den größten Gefahren überbrachte, sagte sie, zu allem entschlossen: „Weshalb soll ich nicht gleich zu ihm gehen? Es ist doch gleichgültig, in welcher Lage er sich befindet. Wo es auch sei, wenn ich nur mit ihm bin, dann fühle ich mich glücklich." Aber Napoleon rief sie damals nicht nach Fontainebleau. Er schämte sich vor ihr, daß alle ihn verlassen hatten, daß er seine Aureole verloren hatte. Er glaubte, Marie Louise, die Kaisertochter, würde ihn deshalb weniger achten. Er kannte Marie Louises Herz nicht. Anstatt sie an seiner Verlassenheit teilnehmen zu lassen, schreibt er ihr am 8., drei Tage vor seiner Thronentsagung, als Schuwaloff im Auftrage der Verbündeten sie nach Fontainebleau bringen sollte: Er habe ihr sagen lassen, sie möchte in Orléans haltmachen, da er wahrscheinlich auch dorthin aufbreche. Er warte nur, bis Caulaincourt die Sache mit den Verbündeten geregelt habe. Rußland wolle ihm Elba zum Aufenthalt geben und Marie Louise solle Toskana für sich und ihren Sohn bekommen. Das würde sie in den Stand setzen, mit ihm zusammen zu sein, sofern sie das nicht langweilte. Und außerdem wäre sie in einem Land, das ihrer Gesundheit sehr zuträglich sei. Aber Schwarzenberg habe sich im Namen des Kaisers Franz dem widersetzt. Napoleon scheint es, als sei der Vater ihr erbittertster Feind. Die Ungewißheit über sein und Marie Louises Schicksal macht ihn traurig. Daß er ihr nichts weiter bieten kann, als sein Unglück mit ihm zu teilen, bringt ihn in Verzweiflung. Am liebsten möchte er aus dem Leben scheiden, wenn er nicht befürchtete, das könne für sie nur die Sache verschlimmern. Und am 20. schickt er noch einmal den Palastmarschall Bausset zu ihr mit Worten des Abschieds. Er wollte sie also erst in Elba wiedersehen, erst dann, wenn er wieder ein Herrscher, wenn auch ein kleiner, war. Seine Eitelkeit, sein Stolz verhinderten ihn, sich vor Marie Louise in einer Lage zu zeigen, die für ihn beschämend war. Er empfahl sie lieber dem Schutze ihres Vaters, anstatt sie selbst zu schützen. Und so ging Marie Louise ihrem Schicksal entgegen. Man kennt die politischen Vorgänge zur Genüge, die sich 1814 in Fontainebleau abspielten. Umsonst schlug Napoleon dem Senat vor, zugunsten seines Sohnes allen Rechten auf den Thron zu entsagen, umsonst legte er der gesetzgebenden Körperschaft die Vorteile einer solchen Regierung dar. Es war bereits alles ohne ihn beschlossen worden. Die drei von ihm nach Paris gesandten Marschälle brachten ihm nur die Nachricht, daß der Senat die Rückkehr der Bourbonen auf den Thron Frankreichs anerkannt habe. Und am 12. überreichten Caulaincourt und Macdonald ihm die von den Verbündeten unterzeichnete Abdankungsurkunde zur Unterzeichnung. Die ganze Weltgeschichte erfüllte sich in diesen wenigen Tagen vor Napoleons Geiste. Sein Reich zertrümmert. Vom höchsten Gipfel, den je ein Sterblicher an Macht errungen, sah er sich plötzlich in die Tiefe gestürzt. Eine kleine Insel mit vierhundert Mann seiner Garde ließ man ihm, dem Weltbeherrscher! Nicht einmal seinen Sohn wollte man, für den er alles, was er jetzt verlor, errungen hatte. Sein ehrgeizigstes Unternehmen, die Gründung seiner Herrscherdynastie, war mißlungen! Es hatte ihm nichts genützt, sich durch die Heirat mit der Kaisertochter in die Reihe der legitimen Herrscher zu stellen. Seine Ehe war nur, wie er später auf Sankt Helena sagte, ein mit Blumen überdeckter Abgrund gewesen, in den er sich stürzte.

Anfangs ließ Napoleon sich indes von diesem Schicksalsschlage nicht werfen. Er nahm die Insel Elba sozusagen als Almosen in der Hoffnung auf bessere Tage an. Nach der Abdankung unterhielt er sich lebhaft mit den wenigen Generalen, die noch bei ihm waren. Allmählich aber wurde es leerer, einsamer um ihn. Noch wußte er nicht alles, wie man ihn verraten hatte. Als er jedoch erfuhr, daß auch seine vertrautesten Waffengefährten, seine Marschälle und Generale, von ihm abgefallen seien, als die Intrigen gegen ihn in Paris immer ärger wurden, da verfiel er in tiefe Melancholie. Die Verzweiflung übermannte ihn. In jener fürchterlichen Nacht, die der Unterzeichnung der Abdankungs- urkunde folgte, überlegte er noch einmal alle Chancen, die ihm einen Ausⁿ eg bieten könnten. Er fand sie alle untauglich. Die gesunkene Nationalehre und den verlorenen Thron konnte er jetzt nicht mehr aufrichten. Er hatte seine Abdankung unter- schrieben. Daran war nichts zu ändern.

Und während die Gräfin Walewska, die zu dem unglück- lichen Mann nach Fontainebleau geeilt war, in seinem Vor- zimmer vergebens auf ein Abschiedswort von ihm wartete, beschloß Napoleon seinem Leben ein Ende zu machen. Er sah seine Mission erfüllt. Aber der Tod wollte ihn nicht. Das Gift wirkte nicht. Corvisart hatte es ihm 1808 gegeben, und Na- poleon hatte es bei sich im russischen Feldzug. Es sollte ihn damals vor etwaigen Mißhandlungen bewahren, wenn er in die Hände der Kosaken gefallen wäre. Durch die Länge der Zeit war es wirkungslos geworden. Er lebte. Die Vorsehung hatte es anders bestimmt. Da er sich begreiflicherweise nach diesem Selbstmordversuch sehr elend fühlte, konnte er erst am 20. April von seiner Garde Abschied nehmen.

Zum letztenmal stieg der Kaiser die große Marmortreppe des Schlosses in Fontainebleau hinab. Zum letztenmal redete er die Getreuen an, die ihn so oft zu Ruhm und Sieg be- gleitet hatten! Er erfaßte einen der Adler und sagte bewegt: „Ich kann euch nicht alle zum Abschied küssen, aber ich küsse euren General und euren Adler. Lebt wohl! Meine

Gedanken werden euch immer begleiten. Behaltet mich in gutem Andenken." Darauf rief er den General Petit zu sich und küßte ihn mit Tränen in den Augen. Gleich darauf begab er sich in seinem Reisewagen auf den Weg ins Exil nach Elba.

ZEHNTES KAPITEL

DIE TRENNUNG

*Das Wiedersehen mit dem Vater — Die Reise nach Wien — Die Badekur
in Aix-les-Bains — Briefe zwischen Elba und Aix — Josephines Tod —
Die endgültige Trennung Marie Louises von Napoleon — Graf Neipperg*

In Blois am Hofe Marie Louises war die Spannung und Aufregung nach den Ereignissen in Paris außerordentlich. Was
mußte, was würde geschehen mit der Kaiserin, mit dem König
von Rom? Alles um die Regentin drängte zur Flucht. Zur Flucht
nach dem Süden. Vor allem die Brüder Napoleons bestürmten
sie fast mit Gewalt. Marie Louise blieb noch immer standhaft.
Sie widersetzte sich hartnäckig der Abreise. Sie wollte dazu entweder den Befehl ihres Gatten oder ihres Vaters abwarten.
Da machte das Erscheinen des russischen Generals Schuwaloff
aller Unentschlossenheit ein Ende. Er kam im Auftrage des
Zaren und der provisorischen Regierung, die Kaiserin mit ihrem
Gefolge über Orléans nach Rambouillet zu begleiten. Napoleon
hatte angenommen, man werde sie nach Fontainebleau bringen.
Aber er täuschte sich. Er selbst hatte ihr geraten, daß sie in
Orléans haltmachte. Später war indes beschlossen worden, daß
Marie Louise mit ihrem Vater in Rambouillet zusammentreffe,
um alles mit ihm über ihre Zukunft zu besprechen. Napoleon
war ebenso fest überzeugt wie Marie Louise selbst, Franz werde
ihm seine Tochter nach Elba schicken. Zwar hatte er gehofft,
man würde ihr das Herzogtum Toskana geben und ihm die

Freiheit lassen, sie öfter zu besuchen, wenn sie vielleicht des Auf-
enthalts in Elba müde sei. Daß man sie in dem Vertrag von Fontainebleau zur Herzogin von Parma, Piacenza und Guastalla
ernannt hatte, war ihm nicht angenehm. Es entfernte Marie
Louise zu weit von Elba. Aber schließlich mußte man sich in das
Unvermeidliche fügen. Das eine war ja sicher: man konnte ihm
Frau und Kind nicht vorenthalten! Und so hatte Napoleon nichts
dagegen, daß seine Frau, anstatt gleich zu ihm nach Fontainebleau zu kommen, ihren Vater in Rambouillet besuchte. Marie
Louise selbst redete man ein, sie setze die Zukunft ihres Sohnes
aufs Spiel, wenn sie sich sträube. Österreich allein sei in der Lage,
ihm einen Thron zu sichern, wenn es auch nicht der Kaiserthron sei.

Von Schuwaloff, von ihren eigenen Leuten gedrängt, reist
Marie Louise von Orléans nach kurzer Rast ab, ohne die Ankunft Napoleons aus Fontainebleau abzuwarten, wie er ihr geraten hatte. Man sagt ihr, Kaiser Franz erwarte sie bereits mit
großer Ungeduld. Unterwegs wechselt man die Eskorte Gardegre-
nadiere gegen fünfundzwanzig Kosaken aus. So hält die Kaiserin
am 13. ihren Einzug in das Schloß, in dem sie einst viele glückliche
Stunden mit Napoleon erlebte. Ihr Vater ist noch nicht da! Man
hat ihr verschwiegen, daß er erst am 14. eintreffe oder vielleicht
noch später. Man hat sie absichtlich irregeführt, um sie so schnell
wie möglich von Orléans wegzubringen. Todmüde von der an-
strengenden Reise, von den entsetzlichen Aufregungen erschöpft,
schreibt Marie Louise schnell noch am Abend ihrem Vater. Sie
sagt ihm, nur der Wunsch, ihn wiederzusehen, habe sie zu dieser
Reise veranlaßt, statt, wie es ihre Absicht gewesen sei, sich sofort
zu Napoleon zu begeben.

Drei Tage wartet sie in Rambouillet auf den Kaiser Franz.
Inzwischen gehen die Intrigen um sie herum ihren Gang. In
ihrer nächsten Umgebung sind die Ansichten, ob sie zu Napoleon

gehen oder zu ihrer Familie halten soll, geteilt. Frau von Montebello, Frau von Brignolle, Corvisart, Bausset, Saint-Aignan
haben ein Interesse, wenn auch ganz verschiedener Art, daß die
Kaiserin nicht nach Elba geht. Am ausschlaggebendsten ist
der Rat des Arztes. Das Klima von Elba ist für Marie Louise
unzuträglich. Sie wünschen alle, die Zusammenkunft mit ihrem
Vater möchte sie ihrer Familie für immer zurückgeben und eine
unüberbrückbare Kluft zwischen Elba und Parma bilden. Sie
setzen alles daran, die Frau von dem Manne abwendig zu
machen, dem sie Größe und Reichtum verdanken. Sie lassen
die beiden Kammerdiener, Constant und Rustam, nach Rambouillet kommen, damit sie Marie Louise mit ihrem Getratsch
über die verschiedenen Liaisons des Kaisers unterhalten. Man
will dadurch ihren Glauben an ihn erschüttern. Sie erzählen ihr
von der Walewska, von der Dénouelle, die beide in Fontainebleau gewesen seien. Aber sie sagen nicht, daß Napoleon die
Freundinnen nicht empfangen hat. Noch hilft ihnen der Klatsch
nicht. Noch sind Méneval und Cafarelli da. Sie halten zu Marie
Louise. Caulaincourt, Montesquiou sind ständig unterwegs von
Fontainebleau nach Rambouillet. Noch bis zuletzt kümmert Napoleon sich um Marie Louise, auch um ihre Finanzen. Sie hat
den Privatschatz und den Kronschatz mit nach Blois genommen.
Jetzt darf sie zwei Millionen für sich nehmen, der Kaiser selbst
erhält nur 100.000 Franken. Aber sie hat große Geschenke zu
machen. Ihre Umgebung hat sich für sie aufgeopfert. Er sieht es
ein. Den Staatsschatz haben die Verbündeten in Orléans der
provisorischen Regierung übergeben.

Endlich trifft der Vater in Rambouillet ein. Am 16.! Endlich
sieht sie ihn wieder! Wie anders aber ist jetzt ihre Lage im Vergleich zu jener glücklichen ersten Begegnung in Prag. Am Fenster ihres Zimmers stehend, erwartet Marie Louise die Ankunft
des Kaisers. Ihre Augen stehen voll Tränen, als sie seinen Wagen

kommen sieht. Metternich ist bei ihm. Marie Louise geht ihnen bis auf die letzte Stufe der Treppe des Schlosses entgegen. Mit einem Aufschrei der Verzweiflung wirft sie sich dem Vater in die Arme. Dann nimmt sie den kleinen König von der Hand der Gräfin Montesquiou und drückt, ja wirft ihn fast an die Brust des Kaisers. Nie hat Metternich die passive Marie Louise in einem so leidenschaftlichen Aufruhr der Gefühle gesehen. Aufs höchste erregt rief sie: „Ich habe alle meine Pflichten als Gattin und Mutter erfüllt. Ich wollte Paris durchaus nicht verlassen. Ich war bereit, alle Gefahren der Hauptstadt und des Kaisers mit ihm zu teilen. Der Regentschaftsrat verbannte mich an die Loire. Nun hat der Sieg über mein Schicksal entschieden! Ich ergebe mich in dieses Schicksal und denke an nichts mehr als an meinen Sohn."

Der kleine König von Rom flüchtete schnell wieder aus den Armen des Großvaters zu seiner „Mama Quiou". In unerbittlicher Kinderkritik erzählte er später den anderen Damen: „Ich habe den Kaiser von Österreich gesehen. Er ist nicht schön." Die lange, hagere Gestalt und die strengen Züge des Kaisers Franz gefielen ihm nicht. Und sein Vater hatte ihm gesagt, er wolle den Großpapa Franz schlagen. Da mußte ja wohl dieser Großpapa nicht gut sein, dachte das Kind. Später aber hing der Prinz gerade am meisten an Kaiser Franz.

Marie Louise zog sich mit ihrem Vater allein zurück. Die Aussprache währte lange. Er rechtfertigte sich. Er habe den Sturz seines Schwiegersohnes nicht gewollt. Alles sei ohne ihn in Paris gemacht worden. Und als Marie Louise ihn fragt, ob sie bald zu Napoleon nach Elba reisen dürfe, antwortet Franz, gewiß, das dürfe sie. Niemand werde sie davon abhalten. Nur müsse sie vorher eine Zeitlang nach Wien gehen. Ihre Gesundheit erfordere es. Dazu gehöre aber die Erlaubnis ihres Gatten, meint Louise. Auch das sei keine Schwierigkeit. Franz schrieb schnell einen

Brief an den Schwiegersohn, worin es unter anderem hieß: „Sie braucht unbedingt Ruhe und Erholung. Eure Majestät haben ihr so große Beweise von wirklicher Zuneigung gegeben, daß ich überzeugt bin, Sie werden meinen Wunsch in dieser Beziehung teilen und meinen Entschluß gutheißen. Sobald meine Tochter wieder gesund ist, wird sie von ihrem Lande Besitz ergreifen, was sie natürlicherweise dem Aufenthalt Eurer Majestät näher bringt. Zweifellos ist es überflüssig, Eurer Majestät zu versichern, daß Ihr Sohn wie zu meiner Familie gehörig behandelt wird. Während seines Aufenthaltes in meinen Staaten wird er der Pflege seiner Mutter anvertraut sein." Und die Reise nach Wien ist schon ohne die Erlaubnis Napoleons beschlossene Sache. Seine Briefe vom 11. bis 15. April kommen zu spät in Marie Louises Hände. Er möchte die Reise mit ihr gemeinsam machen. Sie nach Parma. Er nach Elba. Sie soll eine Badekur in Lucca gebrauchen und, wenn sie wieder gesund ist, nach Elba kommen. Voll Besorgnis ist er und so dankbar für jedes ihrer Worte. Sie sind der Ausdruck ihres gütigen Herzens. Sie rühren ihn. Er möchte, wie sie, ihr alles zum Opfer bringen. Er verspricht ihr, ganz langsam zu reisen, so langsam, als es Marie Louises Gesundheit erfordert. — Der Wechsel seines Glücks betrübt ihn nur um ihretwillen. Niemals soll sie an „ihrem Napoleon" zweifeln und ihn immer lieben. Im nächsten Brief bezeichnet er den Ort, wo sie sich treffen wollen, um die Reise gemeinsam fortzusetzen. Aber am 14., an dem Tage, an dem er, angewidert von allem, aus dem Leben gehen will, nimmt er Abschied von Marie Louise. Er empfindet einen solchen Ekel vor den Menschen, daß er sein Glück nicht mehr von ihnen abhängig machen will. Nur Marie Louise allein könnte darüber entscheiden. Mit vielen guten Wünschen für ihren Vater, den Marie Louise bitten soll, er möchte gut zu ihnen sein, nimmt er Abschied. Aber noch ist der Tod von Napoleon fern. Sein Lebensmut kehrt zurück. Am 15. April erfährt er irrtümlich, daß Marie Louise sich zu ihrem Vater nach Trianon begeben wolle. Es ist nicht weit von Fontainebleau. Jetzt befiehlt er ihr fast, nach Fontainebleau zu kommen. Er wünscht es ganz energisch. Ohne Widerrede. Damit sie zusammen abreisen und jene Stätte der Zuflucht und Ruhe aufsuchen können, wo er glücklich wäre, wenn auch sie es sei, wenn sie den Glanz der Welt vergessen könne. Ach, sie kamen zu spät, diese Briefe. Sie kreuzen sich mit dem Schreiben des Kaisers Franz und bald trifft die Erlaubnis Napoleons ein. Marie Louise darf nach Aix gehen. Nur Wien, fleht er, soll sie vermeiden. Immer soll sie an ihren besten Freund und an ihren Sohn denken! Im vollen Vertrauen auf den Kaiser von Österreich, auf Corvisarts Ehrlichkeit, der ihm bezeugt hat, daß Marie Louises gegenwärtiger Gesundheitszustand vorläufig nicht das Klima von Elba verträgt, läßt Napoleon sie reisen. Aber sie hat ihm noch einmal geschrieben, wie entsetzlich traurig sie ist. Wie furchtbar ihr die Besuche des Kaisers Alexander und des Königs von Preußen gewesen sind, die mit ihren höflichen Phrasen und Schmeicheleien „sie fast erstickten". „Meine gute Louise", schreibt Napoleon noch kurz vor seinem Aufbruch nach Elba, „ich habe Deinen Brief erhalten und sehe daraus all Deinen Kummer, der den meinigen nur noch größer macht... Laß Dir's gut gehen. Erhalte Deine Gesundheit für Deinen Gatten und Deinen Sohn, der Deiner bedarf. Ich bin im Begriff nach Elba abzureisen, von wo aus ich Dir schreiben werde. Ich werde alles tun, Dich dort zu empfangen. Schreibe mir oft, meine gute Louise-Marie." Und dann kommt jeden Tag ein Brief an sie, bis er Frankreich endgültig verläßt. Er wundert sich über das wenige Taktgefühl der Kaiserin gegenüber, daß man den Zaren und den König von Preußen zu ihr geführt hat, besonders da sie krank ist. Immer wieder die Sorge um ihre Gesundheit und in jedem Brief die Hoffnung, daß sie bald bei ihm sein wird.

DIE TRENNUNG

Da Metternich genau wußte, daß im französischen Volke noch immer große Sympathien für den Sohn Napoleons bestanden, setzte er alles daran, die Kaiserin mit ihm aus dem französischen Gebiet so rasch wie möglich zu entfernen. Und während der entthronte Kaiser Napoleon seine Fahrt nach der Verbannung antritt, reist die Herzogin von Parma unter dem Schutze ihres Vaters nach Wien. Ihr Hofstaat ist noch immer groß. Er besteht aus mehr als sechzig Personen, die auf der Reise mehr als hundertzwanzig Pferde brauchen. Die meisten ihrer Vertrauten sind bei ihr geblieben. Gräfin Montesquiou, Madame Soufflot, die Gouvernanten ihres Sohnes, die Hofdamen Montebello, Gräfin Brignolle, General Cafarelli, Marquis de Bausset, Graf Saint-Aignan, Corvisart und der treue Méneval begleiten sie. Von österreichischer Seite hat man den Grafen Kinsky als Reisemarschall für Marie Louise ausgewählt.

Man bot alles auf, um ihr die Reise durch die Schweiz in die Heimat so angenehm wie möglich zu machen. Sie sollte die letzten Wochen möglichst aus ihrem Gedächtnis bannen. Aber es gelang Marie Louise nicht so schnell, ihre Traurigkeit zu meistern. Gewissensbisse quälten sie, daß sie nicht nach Fontainebleau zu Napoleon geeilt war. Daß sie auf ihren Vater und Metternich gehört hatte. Sie gestand es Méneval. Oft klagte sie sich an, daß sie zu wenig Entschlußfähigkeit besitze. Es hätte sie nichts abhalten dürfen, zu ihm zu reisen. Am Tage ihrer Abreise aus Rambouillet erhielt sie einen Brief von Napoleon aus Elba, und dieser Brief stimmte sie noch trauriger. Er schrieb ihr, wie sehnsüchtig er sie erwarte: Er habe ein reizendes Haus mit einem Garten für sie gefunden. Wie schön wird das Wiedersehen sein! Für Marie Louise rückte es in immer weitere Fernen. Auf der ganzen Reise hielt ihre Niedergeschlagenheit an. Sie schlief kaum ein paar Stunden in der Nacht. Ihr Gesicht war fast immer in Tränen gebadet. Um so peinlicher waren die vielen Huldigungsbeweise, die man der Exkaiserin zuteil werden ließ. Teils aus purer Neugier, teils aus wirklichem Mitgefühl drängten sich an allen Poststationen, wo sie mit ihrem Gefolge haltmachte, in allen Städten, die sie besuchte, die Bewohner an ihren Wagen, um sie zu begrüßen. Und so glich diese Reise Marie Louises mehr einem Triumphzug als der traurigen Heimkehr einer entthronten Fürstin ins Elternhaus.

Um sich zu zerstreuen und die schweren Gedanken ein wenig zu bannen, besucht sie den Rheinfall bei Schaffhausen. Sie macht einen Abstecher an die freundlichen Ufer des Zürichsees. Und allmählich wird Marie Louise ruhiger. Die gedrückte Stimmung weicht langsam von ihr in der wundervollen Natur der Schweizer und Tiroler Berge. Sie ist weniger verzweifelt. Weniger mutlos. Nur sehr müde von all den Aufmerksamkeiten, die man ihr entgegenbringt. Oft stellt sie sich in der Ecke ihres Wagens schlafend. Nur um den unaufhörlichen Ansprachen und Begrüßungen zu entgehen. Besonders in Tirol, wo man die heimkehrende Tochter des Kaisers mit ungeheurem Jubel begrüßt. Die guten Tiroler wissen sich vor Freude kaum zu fassen. In Innsbruck spannt man ihr wie einer Primadonna die Pferde aus. Bauern der benachbarten Dörfer ziehen Marie Louises Wagen bis zum Schloß. Metternich hatte nicht umsonst alles aufgeboten, die Durchreise der Herzogin von Parma so triumphal als möglich zu gestalten. Er appellierte an das Herz Marie Louises als Österreicherin. Die Französin in ihr sollte verschwinden. Die Erinnerung an Napoleon und ihre Ehe sollte durch neue starke Eindrücke in der Heimat verblassen. Oh, Metternich war ein großer Menschenkenner, ein hervorragender Diplomat! Er wußte, mit welchen Mitteln man auf eine anlehnungsbedürftige, unglückliche junge Frau wirken konnte.

Je näher Marie Louise nach Wien kam, desto weniger verlassen, desto weniger hilflos fühlte sie sich. Dennoch war sie

Der König von Rom
Nach einem Gemälde von Thomas Lawrence

innerlich keinen Augenblick im Zweifel, daß sie bald, schon im August, zu Napoleon nach Elba gehen werde. Er erwartete sie. Sie schrieb ihm auf ihrer Reise öfter und erhielt häufig von ihm Briefe. Noch unterlag sie keinem fremden Einfluß! Noch war Graf Neipperg nicht in ihr Leben eingetreten. Aber nicht alle Briefe Napoleons gelangen zu Marie Louise, wie auch die ihren nicht alle ihn erreichen. Zu ihrem Namenstag schreibt er, ihre Wohnung sei fertig. Er erwarte sie im September zur Weinlese. Niemand habe das Recht, sich ihrer Reise zu widersetzen. Sie allein könne darüber entscheiden. Doch er fürchtet, auch dieser Brief könnte sie nicht erreichen. Deshalb schweigt er über Dinge, die er gern sagen möchte. Er empfiehlt ihr nur, sich bei ihrem Vater darüber zu beschweren, daß man einer Frau und einem Kind verbietet, an den Gatten und Vater zu schreiben. Das sei mehr als grausam und niederträchtig. Bald war seine Frau in der Heimat und damit für immer für ihn verloren.

Kurz vor Wien, in Melk, kam ganz überraschend ihre Stiefmutter ihr entgegengefahren. Marie Louise war durch diesen Empfang dermaßen gerührt, daß sie Maria Ludovika weinend um den Hals fiel. „Gott schütze unsere teure Louise", sagte die Kaiserin, und man sah ihr an, wie froh sie war, Marie Louise aus den Händen des „korsischen Abenteurers" befreit zu sehen. Welcher Kontrast zwischen diesem Wiedersehen und jenem 1812 in Dresden! Damals war Marie Louise die größte Herrscherin in Europa, jetzt ist Ludovika an der Spitze aller regierenden Fürstinnen. Ihr Mann hat den „Tyrannen" unschädlich gemacht. Hilfesuchend kommt die Frau des großen Napoleon an ihren Hof. Mit seinem Sohn! Bald darauf sieht Marie Louise Schönbrunn wieder. Ein herrlicher Maimorgen! Fürst Trauttmansdorff geleitet die Herzogin von Parma in ihr Schloß. Sie weint wie damals, als sie es als junge Erzherzogin verließ. Aber ihre Tränen gelten heute einem anderen Schmerz.

Eine ungeheure Zuschauermenge hatte sich im Schönbrunner Park angesammelt. Ein jeder wollte Marie Louise sehen und ihr ein paar Willkommensgrüße zurufen. Als eine Viertelstunde später der Wagen mit dem dreijährigen König von Rom anlangte, wurde der Jubel noch größer. Das reizende, sehr liebenswürdige Kind erweckte allein schon durch sein Äußeres Liebe und Bewunderung, aber noch mehr flogen ihm die mitfühlenden Wiener Herzen zu, weil ein jeder mit dem tragischen Geschick seiner Jugend Mitleid hatte.

In Schönbrunn waren alle Schwestern, Brüder, Tanten und Onkel zu Marie Louises Empfang versammelt. Nun hatte man sie wieder aus der Höhle des Minotaurus! Man war daher nicht wenig erstaunt, ja enttäuscht, wie fest entschlossen sie darauf bestand, sich wieder zu ihm zu begeben. Alle hatten erwartet, sie werde Napoleon rasch vergessen, sich ebenso schnell dem Wunsche des Vaters' fügen, wie sie sich einst ohne Widerstand hatte verheiraten lassen. Indes, man läßt sie noch gewähren. Man läßt ihr den französischen Hofstaat. Man hat nichts dagegen, daß sie öfter den Grafen von der Lobau empfängt. Er war irrtümlicherweise bei der Übergabe von Dresden gefangengenommen worden. Auch daß sie vom Kaiser Napoleon aus Elba Briefe, wenn auch nicht uneröffnet und ungelesen, erhält, wird ihr nicht verwehrt.

Im großen und ganzen lebte Marie Louise während der sechs Wochen in Schönbrunn äußerst zurückgezogen, fast nur von Franzosen umgeben. Ihre Gesundheit war sehr geschwächt. Das Wiener Klima bekam ihr nicht sonderlich. Dr. Corvisart riet dringend, die Badekur in Aix bald anzutreten. Marie Louise wünschte nichts sehnlicher. Sie hofft, von da aus nach Parma und dann sofort zu Napoleon nach Elba reisen zu können. Aber der Papa macht Einwendungen. Ihm ist Aix nicht recht. Die entthronte Kaiserin von Frankreich in einem französischen Badeort gefällt ihm nicht. Er hält es für schicklicher, wenn seine Tochter deutsche oder, noch besser, italienische Bäder, entweder in Pisa oder in Toskana besucht. Marie Louise besteht jedoch hartnäckig auf Aix. Diesmal gibt sie nicht nach, sondern der Kaiser Franz. Und so nimmt sie am 28. Juni in Baden bei Wien Abschied von ihrem Vater. Sie reist unter dem Namen einer Herzogin von Colorno. Schon in den ersten Tagen auf der Reise fühlt sich Marie Louise zusehends wohler. Ihr Gefolge besteht, wie in Schönbrunn, so auch jetzt, nur aus Franzosen. In Chamonix macht sie die größten Bergtouren zu Fuß. Sie ist unermüdlich. Sie ist jung. Aber die meisten Herren ihrer Umgebung sind alt. Sie können nicht mit in die Berge klettern. Sie bleiben im Tal. Endlich kann Marie Louise wieder einmal ihrer Vorliebe für die Natur frönen, ohne Etikette, ohne Zwang, ohne das Gefühl, jede Bewegung, jeden Schritt, den sie tut, beobachtet zu wissen. Jetzt ist sie frei! Nur eine kleine Herzogin. Ihre frühere Lebenslust erwacht wieder. Die Begeisterung für die Landschaft und die Hoffnung, bald mit Napoleon vereint zu sein, läßt sie allen Kummer, alles Leid und alle Sorge der letzten Wochen vergessen. Alles erscheint ihr wie ein Traum. In Aix angekommen, ist sie kaum noch krank. Die sechstägige Reise in die Berge hat auf ihre Gesundheit Wunder gewirkt.

Inzwischen wartete Napoleon auf Elba in großer Sehnsucht auf sie. Er hatte einen kleinen Hofstaat genau nach dem Muster der Tuilerien eingerichtet. Marie Louise sollte nichts entbehren, nichts vermissen. Die beste, die gesündeste Lage der Insel, San Martino, hatte er zu ihrem Aufenthalt ausgesucht. Er war so gewiß, daß sie kommen werde. In jedem Brief hatte sie es ihm geschrieben. Und zuletzt, fast am Ende ihrer Badezeit in Aix, am 31. Juli, teilte sie ihm mit, sie müsse zwar vorläufig noch einmal nach Wien zurück, weil es ihr Vater so wünsche, aber bald, bald wäre sie bei ihm in Elba. Ihren Brief schloß sie mit

Worten der Liebe und Treue. Das Schreiben wurde Napoleon durch Bausset gesandt. Zehn Tage später ein anderer Brief, durch einen anderen Vermittler. Sie fürchtete, der erste könnte nicht in seine Hände gelangt sein. Auch dieser enthielt die Versicherung, daß sie bald komme, daß sie nur ungern nach Wien zurückgehe. Und wieder versichert sie Napoleon ihrer ganzen Liebe. Wochen vergehen in sehnsüchtigem Warten für ihn. Aus Paris kommt die Nachricht von Josephines Tod. Mit den Worten „Napoleon — Marie Louise" auf den Lippen war sie gestorben. Ihr letzter Seufzer hatte ihm gegolten. Und so verlor er fast zu gleicher Zeit die beiden Frauen, die sein Leben reich und schön gestaltet hatten. Als Josephine in Navarra das Unglück Napoleons erfahren hatte, war sie nach Malmaison geeilt, um ihren Kindern Eugen und Hortense nahe zu sein und für sie vom Zaren Alexander die Regelung ihrer Angelegenheiten in möglichst zufriedenstellender Weise zu erbitten. Aber sie erreichte nichts. Der Sturz Napoleons brach ihr fast das Herz. Wie gern wäre sie mit ihm nach Elba gegangen! Vielleicht hätte sie es später auch ausgeführt, wenn er es ihr gestattet hätte. Der Tod ereilte sie Anfang Juni 1814, kaum zweiundfünfzig Jahre alt. Napoleon hatte sie nicht gerufen. Er wollte nur Marie Louise.

In namenloser Angst schreibt er ihr Brief um Brief. Keiner wird mehr beantwortet. Marie Louise erhält sie nicht. Doch der Kaiser auf Elba setzt alles daran, von ihr und seinem Sohn Nachricht zu erhalten. Seine ganze Hoffnung ist der Großherzog Ferdinand Joseph von Toskana, Marie Louises Onkel. Er schätzt ihn. Er ist Militär. Napoleon schreibt ihm. Er bittet, fleht fast, er möchte ihm von Frau und Kind Nachricht geben. Er wisse nichts über seinen Sohn, nichts, ob Marie Louise gesund sei, ob sie lebe — nichts. Der Großherzog möchte ihm wenigstens gestatten, daß er ihm jede Woche einen Brief für Marie Louise schickt. Er hat Vertrauen zu diesem Onkel, den seine Frau immer am liebsten mochte. Aber auch dieser Brief bleibt ohne Antwort. Marie Louise erhält zwar durch ihren Vater den beigelegten Brief Napoleons, aber geöffnet und mit der strengen Weisung, nicht darauf zu antworten. Die Politik Metternichs wünschte es so, wie sie einst gewünscht hatte, daß Napoleon der Schwiegersohn des Kaisers von Österreich wurde.

Allmählich schickte Napoleon sich in sein Los. Vielleicht hoffte er im stillen auf ein Wiedersehen mit seiner Frau in Frankreich, denn es lag nicht in seiner Absicht, sein Leben auf Elba zu beschließen. Wenn er erst wieder in Paris war, dann käme gewiß auch Marie Louise, um für ihren, für seinen Sohn den Thron zu empfangen, den der Vater ihm von neuem erobern wollte. Er war in Schönbrunn, dieser Sohn. Man hatte es für gut befunden, ihn Marie Louise nicht mit nach Aix zu geben. Schon aus diesem Grunde, um den kleinen König von Wien abzuholen und ihn mit nach Parma zu nehmen, mußte sie nach der Heimat zurück.

Mit Marie Louise selbst war, seit sie sich in Aix befand, eine große Veränderung vor sich gegangen. Durch das Neue ihrer Lage, die Freiheit, die sie als Mensch genoß, die herrliche Natur, die Vergnügungen, die man aufbot, die junge Fürstin zu unterhalten, ihre eigene Jugend und der Durst, das Leben zu genießen nach all dem Schweren, was sie durchzumachen gehabt hatte, trugen dazu bei, sich ganz dem Genuß einer schönen, angenehmen Badereise hinzugeben. Und vor allem sorgte Metternich dafür, daß sich die Herzogin von Parma nicht langweilte. Schon mehrmals hatte er einen jüngeren General für besondere diplomatische Sendungen an Mitglieder der Familie Napoleons verwendet. Das eine Mal hatte er ihn in die Suite der Kaiserin Marie Louise in Prag aufgenommen, das andere Mal sandte er ihn zum Prinzen Eugen vor der Abdankung Napoleons nach Mantua, um ihn zu bewegen, seinen Widerstand gegen die Verbündeten aufzugeben. Es bedurfte indes nicht der Diplomatie, denn was sie nicht

vollbrachte, wurde durch den Sturz des Giganten selbst herbeigeführt. Das dritte Mal erschien derselbe Offizier in Paris, wie
erwähnt, kurz nach der Hochzeit Marie Louises in einer diplomatischen Sendung, und jetzt, zum vierten Male, kam er mit der
Weisung Metternichs nach Aix, der jungen Herzogin von
Parma-Colorna als Cavaliere servente zur Verfügung zu stehen.
Es war niemand anders als General Graf Adam Neipperg! Der
alte Fürst Esterházy, der anfangs von Kaiser Franz selbst dazu
ausersehen war, hatte Metternich nicht zugesagt.

Als Marie Louise beim Aussteigen aus ihrem Wagen in Aix
den Grafen Neipperg zu ihrem Empfang bereitstehen sah, war
der Eindruck, den er auf sie machte, kein besonders günstiger. Er
gefiel ihr nicht auf den ersten Blick, obwohl sein Äußeres sehr
gepflegt und vornehm war. Seit der flüchtigen Begegnung in Prag
hatte sie ihn nicht wiedergesehen. Neipperg war ein vollendeter
Hofmann. Kannte man ihn näher, so war seine Persönlichkeit
faszinierend. Auf Frauen wirkte er interessant und verführerisch durch sein ritterliches Wesen, seine außerordentlich
guten Manieren. Er besaß die Gaben eines glänzenden Gesell-
schafters. Mit seiner dunklen, weichen Stimme, der heimatlichen
Sprache schmeichelte er sich bald in das Ohr Marie Louises. Er
gehörte zu den Ihren. Zu ihrer Klasse. Er war kein Emporkömmling, kein Plebejer. Er war ein Frauenmann. Er hatte Zeit,
trotz seines Berufes. Er wurde ihr sympathisch. Dennoch ließ
zu Beginn des Aufenthaltes in Aix nichts darauf schließen,
daß die Herzogin von Parma den General Neipperg mehr auszeichnete als irgend einen anderen Herrn ihrer Umgebung. Sie
empfing ihn stets nur in offizieller Audienz. Sie sprach mit ihm
über alltägliche Dinge seines Dienstes, über einen zu arrangie-
renden Ausflug, ein Fest, ein Konzert. Noch fühlte sie sich als die
Frau Napoleons, der sie in Elba erwartete. Alles in ihren Lebensgewohnheiten war ein Beweis dafür. Nicht nur ihre nähere Um-

gebung waren Franzosen, sondern auch ihre Dienerschaft. Die Diener trugen noch die kaiserliche Livree. Die Wagen der Herzogin führten noch die kaiserlichen Wappen. Am 15. August, dem Geburtstag Napoleons, wurde Marie Louise von der Bevölkerung in Aix mit Vivatrufen begrüßt. Man huldigte der Exkaiserin also noch immer als der Gattin des großen Herrschers. Marie Louise aber denkt an diesem Tage traurig an denjenigen, von dem sie fern ist. Méneval hatte sich von ihr für ein paar Tage beurlaubt, um seine Familie in Paris zu besuchen. An ihn schreibt sie: „Ich habe heute einen meiner traurigen Tage. Vielleicht bin ich im Irrtum. Wie kann ich jedoch froh sein, wenn ich gezwungen bin, diesen für mich so feierlichen Tag fern von den beiden Menschen zu verleben, die ich am meisten liebe?" Den ganzen Tag war sie entsetzlich niedergeschlagen.

Man hat es Marie Louise sehr übelgenommen, daß sie sich in Aix den Vergnügungen des Badelebens wie jeder andere Kurgast überließ. Sie ging weder kopfhängerisch, noch grübelnd, noch klagend einher. Wahrscheinlich belebte sie anfangs die Hoffnung, bald alles überstanden zu haben und mit Napoleon in Elba vereint zu sein. Daß sie keinen Thron mehr besaß, störte Marie Louise nicht sonderlich. Sie war nicht ehrgeizig. Sie dürstete nicht nach Ruhm. Den jähen Sturz von der Höhe ertrug sie leichter als manche andere. Sie lebte ohnehin lieber als Privatperson, fern von allem Zeremoniellen. Wir kennen ihren Hang zum Bürgerlichen. Mit Napoleon stand sie anfangs auch in Aix durch ihre und seine Briefe in steter Verbindung. Sie wußte, daß er ein schönes Heim für sie bereitete. Sie wußte, die Trennung von ihm konnte nicht mehr lange dauern. In diesem Gedanken nahm Marie Louise von ihrem Badeaufenthalt in Aix, was ihrer Jugend gebührte. Sie war relativ hübsch. Sie war elegant. Sie tanzte für ihr Leben gern. Sie liebte die Natur, sie musizierte gern, sie machte gern Ausflüge zu Pferd, und sie hatte

Interesse für alle schönen Künste. Langeweile war ihr fremd. Von Natur aus besaß sie eher einen fröhlichen als einen kopfhängerischen Charakter. Das Bedürfnis, sich zu zerstreuen und die kleinen Freuden des Lebens zu genießen, war jederzeit stark in ihr gewesen. Es lag in Aix damals für sie nicht viel Grund zum Traurigsein vor, denn auch über das außerordentliche Wohlergehen des kleinen Königs in Schönbrunn war sie unterrichtet, nicht nur durch ihren Vater und Frau von Montesquiou, sondern auch durch ihre Freundin Viktoria. Sie selbst fühlte sich nach langer Zeit wieder so frisch und gesund wie noch nie. Die herrliche Natur machte sie froh. Natürlich gehörten zu ihrer Umgebung sehr viele junge Offiziere. Sie sorgten für Unterhaltung. Das war ihre Pflicht und ihr Dienst. Daß der Hofstaat einer jungen Fürstin nicht gerade nur aus Greisen und älteren Damen bestehen muß, ist verständlich. Jeder war bemüht, der Herzogin von Parma über die peinliche Zeit und ihre veränderte Situation hinwegzuhelfen. Dazu aber eigneten sich junge Leute am besten. Auch General Neipperg war noch nicht alt. Er war neununddreißig, aber in seinem Sichgeben lag etwas von einem Dreißigjährigen. Vielleicht fühlte Marie Louise sich, die bereits als Neunzehnjährige in Paris an der Seite Napoleons die Würde einer großen Herrscherin hatte bewahren müssen, jetzt in Aix unter dem Inkognito zum erstenmal wirklich jung. Ahnungslos und impulsiv, wie sie war, dachte sie nicht daran, daß die Augen der Welt und besonders die der Bourbonen noch immer auf sie gerichtet waren. Daß jede ihrer Gesten, jede Handlung, jedes Wort von ihr scharf kritisiert wurde. Von den Bourbonen ging denn auch die erste boshafte Kritik über die entthronte Kaiserin aus. Anfang August sprach der Herzog von Berry im Ministerrat Ludwigs XVIII. davon, daß Marie Louise sich in Aix höchst lächerlich benähme, sich um ihre Bäder überhaupt nicht kümmere und den ganzen Tag in Gesellschaft junger fran-

zösischer Offiziere verbringe. Und wenige Tage später ging ein
Schreiben Talleyrands an Metternich ab, worin es hieß, „die
Erzherzogin“ habe nun lange genug die Kur in Aix gebraucht,
man solle sie zurück nach Wien berufen. So wurde Marie Louise
aufgefordert, auf Befehl der Politik, anstatt nach Parma und
Elba, wieder nach Schönbrunn zurückzukehren, und zwar bald.
Ende August hörten plötzlich die Briefe Napoleons auf, zu
ihr zu gelangen. Auch er erhielt keinen mehr von ihr. General
Neipperg hatte Auftrag, jedes Schreiben von und nach Elba uneröffnet nach Wien zu senden. Folgende Begebenheit war die
Ursache. Am 20. August machte der um seine Frau besorgte Napoleon den Versuch, Marie Louise heimlich nach Elba holen zu
lassen. Er hatte einen Offizier seiner Garde, Hauptmann Hurault
de Sorbe, zu ihr nach Aix gesandt. Hurault war mit einer der
Anmeldedamen der Kaiserin verheiratet. Unter dem Vorwand,
seine Frau zu besuchen, war er ohne Schwierigkeit bis zu Marie
Louise gelangt. Er konnte ihr auch den Brief Napoleons überreichen. Graf Neipperg jedoch wachte scharf über die Angelegenheiten seiner Schutzbefohlenen und vielleicht auch schon damals über
ihr Herz, ohne daß sie es wußte. Frau von Brignolle verriet ihm
den wahren Zweck des Besuches Huraults. Als er sich wieder
nach Elba begeben wollte, wurde er verhaftet und nach Paris
abgeschoben. Nie wieder durfte er zu Napoleon zurück. Auf
diese Weise erfuhr der Kaiser in Elba auch nichts über das Re-
sultat dieses Besuches seines Abgesandten in Aix.

Es war bereits der zweite Offizier, den er an Marie Louise geschickt hatte. Mit dem ersten, einem Oberst Leczinski, ließ sie
Napoleon den oben erwähnten Brief vom 31. Juli zukommen.
Damals war sie noch aufrichtig gewillt, zu ihm nach Elba zu
gehen. Jetzt, als Hauptmann Hurault erschien und von Napoleon gleichzeitig den strikten Auftrag hatte, sie mitzubringen,
befiel Marie Louise wieder ihre Zaghaftigkeit und Unentschlos-

senheit. Aus Angst, ihrem Vater dadurch zu mißfallen, wagte sie es nicht. Auch wenn Hurault nicht verhaftet worden wäre, hätte sie nicht den Mut gehabt, unter seinem Schutz Napoleon heimlich zu besuchen. Und außerdem legte sie jetzt nicht mehr so viel Wert darauf. Denn sie schrieb ihrem Vater im September, es habe sie vor ungefähr vierzehn Tagen ein Offizier Napoleons aufgesucht und ihr einen Brief von ihm überbracht mit der Aufforderung, sie möchte sofort zu ihm kommen. Aber sie habe noch nicht darauf geantwortet. „Ich erzähle Ihnen das alles, lieber Papa, weil ich nicht möchte, daß diese Geschichten irgend welches Mißtrauen gegen mich in Ihnen aufkommen lassen." — Plötzlich ist eine Wendung in ihren Absichten eingetreten! Sie ist jetzt nicht mehr so geneigt, den Kaiser in Elba aufzusuchen. „Seien Sie versichert, lieber Papa, daß ich heute weniger denn je Lust zu dieser Reise habe. Ich gebe Ihnen mein Ehrenwort, sie nicht ohne Ihre Erlaubnis zu unternehmen. Ich bitte Sie, mir auch zu sagen, was ich dem Kaiser Napoleon darüber schreiben soll."

Warum hatte Marie Louise „heute weniger Lust denn je", zu Napoleon zu gehen? War es deshalb, weil sie erfahren hatte, daß die Gräfin Walewska mit ihrem Sohn inzwischen in Elba gewesen war? Jene blonde Dame, die die Elbaner für Marie Louise hielten? Gute Freunde gab es genug, die der Kaiserin all den Tratsch zutrugen. Es ist mehr als wahrscheinlich, daß sie sich verletzt fühlte, zumal die ganze Welt jeden Vorgang auf Elba beobachtete und auch von diesem Besuch wußte. Marie Louise war empfindlich. Sie sah sich lächerlich gemacht. Zur Eifersucht gesellte sich verletzte Eitelkeit und beleidigter Frauenstolz. Oder hatte Neipperg bereits so großen Einfluß auf sie? Auch das ist möglich, aber bestimmte Anhaltspunkte gibt es dafür nicht. Aus dem Brief an den Vater ist nicht zu ersehen, daß sie schon damals an Neipperg fest gebunden war. Dem widerspricht nicht nur, daß der General Mitte August seine diplomatische Mission und

seinen Dienst bei Marie Louise als beendet betrachtete und den
Kaiser Franz selbst bat, ihn wieder zu seinem Regiment nach
Pavia zu entlassen, sondern Neipperg schrieb auch im September
an Metternich, ob er ihn nicht als Gesandten in Turin verwenden könne. Wie wir Marie Louise kennen, hätte sie wahrscheinlich alles darangesetzt, sich nicht von dem Mann zu trennen, den
sie liebte. Viel eher ist anzunehmen, daß sie sich erst jetzt, nachdem sie wußte, daß Napoleon bei der anderen Trost gefunden
hatte, wirklich in Neipperg verliebte. Sie mußte ja annehmen,
Maria Walewska bliebe für immer bei ihm in Elba, wie es deren
Absicht auch gewesen war. Marie Louise wußte, wie sehr er
diese Frau geliebt hatte, wie hoch er sie achtete. Seit 1807 war
sie ihm fast überallhin gefolgt, wenn er ins Feld zog. In Paris
hatte sie nur für ihn gelebt. Eines aber vergaß Marie Louise:
Napoleon ersehnte niemand in Elba, nur sie! Er wartete auf
seine Frau, auf Marie Louise. Er ahnte nichts von allem, was
sich inzwischen in Aix abspielte. Er kannte sie. „Sie war die
Unschuld selbst." Niemals würde sie eine Untreue begehen.
Aber auch er vergaß eines: Erstens, daß Marie Louise jung und
leicht zu beeinflussen war. Zweitens war sie eine passive Natur.
Sie suchte nicht die Ereignisse auf, sie ließ sie an sich herantreten.
Und gerade jetzt war sie den gefährlichsten Einflüssen ausgesetzt. Hätte der Kaiser von Österreich zu seiner Tochter gesagt,
sie müsse sofort nach Elba gehen, wahrscheinlich wäre sie noch
im September zu Napoleon geeilt und hätte Neipperg vergessen.
Aber Franz sprach die Erlaubnis dazu nicht aus. Marie Louise
verließ gehorsam Aix in Begleitung des über alle Maßen liebens-
würdigen Generals, der sich der unselbständigen jungen Herrin
sehr bald unentbehrlich zu machen verstand. Ihr Herz war bereit, eine neue Liebe in sich aufzunehmen.
    Die Zeit, die Politik, der Wunsch ihres Vaters, alle Brücken,
die sie mit Napoleon verbanden, abzubrechen und zu vergessen,

daß sie ihn einst geliebt hatte, das neue starke Interesse, das
Graf Neipperg in ihr erweckte, der Klatsch um die Liebesgeschichten Napoleons, der sich immer mehr verdichtete, ließen
Marie Louise, ohne daß sie es selbst gewahr wurde, hinüberglei-
ten in eine andere Gedanken- und Gefühlswelt. Die gemeinsame
Reise durch die wundervolle Schweiz mit dem sympathischen
Begleiter, gleiche Interessen, gleiche Neigungen, die gleiche ge-
sellschaftliche Atmosphäre, die Neipperg von Kindheit an ein-
gesogen hatte — während Napoleon, der Mann der Revolution, doch ein Emporkömmling war —, die noch jugendliche
Elastizität des eleganten Reiteroffiziers und seine gute äußere
Erscheinung trotz des einen Auges, alles trug dazu bei, die
erste wirklich große Herzensleidenschaft in Marie Louise zu
erwecken. Auch die Entwicklung dieser neuen Liebe war eine
ganz andere, als die zu Napoleon. Ihn hatte Marie Louise infolge
ihrer Erziehung bis zu ihrer Verheiratung bitter gehaßt. Nur
die Politik hatte sie zu ihm geführt. Überraschend schnell zwar
hatte sie ein Glück an seiner Seite gefunden, das selbst ihre
Familie nicht erwartete. Aus Pflichtgefühl, aus Gehorsam für
ihren Vater hatte sie sich ihrem Mann erschlossen, ehe sie selbst
erkannte, daß er auch liebenswert sei. Sie hatte nie etwas anderes
kennengelernt als seine fürsorgliche, zärtliche Gattenliebe. Napoleon liebte sie innig, aber er war ein vielbeschäftigter Staatsmann, ein unermüdlicher Arbeiter und Soldat. Seine Kriege und
Regierungsgeschäfte hielten ihn oft und lange von Marie Louises
Frauenleben fern. Nur zwei Jahre hat sie seine Gesellschaft
wirklich genossen. Ihre persönlichen Neigungen, ihre künstlerischen Interessen wurden zwar von ihm nie gestört, aber auch
nicht geteilt. Napoleon war im höchsten Grade unmusikalisch, er
interessierte sich wenig für die Malerei, er war kein Gesellschafter im landläufigen Sinne. Er verstand nicht, den Frauen
den Hof zu machen. Im Gegenteil, er war, wie die meisten wirk-

lich großen und genialen Menschen, im Salon ungeschickt und unbeholfen. Er hatte auch weder Zeit noch Anlage zu jugendlichen Vergnügungen, wie sie eine Frau in Marie Louises Alter schätzt und verlangt. Er war der Mann der Tat, das Genie, das die Bewunderung der ganzen Welt auf sich zog, aber konnte er Marie Louise eine Liebe einflößen, die ewig ist, eine Liebe zu allen Opfern bereit, die nie vergessen kann? Begriff sie je seine Genialität? War sie je imstande zu erfassen, daß sie die Frau des universellsten Geistes der Weltgeschichte war? Eines Mannes, den es nur einmal gab? Sicher hat sie sich darüber nie Rechenschaft gegeben. Ihr Gefühlsleben kannte keine Komplikationen. Marie Louises Liebe zu Neipperg war primitiver, ursprünglicher. Sie war weder durch die Politik zustande gekommen, noch aus irgend welchen anderen konventionellen Interessen. Sie entwickelte sich nicht in einem Glashaus, durch das ein jeder schauen kann, wie es nun einmal ein großer Hof ist. Sie standen sich beide Mensch zu Mensch gegenüber. Daß Metternich den Grafen Neipperg absichtlich in ihren Weg gestellt hatte, ahnte Marie Louise nicht. Ihr junges Herz flog ihm zu, glücklich, einen Menschen gefunden zu haben, der sie verstand, der sie liebte, der sie auf Händen trug und für sie in jeder Weise eintrat. Die lange Dauer dieses zweiten beginnenden Glücks, das erst der Tod Neippergs zu enden vermochte, bestätigt, daß Marie Louise sich in ihm nicht getäuscht hatte, daß er der Mann war, der zu ihr gehörte.

ELFTES KAPITEL

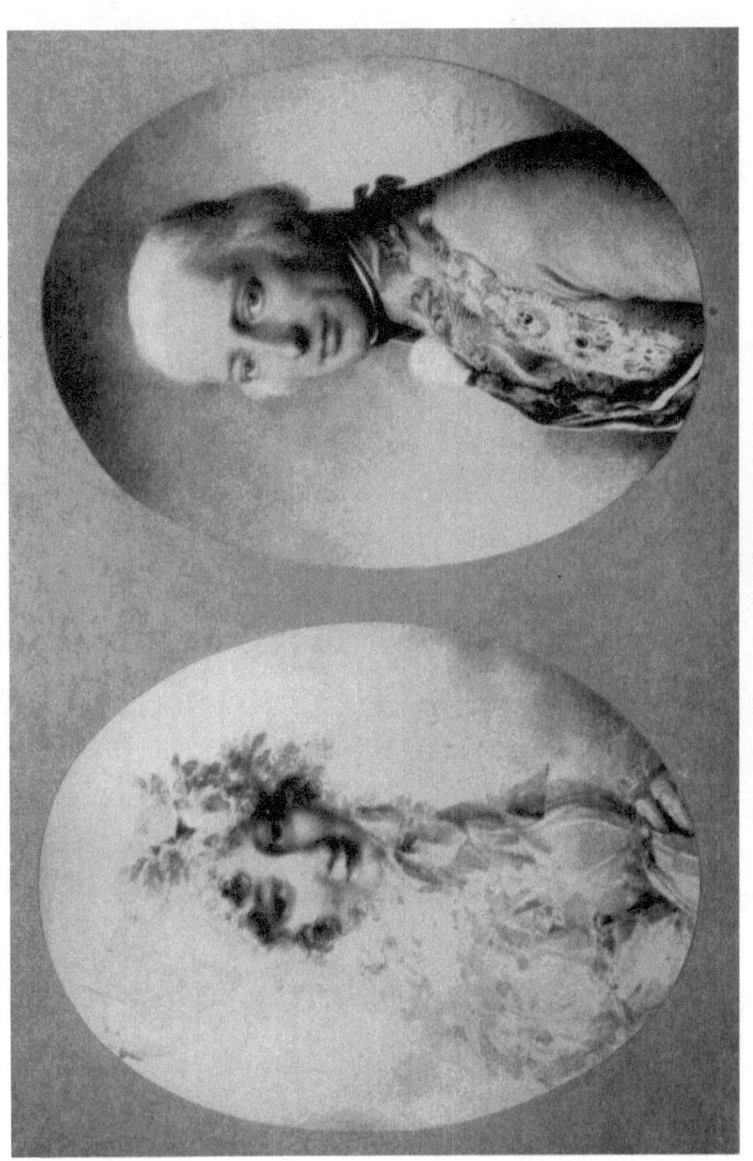

Kaiserin Maria Ludovika und Kaiser Franz
Nach Miniaturen von Isabey, Wien 1812

MARIE LOUISE UND GRAF NEIPPERG

Gemeinsam in Schönbrunn — Der Wiener Kongreß — Neipperg als Fürsprecher Marie Louises — Der Adler kehrt zurück — Die Hundert Tage — Napoleons letzte Versuche um Frau und Kind — Marie Louises Bekenntnis zu Neipperg — Des Dramas zweiter Akt

Graf Adam Neipperg kannte die Welt. Er war an Höfen groß geworden. Er verstand seine Gaben und Talente geschickt zu verwerten. Am Wiener Hofe schätzte man ihn nicht nur wegen seiner Verdienste, sondern als Mensch von unerschütterlicher Zuverlässigkeit und Treue. Dem Kaiser von Österreich und Metternich vollkommen ergeben, durch und durch Hofmann, aus altem Rittergeschlecht stammend, war Neipperg der geborene Diplomat, aber gleichzeitig auch ein vorzüglicher Soldat. Schon sein Vater war Diplomat und Gesandter des österreichischen Hofes gewesen. Adam Neipperg war von Franz im Jahre 1813 zum Feldmarschalleutnant ernannt worden und Inhaber des Husarenregiments Erzherzog Ferdinand. Keinen anderen General des österreichischen Heeres hatte man mit so verschiedenen wichtigen diplomatischen und militärischen Sendungen betraut wie ihn. Wenn es irgend eine vertrauliche Unterhandlung mit einem der auswärtigen Höfe gab, die man nur ganz sicheren, verschwiegenen und energisch auftretenden Männern übergeben konnte, so wurde meist Graf Adam Neipperg von Metternich dazu ausersehen. Er machte kein Hehl aus seiner Abneigung gegen die Napoleoniden, und viele seiner diplomatischen und militärischen Erfolge über sie waren seinem rigorosen Vorgehen gegen alles, was napoleonisch hieß, zu danken. Er war der richtige Mann, das brauchbarste Werkzeug für Metternichs Pläne, um so mehr, da er sich nicht nur aus Politik, sondern wirklich und echt in Marie Louise verliebte.

Seit der Schweizer Reise waren sie sich jeden Tag nähergekommen. Graf Neipperg hatte sich durch aufrichtige Ergebenheit und seinen angenehmen Charakter täglich mehr die Sympathie seiner jungen Gebieterin erworben. Seine gesellschaftlichen Talente kannten tausend Wege und Mittel, ihr das Leben angenehm und abwechslungsreich zu gestalten. Er besaß die Gabe zu reden, zu erzählen, zu unterhalten. Stundenlang konnte Marie Louise ihm mit immer neuer Aufmerksamkeit zuhören. Er erriet ihre leisesten Wünsche. Er war ihr unermüdlicher Begleiter, ihr Berater. Er vertrat ihre Interessen wie seine eigenen. In ihm hatte sie einen wahren Freund gefunden, einen Freund fürs Leben. Und er sprach ihr von Liebe mit einer hinreißenden Leidenschaft, die ihr neu war. Er verstand ihr Gefühlsleben, die sentimentale Seite in ihr. Er begeisterte sich wie sie an einem schönen Spaziergang aufs Land, an den Ufern eines grünen Bergsees, er liebte wie sie die Natur, die Blumen, die Tiere. Alles, was sie mit ihm gemeinsam genießt, ist Erlebnis, ist unvergleichlich schön. Nie eine Mißstimmung, nie eine Enttäuschung! Schließlich kann sie ihn nicht mehr entbehren.

Am 4. Oktober trafen sie gemeinsam in Wien ein. Hier tagte seit Ende September der Kongreß, von dem der Prince de Ligne sagte, er „tanze, aber er gehe nicht vorwärts". Und wirklich, es war ein Leben in der Kaiserstadt, eine ununterbrochene Kette von Festlichkeiten, wie man es lange nicht mehr gesehen hatte. Wien war angefüllt mit Fremden. Kaiser und Könige mit ihren Höflingen, Fürstlichkeiten, Diplomaten von höchstem Range, Militärs waren zusammengekommen, um über die Rechte der

Völker und über die vakanten Throne der Napoleoniden zu verhandeln. Von der Hofburg zum Palais Schwarzenberg, nach
Schönbrunn und Laxenburg, sah man täglich den elegantesten
Korso vornehmer Equipagen, Reiter und Reiterinnen. Man pro-
menierte, man scherzte und lachte und konversierte deutsch, französisch, englisch, russisch, ungarisch, dänisch, schwedisch, spanisch, portugiesisch; es war ein sinnverwirrendes Sprachengewirr
auf den Straßen Wiens und in den Salons der hohen Aristokratie.
Der Reichtum mancher am Kongreß teilnehmenden Fürstlichkeiten überschritt alles bisher Gesehene. Der österreichische Hof
selbst bemühte sich, seinen hohen Gästen das Beste und Schönste
zu bieten, was es an Genüssen gab. Bälle, Redouten, Konzerte,
Oper, Theater, Paraden und Schaustellungen wechselten in der
Wiener Stadt ab mit offiziellen Empfängen, Reden und Zu-
sammenkünften. Kaiserin Ludovika, die schöne, junge, geist-
reiche Fürstin, war trotz ihres Lungenleidens der Mittelpunkt.
Marie Louises Niedergang bedeutet für sie den Aufstieg zu
Ruhm und Prunk. Während die einstige Kaiserin der Franzosen als ruhige Zuschauerin das seltsame Spiel des Wiener Kongresses an sich vorüberziehen läßt, genießt ihre junge Stiefmutter
alle Genüsse in vollen Zügen. Sie ist es, die alle Pracht und Herr-
lichkeit des Wiener Hofes zur vollen Geltung entfaltet. Alle
Souveräne und Staatsmänner, darunter Talleyrand als ihr
größter Bewunderer, huldigen dieser schönen, jungen Kaiserin. Sie
ist wie beschwingt, endlich von dem Alpdruck Napoleons befreit
zu sein. Und ganz Wien war es. Abseitsstehende Beobachter hatten
das Empfinden, als ob die Welt sich in einen Strudel von Vergnügungen gestürzt hätte, um so rasch wie möglich die Leiden
der vielen Kriege der letzten Jahre zu vergessen. Aber trotzdem
wurde auf dem viel gelästerten Wiener Kongreß eine große
fruchtbare Arbeit geleistet. Zwei hervorragende Diplomaten, der
eine hervorragend durch seine hohen politischen Fähigkeiten, der

andere durch seinen Geist, seine Erfahrenheit und Schlauheit, standen an der Spitze dieses denkwürdigen Kongresses: Metternich und Talleyrand! England hatte seinen bedeutendsten Staatsmann, Viscount Castlereagh, Zweiten Marquis Londonderry, gesandt, und Rußland war neben vielen bedeutenden Politikern in der Hauptsache durch den Günstling der Kaiserin Elisabeth, der Gattin Alexanders, durch den klugen Fürsten Czartoryski und den überlegenen Freiherrn vom Stein vertreten. Wilhelm von Humboldt und der äußerst vornehm wirkende Fürst Hardenberg führten mit großem Geschick die Geschäfte des Königs von Preußen.

Auch Marie Louise, die Herzogin von Parma, brauchte einen Fürsprecher auf diesem Kongreß, der sie des kleinen Herzogtums Parma zu berauben drohte. Die Bourbonen gönnten dem Sohne Napoleons nicht einmal diesen winzigen Thron, ungeachtet der Vertrag von Fontainebleau alle Rechte Marie Louises und ihres Sohnes klargestellt hatte. Da setzte Graf Neipperg sich für die Herzogin von Parma ein. Mit seiner unwiderstehlichen Redekunst stellte er den erstaunten Mitgliedern des Kongresses vor, wie nachteilig eine derartige Verletzung des Vertrages sei. Er bot alles auf, dem für seine junge Herrin gefahrdrohenden Widerstand entgegenzutreten. Marie Louise nahm seine glühende Verteidigung ihrer Interessen mit Stolz und Freude auf. Niemand, nur die ganz Vertrauten wußten, daß sie während der Sitzungen hinter einer Portière verborgen den Verhandlungen zuhörte, wenn Neipperg seine Widersacher beinahe zum Schweigen brachte. Noch nie hatte sich jemand so für sie eingesetzt. Auch sonst hatte sie Gelegenheit, seine treue Ergebenheit für sie zu bemerken. Als der von Napoleon zum Herzog ernannte Josef Freiherr von Dalberg, der Schwiegersohn Frau von Brignolles und Vertreter der Bourbonen, einmal auf einem Ball in der Hofburg zu Neipperg in erregtem Tone sagte: „Eure Erzherzogin wird ihr Herzogtum nie erhalten. Es ist vollkommen überflüssig, daß man sich so lebhaft dafür interessiert. Die verbündeten Mächte werden nimmermehr dulden, daß die Familie Bonaparte über irgend ein unabhängiges Fürstentum gebiete", nahm Graf Neipperg seinen Hut, verneigte sich kalt vor dem unverschämten Diplomaten und verließ die Burg. Nie oder nur selten duldete er, daß Marie Louise an einem der Feste des Kongresses teilnahm. An keiner Jagd, keiner Wagen- und Schlittenfahrt durfte sie sich beteiligen. Es war ihm nicht recht — nicht nur aus diplomatischen, sondern hauptsächlich wohl aus persönlichen Gründen —, daß man die Exkaiserin in Wien ebenso feiern wollte wie Maria Ludovika. Der König von Sachsen, der schöne und elegante Zar Alexander waren häufig Gäste Marie Louises in Schönbrunn. Besonders aber der noch junge Witwer Friedrich Wilhelm III. von Preußen schien mehr als nur gesellschaftliches Interesse für Marie Louise zu haben. Er frühstückte eine Zeitlang fast täglich in Schönbrunn an ihrer Tafel. Seine Besuche häuften sich derart, daß man in der Öffentlichkeit bereits von einer Brautwerbung sprach. Aber Graf Neipperg wachte auch hier über sie und ihre Hand. Abgesehen davon, daß sie nicht geschieden war und erst des Dispenses des Papstes bedurft hätte, riet er Marie Louise dringend davon ab, eine zweite politische Verbindung einzugehen, besonders diese, die weder Preußen noch Österreich nützen könne, ebensowenig wie einst Frankreich und Österreich von ihrer Ehe mit Napoleon Nutzen gehabt hätten. Marie Louise dachte selbst nicht im entferntesten daran, Königin von Preußen zu werden. Sie liebte Neipperg, und Metternich wußte von diesem Augenblick an, daß er sich in der Wahl dieses geschickten Diplomaten nicht geirrt hatte. Der General genoß ihre ganze Gunst. Niemand zweifelte mehr daran. „Wie soll ich Ihnen all dies danken, Graf?" sagte sie eines Tages in Gegenwart ihrer Hofdamen zu ihm. Und er antwortete rasch: „So dürfen mich Eure Majestät nicht fragen. Sie wissen, es gibt keinen Dienst auf der Welt, zu dem ich nicht mit Freuden für Eure Majestät bereit wäre, und geschähe es auch um den Frieden meiner Seele!" Er war, wie Méneval sich in einem Brief an Lavalette ausdrückt, „Herr ihres Geistes und ihres Körpers". Aber Marie Louise hielt es unter ihrer Würde, mit ihren Gefühlen Versteck zu spielen. Sie machte jetzt kein Hehl mehr daraus, daß sie den Grafen bevorzugte. Sie zeigte sich fast nur in seiner Begleitung. Sie ritt oder fuhr mit ihm aus. Er war ihr Partner beim Billardspiel, er musizierte mit ihr, wenn sie Gäste bei sich hatte. Er war bei den Malstunden zugegen, die sie bei Isabey nahm, als er in Wien sein großes Gemälde des Wiener Kongresses beendete. Wo sie auch ist, überall ist Neipperg! Auch an ihren literarischen Abenden in Schönbrunn ist er zugegen. Er ist der Arrangeur ihrer Gesellschaften. Er zieht bedeutende oder interessante Menschen in ihren Kreis. So den berühmten Zacharias Werner, jenen Doppelmenschen, der morgens seine hinreißenden Kanzelreden hält und abends in Schönbrunn und in den Wiener Salons seine schauspielerische und dichterische Begabung leuchten läßt. Marie Louise ist glücklich. Sie langweilt sich nicht. Sie ist nie mehr allein. Sie führt ungestört ihr Leben — fast das Leben einer hohen Bürgersfrau. Zu ihrem Vater hat sie gleich bei ihrer Rückkehr nach Schönbrunn gesagt, sie wolle als „Particulière" leben. Und man verwehrt es ihr nicht. Graf Neipperg nimmt ihr alles Geschäftliche, alles Unangenehme ab. Sie hat vorläufig keine verantwortungsvollen Entscheidungen zu treffen. Man verlangt nicht von ihr zu repräsentieren — nichts — nichts von alledem, was man in Frankreich in der letzten Zeit besonders von ihr forderte. Ihr kleiner Sohn gedeiht prächtig. Er kutschiert im Schönbrunner Park auf einem kleinen Ponywagen herum oder spielt mit einer Altersgenossin, die man ihm zur Gesellschaft gegeben hat. „Ich bin so glücklich in meinem kleinen Winkel", gesteht Marie Louise der Freundin Viktoria. „Meinen Sohn sehe ich sehr viel. Er wird von Tag zu Tag schöner. Ich habe ihn noch nie so gesund und frisch gesehen." Er war nun bald vier Jahre alt und sah ihr sehr ähnlich, obwohl sie es immer bestritt. Sie behauptete, der kleine Napoleon, der nun Franz Karl Prinz von Parma hieß, gleiche dem großen Napoleon. Sie hörte es nicht gern, wenn man das Gegenteil behauptete.

Im allgemeinen zeigte Marie Louise auch jetzt noch eine ausgesprochene Vorliebe für alles Französische. Das wurde ihr in Wien selbstverständlich stark verübelt. Man fand es nicht mit Unrecht lächerlich, daß sich die entthronte Kaiserin noch immer so benahm, als sei Napoleon noch der Herrscher über Frankreich. Man tadelte sie wegen ihres angeblichen Stolzes. Sie grüßte niemand im Schlosse, wie man das von den anderen Mitgliedern des Wiener Hofes jederzeit gewöhnt war. Die Leutseligkeit, die sie als Erzherzogin besessen hatte, schien sie in Frankreich verlernt zu haben. Aber wir wissen, welchen Hemmungen Marie Louise unterworfen war. Daß sie immer noch die kaiserlichen Wappen an ihren Wagen führte, daß ihre Dienerschaft noch immer die französischen Livreen trug, darüber war man empört. Aber erst, als dies bei Gelegenheit einer Ausfahrt die Unzufriedenheit der Passanten zu lauten Bemerkungen herausforderte, ließ Marie Louise auf Anraten des Grafen Neipperg das napoleonische N durch ein M L ersetzen. Es ist übrigens zu verwundern, daß der General nicht schon früher darauf bestand, da er doch alles, was mit Napoleon zusammenhing, haßte. Marie Louise scheint ihm in dieser Beziehung nicht nachgegeben zu haben. Auch später, in Parma, waren ihre Zimmer angefüllt mit Andenken und Bildern aus der napoleonischen Glanzzeit. Sie fühlte sich, das wußte auch Neipperg, am wohlsten in ihrer französischen Umgebung. Sie hatte zwar aufgehört, Kaiserin der Franzosen zu sein, aber die Erinnerung an all den Glanz und

den Ruhm, den Napoleons Genie und Macht um sie herum entfaltet hatten, war noch nicht in ihr erloschen. Sie lebte indes
nur in der Erinnerung daran. Die Zeremonien und Etikette, die
mit diesem Glanz des Kaiserthrones von einst verbunden waren,
hatte sie aus ihrer Nähe verbannt. Sie führte wirklich ganz das
Dasein einer „Particulière" und fügte sich schneller in ihre veränderte Lage, als man gedacht hatte. Sie stand völlig unter dem
Einfluß ihres Vaters und Neippergs. Einige ihrer französischen
Höflinge waren übrigens wieder nach Paris zurückgekehrt,
wie Frau von Montebello, Corvisart und Caffarelli. Frau von
Brignolle war im Begriff, die Welt für immer zu verlassen. Sie
starb bald nach der Rückkehr Marie Louises nach Schönbrunn.
So sehr die Kaiserin alle diese Verluste ihrer Getreuen beklagte,
solange Graf Neipperg sie nicht verließ, fühlte sie sich glücklich.
Er hatte es endlich doch erreicht, daß sie Parma behielt. Nur
ihrem Sohn war die Erbschaft darauf abgesprochen worden.
Marie Louise mußte sich verpflichten, ihn ohne Thron und ohne
Vermögen in Schönbrunn bei ihrem Vater zu lassen. Sie fügte
sich auch diesem Verlangen. Was hätte ihr schließlich der Widerstand genützt? Was hätte sie ausrichten können vor allen diesen
erfahrenen und gerissenen Diplomaten? Und war nicht Neipperg
auch der Meinung, es sei besser, der König von Rom werde als
Erzherzog in Schönbrunn erzogen? Wußte sie ihn nicht im
Schutze ihres Vaters am besten aufgehoben? So ging sie auf
alles ein und begrub damit Napoleons letzte Hoffnung, seine
Frau und seinen Sohn in Elba wiederzusehen. Er hatte keinen
Erben mehr. Seine Dynastie war vernichtet. Der Sohn, den er so
heiß ersehnt hatte, war nicht mehr sein Sohn. Marie Louise
mußte auch dieses schwerste Opfer für die Politik, für die Aufrechterhaltung des Weltfriedens bringen. Napoleon selbst hat ihr
nie deshalb einen Vorwurf gemacht. Er war stets ihr Verteidiger
und sagte sogar noch in Sankt Helena, als er längst wußte, wel-

chen Einflüssen Marie Louise unterlegen war: „Sie hatte nicht die Möglichkeit, anders zu handeln." Daß sie trotz allem auch 1815 Napoleon noch nicht ganz vergessen hatte, beweist ihr Neujahrsbrief aus diesem Jahre an ihn. Sie feiert noch wie in Frankreich den ersten Tag des Jahres mit großen Geschenken an ihre Umgebung. Für den kleinen Prinzen von Parma veranstaltet sie am Tage der Heiligen Drei Könige eine Kindergesellschaft mit einem Bohnenfest, an dem alle ihre Geschwister und der jüngste Erzherzog Franz, der damals elf Jahre alt war, teilnahmen. Aber der „kleine Bonaparte" erfreute sich trotz seiner Schönheit und seines liebenswerten Charakters nicht der Zuneigung aller Familienmitglieder des Hauses. Wirkliches und aufrichtiges Interesse fand der Prinz nur bei seinem Großvater, dem Kaiser Franz, und bei den Schwestern Marie Louises, die das Kind vergötterten. Die Kaiserin Maria Ludovika übertrug die Abneigung, die sie für Napoleon stets empfunden und nie verleugnet hatte, auch auf seinen Sohn. Sie und ihre Umgebung sprachen ganz offen davon, er müsse, wenn er erwachsen sei, Geistlicher werden. Oft mußte Kaiser Franz seine Frau daran erinnern, daß Marie Louise solche Gespräche zu Ohren kommen und tief verletzen könnten. Und nicht nur über die Zukunft des kleinen, sondern auch über das fernere Geschick des großen Napoleon wurde in den Hofkreisen, vor allem aber unter den Diplomaten des Kongresses, diskutiert. Napoleon auf Elba bedeutete noch immer eine Gefahr. Man wußte, er war zu allem fähig. Über kurz oder lang mußte man ihn von Elba wegschaffen. Die Insel war Italien und Frankreich zu nahe. Talleyrand sprach von den Azoren — fünfhundert Meilen von jeglichem Festland entfernt! Andere nannten Sankt Helena. Seinen Sohn müsse man so erziehen, daß jede Erinnerung an den Vater und an Frankreich in ihm ausgelöscht werde. Und es machte sich bereits in der Umgebung des kleinen Prinzen von Parma jener

Kampf bemerkbar, dem er bis an sein frühes Ende ausgesetzt war. Die einen bemühten sich, aus ihm einen österreichischen Erzherzog zu machen, die anderen wollten ihn für Frankreich erhalten. Nur Marie Louise stand diesem Kampfe fern. Sie war Mutter und liebte ihn um seiner selbst willen. Es war auch nicht anders möglich, als dieses reizende und intelligente Kind zu lieben. Blonde, seidenweiche Locken umgaben sein frisches Knabengesicht, und die schönen, tiefblauen Augen waren von langen Wimpern beschattet. Für sein Alter wußte er schon sehr viel. Er hatte bereits Unterricht. Er konnte mit vier Jahren lesen und sogar etwas schreiben. Er verstand sich in drei Sprachen auszudrücken. Französisch und Italienisch sprach er leicht, nur Deutsch wollte er – wie fast alle Kinder, deren Muttersprache dem lateinischen Sprachstamm angehört – nicht gern sprechen. Die Aussprache war ihm zu schwer. Aber seine Auffassungskraft war verblüffend. Er stellte Fragen und gab Antworten, die seine Umgebung oft in die größte Verlegenheit brachten. Trotzdem er noch sehr klein war, als er Paris verlassen mußte, schien er nichts vergessen zu haben, was er dort gesehen, gehört und erlebt hatte. Als eines Tages der achtzigjährige Prince de Ligne ihm einen Besuch machte und man dem kleinen Prinzen von Parma sagte, er sei ein Marschall, fragte er mit prüfendem Blick auf den alten Herrn: „Ein Marschall? Vielleicht einer von den Marschällen, die meinen Papa verlassen haben?" Merkwürdigerweise brachte Neipperg diesem kleinen Sohn Napoleons keinen Haß entgegen. Im Gegenteil, er trat für dessen Rechte als Prinz von Parma ein, allerdings, wie erwähnt, ohne Erfolg.

So standen die Dinge in Wien, als die Nachricht von Napoleons Rückkehr aus Elba mitten in den Kongreß wie eine Bombe platzte. Oder vielmehr inmitten eines glänzenden Festes, das der Kaiser Franz und Ludovika den Kongreßbeteiligten zu Ehren in der Burg veranstalteten. Es wurden gerade lebende

Bilder gestellt. Die schönsten Frauen des Hofes, die reizende Herzogin von Dino, geborene Prinzessin Dorothea von Kurland, Talleyrands Nichte, Gräfin Fuchs, die Herzogin von Sagan, die Töchter und Frauen der auswärtigen Gesandten, entzückten die Zuschauer durch ihre graziösen Posen. Plötzlich ein Gemurmel, ein Getuschel! Man wird nervös im Zuschauerraum. Einer flüstert es dem anderen zu: „Er hat Elba verlassen! Er ist in Cannes gelandet!" — „Wer?" — „Bonaparte!" — „Unmöglich!" — Und mit einemmal sind lebende Bilder und alles vergessen! Die einen freuen sich, die anderen zeigen besorgte Mienen. Talleyrand meint ironisch: „Diese Farce wird Bonaparte den Garaus machen!"

Die offizielle Nachricht von der Entweichung Napoleons aus Elba traf am 7. März 1815 früh in Wien ein. Der österreichische Generalkonsul in Genua hatte sie an Metternich gesandt. In wenigen Minuten war der Fürst beim Kaiser. Und bald darauf sprengten die Adjutanten der Verbündeten in ganz Wien herum und nach allen Richtungen, um die noch auf dem Rückmarsch befindlichen Truppenteile haltmachen zu lassen. Denn es gab neuen Krieg. Die Lustbarkeiten, die rauschenden Feste fanden ein jähes Ende. „Der Kongreß glich einem Schauspiele bei brennendem Hause", schrieb Gräfin Elisa von Bernstorff, die Gattin des dänischen Gesandten. „Der letzte Akt wurde den Künstlern erlassen. Man dachte in diesem Augenblick nur an Rettung."

Graf Neipperg begab sich sofort zu Marie Louise, um sie von dem Geschehenen zu unterrichten. Ihm folgte Metternich nach seiner Audienz beim Kaiser. Gern hätte man die Nachricht vor der französischen Dienerschaft der Herzogin von Parma geheimgehalten. Aber niemand war dazu imstande. Ganz Wien war davon erfüllt. Mit Spannung erwartete man, was Marie Louise nun beginnen werde. Die Franzosen in ihrer Umgebung jubelten natürlich. Unter ihnen wurde der Tag in Schönbrunn als Freu-

dentag gefeiert, und niemand genierte sich, „Vive l'Empereur!"
zu rufen. Auf den Treppen und Gängen im Schlosse umarmten
sich die Diener Marie Louises und weinten vor Freude. Es war
vorauszusehen, daß sie für ihr voreiliges Benehmen bestraft
wurden. Sie mußten Wien und Marie Louise verlassen. Graf
Neipperg sorgte dafür. Es war seine Pflicht. Hätte er anders gehandelt, man würde ihn des Verrats angeklagt haben, denn er
stand im Dienste des Kaisers Franz und nicht im Dienste Napoleons. Wie die Dinge lagen, konnte er nicht auf der einen Seite
die Interessen Österreichs vertreten und auf der anderen dulden,
daß man Napoleon mit offenen Armen empfing. Zum mindesten
hätten die Franzosen in Schönbrunn abwarten müssen, wie die
Ereignisse sich entwickelten. Vieles wäre dann vielleicht auch für
Marie Louise leichter geworden. Sie hatten sich also ihre Verabschiedung und ihr Mißgeschick selbst zuzuschreiben. Übrigens
war ja auch Marie Louises napoleonische Gesinnung inzwischen
arg ins Wanken geraten, nicht aber ihr menschliches Empfinden
für Napoleon. Als sie von Neipperg die Nachricht von dem
waghalsigen Unternehmen des Kaisers erfuhr, war ihr erster
Gedanke an die Gefahr, deren er sich dadurch aussetzte. Sie
glaubte nicht an ein Gelingen. Sie dachte wieder, wie sie es schon
einmal an Frau von Montebello in einem Briefe ausgedrückt hatte,
daß Napoleon „wirklich außerordentlich inkonsequent und
leichtfertig" sei. Mit seiner Rückkehr setze er alles aufs Spiel.
Vor ihr lag die Zukunft düsterer denn je. Sie stand wieder vor
einer Entscheidung. Wenn es Napoleon dennoch gelänge, sich
wieder dauernd auf seinem Thron zu befestigen, konnte er sie
zum mindesten zwingen, ihm seinen Sohn zu schicken. Und wie
sie ihn kannte, würde er auch alles versuchen, sie wiederzube-
kommen. Ihr Vater glaubte anfangs, Napoleon werde sich nach
Italien wenden. Als er erfuhr, Frankreich sei sein Ziel, legte sich
sein Zorn etwas. Er sprach sogar Marie Louise gegenüber die

Hoffnung aus, daß sie vielleicht doch die Erlaubnis erhalten werde, zu ihrem Mann zurückzukehren, natürlich nur im Fall Napoleons Absichten friedliche wären. Die einzige, die am Wiener Hof keinen Zweifel über die Rückkehr Marie Louises zu ihrem Mann gelten lassen wollte, war die ärgste Feindin Napoleons, nämlich Marie Karoline von Neapel. Diese antifranzösische Großmutter Marie Louises, die in das Herz des Kindes die ersten Keime des Hasses gegen den „Usurpator" gelegt hatte, war jetzt aus menschlichem Gefühl seine Fürsprecherin: „Warum gehst du nicht zu ihm?" fragte sie ihre Enkelin. Marie Louise erwiderte, sie könne nicht, man halte sie zurück. „Ach was", sagte die resolute Königin, „wenn man verheiratet ist, gehört man zu seinem Mann. Man knüpft die Bettücher ans Fenster und entflieht, wenn es nicht anders geht." Sollte diesem Rat der alten Königin von Neapel, der von der ganzen Welt als heroisch bezeichnet wird, nicht ein wenig Haß gegen Neipperg zugrunde gelegen haben? Seinen Verhandlungen mit Murat war es nämlich gelungen, daß dieser nach dem Sturz Napoleons sein Königreich Neapel behalten durfte, auf das eigentlich Marie Karoline rechtmäßige Ansprüche hatte. Marie Louise lag jetzt übrigens nicht mehr viel daran, zu Napoleon zurückzukehren. Ihr Herz war nicht mehr frei. Zu ihrem alten Sekretär, dem Vertrautesten ihrer Gedanken, sagte sie offen, sie wolle niemals mehr nach Frankreich zurück, denn sie habe keinen Glauben an die friedlichen Gesinnungen des Kaisers. Er werde der Welt niemals den Frieden schenken. Aber am nächsten Tag dachte sie anders. In einem erneuten Gespräch wurde die Frage ihrer Rückkehr berührt und sie meinte: „Sollte Napoleon wider Erwarten auf seine Eroberungspläne verzichten und in Frieden regieren wollen, dann, ja dann wäre ich nicht abgeneigt, nach Paris zurückzugehen, denn ich habe immer ein Faible für die Franzosen gehabt."

MARIE LOUISE

Aber diesmal machte die Politik Talleyrands einen dicken Strich durch die Absichten der Herzogin von Parma, und die Liebe zu Neipperg siegte über alle guten Vorsätze. Er wurde offiziell zu ihrem Hofmarschall ernannt. Ihr französischer Hofstaat löste sich nach und nach ganz auf. Die letzten Franzosen verließen sie auf Befehl Metternichs. Auch Ménevals und Frau von Montesquious Bleiben konnte nicht mehr von langer Dauer in Schönbrunn sein. Marie Louise schrieb auf Veranlassung des Grafen Neipperg jenen Brief an den Grafen Magawli-Cerati, den Statthalter von Parma, daß sie für immer nur Herzogin von Parma sein und nie wieder nach Frankreich zurückkehren wolle. Bereits im September 1814 hatte sie sich Frau von Montebello gegenüber in diesem Sinne geäußert. Fast in jedem Briefe an die Vertraute spricht Marie Louise von Neipperg. Von Parma! Er hatte es fertiggebracht, es in ihren Augen als das Land der Verheißung hinzustellen. Dort werde sie frei sein, frei in ihren Handlungen, frei in ihren Bewegungen, frei von aller Bevormundung. Und so wünschte sie nichts weiter, als bald mit ihm dort zu sein.

Napoleons Sehnsuchtsrufe gelangen nicht mehr zu Marie Louise. Am 8. März schreibt er ihr zum erstenmal aus Grenoble und bestellt sie für den 21. nach Paris, wo er sein werde, sie und seinen Sohn zu empfangen. Am 11. schickt er ihr aus Lyon mit einem zweiten Brief seine Proklamation an die Franzosen. Die Soldaten haben sich auf seinem Marsche nach Paris ihrem alten Kaiser zu Füßen geworfen, sich die weißen Kokarden von den Hüten gerissen und durch die Trikolore ersetzt, und dann sind sie gemeinsam mit ihrem Kaiser nach der Hauptstadt marschiert! General Bubna empfängt dieses Schreiben Napoleons an Marie Louise; alle Minister und Staatsmänner des Kongresses lesen es nebst der Proklamation, nur Marie Louise erfährt nichts davon. Fast jeden Tag schreibt Napoleon. Keine Antwort. Am 26. schickt

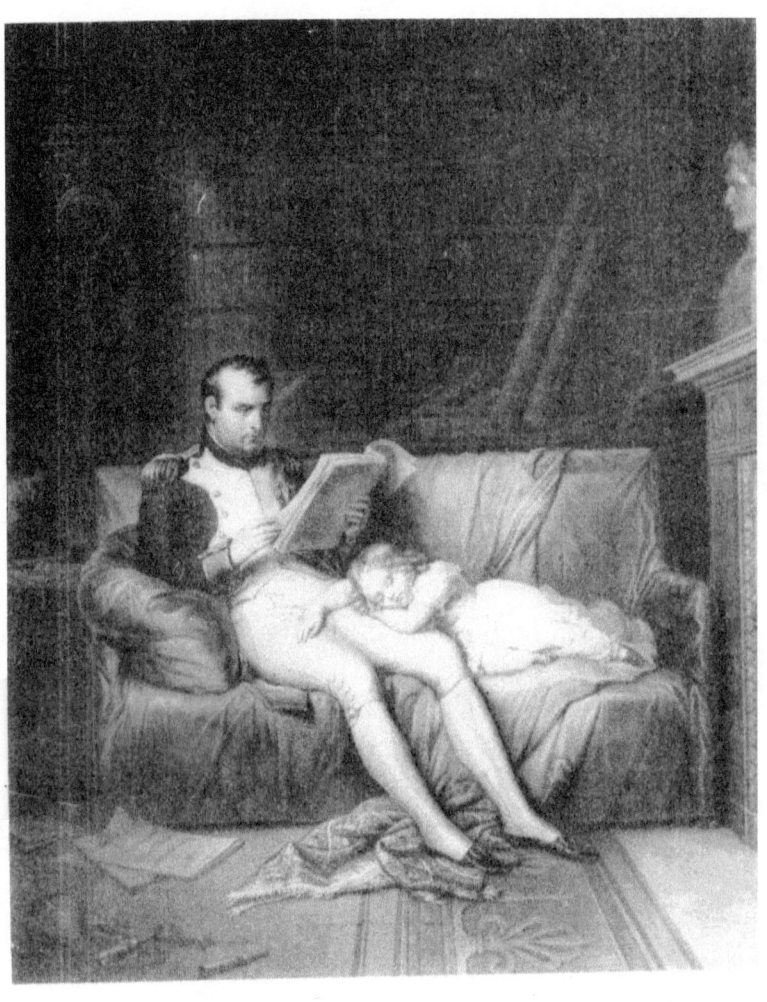

Napoleon und der kleine Herzog von Reichstadt
Nach einem Gemälde von Steuben

er Herrn von Montrond, einen Freund Talleyrands. Frau von Montesquiou und der Sekretär verbrennen diesen Brief, damit er nicht in die Hände des Kaisers Franz falle, denn Marie Louise hat versprochen, jedes Schreiben Napoleons ihrem Vater zu zeigen. Und am 20. März ist Napoleon wirklich wieder Herr über Frankreich. Das erste ist, seine Frau davon zu benachrichtigen. Er hat ja seinem Sohn den verlorenen Thron wiedergewonnen! Seine gute Louise fehlt ihm allein zu seinem Glück. So gehen die Briefe wochenlang weiter, ohne eine Antwort von ihr zu erlangen. Sie hatte sich gleich nach dem Eintreffen der Nachricht von der Landung Napoleons in Cannes auf Anraten Neippergs in den Schutz ihres Vaters gestellt. In einem Schreiben an Metternich versicherte sie, daß sie unschuldig an den Plänen des Kaisers Napoleon und seiner Rückkehr sei und damit nicht das geringste zu tun habe. Ihr Schreiben wird sofort den Kriegsbevollmächtigten überbracht und in der stattfindenden Sitzung vorgelesen. Die Mächte haben ihren Gatten längst als den Feind und Störer der Ruhe der Welt für vogelfrei erklärt und der öffentlichen Rache ausgeliefert. Er hatte durch seine Rückkehr auch Marie Louises und seines Sohnes Lage in den Augen der Verbündeten nicht verbessert, sondern verschlechtert. Man dachte jetzt nur noch daran, Napoleon und seine ganze Familie unschädlich zu machen. Es war für sie nicht schwer, ihm ein gewaltiges Heer entgegenzustellen, das ihn erdrücken mußte.

Es konnte auch Napoleon nicht verborgen bleiben, daß er eine ganze Welt von Feinden gegen sich hatte. Er versuchte es daher erst mit Friedensversicherungen. Vieles hatte sich in seiner Abwesenheit in Frankreich geändert. Nachdem die Franzosen unter der „Restauration" eine freisinnige Verfassung erhalten hatten, fühlten sie keine Lust mehr, sich unter Napoleon zu beständigen Kriegen und Soldatenaushebungen zwingen zu lassen. Man wünschte auch in Frankreich einen dauernden Frieden. Napoleon bemühte sich daher sichtlich, Europa von seiner eigenen Friedfertigkeit zu überzeugen. Der Frieden scheint ihm auch das einzige Mittel, Frau und Kind wieder zu erhalten. Und so macht er noch einen letzten Versuch, sie zurückzufordern. Er schreibt an Marie Louise, und Flahault soll den Brief überbringen. Gleichzeitig geht aber auch ein Schreiben an Franz und an den Zaren ab. Dem Zaren spricht er von seinem aufrichtigen Bestreben, der Welt den Frieden zu geben. Den Kaiser Franz erinnert er an dessen eigenen starken Familiensinn. Er appelliert an des Kaisers Liebe als Gatte und Vater. „Ich kenne zu genau die Grundsätze Eurer Majestät, ich weiß genau, welchen Wert Sie auf die Zuneigung Ihrer Familie legen, um nicht das glückliche Vertrauen zu haben, daß Sie sich, wie auch Ihr Kabinett und seine Politik verfügen mögen, sich beeilen werden, dazu beizutragen, den Augenblick der Wiedervereinigung einer Frau mit ihrem Manne, eines Sohnes mit seinem Vater, herbeizuführen." — Und dann kommt noch einmal am 4. April ein Brief an Marie Louise. Es klingt fast wie ein Schrei nach der Frau, nach der er sich sehnt: „Ich habe Dir so oft geschrieben, meine gute Louise. Ich habe Dir vor drei Tagen Flahault gesandt. Ich schickte Dir einen Mann, um Dir zu sagen, daß alles sehr gut gehe. Ich werde vergöttert und bin Herr über alles. Nur Du fehlst noch, meine gute Louise, und mein Sohn. Komme sofort! Komme, ich erwarte Dich in Straßburg! Der Überbringer dieses Briefes wird Dir erzählen, welcher Geist in Frankreich herrscht. Leb wohl, meine Freundin. Ganz der Deine."

Nichts — kein Lebenszeichen von ihr! Nur von Méneval einen Brief, den Montrond zurückbringt. Es ist die Antwort auf den, den er verbrannt hat. Méneval bringt es dem Kaiser schonend bei, daß Marie Louises Herz nicht mehr ihm gehört. „Man hat alle Mittel angewendet, um die Kaiserin in den sechs Monaten von Ihnen zu entfernen." Er schiebt es auf die Politik, auf Marie Louises Jugend, ihre Unerfahrenheit. Er verschweigt ihm die Liebe zu Neipperg. Er verschweigt ihm das größte, das natürlichste Hindernis einer Rückkehr Marie Louises! Niemand denkt an den Menschen, an die Frau in der Kaiserin. Sie liebte einen anderen. Konnte sie mit dieser Liebe im Herzen, nachdem sie sich dem anderen ganz ergeben hatte, wieder Napoleons Frau sein? Mußte sie nicht als anständiger Mensch jetzt von ihm fernbleiben? Sie hatte sein Unglück, seine Verbannung nicht mit ihm geteilt. Sie war nicht gekommen, um mit ihm als entthronte Kaiserin in der Verbannung zu leben. Konnte sie jetzt wirklich wieder zu Napoleon kommen, nachdem er von neuem groß, von neuem der Herrscher über Frankreich war? Marie Louise war ein gerader, offener Charakter. Sie war nicht leichtfertig. Sie liebte jetzt Neipperg ebenso treu, wie sie einst Napoleon geliebt hatte, nur liebte sie ihn anders, mehr als ihn. Es wäre ihr nicht möglich gewesen, Neipperg jetzt aufzugeben. Aber ebenso unmöglich wäre es ihrem gutbürgerlichen Sinn erschienen, ihn als Geliebten mit nach Frankreich zu nehmen und vor der Welt Napoleons Frau zu sein. Sie konnte nicht mehr zurück zu Napoleon. Sie dachte nicht an seinen Sohn. Und Napoleon mußte schließlich begreifen, daß er ohne den Träger seiner Dynastie, für den er die Heirat gewollt hatte, fortan leben müsse. Er ließ die Söhne Hortenses zu sich kommen. Lange liebkoste er die beiden Knaben. Er schien auf sie alle Liebe übertragen zu wollen, die er für seinen eigenen fernen Sohn empfand. Gern zeigte er sich mit den beiden Prinzen in der Öffentlichkeit. Das Gefühl, daß er dem Volke doch einen Erben hinterlassen könne, schien ihn außerordentlich zu befriedigen. Denn er wußte, die Franzosen erwarteten die Kaiserin Marie Louise mit ihrem Sohn fast ebenso sehnsüchtig wie er. Wellington selbst schrieb an seine Regierung, er habe oft von den Franzosen sagen gehört: „Wenn sie nicht kommt, sind

wir verloren. Ihr Vater wird gegen uns sein." Oft trafen
Meldungen in Paris ein, Marie Louise sei bereits unterwegs.
Aber sie kam nicht. Das Glück eines anderen baute sich auf
Napoleons Ruin auf, wie es meist geschieht. Und dennoch ist es
falsch zu behaupten, Marie Louise habe Napoleon von dem
Augenblick an, da Neipperg in ihr Leben trat, von neuem gehaßt, von neuem verabscheut, wie als Kind. Nein, sie haßte ihn
nicht. Nie hat sie Schlechtes von ihm gesagt. Aber sie liebte ihn
nicht mehr. Und sie vergaß in ihrer neuen Leidenschaft, daß sie
ihn je geliebt hatte. Dieses Vergessen einer Liebe ist ihr weniger
zu verzeihen als alles andere. Kalt konnte sie später zu Viktoria
sagen, sie habe für Napoleon nie besonders stark empfunden.
Die Liebe zu ihm verblaßte gegen die auflodernde Flamme der
Leidenschaft für Neipperg. Man tat außerdem alles, um den
Mann, dessen Frau sie vier Jahre gewesen war, in ihrer Erinnerung herabzusetzen. Man trug ihr alle seine Liebesverhältnisse
während seiner Ehe mit ihr zu. Man redete ihr ein, Napoleon
habe sie nie wahrhaft geliebt. Es sei alles nur Berechnung, nur
Politik gewesen, Eitelkeit, weil sie seinem Namen Glanz, seinem
Thron Ruhm und den Erben gegeben habe. Auch jetzt sehne er
sich nicht nach ihr, sondern nur nach seinem Sohn, dem Träger
seiner Dynastie. Mußte diese junge Frau, die nichts vom Leben
verstand, die lange allen Leidenschaften der Menschen und der
Welt ferngestanden hatte, nicht an ihm zweifeln? Mußte sie, die
Schwache, nicht einem neuen — wahrscheinlich dem ersten
großen Erlebnis — unterliegen? Als es Napoleon endlich begriff
— Méneval war inzwischen zu ihm nach Paris zurückgekehrt —,
da verwandelte sich seine Sehnsucht in tiefe Wehmut. Wie an
ein Wesen aus einer anderen Welt gedenkt er noch ihrer. Er weiß,
daß sie für ihn verloren ist. Für immer. Auch Flahault, der Geliebte Hortenses, den er nach Wien gesandt hat, um Frau und
Sohn zu holen, kam unverrichteter Sache zurück. Er hatte an der

Grenze umkehren müssen. Österreich erkannte Napoleons Macht nicht an. Méneval allein kann dem Verlassenen von Marie Louise erzählen. Stundenlang unterhält er sich mit dem ehemaligen Sekretär seiner Frau. Er kann nicht genug von ihr und seinem Sohn hören. Eine tiefe Traurigkeit liegt auf seinen Zügen, Méneval will es scheinen, als habe der Kaiser sein Selbstbewußtsein verloren. Auch andere Besucher in den Tuilerien machen diese Beobachtung. Napoleon schien das Gefühl zu haben, daß ihn das französische Volk nicht mehr so unterstütze wie früher. Solange seine Heere siegreich gewesen waren und dem Lande Ruhm und Reichtum verschafften, hatte man alles gern für ihn getan. Aber seit dem russischen Feldzug hatte das Kriegsglück ihn verlassen. Man glaubte nicht mehr an seine Proklamationen, an seine Versprechungen. Die Schlacht bei Waterloo entriß ihm zum zweitenmal den Thron und begrub alle seine Hoffnungen. Ist es wahr, daß er nach dieser Schlacht im Elysée verzweifelt rief: „O Marie Louise, du allein hättest die rettende Hand sein können, die mich vor dem Abgrunde schützte!" Ist es wahr? War das seine Überzeugung? Täuschte er sich nicht? Wäre nicht eine Kette von Kriegen die Folge gewesen, in denen er einmal doch gegen die erwachten Völker unterliegen mußte? Nun erwartete den Geschlagenen, den vom Schicksal Verfolgten eine andere Insel, Sankt Helena, ein kahler Felsen, an dem die Wogen des Ozeans zerschellten!

ZWÖLFTES KAPITEL

DIE MORGANATISCHE EHE

*Erste Trennung — Neippergs Feldzug gegen Murat — Der Briefwechsel mit
dem Geliebten — Seine Siege über Murat und in Frankreich — Der Tod
der Gräfin Teresa Neipperg — Ein Versuch der Napoleoniden, den König
von Rom aus Schönbrunn zu entführen — Napoleon auf der Reise in die
Verbannung — Neipperg als Triumphator*

Während Napoleons Schicksal sich in Frankreich erfüllte, erlebte Marie Louise in Wien den ersten Schmerz der Trennung
von dem Mann, den sie jetzt über alles liebte. Graf Neipperg
wurde im April 1815 nach Italien zur österreichischen Armee geschickt, um Napoleons Schwager Murat zu bekämpfen, der
plötzlich mit 40.000 Mann Neapel verlassen hatte und nach dem
Kirchenstaat marschiert war. Dieses unkluge Verhalten Murats
konnte nicht dazu beitragen, die Mächte von dem Friedenswillen
der Familie Bonaparte zu überzeugen. Im Mai 1814 war es Neipperg gelungen, den schwachen König von Neapel für Österreich
zu gewinnen, und man hatte ihm deshalb sein Königreich gelassen. Nachdem aber Napoleon Elba verlassen hatte, suchte
Murat sich wieder mit ihm dadurch zu versöhnen, daß er ihm
zu Hilfe eilte. Wie zu erwarten, verweigerte Österreich ihm den
Durchmarsch seiner Truppen. Murat rief darauf die Völker
Italiens auf, um sich zu einem einheitlichen Reich zusammen-
zuschließen, und erklärte zum Überfluß Österreich den Krieg.
Die Königin Karoline setzte er nach dem Muster seines großen
Schwagers zur Regentin ein und marschierte nach dem Norden
Italiens. Feldmarschalleutnant Graf Neipperg rückte mit seinen

Österreichern durch die Romagna und Feldmarschalleutnant Freiherr von Bianchi durch Toskana den Neapolitanern entgegen. Marie Louise hatte ihr Herz keinem Unwürdigen geschenkt. Graf Neipperg war ein tapferer Soldat und ein sehr geschickter Feldherr. Vereint mit Bianchi schlug er den ebenso kühnen Reiterführer Murat nach kurzem Feldzug bei Tolentino so vollkommen, daß der König fast ohne Heer nach Neapel zurückkehrte, aber gleich wieder vor der englischen Flotte und dem nachrückenden Neipperg fliehen mußte. Während der Sieger in Neapel einzog, flüchtete Murat nach Frankreich. Hier traf er nur wenige Wochen später wie sein Schwager aus Elba ein. Der wollte indes nichts mehr von ihm wissen, und so begab sich der König ohne Land nach Korsika, um von dort aus mit einer Handvoll Abenteurer sein Königreich aufs neue zu erobern. Fast um dieselbe Zeit, als der einstige Herrscher von Frankreich im Indischen Ozean die kleine Felseninsel als Gefangener betrat, mußte sein tollkühner Schwager in Kalabrien seine Unvorsichtigkeit mit dem Leben büßen. Am 13. Oktober wurde Murat vor ein Kriegsgericht gestellt und erschossen, am 16. landete Napoleon auf der „Northumberland" in Jamestown!

Graf Neipperg hielt sich nach seinem Sieg nicht lange in Neapel auf. Königin Karoline hatte die Stadt erst im letzten Moment verlassen und sich in den Schutz des englischen Schiffes „Tremendious" gestellt, unter dem Befehl des Kapitäns Campbell. Die Plünderung Neapels war bereits im Gange. Da machte General Neipperg dem Treiben der Banditen ein Ende. Ein begeisterter Empfang der Neapolitaner belohnte die Österreicher. Dann verhandelte Neipperg mit der Königin persönlich auf dem „Tremendious". Als aber Karoline für sich und ihre Familie freies Geleit nach Frankreich verlangte, lehnte er diese Forderung rundweg ab. Es blieb der ehemaligen Intendantin des Hofstaates der Kaiserin Marie Louise nichts anderes übrig, als sich

unter den Schutz Österreichs zu stellen. Im Juni traf sie in Triest
ein. Auch ihre glänzende Rolle als Königin von Neapel war aus-
gespielt. Sie dachte indes nicht daran, immer in Österreich zu
bleiben. Sie wandte sich an ihren ehemaligen Bewunderer Metternich. Vergebens! Sie durfte Triest nicht verlassen. Aber sie
hatte an Metternich stets eine Stütze. Ohne ihn wäre Karolines
Lage unzweifelhaft schlechter gewesen. Denn der Hof Ferdi-
nands IV. von Neapel begnügte sich nicht mit dem Tode Murats,
sondern wollte, daß man auch seine Frau unschädlich machte.
Später siedelte Karoline Murat nach Schloß Hainburg in Niederösterreich über, wurde indes streng bewacht wegen der Nähe
der Residenz Marie Louises und des Sohnes Napoleons.

Nachdem Neipperg in Neapel wieder Ordnung geschaffen
hatte, wurde er mit seiner Division von den Verbündeten nach
Südfrankreich gesandt, um in den Departements Gard, Artêche
und Hérault als Gouverneur zu walten. Er leistete auch an dieser Stelle Bedeutendes. Seinem ausgezeichneten Organisations-
talent, seiner Energie war es zu danken, daß es ihm als Befehls-
haber katholischer Truppen gelang, in Nîmes die Protestanten
gegen die Gewalttaten der Katholiken zu schützen. Mit einem
Takt, einer Mäßigung und einem Geschick ohnegleichen verstand
er sich die Sympathie der gesamten Bevölkerung zu erwerben.
Man feierte den General wie einen Gottgesandten. Man errichtete
ihm Triumphbögen, man warf ihm und seinen Truppen Blumen
zu, man brachte ihm Ovationen. Während Marie Louise in
Schönbrunn fast völlig zurückgezogen lebte, trug er in Frankreich, das Napoleon für immer verloren hatte, Lorbeeren davon.
Seine Briefe waren jetzt Marie Louises Trost. Graf Neipperg
schrieb viel und lang. Oft acht bis zehn Seiten. Und sie antwortete ebenso ausführlich. Wir wissen, wie gern Marie Louise Briefe
schrieb. Von Kindheit an war sie gewöhnt, den lebhaftesten Briefwechsel mit ihrem Vater, ihren Erziehern, ihren Geschwistern,

ihrer Freundin und vielen anderen Persönlichkeiten zu unterhalten. Napoleon hatte sie seit ihrer Verlobung stets alles, was
sie erlebte, in ihren Briefen berichtet, wenn er fern von ihr war.
In Neipperg fand sie den geistreichen Schilderer alles dessen, was
sie interessierte. Und seine Briefe befestigten das Band noch stärker, das sie mit ihm verknüpfte. Ist sie ein paar Tage ohne Nachricht von ihm, so wird sie ängstlich und besorgt, es könne ihm
etwas zugestoßen sein.

Was Marie Louises Verbindung mit ihm aber am meisten be-
förderte, war der Tod seiner Frau im April 1815. Er lebte seit
langem unglücklich und getrennt von ihr, einer Italienerin,
namens Teresa Pola. Sie war einst sehr schön gewesen und hinterließ ihm vier Kinder. So stand Marie Louises morganatischer
Heirat nur noch ihre eigene Ehe mit Napoleon entgegen, von
dem sie nicht geschieden war. Es hätte außerdem, wie erwähnt,
eines Dispenses des Papstes bedurft, der indes gewährt worden
wäre, wenn Marie Louise gewollt hätte. Aber sie wollte sich
nicht von Napoleon scheiden lassen, obwohl sie völlig zu Neipperg gehörte. Sie wünschte nur eine gütliche Trennung, wenigstens noch im Mai, als Méneval sie verließ und sich nach Paris
zu Napoleon begab. „Sagen Sie dem Kaiser alles Gute", bat
sie ihn zum Abschied, „ich wünsche ihm nur das Beste. Ich hoffe,
er begreift das Unglück meiner Lage. Ich werde niemals in eine
Scheidung willigen. Ich hoffe, er wird in eine freundschaftliche
Trennung willigen und mir nichts nachtragen. Diese Trennung
ist unvermeidlich geworden. Aber sie wird niemals etwas an der
Achtung und Dankbarkeit ändern, die ich ihm jederzeit be-
wahre." Auch bei ihrem Sohn versuchte sie nie, das Andenken an
seinen Vater zu verwischen. Im Gegenteil, sie bedauerte, als man
Frau von Montesquiou von ihm entfernte, weil der Prinz nun
nicht mehr mit ihr über seinen Papa sprechen konnte. Aber der
Kleine begriff bereits, daß man den Namen seines Vaters in sei-

ner Umgebung nicht gern hörte. Er weinte viel, als man ihm seine geliebte „Maman Quiou" nahm. Es nützte ihm nichts. Sie kam nicht wieder. Als Baron Méneval sich von dem Prinzen verabschiedete und ihm sagte: „Hoheit, ich werde Ihren Papa in Paris wiedersehen. Haben Sie einen Auftrag für ihn?" wagte das Kind nicht darauf zu antworten. Erst als der Prinz sich unbeobachtet glaubte, zog er seinen alten Freund in eine Ecke. Méneval mußte sich zu ihm niederbeugen und der Kleine flüsterte ihm ganz leise ins Ohr: „Monsieur Mewa, Sie können ihm sagen, daß ich ihn immer noch sehr lieb habe."

Marie Louise beschäftigte sich während Neippergs Abwesenheit viel mit ihrem Sohn, das heißt, soweit es ihr gestattet wurde. Sie besuchte ihn täglich. Prinz Franz von Parma wohnte jetzt bei seinem Großpapa in der Burg und hatte einen Hofmeister, den edlen Grafen Dietrichstein. Es war nach der Lage der Dinge zu fürchten, daß die Napoleoniden den einstigen König von Rom entführten. Schönbrunn war nicht sicher genug. Man war sogar schon auf die Spur eines solchen Planes gekommen. Eugen Beauharnais, der beliebteste aller napoleonischen Prinzen, hielt sich in Wien auf, um seine Interessen auf dem Wiener Kongreß zu vertreten, aber außerdem mit dem nicht zu verkennenden Zweck, Napoleons Gattin zur Rückkehr zu bewegen oder Napoleons Sohn nach Frankreich zu bringen. Jeden Mittwoch und Samstag speiste er zum nicht geringen Verdruß Neippergs in Schönbrunn bei Marie Louise. Zwar empfing sie den Sohn Josephines hauptsächlich deshalb so freundlich, weil er der Schwiegersohn des Königs von Bayern war und weil sie Vorteile für ihren Sohn von ihm erhoffte, aber es ging das Gerücht, Napoleon habe überall in Wien seine Spione und Agenten. Sie arbeiteten alle darauf hin, des Kindes habhaft zu werden, das man jetzt schon als Napoleon II. bezeichnete. So fein die Fäden indes auch gesponnen waren, um die geplante Entführung des Sohnes

Napoleons zu vollbringen, die Metternichsche Wachsamkeit und die Scharfsichtigkeit Neippergs waren doch noch feiner. Die Versuche wurden entdeckt und hatten nur zur Folge, daß alle Franzosen aus der Umgebung des jungen Prinzen von Parma entfernt wurden. Ja, Frau von Montesquiou und ihr Sohn hätten empfindliche Strafen zu erwarten gehabt, wenn Marie Louise nicht für sie eingetreten wäre. Alle diese Unvorsichtigkeiten von seiten der Napoleoniden trugen nur dazu bei, die Wachsamkeit um Napoleons Sohn zu verschärfen und die Verbündeten zu Maßnahmen zu veranlassen, die vielleicht sonst unterblieben wären. Im Sommer jedoch durfte Prinz Franz von Parma ein paar Wochen in Schönbrunn bei seiner Mutter verbringen. Und während der kleine Prinz in dem herrlichen, blumenübersäten Garten seine kindlichen Spiele spielte, unterlag sein Vater der Übermacht Wellingtons und Blüchers.

Als Napoleon zum zweitenmal seinem Thron entsagen mußte, hielt Marie Louise sich in Baden bei Wien zur Kur auf. Ihre Stiefmutter Maria Ludovika leistete ihr Gesellschaft. Hier wie in Wien war sie der Gegenstand der Neugier und des Interesses des Publikums, denn die Weltgeschichte bewegte sich von neuem um ihre junge Person. Von neuem beobachtete man alle ihre Bewegungen, alles, was sie sprach und tat. Die geringste ihrer Bemerkungen wurde sofort notiert und in der Presse verbreitet. Die einen sahen mit Schadenfreude, daß sie sich unterhielt, die anderen schmähten die pflichtvergessene Gattin, aber niemand wagte ihr als Mutter ihres Sohnes etwas nachzusagen. Die meisten feierten die junge Herzogin und die Kaiserin und brachten ihnen auf jede Weise ihre Huldigungen dar. Als Beethoven eines Abends vor den Fürstlichkeiten spielte, wurde Marie Louise die Nachricht von dem endgültigen Sturz Napoleons überbracht. Ihre Feinde haben ihr nachgesagt, sie habe Napoleons Schicksal frivol aufgenommen. Aber es war nicht an dem. Sie beklagte ihn im Grunde ihres Herzens. Sie hatte darauf eine lange Unterredung mit ihrer Stiefmutter. Die Kaiserin Maria Ludovika schien sehr zufrieden, daß dem Zerstörer des Weltfriedens nun endlich die Daumenschrauben angesetzt wurden. Als beide bei Tafel erschienen, sah man es Maria Ludovika unverkennbar an, welche Genugtuung sie über dieses Ereignis empfand. Auf Marie Louises Zügen hingegen lagerte eine Melancholie, die sie zwar zu meistern suchte, doch nicht ganz zu verbergen vermochte. Sie versuchte das Gespräch in andere Bahnen zu lenken. Sie sprach von gleichgültigen Dingen, von einem zu unternehmenden Ausflug, vielleicht weil es ihr nicht angenehm war, Dinge mit anhören zu müssen, die sie nicht in ihrem Innern billigte. Denn man kann sich denken, daß sich das Gespräch bei Tafel nur um Napoleon und sein unglückliches Geschick drehte. Kaiserin Maria Ludovika schrieb sofort an Franz nach Paris, seine Tochter danke Gott, daß Napoleon gefangen sei, denn nun habe sie endlich Ruhe und könne bald ohne Sorgen nach Parma ziehen. Dieser Brief der Napoleon feindlich gesinnten Kaiserin entstellt jedoch die Tatsachen. Marie Louise schrieb selbst an ihren Vater, sie hoffe jetzt nur auf einen dauernden Frieden, da Napoleon ihn nicht mehr stören könne. Sie bat aber auch gleichzeitig ihren Vater, er möchte sein möglichstes tun, daß Napoleon gut behandelt werde, „denn ich schulde ihm Dankbarkeit für die gleichförmige Ruhe, in der er mich hat leben lassen, anstatt mich unglücklich zu machen". Gewiß sprach kein erschütternder Schmerz aus diesen Worten. Aber konnte sie die Verzweifelte spielen, nachdem sie alles mit ihm abgebrochen hatte? Am meisten widerte sie der Wankelmut der französischen Bevölkerung an, die jetzt wieder wie rasend Ludwig XVIII. zujubelte. Jetzt war sie sogar froh, ihr Sohn werde nicht über ein Volk regieren, das so leicht seine Herrscher vergaß und wechselte.

MARIE LOUISE

Offiziell wurde ihr das Los Napoleons von Metternich in zwei
Briefen mitgeteilt, der eine vom 18. Juli, der andere vom
13. August 1815. Er hatte es ihr versprochen. „Gnädige Frau",
begann der erste, „ich habe versprochen, noch vor meiner Abreise von Wien Eurer Kaiserlichen Majestät über das Los Napoleons zu berichten. Durch die beigefügte Bestimmung, einen
Auszug aus dem ,Moniteur', ersehen Sie, daß er sich soeben an
Bord des englischen Schiffes ,Bellerophon' begeben, nachdem er
vergebens versucht hat, der Wachsamkeit der Kreuzer vor
Rochefort zu entgehen. Nach einer Vereinbarung zwischen den
Mächten wird er als Gefangener im Fort Saint George im Norden Schottlands gehalten werden und unter der Aufsicht österreichischer, russischer, französischer und preußischer Kommissare
stehen." Und es scheint, als wollte Metternich die Frau, die schon
so viel durchzumachen hatte, ein wenig beruhigen, denn er fügt
weniger trocken hinzu: „Er wird dort sehr gut behandelt werden, alle Freiheit genießen, die sich mit der völligen Sicherheit
vereinbaren läßt, damit er nicht entweichen kann." Inzwischen
hatte man jedoch anders beschlossen. Marie Louise erfährt es
wieder durch den kühlen Metternich. „Madame", lautet sein
zweiter Brief, „Napoleon befindet sich auf dem ,Northumber-
land' auf der Reise nach Sankt Helena." Mitten auf hoher See
hatte man ihn das Schiff wechseln lassen müssen, denn die Menschenmenge in dem Hafen, wo der „Bellerophon" anlegen sollte,
wuchs zu erschreckender Gewalt an, so daß man befürchtete, es
könne mit dem Schiff ein Unglück geschehen oder Napoleon ein
zweites Mal entkommen.

Durch diese Ereignisse gestaltete sich die Lage für den fernen
Neipperg immer günstiger. Marie Louise hatte sich nicht nur von
Napoleon losgesagt, sondern auch von Frankreich. Ihr ganzer
Ehrgeiz richtete sich jetzt auf ihr neues Herzogtum, wo sie
nach all den Aufregungen Ruhe finden sollte. Die Liebe zu ihrem

Hofmarschall faßte täglich tiefere Wurzel in ihrem Herzen, wozu seine Briefe überdies sehr viel beitrugen. Die Trennung bringt beide noch näher. Marie Louise kann nicht mehr ohne ihn leben. Sehnsüchtig wartet sie auf den Tag seiner Rückkehr. Und endlich ist er wieder da! An ihrem Geburtstag ist er eingetroffen! Welche Freude! Drei Tage und drei Nächte ist er ununterbrochen gereist, um diesen Tag mit ihr zu feiern. Er wußte, wie sehr diese Aufmerksamkeit Marie Louise beglückte. Nicht nur sie belohnte ihn für alles mit ihrer Liebe, sondern auch der Hof in Wien wußte ihm Dank. Als Sieggekrönter, vom Kaiser und von Metternich mit den höchsten Auszeichnungen empfangen, war er heimgekehrt. Nicht nur Marie Louise strahlte. Der ganze Hof war glücklich. Hatte Neipperg doch in Neapel reinen Tisch gemacht. Das rechnete man ihm hoch an. Zwar erwarteten die napoleonisch Gesinnten von Marie Louise weniger Freude über diesen Sieg Neippergs, aber sie vergaßen, daß sie erstens stolz auf den Mann war, den sie liebte, zweitens war sie nie eine große Freundin Murats und Karolines gewesen. Und außerdem hatte Murat sich 1814 Napoleon gegenüber nicht gerade sehr dankbar erwiesen. Marie Louise sah daher auch den Sieg Neippergs über ihn wie alle Österreicher als einen Vorteil an und feierte ihn. Kein General erfreute sich einer so großen Gunst wie Neipperg. Ein Hofball reihte sich an den anderen ihm zu Ehren. Feste folgten auf Feste. Es war, als wollte man auch dadurch der bald scheidenden Herzogin von Parma die letzten Wochen in Wien noch verschönern. Und wirklich, Marie Louise bekam wieder mehr Lebensfreude. Mit jedem Tag wurde sie heiterer. Sie zeigte sich wieder öffentlich, sie nahm an Gesellschaften teil. Napoleon entschwand allmählich ihrem Gedächtnis. Neipperg allein war der glückliche Beherrscher ihres Herzens.

Der Herzog von Reichstadt
Nach einem Aquarell von M. Daffinger

DREIZEHNTES KAPITEL

IN PARMA

*Der Abschied von dem Sohn — Tod der Kaiserin Maria Ludovika — Einzug
in Parma mit Neipperg — Die Geburt der Tochter Neippergs — Marie
Louise und die Bourbonen — Der Herzog von Reichstadt — Die Pflichten
als Herrscherin — Der Besuch Metternichs — Die Hilferufe des sterbenden
Napoleon — Sein Tod*

Endlich konnte die Herzogin von Parma von ihrem kleinen
Land Besitz ergreifen. Fast ein Jahr war sie in Wien gewesen.
Napoleon war längst in Sankt Helena. Er hatte keine Hoffnung
mehr, sie und seinen Sohn wiederzusehen. Aber auch für Marie
Louise kam die Trennung von dem kleinen Prinzen. Er führte
zwar den Titel Prinz von Parma, aber er war nicht dazu bestimmt, der Nachfolger auf dem Throne seiner Mutter zu werden. Es war festgesetzt worden, daß nach dem Tode Marie
Louises der Vertrag der Nachfolge Parmas zugunsten des Sohnes
der ehemaligen Königin von Etrurien, des Infanten Don Carlos,
revidiert werde. Marie Louise mußte ihren Sohn in Schönbrunn
lassen. Es war vielleicht das Schwerste, was man von ihr ver·
langte, ein großes Opfer, trotz allem, was man Gegenteiliges
darüber gesagt hat. Sie gab ihren Sohn durchaus nicht leicht auf.
Sie hätte ihn lieber mit nach Parma genommen. Beweis dafür
ist allein der lebhafte Briefwechsel, der sich seinetwegen zwischen Schönbrunn und dem Hoflager des Kaisers und Metternichs
in Verona entspann. Immer wieder versuchte Marie Louise es zu
erreichen, den Prinzen bei sich behalten zu dürfen. Aber auch
hierin unterlag wieder ihre Schwäche. Sie ließ sich beeinflussen

MARIE LOUISE

und entschloß sich schließlich auf Bitten Neippergs, ihres Vaters und des Staatsministers Magawli, ohne ihren Sohn abzureisen. Es war ein schmerzlicher Abschied, doch unabänderlich. Alle Bitten, alle Tränen zerschellten an der eisernen Macht Metternichs. Sie konnte nur hoffen, ihn später, wenn er etwas älter war, wenn die politischen Verhältnisse sich mehr geklärt hatten, wieder in ihre mütterliche Obhut zu bekommen. Jetzt lag die Gefahr zu nahe, der Prinz könne in Parma durch einen Putsch der Bonapartisten, die in Italien besonders zahlreich waren, auf den Thron Frankreichs erhoben werden. An seiner Statt mußte ihr vorläufig sein Bild genügen, das sie mit dem seines Vaters in ihrem Zimmer in Parma aufhing.

Am 7. März reist Marie Louise ab. Graf Neipperg begleitet sie. Er gebietet jetzt über ihr Herz und über ihre Gewalt als Herrscherin in ihrem neuen Land. Man hat ihn zum Militär- und Zivilgouverneur der Herzogin von Parma ernannt. Dort erwartet man Marie Louise bereits mit Ungeduld. Dem kleinen, durch Kriege und falsche Spekulationen arg zerrütteten Staat erscheint die neue Regentin als die einzige Rettung. Man erhofft von ihr die Reorganisation des Landes, vor allem der Finanzen, mit denen es höchst traurig bestellt ist. Das gesamte Reich, über das die einstige Kaiserin der Franzosen, die Gattin des Beherrschers der halben Welt, jetzt gebietet, hat nur sechstausend Quadratkilometer Flächeninhalt! Vorher hatte die Schwester Napoleons, Pauline Borghese, einen Teil dieses winzigen Ländchens als Herzogin von Guastalla pro forma verwaltet. Aber sie war meist in Paris oder in Rom gewesen. Sie hatte sich nicht viel um ihr Herzogtum gekümmert. Marie Louise ging zwar auch nicht gern nach Parma, aber doch mit der Absicht, dort einen Wirkungskreis zu finden. So unselbständig sie war: die Abhängigkeit in Schönbrunn war ihr nicht angenehm, nachdem sie in Frankreich als Kaiserin zu gebieten gewohnt war.

IN PARMA

Als sie die Grenze überschritten hatte und in Verona bei ihrem Vater haltmachte, bekam sie einen kleinen Vorgeschmack von dem Jubel, der sie in Parma erwartete. Die Veronesen zeigten indes auf allzu stürmische Weise, daß man in der neuen Herrscherin hauptsächlich die ehemalige Gattin des großen Napoleon begrüßte und stolz darauf war, eine der Hauptpersonen des eben zu Ende gespielten Dramas in seiner Mitte zu sehen. Nichts ahnend, begab Marie Louise sich am ersten Abend ihres Aufenthaltes in Verona ins Theater. Kaum war sie in ihrer Loge erschienen, als das Publikum, das gespannt auf sie wartete, sie erkannte und in die begeisterten Rufe ausbrach: „Vive l'Impératrice Marie Louise! Vive Napoléon!" Es war ihr mehr als peinlich. Das Publikum war nicht zu beruhigen. Es nützte nichts, daß der Vorhang aufging und das Orchester zu spielen begann. Man rief, man jubelte, man klatschte nur ihr Beifall. Umsonst versuchte die Polizei der Menge Einhalt zu gebieten. Immer wieder erklang der Name Napoleons. Es nützte nichts, daß Marie Louise sich mit Neipperg in die hinterste Ecke ihrer Loge zurückzog. Man wollte die Kaiserin sehen. Man rief nach ihr. Sie mußte wieder im Vordergrund erscheinen. Schließlich verließ sie bestürzt und verlegen das Theater.

Drei Wochen bleibt sie in Verona, um ihrer schwer erkrankten Stiefmutter und ihrem Vater Gesellschaft zu leisten. Sie ist wieder so froh in seiner Nähe. Ihre Liebe zu ihm hat sich nicht vermindert. Weil sie bei ihm sein kann, erscheint ihr nicht einmal die Krankheit der Kaiserin als allzu traurige Zugabe des Wiedersehens. Sie möchte noch lange in Verona bleiben, denn man hat ihr inzwischen so viel Nachteiliges von Parma erzählt. Von der dort herrschenden Unordnung und der Unzufriedenheit der Bevölkerung. Mit großer Liebe ist Marie Louise um ihre kranke Stiefmutter besorgt. Täglich bittet sie Gott, er möchte sie genesen lassen. Aber Ludovika erholt sich nur scheinbar. Im April erliegt sie ihrem grausamen Leiden, kaum neunundzwanzig Jahre alt. Marie Louise ist aufs neue einer Mutter beraubt und einer Freundin dazu. Gerade während der Krankheit hatte sie sich Maria Ludovika wieder enger angeschlossen. Es fielen jetzt die Sticheleien der Kaiserin über Napoleon weg. Sie war krank und hilfsbedürftig gewesen und Marie Louise bereit, sie die Krankheit ein wenig vergessen zu lassen. Als sie nun auch diese Freundin verlor, war sie schmerzlich berührt. „Sie war immer so gut zu mir", sagte sie, „ich beklage ihren Verlust unendlich." Der Vater tat ihr besonders leid. Sie wußte, wie sehr er an Ludovika gehangen hatte, und sie wußte, daß auch er nicht allein sein konnte, genau wie sie. Ein wenig Trost fand Marie Louise dann kurz darauf durch ihre Freundin Viktoria. Sie traf mit ihr in der Dogenstadt zusammen, und alles, was es in Venedig zu sehen gab, genossen die beiden jungen Frauen gemeinsam.

Aber am 20. April gedenkt Marie Louise in Parma zu sein. Sie macht sich keine Illusionen über ein angenehmes Leben dort. Die Lust, dort zu regieren, ist ihr vergangen, denn Frau von Colloredo schreibt sie am 14. ziemlich resigniert: „Nur der Gedanke, meine Pflicht zu tun, hält mich aufrecht." Neipperg tröstet sie wieder und verspricht ihr seine Hilfe. Wirklich ist ihre Reise am 19. April beendet. Sie hält am 20. Einzug in ihre Staaten. Zwar ist sie nicht mehr Kaiserin, aber man nennt sie noch immer Majestät. Ihr offizieller Titel heißt merkwürdigerweise „Ihre Majestät, die Frau Erzherzogin Marie Louise, Herzogin von Parma, Piacenza und Guastalla". Graf Neipperg, die Gräfin Scarampi und der Graf Magawli sitzen in Marie Louises Wagen, als sie in Parma einzieht.

Wie vorauszusehen, wurde die junge Regentin von den Parmesanern mit Jubel empfangen. Aber man täuschte sich, wenn man erwartet hatte, sie werde mit einem großen Hofstaat und großem Gepränge, wie sie das von Frankreich her gewohnt war und wie

es die Italiener am liebsten gesehen hätten, in ihr kleines Reich
einziehen. Im Gegenteil, Marie Louise sehnte sich ja nur danach,
so einfach und bürgerlich wie möglich zu leben. Einesteils entsprach es mehr ihren Neigungen, andernteils war sie dazu gezwungen. Es war in Parma ziemlich viel aufzurichten, und die
Mittel, die ihr zur Verfügung standen, waren klein. Aber das
schreckte Marie Louise nicht. Das erste, was sie tat, war, die
Kosten für ihren Einzug auf ein Minimum zu beschränken und
alles zu vermeiden, was überflüssig war. Wie sie in Frankreich
als reiche Herrscherin von ihrer Apanage für die Armen gespart
hatte, so nahm sie sich auch in ihrem eigenen Lande vor, möglichst
viel von der bescheidenen Zivilliste zu ersparen, um es für öffentliche Zwecke zu verwenden. Und in dieser Hinsicht wurden die
Parmesaner von ihrer neuen Herrin nicht enttäuscht.

Der erste Eindruck von dem Lande, das nun ihr gehörte,
konnte freilich keine ungeteilte Begeisterung in Marie Louise
hervorrufen. So klingt auch der erste Brief an Frau von Colloredo
in Wien wenig glücklich. Marie Louise schreibt: „Ich sende
Ihnen einen kleinen Ring in Form eines Kruzifixes aus Parma,
der gleichzeitig als Rosenkranz dient. Beten Sie ein paar Dutzend
Rosenkränze für mich, ich kann sie gebrauchen. Ich fühle mich
zwar ganz wohl hier, denn ich habe ein schönes Land, ein gutes
Haus, gute Untertanen, aber ich finde alles in Unordnung und
Verwirrung. Anstatt, wie man versprochen, mir bei meiner
Ankunft alles Unangenehme zu ersparen, hat man mir alles
gelassen, und nun muß ich mich um alles kümmern. Die Gesellschaft ist unbedeutend. Deshalb sehe ich auch so wenig wie möglich davon und beschränke mich auf meine wenigen Freunde,
die ich mitgebracht habe. Übrigens richtet sich alle meine Sorge
auf die Art, wie ich am besten das Elend meiner Untertanen
mildern kann, die ich gern recht glücklich machen möchte. Ebenso
möchte ich meinem Sohn eine glückliche Zukunft bereiten. —

MARIE LOUISE

Abgesehen davon, habe ich, obwohl noch sehr jung, einen schrecklichen Ekel vor der Welt, und ich versichere Sie, wenn ich ein Kloster betrete, beneide ich immer diejenigen, die darin Ruhe suchen, denn je mehr ich die Kehrseite des Lebens kennenlerne, desto mehr bin ich von seiner Verderbtheit überzeugt. Sie werden mich recht menschenfeindlich finden, aber die Dinge sind nicht dazu angetan, mich zu erfreuen. Meine Gesundheit ist auch nicht gut. Meine Augen schmerzen mich schrecklich." — Diese trübe Stimmung dauert indes nicht allzulange. Vier Wochen später ist Marie Louise wieder ganz froh. Ihre Gesundheit hat sich gebessert. General Neipperg hat ihr vieles Unangenehme abgenommen, und jeden Tag macht er mit ihr — sie befinden sich zu Besuch in Livorno — herrliche Spaziergänge am Meer, in die Berge. Sie ist begeistert von dem schönen Land Toskana. Livorno und Florenz gefallen ihr freilich noch besser als Parma. Die vielen Fremden in beiden Städten, die guten Vorstellungen in den Theatern, die sie jeden Abend mit Neipperg besucht, und vor allem die ausgezeichneten Konzerte erwecken ihre helle Begeisterung. Ihr Onkel in Toskana hat sie ausgezeichnet aufgenommen und dafür gesorgt, daß sie sich keinen Augenblick langweilt. Nach Parma zurückgekehrt, erwarten sie aufs neue die Regierungssorgen.

Sehr bald indes gelang es der neuen Herrscherin, in ihrem Reiche festen Fuß zu fassen. Das Vertrauen, das man ihr gleich anfangs entgegengebracht hatte, verwandelte sich rasch in wirkliche Verehrung und aufrichtige Anhänglichkeit. Man fühlte, daß alles, was Marie Louise sagte und tat, nicht nur leere Versprechungen waren. Man konnte sich auf sie verlassen. Wegen ihrer großen Wohltätigkeit und menschlichen Güte nannte man sie im Volksmund stets nur La buon madre. Ihr erster Minister Magawli-Cerati — aus einer ursprünglich irischen Familie namens Macauly stammend — war ein kluger, geschickter Staatsmann.

Er hatte vieles, was in Parma napoleonisch gewesen war, bestehen lassen. Dadurch war er eigentlich Neippergs politischer Gegner. Seine Reformen in Marie Louises neuem Staat waren infolgedessen nicht so reaktionär als in dem übrigen Italien. Neipperg und Magawli gerieten deshalb sehr bald in Konflikt miteinander. Im übrigen hatte er dafür gesorgt, daß Marie Louises nähere Umgebung nur aus Italienern bestand, die ihm ergeben waren.

Auf Graf Neippergs Schultern ruhte die meiste Verantwortung. Er war nicht nur Marie Louises Intendant, sondern gleichzeitig auch der Gesandte oder Geschäftsträger ihres Vaters in Wien, dem er über alles Rechenschaft abzulegen hatte. Er bot alles auf, die öffentliche Meinung für sich zu gewinnen. In seiner Lage war es sicher nicht so leicht, dies zu erlangen. Die Bevölkerung in Parma war bonapartistisch gesinnt, und es war ihr größter Stolz, daß sie die Gattin des großen Napoleon zur Regentin bekommen hatte. Graf Neipperg betrachtete man anfangs nur als ein unvermeidliches Anhängsel Marie Louises. Man kannte seine antinapoleonische Gesinnung. Bald aber sah man ein, wie nützlich dieser energische Mann der jungen Herrscherin in dem arg zugerichteten kleinen Staat sei. Mit unermüdlicher Tatkraft beschäftigte er sich sofort mit der Neugestaltung der verschiedenen Verwaltungszweige des Herzogtums. Vor allem verschaffte er sich bei der Bürgerschaft große Beliebtheit dadurch, daß er ihre Interessen dem Adel gegenüber vertrat. Man hatte Vertrauen zu diesem Militär- und Zivilgouverneur Marie Louises. Man konnte auch mit ihm reden, denn er beherrschte die Sprache des Landes wie ein Italiener und war vollkommen mit den Sitten vertraut, da er jahrelang in Italien gelebt hatte. Dieser Minister war also für Marie Louise von unschätzbarem Wert, und sein Einfluß wurde auch in geschäftlichen Dingen von Tag zu Tag größer auf sie. Sie tat nie etwas ohne ihn. Alles, was in ihrem Staate beschlossen wurde, mußte auch Neippergs Zustimmung haben. Und man sah diesen heilsamen Einfluß des morganatischen Gatten — für den man den Grafen längst hielt, obwohl niemand etwas Positives darüber wußte — nicht ungern. Wenn sie zusammen in der Öffentlichkeit erschienen, begegneten sie selten Anfeindungen wie jener in Bologna, als man einmal in ihren Wagen hineinrief: „Da sitzt sie, die ungetreue Frau Napoleons!" Derartige Provozierungen gingen von der immer größer werdenden Partei der Bonapartisten aus. Die meisten Mitglieder der Familie Napoleons lebten in Italien. Der korsische Clan versammelte sich in Rom um Madame Mère, die Mutter Napoleons. Man hatte daher in Wien nicht wenig Angst, die Herzogin von Parma könne mit der Familie ihres Mannes in gefährlichen Kontakt geraten. Neipperg erhielt die striktesten Instruktionen, es in jeder Weise zu verhindern. Es bedurfte indes nicht einmal einer Warnung. Marie Louise sehnte sich nicht danach, mit ihrer angeheirateten korsischen Familie freundschaftliche Beziehungen zu pflegen. Seit sie sich von Napoleon losgesagt hatte, waren auch die meisten seiner Geschwister und Verwandten für sie erledigt. Nur mit dem Prinzen Eugen machte sie eine Ausnahme. Er aber war ein Beauharnais, kein Bonaparte.

Im allgemeinen gefiel Marie Louise. Ihre große Natürlichkeit und die jetzt wieder durchbrechende Wiener Leutseligkeit schafften ihr viele Freunde und Verehrer. Ihr Auftreten war nicht mehr geziert französisch oder hochmütig steif wie in der kritischen Zeit in Schönbrunn oder seinerzeit in Prag. Die Liebe zu Neipperg hatte sie völlig verwandelt. Die Schüchternheit war von ihr gewichen. Sie war immer liebenswürdig, immer heiter. Sie bemühte sich zu gefallen. Es war, als wollte sie die Menschen zwingen zu vergessen, daß sie Schwächen und Fehler besaß. Alle waren des Lobes voll von dieser jungen Fürstin, die so viel

Schweres durchgemacht hatte und darum um so mehr das Mitgefühl und die Sympathie ihrer Mitmenschen erheischte. Sogar die Franzosen sprachen sich lobend über Marie Louise aus. Die Bourbonen hatten jetzt nichts mehr an ihr auszusetzen. Natürlich wurde sie in Italien genau so von ihnen beobachtet wie damals in Aix. Aber man betrachtete sie jetzt nicht mehr als Feindin, sondern als Freundin. Sie war nicht mehr die Vermittlerin des „Usurpators". Sie hatte sich gefügt. Sie suchte sogar mit den Bourbonen wieder auf freundschaftlichem Fuß zu stehen. Es waren ja ihre nächsten Verwandten. Als die Herzogin von Berry in den Tuilerien den Herzog von Burgund gebar, sandte Marie Louise dieser Kusine ein Glückwunschschreiben. Auch mit den übrigen Verbündeten unterhielt sie freundschaftliche Beziehungen. Sie hoffte immer, durch diese Annäherung an die einstigen Feinde des Kaisers Napoleon Erleichterung und Vergünstigungen für ihren Sohn zu erlangen, dessen pekuniäre Zukunft noch nicht gesichert war. Man war mit der Herzogin von Parma außerordentlich zufrieden. Bei dem obenerwähnten Besuch Marie Louises in Florenz schrieb der französische Geschäftsträger, Herr von Fontenay, an den auswärtigen Gesandten, Herrn von Richelieu, in einem offiziellen Bericht, der hauptsächlich die Beobachtung der italienischen Bonapartisten zum Gegenstand hatte: „Die Erzherzogin Marie Louise ... scheint sich in Florenz sehr wohl zu fühlen ... Sie besucht täglich die zahlreichen Sammlungen, die Florenz den Fremden bietet. Die Fürstin reist inkognito und wünscht keine diplomatischen Audienzen. Aber alle auswärtigen Gesandten, ebenso deren Frauen und einige vornehme Ausländer von Rang, wie der Großkanzler Narischkin, haben die Ehre gehabt, ihr vorgestellt zu werden. Sie hat sie alle äußerst liebenswürdig und mit großer Huld empfangen. Man lobt allgemein ihre Art, sich zu geben, und ihren Ton. Sie spricht oft von ihrem Sohn und bedauert es unendlich, von ihm getrennt zu sein. Oft, wenn sie seinen Namen ausspricht, füllen ihre Augen sich mit Tränen. Sie hat die Herzen aller Damen damit gewonnen, die zu ihrer Cour kamen, denn sie waren Zeuge ihres mütterlichen Schmerzes." — Aber diese mütterlichen Tränen Marie Louises erweichten trotzdem nicht die Herzen der Regierungen. Man huldigte ihr wohl, aber man schmälerte ihrem Sohn seine Rechte. So sehr sie sich von all diesen Huldigungen geschmeichelt fühlte, so wenig Aufhebens macht sie von ihrem Erscheinen in der Öffentlichkeit. Ohne Etikette, ohne Zeremonie durfte man ihre Loge im Theater betreten, wenn man ihr vorgestellt zu sein wünschte. Aber niemals erschien sie irgendwo ohne den Grafen Neipperg. Jedermann konnte sich überzeugen, wie eifrig und ritterlich er um sie bemüht war. Man sah es ihm an, er hatte nur den einen Wunsch, sie glücklich zu machen. Für niemand war es mehr ein Geheimnis, daß er ihr Gemahl war. Die Einteilung der Gemächer im Schloß von Parma war so, daß kein Zweifel mehr darüber bestehen konnte. Graf Neipperg hatte seine Zimmer in unmittelbarer Verbindung mit denen, die Marie Louise bewohnte. In Wien begünstigte man überdies die morganatische Verbindung mit Neipperg. Sie fand jedoch erst im Sommer 1820 in Neapel statt — nach dem Gotha sogar erst 1822 nach Napoleons Tod —, doch läßt alles darauf schließen, daß sie ein Jahr vor dem Ableben des Kaisers vollzogen wurde. Wahrscheinlich wegen der Kinder Neippergs, die Marie Louise in Parma vor den Augen der Welt weder verbarg noch verbergen wollte. Da die erste Ehe der Herzogin indes noch nicht aufgelöst war, mußte die zweite in den Augen der Kirche ungültig sein. Und niemand weiß davon, daß ein Dispens in Rom erfolgt sei. Napoleon auf Sankt Helena zählte also auch im gesetzlichen Sinne nicht mehr. Er war aus dem Gedächtnis der Welt und ihrer Politik gestrichen, ausgelöscht! Er war für seine Gegner schon tot, ehe sein Tod erfolgte. Marie Louise scheint sich über die zu früh erfolgte morganatische Ehe keine Rechenschaft gegeben zu haben, denn sie selbst war es, die sich in Parma ebenso wie in Wien einer offiziellen Scheidung von Napoleon widersetzte, obwohl sie sich im August 1816 Mutter fühlte.

Sie zog sich fast bis zu ihrer Niederkunft nach ihrer Sommerresidenz Colorno zurück, einem reizenden Buonretiro, geschaffen für das Glück zweier Menschen, die sich liebten und denen das Leben auf dem Lande so viel Freude machte. In Colorno fühlt Marie Louise sich äußerst glücklich. Sie beschäftigt sich viel mit ihrem Garten und ihren Gewächshäusern, für deren Unterhalt sie später einen geschickten Gärtner aus Schönbrunn kommen ließ. Sie macht sich Bewegung im Freien. Trotz ihres Zustandes reitet sie sehr viel aus und übersteht diese Zeit der Erwartung eines zweiten Kindes, vor dem sie in Frankreich die Ärzte so sehr gewarnt hatten, glänzend. Anfang April 1817 bereits hält man im Schloß von Parma die Anwesenheit eines Geburtshelfers für nötig, denn Marie Louise befürchtet, auch die zweite Niederkunft werde, wie die erste in Paris, von Komplikationen begleitet sein. Sie täuschte sich glücklicherweise und gebar am 1. Mai 1817 Neippergs erste Tochter Albertine-Marie ohne irgend welche Schwierigkeiten. Später erhielt die kleine Prinzessin, die die Vornamen beider Eltern trug, den Titel Herzogin von Montenuovo, ebenso wie ihre nachfolgenden Geschwister unter diesem Namen eingetragen wurden. Die Geburt sowie auch die Taufe gingen in größter Unauffälligkeit, fast geheim vor sich. Man wollte jeden Skandal vermeiden, weil die Eltern noch nicht morganatisch getraut waren. Und gleich nach ihrem Wochenbett zog sich die Herzogin aufs neue mit dem Baby nach Colorno zurück. Trotzdem ihr dieses kleine Wesen viel Freude bereitete, sehnte Marie Louise sich auch nach ihrem Sohn in Schönbrunn. In allen ihren Briefen aus dieser Zeit hebt sie immer wieder hervor, zu ihrem großen Glück in Parma fehle nur ihr Sohn. Ihn hatte man fast um dieselbe Zeit, in der seine Mutter ihm eine Halbschwester schenkte, am 20. Juli 1817 durch ein Patent zum Herzog von Reichstadt ernannt. Er war jetzt sechs Jahre alt. Für Thron und Reich entschädigte man ihn durch eine große Dotation. Was Marie Louise damals an Viktoria Crenneville darüber schrieb, hat man ihr als Herzlosigkeit gegen ihren Sohn ausgelegt, weil sie ihre Freude äußerte, daß wenigstens seine Vermögensverhältnisse in so reichlichem Maße sichergestellt seien. Thron und Staaten habe sie für ihn nie erstrebt, aber stets gewünscht, er möchte einer der reichsten und liebenswürdigsten Privatmänner Österreichs sein. Es war eher ein menschliches Gefühl, daß sie ihrem Sohn nicht wünschte, das durchzumachen, was sein Vater erlebt hatte. Denn wäre ihm, dem Sohn des Eroberers, der väterliche Thron wirklich von den Verbündeten zugesprochen worden, er hätte ihn gewiß nur durch harten Kampf gegen die alte Dynastie der Bourbonen halten können, und neue Kriege wären die Folge gewesen. Vielleicht wäre ihm dann ein ähnliches Schicksal wie seinem Vater zuteil geworden. Das konnte seine Mutter ihm nicht wünschen. Sie hatte jetzt genug Einblick in die Regierungsgeschäfte eines Souveräns. Sie wußte, welche Sorgen und Verpflichtungen damit verknüpft waren. Ihr eigener kleiner Thron machte ihr genug zu schaffen, und sie sagte sich, besser, ihr Sohn lebe als reicher, unabhängiger Privatmann denn als Herrscher, den eine Laune des Geschicks in Tiefen zu stürzen vermochte, die niemand voraussah. Deshalb war Marie Louise auch beruhigt über die endgültige Regelung der Angelegenheiten des Herzogs von Reichstadt: „Mein erster Wunsch", schreibt sie erleichtert, „ist durch den Vertrag vom 10. Juni (1817) erfüllt worden, und nun habe ich auch den Trost, wenn ich daran denke, ruhig die Augen schließen zu können in der Überzeugung, daß mein Sohn nach meinem Tode weder verlassen noch durch

Mangel an Vermögen von irgend jemand abhängig sein wird." Während sich diese Dinge um den Sohn Napoleons in Schönbrunn abspielten, der nun ein großes Einkommen hatte, litt sein Vater in Sankt Helena manchen Mangel. Napoleons Familie in Rom, die immer sparsame Mutter Letizia und die verschwenderische Fürstin Borghese, wären ihm gern zu Hilfe gekommen, aber sie durften nicht. Pauline erbot sich, ihren Schmuck zu verkaufen und den Erlös dem Bruder zu senden. Es wurde ihr weder von ihm noch von den Engländern gestattet. Niemand von den Seinen durfte ihn besuchen. Napoleon selbst wollte nicht, daß jemand von seinen Angehörigen nach Sankt Helena käme. Niemand sollte Zeuge von seinem Elend und seiner Erniedrigung sein. Sein Gesundheitszustand hatte sich sehr verschlechtert. Nachts fand er keinen Schlaf. Große Schmerzen quälten ihn. Sein menschenfreundlicher Arzt O'Meara wurde auf Befehl Hudson Lowe's entlassen, weil er sich allzu persönlich mit dem gefangenen Kaiser beschäftigt hatte. Als O'Meara im Juli 1818 die Insel verließ, beauftragte ihn Napoleon beim Abschied, die Mitglieder seiner Familie aufzusuchen, Joseph, die Mutter, seine Schwester Pauline und besonders Marie Louise in Parma! „Drücken Sie ihnen die Gefühle aus, die ich für sie stets im Herzen trage. Bringen Sie meiner guten Louise, meiner vortrefflichen Mutter und Pauline alle meine Liebe. Und wenn Sie meinen Sohn sehen, so küssen Sie ihn an meiner Statt. Er soll niemals vergessen, daß er ein französischer Prinz von Geblüt ist. Und seien Sie bemüht, mir bald Nachricht zugehen zu lassen, in welcher Weise mein Sohn erzogen wird. Leben Sie wohl, O'Meara. Wir werden uns nie wiedersehen. Seien Sie glücklich."

Auch Marie Louise hatte ihren Sohn seit zwei Jahren nicht gesehen. Niemals durfte er seine Mutter in Parma besuchen. Eine Reise des Herzogs von Reichstadt außerhalb Österreichs schien Metternich zu gefährlich. Die Bonapartisten warteten ja nur auf eine Gelegenheit, den Sohn Napoleons nach Frankreich zu entführen. Im Jahre 1817 beabsichtigte Marie Louise zwar den Herzog von Reichstadt zu besuchen, aber die Geschäfte in Parma und ihr körperlicher Zustand gestatteten diese Reise nicht. Allerhand Unannehmlichkeiten, wie sie die Regierung eines zerrütteten Staates mit sich bringt, nahmen ihr außerdem die Stimmung dazu. Die vielen gesellschaftlichen Verpflichtungen, denen sie als Souveränin nicht entgehen konnte, beanspruchen ihre Zeit. Sie ist ärgerlich darüber, aber sie kann daran nichts ändern. In jedem Brief an ihre Wiener Freunde jammert sie, daß sie Leute bei sich sehen muß. Sie hat sich in dieser Beziehung nicht geändert. Alles Offizielle ist ihr nach wie vor zuwider. Wenn sie nicht ausreiten, auf die Jagd gehen oder sich ungezwungenen Vergnügungen hingeben kann, liebt sie ihre Bequemlichkeit. Sie gesteht oft selbst, daß sie faul ist, faul, nicht im Sinne des Fleißes, sondern körperlich faul, bequem. Sie will keinen Zwang. Es ist schon genug, daß sie ihre Geburtstage und andere Feste durch eine Cour, ein Konzert oder irgend eine andere Veranstaltung feierlich begehen muß. Es langweilt sie schrecklich, daß man von ihr verlangt zu repräsentieren. „Sie wissen", schreibt sie einmal nach einer solchen Feier an Frau von Colloredo, „ich habe das niemals geliebt. Aber man muß etwas für die anderen tun, für die Menge! Übrigens habe ich viel Arbeit. Und obwohl ich hier und da auf Widerwärtigkeiten stoße, die mir weh tun und mich verdrießen, so beginne ich doch den süßen Trost zu genießen, daß das wenige Gute, das ich zu tun hoffte, vorwärts schreitet, langsam zwar, aber es entschädigt mich für die große Mühe und Arbeit." So hat sie als junge Regentin in Parma auch ihre Sorgen. Es wird ihr nicht gar so leicht gemacht, wie es für die Außenwelt den Anschein hat und wie es die Zeitungen ausposaunen, wenn sie immer nur davon sprechen, daß die Herzogin Marie Louise hauptsächlich mit Maskeraden, Bällen, Tand und

Der Herzog von Reichstadt mit dem kleinen Franz Josef
und der Gräfin von Salerno
Nach einem Aquarell von Johann Ender

Oberflächlichkeiten beschäftigt sei. Sicher war Marie Louise nie eine Kopfhängerin. Sie liebte sich zu unterhalten, zu musizieren, zu singen, zu tanzen. Von einer Stadt zur anderen zu reisen, war ein hoher Genuß für sie. Sich möglichst viel von der Welt anzusehen, soweit man das ihr gestattete, immer Neues hinzuzulernen, bereitete ihr Freude. Aber am glücklichsten war sie doch zu Hause in ihrem Heim, am liebsten auf einem ihrer Schlösser auf dem Lande. Wenn sie mit irgend etwas beschäftigt ist, fühlt sie sich wohl. In der Arbeit vergißt sie alles andere. „Mit der Neigung zur Arbeit", meint sie, „kann man sich nicht langweilen."

Von Wien aus hatte man Metternich zu ihr gesandt, damit er ein wenig Umschau halte, wie sie ihr Land regierte. Marie Louise lud ihn nach Colorno zum Diner ein, und er fand ihren kleinen Hof aufs beste eingerichtet. „Nichts ist dort zu viel, nichts zu wenig." Über die Verwaltung des jungen Staates sprach er sich in Worten des höchsten Lobes aus, als er dem Kaiser Franz berichtete: „Wenn auch mein achtundvierzigstündiger Aufenthalt in Parma zu kurz war, um mir zu gestatten, den Gang der Verwaltung, ihre Fehler und Vorteile, die Personen, die mit der Leitung der Geschäfte betraut sind, gründlich zu studieren, so hat er doch genügt, mich davon zu überzeugen, daß die von Tito Manzo geschilderte elende Lage sich in vieler Beziehung bereits geändert hat; Ihre Majestät, die Frau Erzherzogin Marie Louise, beschäftigt sich mit der Verwaltung mit ebensoviel Eifer als Klugheit. Sie präsidiert dem Ministerrat, und ihr kommt stets die letzte Entscheidung zu." Wenn ein so kluger Staatsmann wie Metternich ihr dieses Zeugnis ausstellte, konnte die Herzogin von Parma zufrieden sein.

Endlich ist sie auch in der Lage, den beabsichtigten Besuch bei ihrem Sohn in Schönbrunn auszuführen. Im Sommer 1818 macht sie sich mit Neipperg auf den Weg dahin. Der kleine, siebenjährige Franz ist entzückend. Nur unendlich traurig ist er, daß die Mutter nicht immer bei ihm bleiben kann. Als sie nach ein paar Wochen wieder Abschied von ihm nehmen muß, weint er. Auch Marie Louise trennt sich schwer von dem Kinde. „Ich bin nicht sehr glücklich", teilt sie der Freundin Colloredo mit, „denn ich stehe vor dem Augenblick, mich von meinem Vater und meinem Sohn trennen zu müssen. Ich benutze daher jeden Moment, um mit ihnen zusammen zu sein." — Aber glücklich war sie, wieder in ihrer schönen Heimat gewesen zu sein. Sie hatte den Wallfahrtsort Maria-Taferl in Niederösterreich besucht und dort gebetet. Vater und Sohn begleiteten sie, und dann versprach ihr der Kaiser, sie im nächsten Jahr in Parma zu besuchen. Und so reist Marie Louise, einigermaßen über die Trennung getröstet, nach Italien zurück.

Mit Sankt Helena und Napoleon hatte sie sich in letzter Zeit fast gar nicht mehr beschäftigt. Zu Beginn des Jahres 1818 aber wandte Las Cases, einer der Getreuen des gefangenen Kaisers, sich an Metternich, er möchte gestatten, Marie Louise einen Brief über die Lage Napoleons zukommen zu lassen. Und der sonst kaltdenkende Minister hat ein menschliches Rühren. Er schreibt am 10. Februar 1818 an Neipperg, er überlasse es der Herzogin selbst, auf den beigefügten Brief Las Cases' zu antworten. Er bitte, ihn ihr zuzustellen, da „er glaube, sich dem nicht widersetzen zu können". „Ich denke, sie kann es getrost tun", fügt er hinzu, „nur soll sie sich darauf beschränken, ihm eigenhändig zu schreiben, sie habe seinen Brief erhalten, mit großem Interesse die Einzelheiten über alles gelesen, was er durch seine Treue und Aufopferung für seinen Gebieter erduldet und durchzumachen hatte, und daß die Gefühle, die er Napoleon bewahrt habe, seinem Charakter Ehre machten. Wenn die Frau Erzherzogin sich entschließt, diese wenigen Zeilen an Las Cases zu schreiben, so will ich es gern übernehmen, ihm, wenn er nach

Österreich kommt, den Brief Ihrer Majestät zu übergeben, und zwar durch eine Vertrauensperson, die den strikten Auftrag hat, ihm zu erklären, daß die Frau Erzherzogin ihm diesen Beweis ihres Interesses gern gäbe, aber von ihm verlange, ihr ehrenwörtlich zu versprechen, keinerlei Gebrauch davon machen zu wollen und ohne Ausnahme vor jedermann den Brief geheimzuhalten." Also auch vor Napoleon. Aber gerade daran lag ja Las Cases, daß der Kaiser erführe, ob Marie Louise ihm geantwortet habe und wie es ihr ginge. Weder Las Cases noch der einige Monate später ankommende Doktor O'Meara wurden bis zu Marie Louise vorgelassen. Schließlich war auch General Gourgaud von Sankt Helena nach England gekommen. Auch er versuchte Marie Louise durch Beschreibung der Krankheit Napoleons und seiner maßlosen Verlassenheit, seiner großen Sehnsucht und Sorge einen Begriff von dem Dasein des Gefangenen in einem rührend traurigen Briefe vom 25. August 1818 zu geben: „Majestät, seit meiner Abreise von der verhängnisvollen Felseninsel hoffte ich zu Ihnen gehen zu können, um Ihnen von seinen Leiden zu berichten, denn ich bin sicher, Ihre große, edle Seele wird alles tun, was Ihnen möglich ist. Meine Hoffnung ist vernichtet worden. Ich habe erfahren, daß jeder, der Sie an den Kaiser erinnert, seine Lage schildern, Ihnen die Wahrheit berichten kann, niemals zu Ihnen gelangen darf. Kurz, daß Sie, inmitten Ihres Hofes, eine Gefangene sind. Sogar der Kaiser Napoleon selbst beurteilt es so. In dem Augenblick seiner maßlosen Angst, wenn wir, um ihn zu trösten, von Ihnen sprechen, antwortet er: ,Seien Sie überzeugt, daß, wenn die Kaiserin nichts tut und nichts versucht, um meine Leiden zu lindern, so geschieht es nur deshalb nicht, weil sie von Spionen umgeben ist, die es verhindern, daß sie etwas von meinen Leiden erfährt. Denn Marie Louise ist die Tugend selbst.' Da es mir nicht vergönnt ist, mich selbst zu Eurer Majestät zu begeben, habe ich seit meiner Ankunft in England versucht, Ihnen Nachrichten von ihm zukommen zu lassen. Aber erst heute bietet sich mir eine sichere Gelegenheit dazu. Ich beeile mich daher, Ihnen diesen Brief zu senden, in der Hoffnung und dem vollen Vertrauen auf die Großmütigkeit Ihres Charakters und die Güte Ihres Herzens. Die Qualen des Kaisers können noch lange dauern. Es ist Zeit, ihn davon zu befreien. Der Augenblick ist günstig. Die Herrscher sind im Begriff, auf dem Kongreß in Aachen zusammenzukommen. Napoleon ist längst nicht mehr zu fürchten. Er ist so unglücklich, daß edle Menschen nicht anders können, als mit seinem Schicksal Mitleid zu haben. Wenn Eure Majestät geruhen wollten nachzudenken, welche Wirkung ein bedeutender Schritt von Ihrer Seite unter diesen Umständen haben würde, zum Beispiel wenn Sie sich auf den erwähnten Kongreß begeben würden, um Ihren hohen Vater inständig zu bitten, seine Anstrengungen mit den Ihren zu vereinen, um zu erreichen, daß Napoleon ihm anvertraut werde, im Falle die politischen Verhältnisse es noch nicht gestatteten, ihm die Freiheit zurückzugeben. Und selbst, wenn ein solcher Schritt nicht glücken sollte, würde Napoleons Schicksal dadurch viel besser werden. Welcher Trost würde es für ihn sein, wenn er Sie so handeln sähe! Und für Sie, Madame, welches Glück! ... Verzeihen Sie, Madame, daß ich so zu Ihnen spreche. Ich lasse mich von den Gefühlen hinreißen, von denen ich für Sie durchdrungen bin." — Gourgaud war Marie Louise einst sehr zu Dank verpflichtet, als er auf ihrer Reise nach Amsterdam, auf der er die Majestäten begleitete, schwer erkrankte. Sie hatte ihm damals rasch ihren eigenen Leibarzt gesandt. Wie Gourgaud meint, hatte sie ihm damals das Leben gerettet. Er vergaß diese Güte Marie Louises nie. Als er ihr jetzt schrieb, war er fest überzeugt, sie werde sich in ihrer großen Herzensgüte diesem Hilferuf aus Sankt Helena nicht verschließen.

Marie Louise war ebensowenig wie die Fürstin Pauline Bor-

ghese in der Lage, Napoleon auf Sankt Helena zu Hilfe zu
kommen. Es stand nicht in ihrer Macht. Ob sie ihrem Vater für
die Fürstenversammlung in Aachen irgend eine Bitte zur Linde-
rung der Gefangenschaft Napoleons vorlegte, ob sie ihn ersuchte,
deshalb bei den Mächten vorstellig zu werden, darüber schweigt
die Geschichte. Aber, wenn sie es getan hat, so ist ihr Schritt
unbeachtet geblieben. Man legte im allgemeinen keinen Wert
auf ihre Einmischung in diplomatische Geschäfte. Wie ihr Vater
1814 kaum Notiz von den vermittelnden Briefen Marie Louises
wegen der Zukunft Napoleons genommen hatte, so werden
wahrscheinlich auch ihre Bitten um Erleichterung der Lage des
Gefangenen an der Politik zerschellt sein — wenn sie es versucht
haben sollte! Aber das fürchterliche körperliche Leiden Napoleons auf Sankt Helena konnte ihr menschlich nicht gleichgültig
sein, und war es auch nicht. Sie durfte nur nicht zeigen, was
sie dachte. Die Politik wachte scharf darüber, daß Marie Louise
sich auch innerlich immer mehr von dem Gefangenen entfernte.
Nicht einmal Freundschaft sollte sie ihm bewahren. Graf Neipperg hatte strenge Weisung, alles von ihr fernzuhalten, was
auch nur den leisesten Gedanken in ihr hätte wachrufen können,
Napoleon einen Dienst zu erweisen. Um die Herzogin von
Parma, wie um alle diejenigen, die mit Napoleon einst gelebt
hatten, war eine starke Überwachungskontrolle eingerichtet.
Hier wie in Schönbrunn, erfüllte der General seine Vertrauens-
stellung aufs genaueste. Man verlangte von ihm, daß die Vergangenheit aus dem Gedächtnis Marie Louises vollkommen ver-
schwinde. Und da ihm selbst daran lag, war er um so eifriger
dafür bemüht. Es durfte ihr nie eine Denkschrift, kein Brief
überreicht werden, ohne daß er sie gelesen hatte. Niemand
wurde zu ihr vorgelassen ohne seine Gegenwart. Um selbst den
Ruhm Napoleons zu verdunkeln, erachtete Neipperg es für günstig, Marie Louise alle möglichen Pamphlete und Schmähschriften

vorzulesen, in denen der Charakter und die Fähigkeiten Napoleons im schmählichsten Lichte hingestellt waren. Mit unheimlicher Pünktlichkeit trafen solche Schriften aus allen Ecken der Welt in Parma ein. Wenn es wahr ist, daß Neipperg vor allem dafür sorgte, daß diese Pamphlete, aber niemals ein wahrheitsgetreues Buch oder ein Bericht über Napoleon zu Marie Louise gelangten, so war es eine erbärmliche Waffe, die sein sonst achtenswertes Charakterbild verdüstert. Selbst wenn er von den Verbündeten beauftragt war, Marie Louise Napoleon zu entfremden, brauchte er nicht zu diesem Mittel zu greifen. Diese Schmähschriften sollten indes vor allem die vielen Lobeshymnen, die in Parma zu Ehren des entthronten Kaisers erschienen erdrücken. Am meisten fürchtete man, daß diese Huldigungsgedichte neue Hoffnungen auf eine kaiserliche Herrschaft erwecken könnten. Metternich warnt den General Neipperg. Er solle achtgeben, daß gewisse Stellen darin „nicht der öffentlichen Meinung schadeten, weil sie die Hoffnung auf eine Ordnung der Dinge nährten, die mit der in Europa bestehenden unvereinbar sei". Er macht ihn darauf aufmerksam, der Hof von Parma könne, wenn er derartige Gedichte dulde, sich den Regierungen gegenüber in eine peinliche Situation bringen. Es läge indes in deren Interesse, alles, bis auf die Erinnerung an jene „leider allzu denkwürdige Epoche, auszulöschen". Auch über die Nähe des Wohnortes der verschiedenen Mitglieder der Familie Bonaparte bestanden große Befürchtungen. Im Juli 1818 brauchte Pauline Borghese die Bäder in Lucca. Da befürchtete Metternich, Marie Louise könne die Schwester Napoleons in Parma empfangen. Sie hatte indes gar kein Bedürfnis danach. Marie Louise hatte Pauline nie besonders geliebt. Sie wollte sie auch jetzt nicht sehen. Außerdem fürchtete sie das Gerede der Welt. Als Louis Bonaparte, der ehemalige König von Holland, nach Livorno kommen wollte, riet Marie Louise ängstlich davon ab und bat ihren Onkel, den Großherzog von Toskana, er möchte seine Zustimmung nicht geben, denn das würde ganz Europa Zetermordio schreien lassen. „Mein Vater", sagte sie, „hat mir empfohlen, jeden Kontakt mit ‚der Familie' zu vermeiden, und ich habe mich bei diesem guten Rat immer sehr wohl befunden, um nicht zu wünschen, mich ihm unterzuordnen ... Alle diese Ausflüge (der Bonaparte) an die Mittelmeerküste werden genügen, den Bourbonen Mißtrauen einzuflößen und die Ruhe, deren ich mich in diesem kleinen Staat erfreue, zu stören, den das Schicksal für mich bestimmte und wo ich mich vollkommen glücklich fühle." Daß sie auch diese Art Briefe unter dem Einfluß Neippergs schrieb, vielleicht gar von ihm in die Feder diktiert bekam, ist ohne weiteres anzunehmen. Sie war rasch zu beeinflussen. Es hätte nicht einmal eines so starken Willens bedurft wie den des Generals. Dieser Schwäche Marie Louises entsprangen viele ihrer Handlungen. Wenn sie ihrem persönlichen Willen gefolgt wäre, hätte vieles, was sie tat, ein andere Richtung bekommen. Ihr erster Impuls war meist der richtige, aber dann hörte sie die Ansichten der anderen, und sie ordnete sich ihnen unter, weil sie nie genug Mut hatte, die Verantwortung allein auf sich zu nehmen. Für einen Mann wie Neipperg, war es nicht schwer, Marie Louises ganze Persönlichkeit, ihr Denken und ihren Willen an sich zu reißen. Eine Dame der englischen Aristokratie, die 1814 Marie Louises Handeln gegen Napoleon in jeder Weise scharf verurteilte, wurde zu ihrer Verteidigerin, nachdem sie viele Jahre ihre vertraute Gesellschaft geteilt hatte. Lady Burgersh lernte Marie Louise am Hofe des Herzogs von Toskana kennen. Sie war später in Parma in der Lage, den immer wachsenden Einfluß zu beobachten, den Graf Neipperg über die junge Herrscherin gewann und mit welchen Mitteln er es verstand, auf sie zu wirken. „Graf Neipperg", meinte Lady Burgersh, „war an ihren Hof mit der unverkennbaren Absicht gesandt worden, ihre Liebe zu gewinnen und sie auf diese Weise völlig Napoleon zu entfremden. Und es war durchaus nicht zu verwundern, daß ihm das so schnell gelang, denn Marie Louise war ängstlich, schüchtern, sie langweilte sich und man hatte sie vor den Augen der Welt lächerlich gemacht. Deshalb war sie nur allzu bereit, dem Einfluß eines klugen Mannes zu unterliegen, der sie seinerseits bemitleidete und ihr aufrichtig ergeben war. Und das Ergebnis war, daß, als Napoleon aus Elba zurückkehrte, sie so von ihrer Liebe zu Neipperg absorbiert und mit ihm so eng verbunden war, daß der Gedanke an eine Rückkehr nach Frankreich sie mit Schrecken erfüllte. Ein stärkerer Charakter würde nicht so gehandelt haben wie sie, aber da sie nun einmal so war, wie sie war, muß man sie eher bedauern als streng verurteilen. Ihr Leben mit Neipperg war außerordentlich glücklich, und die Kinder, die sie ihm schenkte, waren ihr ganzes Glück. Deren Existenz wurde nicht offiziell anerkannt. Sie erhielten deshalb den Namen Montenuovo — eine italienische Version des Namens Neipperg (Neuberg) —, aber das hatte nichts mit dem Glück ihres häuslichen Lebens in der engen Gemeinschaft in Parma zu tun."

Länger als zehn Jahre währte dieses Glück. Während dieser Zeit war Graf Neipperg Marie Louise indes nicht nur ein idealer Lebensgefährte, sondern auch ein äußerst geschickter Mitregent. Er verwaltete auf indirekte Weise Parma in hervorragender Weise, obwohl es ungerecht wäre, wollte man ihm, wie es viele Biographien tun, allein das Verdienst einer guten Staatsführung zuschreiben. Aber sein Rat und seine unermüdliche Arbeitskraft, sein Wissen und Können waren Marie Louise von größtem Nutzen. Es gab kein Gesetz, keine Ernennung von Bedeutung, die er nicht . begutachtete, ehe sie in Kraft trat. Seine Reformen in der Landwirtschaft Parmas fanden ungeteilten Beifall. Seine Vorsicht, sein großes und kluges Entgegenkommen gegen die schwer bedrückte Bevölkerung haben wahrscheinlich bewirkt, daß das politische Unwetter, das sich wenige Jahre nach Neippergs Tod über Parma entlud, zu seinen Lebzeiten von Marie Louises Herzogtum abgelenkt wurde. Unter der Leitung des geschickten und tätigen Intendanten entstanden neue Straßen, Brücken, Schulen und Erziehungsanstalten, Theater wurden gebaut, Gemäldegalerien angelegt, aber auch Krankenhäuser und Mutterschutzhäuser dem Lande gegeben. Sehr oft gab Marie Louise die Initiative zu einer neuen Einrichtung, aber Neipperg war der geschickte Ausführer ihrer Pläne. Alle Zeitgenossen stellen ihr das Zeugnis aus, daß sie außerordentlich gut für ihre Untertanen sorgte, an alles dachte und bemüht war, soviel sie konnte, die Not zu lindern. „Sie war der einzige Souverän, der in den langen Jahrhunderten der Geschichte Parmas das Unglück der Zeiten und die Schlechtigkeit der Menschen zu überwinden wußte", sagt ihr italienischer Biograph Testi. Und es ist nicht zuviel gesagt. Denn nach dem Tode Marie Louises wurde Parma sogleich wieder in blutige Unruhen versetzt. Ihr Nachfolger kam in Verbannung und der nächste wurde auf offener Straße erstochen.

Marie Louise genoß ihr Glück mit zufriedener Ruhe in einer sehr geregelten Häuslichkeit. Sie hatte gefunden, was sie sich immer wünschte: ein Interieur, wo sie Alleinherrscherin war. Der General vergötterte und verwöhnte sie. Ihre Tochter war schön und gesund. Sie liebte sie. Nie trennte sie sich von der kleinen Albertine. Fast jedes Jahr besuchte sie mit dem „Prinzgemahl", wie man Neipperg im geheimen nannte, ihren Sohn in Schönbrunn. Später stand der junge Herzog auch mit dem Grafen in regem Briefwechsel. Neippergs Bestreben war, ihm eine Erziehung zu geben, die ihn, wenn er in dem Alter war, seine Situation zu erfassen, in den Stand setzte, alles abzustreifen, was eine falsche und ruhmlose Politik ihm hatte einflößen können. Seine Aufgabe wurde ihm und auch den Lehrern des Herzogs von Reichstadt nicht leicht gemacht. Solange der Prinz

MARIE LOUISE

klein war, schrie und weinte er vor Wut, wenn man ihm sagte,
er sei ein Österreicher. Er wollte nur Franzose sein. Der französische Einfluß aus frühester Kindheit wurde zwar mit der Zeit
schwächer, aber schwierig blieb das Problem seiner Erziehung
immer. Er war der Sohn Napoleons und besaß auch seinen Willen. Der Prinz war äußerst frühreif und dachte sehr bald
über die Geschichte seines Vaters nach. Er genoß eine vortreff-
liche Erziehung, aber da er fast immer in Gesellschaft älterer
Leute, besonders seines Großvaters war, beschäftigte er sich mit
Fragen, die andere Kinder in seinem Alter meist nicht interessieren. Die Geschichte Frankreichs und im besonderen die Geschichte des Kaiserreiches erregte begreiflicherweise sein größtes
Interesse. Kaiser Franz war menschlicher als die Politik. Er hat
ihm nie die Erinnerung an seinen Vater geschmälert. Nur solange er noch zu klein war, um die Ereignisse beurteilen zu
können, hielt man Dinge von ihm fern, die er nicht verstand.
Von seinem fünfzehnten Jahr an durfte er sich jedoch über alles
orientieren, was ihn interessierte. Und der Verkehr mit seinem
Freund, dem Grafen Anton von Prokesch-Osten, einem äußerst
gebildeten und unterrichteten Mann, hat dem Herzog von Reichstadt in edler Weise die Taten und das Leben seines Vaters Napoleon zur Kenntnis gebracht. Aber schon als Achtjähriger wollte
der Prinz alles wissen. Er bestürmte seine Lehrer, den Großpapa
und jeden, der mit ihm in Berührung kam, mit Fragen über die
Vergangenheit, die alle in Erstaunen, oft aber auch in Verlegenheit versetzten. „Großpapa", sagte er eines Tages zum Kaiser, in
dessen Arbeitszimmer er viele Stunden am Tage verbrachte,
„was ist ein König von Rom? Und warum nannte man mich
König von Rom?" Franz erklärte ihm, er werde das besser verstehen, wenn er älter sei. So wie er neben seinem Titel „Kaiser
von Österreich" noch den anderen „König von Jerusalem"
führe, ohne irgend welche Macht über diese Stadt auszuüben, so

habe auch der Prinz den Titel König von Rom gehabt. Der kleine Herzog dachte über diese Antwort lange nach. Dann ging er zum Grafen Dietrichstein und stellte neue Fragen. Dietrichstein war ein äußerst taktvoller und menschlich empfindender Mann. Er tat alles, um dem Sohne Napoleons und dem Enkel des Kaisers Franz eine Erziehung zu geben, die seiner Geburt und seinem Range entsprach. Auch Franz brachte dem Herzog von Reichstadt alle Liebe entgegen. Nur die Politik gestattete ihm nicht, seinem Enkel Rechte zu verschaffen, die er beanspruchen konnte. Als Graf Dietrichstein den Kaiser zu Beginn seines verantwortungsvollen Amtes fragte, wie er sich dem Prinzen gegenüber verhalten 'solle, im Falle er Fragen über die Vergangenheit an ihn richte, antwortete Franz aufrichtig: „Die Wahrheit muß die Grundlage der Erziehung des Prinzen sein. Sie sollen offen auf alle Fragen antworten, die er stellt. Das ist das beste und einzigste Mittel, seine Phantasie zu beruhigen und ihm das Vertrauen einzuflößen, das Sie nötig haben, um ihn zu leiten." Und es war wahr, der Knabe gab sich leichter zufrieden, wenn seine Lehrer keine Ausflüchte gebrauchten und offen mit ihm über alles redeten. In seinem Innern jedoch schienen Geheimnisse zu schlummern, die niemand erfuhr. Er war ein seltsames Kind. Leidenschaftlich in seiner Seele, wie einst der junge Bonaparte in Korsika gewesen war, aber gleichzeitig äußerlich kühl. Dietrichstein glaubte oft, der Knabe sei keines starken inneren Gefühls fähig, so verschlossen war er. Er beklagte sich fast nie über etwas. Nur, daß er nicht bei seiner Mutter sein konnte, die er liebte, schmerzte ihn. Manchmal brach die Sehnsucht in dem jungen Prinzen nach ihr aus und dann sagte er bittere Worte. „Wenn die Kaiserin Josephine meine Mutter gewesen wäre", soll er einmal als Zehnjähriger ausgerufen haben, „sie hätte mich nicht verlassen!" Wer hatte ihm diese Ansicht beigebracht? Nun, es ist nicht schwer zu erraten. Frau von Montesquiou hatte gut dafür gesorgt, daß Franz von Parma Frankreich nicht vergaß, und es gab wohl taktlose Diener genug, die es sich angelegen sein ließen, dem Herzen des Kindes auch die Mutter zu entfremden. Aber es gelang ihnen nicht. Marie Louise hat es immer verstanden, sich die Liebe ihres Sohnes zu bewahren. Er freute sich jederzeit, wenn sie kam, und war stets traurig und weinte bitterlich, wenn sie ging. Er sprach auch bisweilen von seiner Großmutter „Madame Mère". Ob er sie einmal in Rom besuchen dürfe? fragte er. Sie war immer lieb und zärtlich zu ihm gewesen. Für Letizia aber wie für Napoleon gab es keinen König von Rom mehr. Im Jahre 1819, als Marie Louise mit ihrem Vater eine Reise durch Italien machte, hatte sie die Absicht, ihre Schwiegermutter zu besuchen. Franz hätte es ihr vielleicht gestattet. Nur Letizia wollte die Frau nicht empfangen, die ihren Sohn im Stich gelassen hatte. Als der österreichische Gesandte bei ihr erschien und sie von dem Plane der Herzogin von Parma unterrichtete, schüttelte die Matrone den Kopf und sagte stolz: „Die Frau, von der Sie sprechen, kann nicht meine Schwiegertochter sein. Ohne Frage ist es eine Abenteuerin, die sich mit meinem Namen schmückt. Und Abenteuerinnen empfange ich nicht." Damit wußte Marie Louise genug. Von dem Schicksal seines Vaters in Sankt Helena erfuhr der Herzog von Reichstadt vorläufig nichts. Die immer mehr fortschreitende Krankheit Napoleons blieb dem Kinde selbstverständlich verborgen. Es war noch zu klein. Wie hätte man zu ihm, dem kleinen Knaben, von den Qualen und Leiden sprechen sollen, denen der kranke Gefangene seit Jahren ausgesetzt war.

Je weniger man in der Hofburg von Napoleon sprach, desto mehr beschäftigte sich Napoleon in Longwood mit seinem Sohn. Er sprach sehr oft von ihm, ohne die Hoffnung zu haben, ihn je wiederzusehen. Im Jahre 1818 drang plötzlich das Gerücht in die Öffentlichkeit, er werde mit Hilfe seiner Anhänger auch von der

Insel im Ozean entweichen. Diese Nachricht erregte Marie Louise
in Parma außerordentlich. Sie ließ sofort Neipperg in Wien an-
fragen, ob etwas Wahres daran sei. Metternich beruhigt sie indes
sofort durch einen Brief an den Intendanten: „Herr Graf, ich
habe aus Ihren letzten Depeschen ersehen . . ., daß Ihre Majestät, die Frau Erzherzogin, durch die Gerüchte beunruhigt worden ist, die man über eine Verschwörung zur Befreiung Napoleons aus der Gefangenschaft in Sankt Helena verbreitet hat.
Diese Nachricht bezieht sich auf die Entdeckung einer durch Vermittlung des Doktor O'Meara eingeleiteten Korrespondenz. Die
englische Regierung hat alle Fäden davon in Händen. Sie hat
sofort alle Sicherheitsmaßnahmen getroffen, welche die Umstände erheischen. Man kann daher in dieser Hinsicht vollkommen sicher sein." General Neipperg war bestimmt froh, Marie
Louise diese beruhigende Nachricht überbringen zu können. Ihm
lag am meisten daran, daß Napoleon nicht zurückkehre. Englischen Nachrichten zufolge soll Joseph Bonaparte, der in Amerika lebte, dem glücklichen Befreier seines Bruders aus der Gefangenschaft acht Millionen versprochen haben. Joseph bezahlte
in den englischen Häfen Leute, die den Auftrag hatten, einen Ka-
pitän zu gewinnen. Dieser sollte dann, unter dem Vorwand, in
Sankt Helena Anker werfen zu müssen, in Jamestown einlaufen
und den gefangenen Kaiser durch List befreien. Indes, England
hatte scharfe Augen. Alle diese Versuche trugen nur dazu bei,
die Gefangenschaft des Kaisers zu verschärfen.

Napoleon dachte nicht daran zu entfliehen. Er war nicht mehr
zu fürchten. Er war ein kranker Mann. Der Tod hatte bereits
seine Hand auf ihn gelegt. Die Kräfte verließen ihn jeden Tag
mehr. Im zeitigen Frühjahr des Jahres 1821 verschlimmerte sich
sein Zustand zusehends. Eine unablässige Müdigkeit zwang ihn
fast immer auf einer Ottomane zu liegen. In dumpfem Hin-
brüten, in Gedanken an sein Schicksal versunken, lag er da.

Wenn die Schmerzen zu heftig wurden, legte er sich ins Bett. Tag und Nacht wachte einer seiner Getreuen an seinem Krankenlager. Die Ärzte verließen ihn kaum noch. Sein Magenleiden verursachte ihm derartige Schmerzen, daß er oft vor Qual ausrief: „Mein Gott, wenn ich schon das Leben auf so elende Weise verlieren soll, warum haben mich die Kugeln verschont!" Am meisten aber quälte ihn der Gedanke, sein Sohn könne von ihm die furchtbare Krankheit geerbt haben. Schon Napoleons Vater war an Magenkrebs gestorben. Der Kaiser glaubte daher, daß er das Übel von ihm geerbt habe. Inständig flehte er den Doktor Antommarchi an, der ihm nach O'Mearas Verabschiedung als Arzt beigegeben war, er möchte sich nach seinem Tode genau orientieren, was die Ärzte damals in Montpellier über die Krankheit seines Vaters berichtet hätten, damit er seinem Sohn frühzeitig raten könne, sich von Spezialisten behandeln zu lassen, ehe es zu spät sei. „Könnte ich doch meinem Sohn diese furchtbare Krankheit ersparen!" rief er ein paar Tage vor seinem Tode aus. „Sie werden ihn besuchen, Doktor! Sie werden ihm sagen, was er machen soll! Ersparen Sie ihm die Qualen, die mich zerfleischen. Ich erwarte diesen letzten Dienst von Ihnen." Immer denkt der Sterbenskranke an seinen Sohn, an Marie Louise. Wochen vorher bereits hat er daran gedacht, für den Sohn in Wien seine väterlichen Ratschläge aufzeichnen zu lassen. Mit fiebernden Augen, obwohl er so schwach ist, daß er kaum im Bett aufrecht sitzen kann, diktiert er dem General Montholon die Worte: „Mein Sohn soll nicht daran denken, meinen Tod zu rächen. Die Erinnerung an meine Taten soll ihn nie verlassen. Aber er soll in allem, was er tut, nur darauf bedacht sein, in Frieden zu regieren. Wollte er vielleicht nur aus reinem Nachahmungstrieb und ohne absolute Notwendigkeit meine Kriege wiederholen, so wäre er nichts als ein Nachäffer. Mein Werk wieder neu beginnen, hieße, daß ich nichts getan hätte. Es vollenden, im Gegenteil, das würde die Festigkeit der Grundlagen beweisen und den ganzen Plan des Gebäudes verständlich machen, das erst in den Anfängen begriffen war. Man macht nicht zweimal dasselbe in einem Jahrhundert! Ich bin gezwungen gewesen, Europa durch die Waffen zu bändigen. Heute muß man es überzeugen! ... Mein Sohn soll der Mann der neuen Ideen und der Sache sein, die ich überall zum Siege geführt habe." — Und weiter beschäftigt sich Napoleon mit der Zukunft des Herzogs von Reichstadt. Er gibt ihm sogar den Rat, welche Heiraten später für ihn in Betracht kommen. Ist er im Exil, so solle er eine Bonaparte, eine der Nichten Napoleons, heiraten. Käme er aber zur Regierung, dann nur eine russische Großfürstin. „Es ist der einzige Hof, an dem die Familienbande die Politik beherrschen!" Was er selbst nicht durch seine Heirat hatte erreichen können, das wünschte Napoleon jetzt für seinen Sohn.

Napoleons Ende naht. Bald hat er ausgelitten. Die Symptome verschlimmern sich. Das Fieber steigt von Tag zu Tag. Die beständige Angst des Sterbenden ist fürchterlich. Am 3. Mai fühlt er, daß er stirbt. Allein, ohne seine Familie. Alle seine Getreuen werden nach seinem Tode nach Europa zurückkehren. Nur mit ihm ist das Geschick grausam. Er erteilt ihnen Ratschläge für „drüben". Noch einmal denkt er daran, was er in seiner Politik falsch gemacht hat. Aber keine seiner Taten, sagt er, sei unberechtigt gewesen. „Leider waren die Umstände ernst. Ich war genötigt, scharf vorzugehen und vieles für spätere Zeit aufzuschieben. Dann kam der Zusammenbruch. Ich konnte den Bogen nicht spannen. Frankreich wurde der freien Einrichtungen beraubt, die ich für das Land im Auge hatte. Es ist nachsichtig gegen mich. Es trägt meinen Absichten Rechnung. Es liebt meinen Namen, meine Siege. Tuen Sie dasselbe. Bleiben Sie den Ansichten, die wir verteidigten, und dem Ruhme, den wir erwarben, treu. Sonst gibt es nur Schande und Verwirrung." Dann beauftragt er Doktor Antommarchi mit seinem letzten Vermächtnis für Marie Louise. „Doktor", sagt er, „es ist mein Wunsch, daß Sie mein Herz konservieren, es nehmen und meiner lieben Louise nach Parma bringen. Ich erlaube Ihnen, ihr die Hand zu küssen. Sagen Sie ihr, daß ich sie zärtlich geliebt und niemals aufgehört habe, sie zu lieben. Erzählen Sie ihr alles, was Sie beobachtet haben. Hören Sie, alles!, was sich auf meine Lage und auf meinen Tod bezieht... Sagen Sie meiner Familie, Napoleon sei elend zugrunde gegangen, von allem entblößt, sich selbst und seinem Ruhme überlassen." Und mit einem Fluch gegen die regierenden Fürstenhäuser Europas sinkt er erschöpft in die Kissen. Allein, für Marie Louises Handeln findet er immer eine Entschuldigung. Die Erinnerung an sie, an das junge, unschuldige, hilfsbedürftige Mädchen, das er aus den Händen ihres Vaters empfangen hatte, ist nimmermehr in ihm erloschen. Sie war für ihn ein köstliches Geschenk gewesen, das er zwar teuer hatte bezahlen müssen, aber sie hatte ihm mit ihrer unverfälschten Jugend ein nie geahntes Glück gegeben. Er gab sich schließlich selbst die Schuld, ihr nicht bessere Ratgeber ausgesucht zu haben, als er getan hatte. „Wenn sie bessere Berater gehabt hätte und nicht von solchen Leuten wie Frau von Montebello und Corvisart umgeben gewesen wäre, die ihr zuredeten, wieder in ihre Heimat zurückzukehren, Marie Louise hätte mit mir meine Gefangenschaft geteilt", sagte er zu Gourgaud in Sankt Helena.

Der 5. Mai naht. Napoleons Körper ist eiskalt. Der Puls setzt oft aus. Der Sterbende phantasiert von seiner Armee, seinen Kampfgenossen. Dann verliert er die Sprache. Es ist elf Minuten vor sechs Uhr abends. Napoleon hat aufgehört zu sein! Sein Herz durfte Antommarchi nicht mit nach Europa zu Marie Louise nehmen. Es blieb, wie auch sein Leichnam, in Sankt Helena. Viele Jahre später erst ruhen seine Gebeine im Invalidendom in Paris.

Fürst Metternich
Nach einem Gemälde von Lawrence

Marie Louise war zwar längst nicht mehr Napoleons Frau, aber er hatte sie bis zu seinem Tode als solche betrachtet. Wahrscheinlich war er von ihrer zweiten Ehe unterrichtet, nur ging er über diese für ihn peinliche Angelegenheit vor den Seinigen in Sankt Helena stillschweigend hinweg, teils aus Scham und Eitelkeit, teils weil er seinem Sohn als Träger der Dynastie nicht schaden wollte. Wußte er von Albertine, der Tochter Neippergs und Marie Louises? Nie sprach er davon. Nie trafen Marie Louise Vorwürfe. Es ist indes nicht von der Hand zu weisen, daß Napoleon auch auf Sankt Helena der große Tragöde der Geschichte geblieben ist. Alles, was er dort sagte und tat, war für die Nachwelt berechnet, für seinen und seines Sohnes Ruhm. Für die Napoleoniden. Hätte er sich in Sankt Helena in alles gefügt, wäre er mit seinem traurigen Los zufrieden gewesen, hätte er nicht immer wieder auf dem öden Felsen im Weltmeer das Andenken an seinen Ruhm hervorgerufen, hätte er nicht immer wieder die Welt über seine Person in Atem gehalten, niemals wäre ihm die Märtyrerkrone verliehen, niemals wäre je ein zweites napoleonisches Kaiserreich entstanden. Er hatte dieses Reich für seinen Sohn gedacht — aber der Tod des jungen Prinzen und die Politik der noch allzu frischen Feinde Napoleons verhinderten es. Sechs Jahre genügten nicht, um die Welt vergessen zu lassen, welche Opfer sein Genie gefordert hatte.

Marie Louise erfuhr die Nachricht vom Tode Napoleons vier Wochen später durch die Zeitung von Piemont. Man hatte es von keiner Seite für nötig erachtet, ihr den Tod des Mannes mitzuteilen, der ihr einstmals sehr nahegestanden hatte. Sie war über diese Tatsache nicht nur höchst schmerzlich berührt, sondern auch entrüstet. Zwar hatte auch sie mit der Zeit vergessen, daß sie Napoleon einmal in Liebe zugetan gewesen war, aber nie vergaß sie seine Güte und Fürsorge für sie. Ihre Achtung für Napoleon, den Vater ihres Sohnes, hat niemand untergraben

MARIE LOUISE

können. Als sie die Nachricht gelesen hatte, zog sie sich schweigend in ihr Zimmer zurück. Im ersten Moment war sie sichtlich erschüttert. Ein Zittern kam in ihre Knie. Sie mußte sich setzen. Gleich am nächsten Tag begab sie sich nach Sala, bis sie Bestimmteres wußte. Sie schrieb sofort an Frau von Crenneville nach Wien, um sich von ihr Gewißheit zu holen, denn von Metternich traf die Nachricht erst viel später ein. „Ich bin in großer Ungewißheit", schrieb sie. „Die Piemonteser Zeitung kündet den Tod des Kaisers Napoleon in einer so positiven Weise an, daß kaum daran zu zweifeln ist. Ich gestehe, es hat mich tief erschüttert. Obwohl ich für ihn in keiner Weise jemals ein leidenschaftliches Gefühl empfunden habe, so kann ich doch nicht vergessen, daß er der Vater meines Sohnes ist. Weit davon entfernt, mich schlecht behandelt zu haben, wie die Leute glauben, hat er mir stets die größte Achtung und Rücksicht erwiesen, das einzige, was man in einer aus Politik geschlossenen Ehe wünschen kann. Ich bin daher sehr betrübt, und obwohl man froh sein kann, daß er sein elendes Dasein auf christliche Weise beendete, hätte ich ihm doch noch viele Jahre des Glücks und des Lebens gewünscht — vorausgesetzt, daß er fern von mir gelebt hätte."

Endlich erhielt sie auch die offizielle Bestätigung. Baron Vincent, der österreichische Gesandte in Paris, benachrichtigte sie am 20. Juli. Sie ordnete sofort für ihren Hof Trauer auf drei Monate an. Eine Leichenfeier fand im Dom statt und es erschien ein von Neipperg redigierter Nachruf, in dem der einstige Weltbeherrscher als „Serenissimus consorte della Augusta Sovrane" betitelt war. Vom Erhabenen zum Lächerlichen ist nur ein Schritt! Marie Louise ließ diesen „Prinzkonsort" bestehen. Sie meinte alles getan zu haben, was ihr die Pflicht gegen den Vater ihres Kindes vorschrieb. Des Mannes, den sie einmal geliebt hatte, gedachte sie nicht. Dem Herzog von Toskana gegenüber beklagte sie sich indes bitter, daß man es weder in Wien noch

290

irgendwo für nötig gehalten hatte, sie von dem Tode ihres ersten Gatten zu unterrichten, sondern daß sie es durch die Zeitung erfahren mußte. „Ich habe alles getan, was mir die Pflicht gegen den Vater meines Kindes — über den ich mich niemals persönlich zu beklagen hatte — vorschrieb, ohne dadurch die ganze Kleinlichkeit der politischen Interessen zu verletzen. Mein Gewissen ist beruhigt. Ich habe mich im ersten Augenblick ziemlich aufgeregt, aber jetzt beginnt mein Zustand sich zu bessern. Was mir indes den tiefsten Schmerz unter diesen Umständen bereitet, ist, daß ich nicht die geringste Nachricht, nicht einmal eine offizielle, keinen Freundschaftsbrief oder ein paar vertrauliche Zeilen aus Wien erhielt, dem einzigen Weg, auf dem mir auf sichere Weise eine Mitteilung zukommen konnte. Ich gestehe, ich hatte mehr Interesse und Freundschaft von dieser Seite erwartet, und es hat mir einen grausamen Schlag versetzt, zu sehen, wie wenig man oft auf seine ganze Familie zählen kann. Diesen Schmerz kann nur die Zeit lindern."

Ihre Gesundheit war wirklich sehr angegriffen. Die Nachricht vom Tode Napoleons hatte sie tiefer erschüttert, als sie anderen gegenüber zugestehen wollte oder konnte. Sie hätte sich vor der Welt lächerlich gemacht, wenn sie jetzt, in diesem Augenblick, wo sie sich zum zweitenmal von Neipperg Mutter fühlte, die liebende, untröstliche Gattin des Verstorbenen gespielt hätte. Sie mußte alles in sich verschließen, was sie empfand. Sein Schicksal ging ihr seelisch dennoch nahe. Und es tat ihr wohl, daß endlich einige Freunde aus Wien ihr ein paar Trostworte schrieben. Sie war dankbar für diese Teilnahme. Ihrer ehemaligen Erzieherin dankte sie mit den Worten: „Diese Beweise des freundschaftlichen Interesses haben mir um so wohler getan, als ich — leider — sehr wenige erhalten habe, was mir sehr weh getan hat. Man hat gut, mich von dem Vater meines Kindes entfremden — der Tod, der alles, was schlecht hätte sein können, auslöscht, berührt immer schmerzlich und besonders, wenn man daran denkt, welch schrecklichen Todeskampf ‚er‘ schon seit Jahren durchmachte. Ich würde ja kein Herz haben, wenn ich darüber nicht außerordentlich erschüttert gewesen wäre, um so mehr, da ich es durch die Zeitung erfuhr!!! — Die ganze Zeremonie der Trauerfeier (in Parma) hat mich ebenfalls außerordentlich aufgeregt und ich muß sagen, ich bin kränker an meinen Nerven denn je, was dem guten (Doktor) Moriggi große Sorgen bereitet." Auch an ihren kleinen Sohn in Wien schrieb Marie Louise tröstende Worte, die ihr Inneres erkennen lassen: „Ich fühle, es ist für mein Herz der beste Trost, an Dich darüber zu schreiben und mit Dir darüber zu sprechen. Ich bin sicher, Du fühlst ebenso tief als ich den Schmerz, denn Du wärest undankbar, hättest Du seine Güte vergessen, die er Dir in Deiner frühesten Kindheit entgegenbrachte. Ich weiß, Du wirst bemüht sein, seine großen Charaktereigenschaften nachzuahmen, während Dir indes der Felsen erspart bleiben möge, auf dem er sein Leben aushauchte."

Alles, was man bisher über Marie Louises Kälte beim Tode Napoleons gesagt hat, strafen diese Briefe Lügen. In ihrer Lage war es schwer, sich anders zu benehmen, als sie sich benommen hat. Sie blieb lange von Parma fern „wegen der großen Trauer". Sie wollte sich nicht der Neugier der Menschen aussetzen, die alle ihre Gesten beobachteten. Zumal sie in einem körperlichen Zustand war, der sie gerade in diesem Augenblick in eine peinliche Situation gebracht hätte. Sie begab sich von Sala nach Sologrande, wo sie am 9. August 1821 Neippergs Sohn Wilhelm Albert das Leben schenkte. Im September war sie wieder in Parma. Noch nicht lange hatte sie wieder ihr gewöhnliches Leben aufgenommen, als sie durch den Besuch des vom Kaiser in Sankt Helena beauftragten Doktor Antommarchi von neuem an Napoleon erinnert wurde. Er brachte ihr die letzten Worte

des Sterbenden. Das Herz hatte er, auf Hudson Lowe's Weisung, in Sankt Helena lassen müssen. Der Arzt Napoleons wurde sehr liebenswürdig vom Grafen Neipperg empfangen. Der General stellte eine Menge Fragen über Napoleons Krankheit, über seine letzten Augenblicke. Als Antommarchi jedoch darum bat, auch Marie Louise persönlich die Einzelheiten zu berichten, erwiderte Neipperg, das sei zu seinem Bedauern nicht möglich. Die Herzogin sei leidend. Sein Besuch würde sie aufregen und noch kränker machen. Man befürchtete also, daß Marie Louises Herz für den toten Napoleon noch schlagen könnte. Neipperg suchte eine Aussprache Marie Louises mit dem Arzte zu vermeiden, der ihr vieles von dem Manne sagen konnte, von dem die Politik sie gerissen hatte. Graf Neipperg erbot sich aber als Vermittler der Worte Antommarchis bei der Herzogin. Er wolle ihr auch die Briefe Bertrands und Montholons übergeben, mit denen er beauftragt sei. Antommarchi überließ ihm die Briefe. Der General verschwand einige Zeit und kehrte dann mit der Bemerkung zurück: „Ihre Majestät hat die Briefe gelesen. Sie bedauert unendlich, außerstande zu sein, Sie zu empfangen. Aber es ist unmöglich. Sie begrüßt mit großem Interesse den letzten Willen Napoleons in bezug auf Sie, Doktor, aber sie muß, ehe sie ihn erfüllen kann, es ihrem Vater vorlegen."
— Napoleon hatte Marie Louise in einem der erwähnten Briefe bitten lassen, dem Arzt, der ihn mit der größten Aufopferung gepflegt hatte, eine Lebensrente von 6000 Franken auszusetzen und ihn als gewöhnlichen Arzt an ihrem Hofe anzustellen. Es ist fraglich, ob sie diese Briefe überhaupt zu Gesicht bekam. Jedenfalls wurde die Lebensrente dem Doktor Antommarchi nicht gezahlt. Er war ebensowenig, wie vor einigen Jahren O'Meara, bis zu Marie Louise gelangt und mußte gehen, ohne mit der Frau sprechen zu können, um die der Sterbende sich am meisten gesorgt hatte. Als der Arzt abends im Theater in Parma

MARIE LOUISE

der Vorstellung beiwohnte, sah er die Herzogin mit Neipperg
in der Loge ganz gesund, nur sehr blaß. Sie unterhielt sich äußerst
lebhaft. Man sah ihr nichts von der Krankheit an, die der General, ihr Gatte und Zivilgouverneur, am Morgen vorgeschützt hatte.
Antommarchi schrieb die Blässe ihres Gesichts dem Schmerz
Marie Louises über Napoleons Tod zu. Er wußte nicht, daß sie
erst kürzlich einem Kinde das Leben geschenkt hatte. Antommarchi war indes froh, sie wenigstens gesehen zu haben. Und
er reiste einigermaßen getröstet zu Letizia nach Rom, der Mutter die letzten Grüße ihres großen Sohnes zu bringen. Es ist
offenbar: Marie Louise durfte niemand sehen, niemand empfangen, der persönlich zu Napoleon in Sankt Helena in Beziehung gestanden hatte. Selbst nach seinem Tode fürchtete man
noch seinen Einfluß.

Auch der zweite Besuch Antommarchis bei Marie Louise hatte
keinen Erfolg. Immer empfing ihn Neipperg. Immer liebenswürdig, niemals verletzend, aber wie ein Zerberus bedacht, daß
niemand sich ihr nähere. Ob es mit oder ohne ihren Willen geschah, ist nicht festzustellen. Eine Bemerkung jedoch in einem der
Briefe an ihren Vater aus dieser Zeit läßt darauf schließen, daß
sie jetzt, nachdem man sie jahrelang nicht um ihre Meinung gefragt hatte, was sie für Napoleon empfand, nicht mehr gewillt
war, persönlich zu entscheiden und zu handeln. Die englische Regierung hatte sich in spontan empfundener Menschlichkeit an den
österreichischen Gesandten Fürsten Esterházy gewandt, damit er
mit Metternich spreche, um zu erfahren, ob Marie Louise darauf
bestehe, daß der letzte Wille des Toten, ihr sein Herz zu senden,
ausgeführt werden solle. Gleichzeitig hatte man aber äußerst
diplomatisch hinzugefügt: „Oder ob es Ihrer Majestät vielleicht
lieber sei, daß die irdischen Reste ihres Gemahls in Frieden
ruhten." Man wußte, Marie Louise war eine gläubige Katholikin. Die Ruhe eines Toten stören, ging bestimmt gegen ihr

religiöses Gefühl. Die Antwort an ihren Vater fiel so aus, wie Metternich sie wünschte. Aber zum erstenmal in ihrem Leben bäumt sie sich dagegen auf, daß man von ihr verlangt, sie solle in einer Angelegenheit, die Napoleon betrifft, entscheiden. Sie schreibt an ihren Vater: „Wenn es mir seit 1814 nicht gestattet worden ist, mich verständlich zu machen in den Mutmaßungen, die sein Geschick besiegelten, so denke ich, kann es auch heute noch so sein, und indem ich in dem Schweigen verharre, das mir Ihre Ratschläge und meine Lage zur Pflicht machten, bleibt mir nichts weiter übrig, als die Gefühle, die ich selbstverständlich empfinde, in mich zu verschließen. Wenn ich jedoch nach all dem wechselvollen Geschick noch einen Wunsch zu äußern hätte, sowohl für mich als auch für den Herzog von Reichstadt, so wünschte ich, die sterblichen Überreste meines Mannes, des Vaters meines Sohnes, würden respektiert. Indem ich diesen Wunsch mit unbegrenztem Vertrauen Ihrem väterlichen Herzen anheimgebe, überlasse ich es Ihnen, zu entscheiden, ob Sie es für schicklich und für nötig erachten."

Aus diesem wichtigen Brief, den man geradezu als Schlüssel zu dem Geheimnis ihres Verhaltens betrachten kann, haben die Gegner Marie Louises ihr einen Strick gedreht. Sie hatte kaltblütig das Herz Napoleons verweigert! Aber man vergißt, daß man es ihr schon zu Lebzeiten entfremdete und entriß. Man gebot ihr, zu allem zu schweigen. Man gebot ihr, auch die Stimme ihres eigenen Herzens zum Schweigen zu bringen. Und sie hatte geschwiegen.

VIERZEHNTES KAPITEL

DIE WITWE

Lamartine über Marie Louise — Der Kongreß in Verona — Die Krankheit Neippergs — Sein Tod — Verzweiflung Marie Louises — Reisen — In Genf

Die Vergangenheit Marie Louises hatte mit dem Tode Napoleons ihren Abschluß gefunden. Die Politik verlangte von ihr, jede Erinnerung daran aus ihrem Innern zu tilgen. Sie fügte sich. Sie sagte nicht, wie sie dachte, sie zeigte nicht, was sie empfand. Die Zeit und das Glück an der Seite Neippergs lassen sie bald ganz vergessen, daß sie einst Kaiserin der Franzosen, die Gattin des größten Genies der Weltgeschichte gewesen war, dieses Genies, das sie kaum begriffen hat. Weit hinter ihr liegen aller Glanz, alle Macht. Die Jahre fliehen. Sie ist zufrieden und froh in ihrem kleinen Reich. Hätte sie noch den Herzog von Reichstadt bei sich haben können, ihr Glück wäre vollständig gewesen. „Aber man soll nicht zu viel verlangen", meint sie philosophisch in einem Briefe an Viktoria. Wie sie einst als Gattin treu zu Napoleon gehalten hat, so vermag auch jetzt niemand den Grafen Neipperg aus ihrem Herzen zu verdrängen. Magawli hat es einmal versucht, die Oberhand über den General zu gewinnen und ihm die Gunst der Souveränin, vielleicht auch die Neigung der Frau zu entreißen. Er wollte Neipperg nicht als ungekrönten Herrscher Parmas anerkennen und mußte es mit dem eigenen Sturze als Premier büßen. Neid, Mißgunst,

Eifersucht oder Ehrsucht, alles scheitert an dem unerschütterlichen Gefühl Marie Louises für ihren zweiten Gatten. Sie ist reifer geworden. Im Innern wie im Äußern. Äußerlich hat sie sich nicht zum Vorteil verändert. Antommarchi war enttäuscht, als er sie in Parma im Theater sah. Sie besaß nicht mehr die Frische der Jugend, nicht mehr den „Rosenteint", von dem Napoleon in Sankt Helena geschwärmt hatte. Sie war erst dreißig Jahre alt, aber sehr mager und blaß. Die starke Unterlippe trat jetzt mehr hervor und machte ihren Mund unschön. Aber bedeutend umgänglicher war Marie Louise geworden. Sie hatte gelernt, liebenswürdig zu sein. Lamartine sah sie als Sechsunddreißigjährige. Er war von ihrer Güte, ihrer Anmut entzückt. Marie Louise empfing ihn mit einer Liebenswürdigkeit, die ihn geradezu frappierte. So hatte sie sich verändert, seit er sie als Kaiserin in Paris gesehen hatte! „In ihrem kleinen, begrenzten Staat glücklicher als zu einer anderen Zeit, zeigt sich die Fürstin unendlich viel liebenswürdiger und geistreicher in Parma als in Paris. Sie ist sehr kultiviert. Sie hat das Bedürfnis zu gefallen und besitzt eine große, einfache Natürlichkeit. Ihre Unterhaltung hat nichts Gezwungenes. Sie spricht von der Vergangenheit fast wie von einer vorgeschichtlichen Zeit. Die Kaiserin von einst und Marie Louise jetzt sind zwei vollkommen verschiedene Wesen. Sie ist weit davon entfernt, sich nach dem Vergangenen zu sehnen, denn sie ist in ihrer neuen Verbindung glücklich."

Zu dieser Zeit jedoch war Marie Louises Leben in Parma von Sorgen um die Gesundheit des Grafen Neipperg verdüstert. Er kränkelte schon lange. Sein Herz war krank. Er durfte sich nicht mehr dieselben Anstrengungen zumuten wie ehedem. Für den Mann, der gewohnt war, sein halbes Leben in Feldzügen und auf Reisen an fremden Höfen zu verbringen, war es eine schmerzliche Entdeckung, sich jetzt schonen zu müssen. Es war indes

diesem tätigen Charakter nicht immer möglich, daran zu denken,
daß er leidend sei. Marie Louise bangte bei jeder Reise, die er
allein unternahm, für sein Leben. Wenn sie mit ihm zusammen
reiste, war sie ruhig. Noch war er ihr ständiger Begleiter. Ob sie
nach Neapel oder Pompeji, nach Mailand, Florenz, nach Verona
oder nach Wien reiste, stets war er bei ihr. Auf dem Kongreß
von Verona vertrat er wieder aufs beste ihre Interessen. Sie
stand sich jetzt ausgezeichnet mit den Bourbonen. Als sie mit
Neipperg in der Kongreßstadt erschien, empfing man sie beinahe
wie eine große Herrscherin. Man huldigte der kleinen Herzogin
von Parma auf eine Weise, die ein wenig das Lächeln der übrigen
Welt hervorrief. Alle Großen beugten sich vor der Frau, der
man nur ein winziges Ländchen und einen General zum Manne
gelassen hatte. Ihr Vater, Metternich, Graf Nesselrode, Graf
Pozzo di Borgo, der König von Preußen, Baron Wilhelm von
Humboldt, der Erzherzog und die Erzherzogin Vizekönig und
Vizekönigin von Italien, der König beider Sizilien, der Herzog
von Modena (Marie Louises einstiger Verehrer von Este), die
Prinzen Wilhelm und Karl von Preußen und viele andere illustre
Persönlichkeiten waren in Verona versammelt, fast alle Namen
wie einst bei der Fürstenzusammenkunft in Dresden 1812, nur
mit dem Unterschied, daß die meisten Throne ihren Besitzer
gewechselt hatten und daß Marie Louise die Gattin eines anderen
war. Sie befand sich um diese Zeit wieder in interessanten Umständen, aber das Kind kam im Herbst tot zur Welt.

Ihr Auftreten in Verona forderte natürlich die Kritik der
Außenwelt heraus. Die Bourbonen waren des Lobes voll, die
Bonapartisten verachteten sie, daß sie nicht ein einziges Mal auf
dem Kongreß den Namen Napoleon aussprach, als schäme sie
sich des Mannes, der die Welt mit seinem Ruhme erfüllt hatte
und noch erfüllte. Sie war müde geworden, Rechte zu verteidigen, die nie anerkannt wurden, Rechte, die sich auf eine

Dynastie und ein Werk bezogen, die in den Augen der legitimen Herrscher geraubt und usurpiert worden waren. Man hatte Marie Louise überzeugt, daß die Politik stärker als sie, daß jedes Bemühen ihrerseits, alle Anstrengungen, etwas anderes zu erreichen, als man von ihr verlangte, ohnmächtige Versuche seien. Sie war keine Kampfnatur. Sie war kein starker Charakter, sogar weit davon entfernt. Ihre große Schwäche, ihre Unentschlossenheit und die Leichtigkeit, mit der sie für fremde Einflüsse zugänglich war, haben ihr am meisten geschadet. Sogar ihre Natürlichkeit und Einfachheit — sonst lobenswerte Charaktereigenschaften — waren ein Nachteil in ihrer Lage. Sie verhinderten sie, Komödie zu spielen. Lamartine beurteilt sie ganz richtig als Mensch. „Die theatralische Welt des Hofes verlangte die Vorspiegelung der ehelichen Liebesleidenschaft von einer Gefangenen des Hofes. Marie Louise war zu natürlich, um Liebe zu heucheln, wo sie nicht mehr als Gehorsam, Furcht und Resignation empfand. Die Geschichte wird sie anklagen, aber die menschliche Natur wird sie bedauern." — Sie war zu jung, als sie vor die welterschütternden Ereignisse gestellt wurde. Erst später entwickelte sie sich zur denkenden Frau. Hätte sie zwischen dreißig und vierzig und nicht mit zwanzig alles erlebt, wahrscheinlich würde sie ganz anders gehandelt haben. Aber man wollte aus der jungen Kaiserin Marie Louise und aus der Witwe Napoleons eine Komödiantin machen. Sie verfehlte ihre Rolle aus Mangel an schauspielerischem Talent. Nur die Frau blieb.

Die unbegrenzte Liebe zu ihrem Vater spielte eine weitere große Rolle in ihrem Leben, vielleicht sogar die größte. Sein Einfluß auf sie war stärker als alles. Ein einziges Wort von ihm hätte genügt, und ihr ganzes Leben wäre in andere Bahnen gelenkt worden. Ihr lag immer nur daran, das zu tun, was ihr Vater wünschte. Auch jetzt tat sie stets das, was ihm Freude machte. In ihrem kleinen Herzogtum führte sie die Regierungsgeschäfte ganz nach seinen Anordnungen und Ratschlägen und war darauf bedacht, seine Zufriedenheit zu erwerben. Als sie ihn im Jahre 1825 mit der Kaiserin — Franz hatte zum viertenmal geheiratet, und zwar eine Tochter des Königs von Bayern — an ihrem eigenen Hofe in Parma empfangen durfte, war Marie Louise sehr stolz, ihn mit der Einweihung der neuen schönen Brücke über die Trebbia begrüßen zu können. Der Bau dieser Brücke hatte 1,200.000 Franken gekostet. Der Kaiser fand alles wundervoll und lobte seine Tochter sehr. Graf Neipperg wurde von ihm mit allen Zeichen der Hochachtung behandelt. Ihm und seiner Energie war es ja vor allem zu danken, daß Marie Louises Herzogtum so gut verwaltet war und daß sie sich selbst wieder als Österreicherin fühlte. Ohne Frage war er kein gewöhnlicher Mensch. Er war außerordentlich begabt und fand neben allen Arbeiten im Dienst des Staates, neben seinen militärischen Pflichten als Militärgouverneur noch Zeit für schriftstellerische Arbeiten. Im Jahre 1820 befehligte er ein Armeekorps des österreichischen Heeres, das gegen die Insurgenten in Piemont verwendet wurde. Gleichzeitig aber schrieb er militärische Abhandlungen für Militärzeitschriften, verfaßte Denkschriften und übersetzte große militärische Werke ins Italienische und Deutsche. Als Politiker war er äußerst geschickt und vorsichtig. Solange er am Leben und am Ruder war, hatten Parma und Marie Louise nichts zu fürchten. Neipperg war im Volke sehr beliebt, und Marie Louise genoß eine Popularität, die weit über die Grenzen gewöhnlicher Volksbeliebtheit hinausging.

Neippergs politischer und irdischer Laufbahn war indes keine lange Dauer bestimmt. Sein Herzleiden raffte ihn schon mit siebenundfünfzig Jahren hinweg. Im Juli 1828 hatte er mit Marie Louise und dem ganzen Hof von Parma noch einmal dem Kaiser von Österreich in Wien einen Besuch abgestattet. Im

September desselben Jahres fanden die österreichischen Manöver statt. Der damals schon sehr leidende General wollte in seiner Eigenschaft als Feldmarschalleutnant diesen Manövern beiwohnen. Es bedeutete eine große Anstrengung für ihn, aber er war ein so passionierter Soldat, daß er diese Abwechslung in dem an sich eintönigen Hofdienst freudig begrüßte. Anfang September kehrte er mit Marie Louise nach Parma zurück. Er kam jedoch nur bis Turin. Er fieberte so stark und die Atmung war so beschwerlich, daß er unfähig war, weiterzureisen. Beim König Karl Felix von Sardinien, dessen Schloß in der Nähe von Turin lag, fand der schwerkranke General gastfreundliche Aufnahme, während Marie Louise mit ihrem Hof weiter nach Parma reiste. Neippergs Zustand war besorgniserregend. Er konnte nicht liegen, weil er keine Luft bekam. Tag und Nacht mußte er sitzend im Bett verbringen. Alle Aderlässe und Medikamente, alle Bemühungen der Ärzte, deren er drei hatte, waren umsonst. Die Beine waren so geschwollen, daß er sie nicht mehr bewegen konnte. Die Ärzte gaben ihm nicht lange Zeit mehr zu leben. Aber die Etikette des sardinischen Hofes verlangte den Abtransport des armen Kranken, weil es nicht gestattet war, daß ein Nichtmitglied der königlichen Familie im Schlosse starb. Man brachte daher den General unter den größten Schwierigkeiten nach Parma. Marie Louise empfing den todkranken Mann in höchster Besorgnis. Sie sah nur zu gut, daß alle Hoffnung auf Genesung vergebens war. Graf Neipperg war verloren. In ihrer Verzweiflung schüttete sie wieder, wie einst, dem Vater ihr trauriges Herz aus. „Auch ich fühle mich so langsam hinsterben mit diesem Leben", schreibt sie ihm, „ein Tag vergeht wie der andere in Kummer und Verzweiflung, denn der Morgen bringt nichts Gutes, und man muß immer die Aufregung der Nacht befürchten. Mein Kopf ist in einem fürchterlichen Zustand. Ich habe fast immer Schmerzen nach der geringsten Be-

Kaiserin Marie Louise
Nach einer Skizze von Gérard

schäftigung, und mein Kopf ist ebenso schwach und dumm, als wenn ich soeben eine schwere Krankheit hinter mir hätte." Einen kleinen Hoffnungsstrahl bringt ihr das neue Jahr. Aber es ist nur Trug. Es kommen schwere Rückfälle, und am 22. Februar 1829 erliegt Graf Neipperg nach einem fürchterlichen Todeskampf von fast zwei Tagen seinem schweren Leiden. Marie Louise ist untröstlich. Das Leben hat keinen Wert mehr für sie. Sie möchte am liebsten sterben. Sie hat das Liebste auf der Welt verloren, den Mann, der ihr alles gewesen: Geliebter, Gatte, Freund, Beschützer und Berater, Staatsmann und Mitregent! „Wie traurig ist das Leben!" schreibt sie kurz vor dem Tode des geliebten Mannes an Frau von Colloredo. „Man muß wie Sie wissen, was es heißt, um das Leben der Menschen zu zittern, die man liebt, und ich weiß nicht, ob es für mich nicht besser wäre, wenn der liebe Gott mich von dieser Welt nähme, als ein solches Leben weiterzuführen." Als sie Neipperg verloren hat, weint sie unaufhörlich. Nichts vermag sie darüber zu trösten. Nur die Kinder Neippergs sind bei ihr. Nie hat sie ihre Kinder so geliebt, als in diesem Augenblick maßloser Verlassenheit. Es sind seine Kinder, sein Fleisch und Blut. Das Liebste, was er ihr gelassen hat. Ihr einziger Trost. Sie ist unfähig, etwas zu tun. Sie ist wie gelähmt von diesem Schicksalsschlag. Ihre intimste Freundin Viktoria bekommt erst viele Wochen später Antwort auf ihren Beileidsbrief. Marie Louise kann nicht schreiben. Alles, was sie an ihn erinnert, löst einen Strom von Tränen in ihr aus. Ihr Seelenzustand ist qualvoll. Endlich rafft sie sich auf. „Mein Kopf und mein ganzer Körper sind noch sehr schwach, aber ich bin wenigstens imstande, die Feder zu halten. Ich bin glücklich, Dir persönlich schreiben zu können, um Dir für das Interesse und die Freundschaft zu danken, die Du mir bei dem traurigsten Ereignis meines Lebens bewiesen hast. Ich werde es nie vergessen. Die Zeit, anstatt meinen Schmerz zu mildern, trägt nur dazu bei, ihn zu vergrößern. Ich habe im Anfang viel weniger geweint, als ich jetzt täglich weine. Und jeder Tag bringt mehr schmerzliche Gedanken. Ich fühle nur allzusehr, daß meine Häuslichkeit, mein ganzes Glück für immer zerstört sind. Nur wenn der geliebte Tote wieder zum Leben erweckt werden könnte, würde ich wieder glücklich sein. Mit einem Wort, meine liebe Viktoria, ob ich mir auch immer wieder sage, er ist glücklich, er wacht über mich im Himmel — ich kann mich nicht trösten, und da fühle ich sogar, daß ich etwas egoistisch bin." Und ganz Parma trauert mit ihr.

So verzweifelt war Marie Louise, daß sie entschlossen war, nie einen anderen Intendanten an Stelle Neippergs zu nehmen. Der Neid und der Klatsch ihrer lieben Mitmenschen verbreiteten indes sehr bald nach dem Tode des Generals Gerüchte über die Witwe. Man bezeichnete ihren Privatsekretär als ihren Geliebten, ohne dafür Beweise zu haben. Alle Personen, die damals die Umgebung der Herzogin von Parma bildeten, auch Lady Burgersh, stellen ihr das Zeugnis einer vom Schmerz tiefgebeugten Frau aus, deren Gesundheitszustand beklagenswert war. Sie sah sehr abgehärmt aus. Viel älter, als sie war. „Wie eine schlecht konservierte Fünfzigerin." Obendrein hatte sich ihr rheumatisches Leiden, an dem sie schon viele Jahre litt, sehr verschlimmert. Sie suchte sich soviel wie möglich zu zerstreuen. Man sah sie wieder täglich im Theater, und die Leute wunderten sich, daß sie so schnell vergessen konnte. Es war indes Marie Louises Art, die inneren Qualen durch äußere Eindrücke zu bekämpfen. Auch Reisen halfen ihr über jeden Kummer hinweg. Jedesmal, wenn sie etwas Trauriges erlebt hat, geht sie bald darauf in irgend einen Badeort, um zu vergessen. Aber daß sie sich trotzdem grämte, sah man ihr an. Ihre Magerkeit in dieser Zeit ist erschreckend. Sie ist nur noch ein Schatten von dem, was

sie gewesen. Sie kann nicht vergessen, daß er nicht mehr ist.
Ihrer Freundin klagt sie noch Ende des Jahres, das Leben bereite ihr keine Freude mehr. Jeder Tag, jede Stunde erinnere
sie an ihn. Jedes ähnliche Ereignis, der Tod anderer, ruft
ihr den unersetzlichen Verlust ins Gedächtnis zurück. Der
Name Neippergs fehlt in keinem Briefe Marie Louises an ihre
Freundin. Selbstverständlich muß sie sich wieder dem repräsentativen Leben ihres Hofes widmen. Aber alles hat keinen Reiz
mehr für sie, seit Graf Neipperg nicht mehr ist. Am 31.
Januar 1830, fast ein Jahr später, schreibt sie: „Wenn ich an Gesellschaften teilnehme, so tue ich es nur, weil ich muß, aber wirklich
glücklich bin ich nur, wenn ich mich der Erziehung der Kinder
widme, die der teure Tote mir hinterlassen hat." — Auch Neippergs Sohn und seiner Tochter aus erster Ehe, beide schon erwachsen, war sie eine gute Mutter.

Marie Louises Ehe mit Neipperg wurde auch jetzt noch vor
der Welt geheimgehalten. Obwohl alle um das Verhältnis wußten, drang nie eine offizielle Mitteilung von der morganatischen
Eheschließung in die Öffentlichkeit. Metternich hielt es zwar
nach dem Tode des Generals für dringend nötig, die Sachlage
klarzustellen, besonders in Hinsicht auf ihre beiden Kinder.
Kaiser Franz indes war dagegen. Er wollte seinem geliebten
Enkel, dem Sohne Napoleons, nicht die Illusion nehmen, daß
seine Mutter ebenso treu das Andenken an seinen Vater bewahrt
hatte. Und so blieb Marie Louises Ehe mit Neipperg ein Fa-
miliengeheimnis.

Viele glaubten, Marie Louise werde es nach dem Tode des
Generals nicht mehr in Parma gefallen. Sie werde dem Thron
entsagen, den man ihr ohnehin nur auf Lebenszeit „geliehen"
hatte. Man dachte, es zöge sie wieder nach Wien. Sie hat diesen
Gedanken allerdings in Betracht gezogen. Wien reizte sie schon
deshalb, weil sie dort ständig mit ihrem Vater und ihrem Sohn

zusammen sein konnte. In Wien hätte sie alle Liebe und Fürsorge gefunden, die sie ohne den Grafen Neipperg in Parma
entbehrte. Aber auch jetzt, wie in allen anderen Lebenslagen,
war sie unschlüssig. Es war niemand da, der ihr gesagt hätte,
was sie am besten tun konnte. In einer Unterhaltung mit dem
französischen Gesandten Baron Vitrolles über die Krankheit
und den Tod Neippergs kam einmal das Gespräch darauf, ob
Neipperg die Gefahr seines Leidens gekannt habe oder nicht.
Marie Louise überlegte eine Weile, dann sagte sie ziemlich erregt und gleichzeitig im Tone des Bedauerns: „Nein, nein, er
kannte sie gewiß nicht, denn sonst hätte er mir Ratschläge erteilt, wie ich mich in der Lage verhalten solle, in der er mich
zurückläßt, Ratschläge, die ich nötig brauche — aber er hat mir
keine gegeben."

Da sich ihr Gesundheitszustand nicht besserte, entschloß sie
sich im Mai 1829 zu einer längeren Reise in die Schweiz. Aber
erst im August führte sie den Plan aus. Fünfzehn Jahre hatte sie
die schönen Berge nicht mehr gesehen. Anfangs hatte sie die
Absicht, sich zur Kur gegen ihren Rheumatismus nach Aix
zu begeben. Dort hatte ihr Glück mit Neipperg begonnen.
Nun brachte sie es nicht über sich, in Aix zu sein. Sie entschloß sich anders. Über Mailand, den Simplon, Brig und Lausanne reist sie nach Genf. In Genf gefiel es ihr jedoch so gut,
daß sie anderthalb Monate blieb und ihre weitere Reise in die
anderen Städte der Schweiz aufgab. Sie wohnte in Petit-Saconnex
bei Gex, sehr nahe der französischen Grenze. Was wollte die
Witwe Napoleons, die Mutter des Königs von Rom, hier? Die
französische Polizei wurde aufmerksam auf sie. Man bewachte
ängstlich ihr Haus. Um so mehr, da ein begeisterter Dichter sie
in dem napoleonisch gesinnten Genf als „Hektors Witwe"
feierte. Marie Louise dachte nicht daran, den Bonapartisten
Hoffnungen zu machen. Sie war einzig und allein zur Her-

stellung ihrer Gesundheit dà. Die schönen Ausflugsorte am Genfer See schienen sie zeitweise den Schmerz um den toten Neipperg vergessen zu lassen. Sie ritt jeden Tag aus, gab allerlei Empfänge und besuchte die Bibliothek, die Kunstsammlungen und die sonstigen Sehenswürdigkeiten Genfs. Aber Mitte September reiste sie über Lausanne wieder direkt nach Parma zurück. Sie fühlte, man brauchte sie dort.

FÜNFZEHNTES KAPITEL

DER TOD DES HERZOGS VON REICHSTADT

*Die Revolution in Parma — Marie Louise als Gefangene in ihrem Palast —
Der Gesundheitszustand des Herzogs von Reichstadt — Versuch Joseph
Bonapartes zur Erhebung Napoleons II. auf den Thron — Alarmierende
Nachrichten aus Wien — Der Herzog von Reichstadt in Lebensgefahr —
Marie Louises Reise nach Wien — Zusammentreffen mit dem Vater in
Triest — Der Tod des Sohnes Napoleons*

Als Marie Louise aus Genf zurückkam, schien sich ihre Gesundheit wirklich gekräftigt zu haben. Ihre Nerven waren ge-
stärkt, der Schmerz über den Tod des Generals Neipperg war
weniger intensiv. Sie hatte ihre Lebenskraft wiedergewonnen,
und plötzlich stürzte sie sich in Vergnügungen. Sie besuchte wieder Bälle und Theater, ja, sie spielte mit ihren Damen am Hofe
selbst Komödie. Meist übernahm sie in den Stücken, die gegeben
wurden, die Hauptrolle. Sie entpuppte sich plötzlich als höchst
genußsüchtige und ziemlich verschwenderische Frau. Seit dem
Tode Neippergs war an ihrem Hofe und im Staate eine merkliche Veränderung vor sich gegangen. Es herrschte nicht mehr
dieselbe Ordnung, nicht mehr dieselbe Zuverlässigkeit in der
Verwaltung und besonders nicht in den Finanzen. Marie Louise
war schlecht beraten, nicht von Personen umgeben, die ihr eine
wirkliche Stütze hätten sein können. Unter dem Nachfolger
Neippergs, dem Staatssekretär Baron Werklein, war eine gewisse Nachlässigkeit eingetreten. Die Ausgaben waren gestiegen.
Es sollten zur Deckung des Defizits neue Steuern aufgelegt werden. Die Verwaltung litt. Es fehlte eine starke, energische Hand.
Werklein war nicht ohne Fähigkeiten, aber nicht geschickt genug,

Reformen einzuführen, die alle Gemüter zufriedenstellten, wie es Neipperg so glänzend gelang. Werklein hatte binnen einem Jahre eine Autokratie eingeführt, die alles vernichtete, was Neipperg aufgerichtet hatte. Die Staatsschuld wurde größer und größer. Die Lasten drückender. Das Volk murrte, die Unzufriedenheit unter der Bürgerschaft Parmas wurde immer drohender und ernster. Marie Louise schien indes wenig von alledem zu bemerken. Niemand wagte sie über den wahren Zustand ihres Landes und die wahre Stimmung der Bevölkerung aufzuklären. Seit Neipperg tot war, hatte sie nicht mehr alle Fäden der Verwaltung in der Hand. Es war niemand an ihrer Seite, der sie führte, der sie über alles, was geschah und sich in ihrem Staate ereignete, unterrichtete. Schließlich faßte einer ihrer Vertrauten den Mut, sie über die Stimmung der Parmesaner aufzuklären. Es geschah indes auf eine so oberflächliche Weise, daß Marie Louise die ganze Sache nicht so ernst nahm, wie sie wirklich war. Bei der Abendtafel wurde ihr ein Zettel zugeschoben, auf dem ein aufrührerisches Gedicht geschrieben stand, das den elenden Zustand der Bevölkerung schilderte. Marie Louise las es, weinte über die Verse, aber am nächsten Tag hatte sie es vergessen. Die Ereignisse, die sich vorbereiteten, waren indes gefährlicher, als man annahm. Über ganz Europa verbreitete sich der revolutionäre Geist der Völker gegen die Autokratie. In Oberitalien, in Bologna, Ferrara, Modena war der Aufstand bereits in vollem Gange. Parma war reif zur Erhebung. Jetzt erst fühlte Marie Louise die ganze Tragweite ihrer gefährlichen Lage. Sie dachte an den Grafen Neipperg. Sie ersehnte ihn zurück. Seine Tatkraft, sein Geschick hätten gewiß alles wieder in Ordnung gebracht. Aber er war tot. Niemand war da, der ihn ersetzen konnte. Parma wurde zum Mittelpunkt der Verschwörer. Zwar unterdrückte die Polizei den ersten Aufstand in der Universität. Die Aufständigen — junge Studenten und

Bürger — wurden in der Festung gefangengehalten. Aber bald versammelte sich vor der Stadt eine kleine Armee unter der Fahne der Freiheit. Marie Louise konnte den Revolutionären nur wenige Leute ihrer Garde entgegensenden, bis österreichische Hilfstruppen ihr Beistand leisteten. Die Herbeiziehung der Österreicher vergrößerte jedoch nur die Wut der Italiener. In den Straßen Parmas fanden blutige Kämpfe statt. Marie Louises Flehen an die Bevölkerung nützte nichts. „La buon madre" konnte die Kämpfe nicht aufhalten. Ihre Tränen rührten die Parmesaner, die sie einst so geliebt hatten, nicht. Sie wollte mit ihren Kindern fliehen. Ein Volk verlassen, das ihre Fürsorge so dankte. Man ließ sie nicht fort. Die Pferde vor den zur Flucht bereitstehenden Wagen wurden ausgespannt und man machte Marie Louise in ihrem eigenen Palast zur Gefangenen. Am nächsten Tag setzte das siegende Volk eine provisorische Regierung ein und die Herzogin von Parma wurde gezwungen, ihre Zustimmung dazu zu geben.

In Wien war man über die Vorgänge in Marie Louises kleinem Lande aufs höchste empört, zumal man nicht wußte, was mit der gefangenen Herzogin geschehen werde. Den Parmesanern lag jedoch nichts daran, daß Marie Louise ginge. Sie verlangten nur den Sturz Werkleins. Die jungen Revolutionäre hatten Mitleid mit der Schwäche einer hilflosen Frau. Sie gaben ihr die Freiheit wieder. Von einem Trupp Nationalgardisten wurde Marie Louise auf die andere Seite des Po nach Piacenza geführt. Bald traf dann auch energische Hilfe aus Österreich ein. Das Armeekorps des Generals Frimont erhielt Befehl, sich der insurgierten Städte zu bemächtigen. Es fanden fürchterliche Kämpfe zwischen den Freischärlern und den österreichischen Truppen statt. Der Sieg stand auf seiten der Österreicher. Der Aufstand wurde vollkommen niedergeschlagen, und Marie Louise kehrte am 8. August wieder in ihre Hauptstadt zurück.

Es war eine bittere Enttäuschung für sie gewesen, die Parmesaner, denen sie nur Gutes getan hatte, undankbar gegen sie gesehen zu haben. Sie nahm sich vor, von nun an ihr Herz in Regierungssachen beiseite zu lassen und nur ihre Pflicht zu tun. Sie sah die Arbeit von fünfzehn Jahren in ihrem Lande vernichtet. Alles mußte neu aufgebaut werden. Marie Louise weinte nächtelang über das Unglück. Sie fand keinen Schlaf, hatte Fieber, und tagsüber war sie mit Arbeit und Geschäften überhäuft. Man verlangte von ihr, ihren nicht allzu großen Hofstaat zu reduzieren. Sie tat es. Sie verringerte ihre persönlichen Ausgaben. Sie sorgte für Beschäftigung der großen Menge Arbeitslosen, die der Aufstand auf die Straße geworfen hatte. Sie sparte von ihrer kleinen Zivilliste, um den Armen und Kranken beizustehen. Kurz, sie tat alles, um die Not zu lindern. Zwar war der Frieden im Staate wiederhergestellt, aber zwischen der österreichischen Besatzung und der italienischen Bevölkerung gab es täglich Reibereien und oft blutige Zusammenstöße. Ein Staatsminister wurde am hellen Tage in Parma auf der Straße erdolcht.

Das ganze Jahr war ein Unglücksjahr, auch in anderer Beziehung. Überall wüteten Seuchen. Cholera und Hungersnot steigerten das Elend und vermehrten die Besorgnisse. Und zu alledem kam noch für Marie Louise die Sorge um ihren jungen Sohn in Schönbrunn. Sein Gesundheitszustand ließ seit einiger Zeit sehr zu wünschen übrig. Sein junger, gesunder Körper verfiel zusehends. Lange Zeit erkannte man die wahre Krankheit nicht. Immer wieder beruhigte man die Mutter. Seine Lungen seien gesund. Aber sehr bald mußte sie sich überzeugen, daß ein Lungenleiden sich bemerkbar machte, das immer gefährlichere Dimensionen annahm. Es beraubte ihn sogar der sehnlichst erwünschten militärischen Karriere. Man hatte ihm ein Bataillon verliehen. Seine drei Gouverneure, Graf Moritz Dietrichstein, Rittmeister Foresti und Baron Obenaus, waren durch drei Adjutanten, den General Grafen Hartmann, Hauptmann von Moll und Hauptmann Standeiski, ersetzt worden. Er selbst hatte den Grad eines Oberstleutnants. Diesem Dienst, für den er so leidenschaftlich erglüht war, mußte der junge Herzog von Reichstadt entsagen. In maßloser Verzweiflung verfluchte er seinen geschwächten Körper, der seinem starken Willen nicht mehr gehorchen wollte. Erst zwanzig Jahre alt, war er bereits so schwach und verfallen, daß er sich oft kaum aufrecht erhalten konnte. Aber immer wieder versuchte er, Herr über die Schwäche des Körpers zu werden. Seine Augen glühten in unheimlichem Feuer. Man hatte das Gefühl, der junge Herzog verzehre sich körperlich und seelisch. Die Napoleoniden beschuldigten seine österreichische Umgebung, Napoleons Sohn absichtlich durch ein unmoralisches Leben zugrunde gerichtet zu haben. Die Ereignisse der Julirevolution in Paris gaben ihnen überdies neue Hoffnung für seine Rückkehr nach Frankreich. Joseph Bonaparte machte den ersten Versuch bei Marie Louise schon im September 1830. Er schrieb ihr: „Gnädige Frau Schwester und Schwägerin! Die Ereignisse, die in Paris Ende Juli stattgefunden haben..., räumen die Hauptschwierigkeiten aus dem Wege, die bis jetzt der Rückkehr Napoleons II. auf den Thron seines Vaters entgegenstanden. Wenn der Kaiser, sein Großvater, mich nur ein wenig unterstützen und ihm erlauben wollte, daß er sich unter meiner Führung den Franzosen zeige, so würde schon seine Gegenwart genügen, um ihn wieder als Herrscher einzusetzen. Der Herzog von Orléans kann nur infolge der Abwesenheit des Sohnes Eurer Majestät einige Anhänger sammeln... Wenn es mir möglich wäre, Seiner Kaiserlichen und Königlichen Majestät, Ihrem Vater, die Gründe darzulegen, welche diesen Schritt Napoleons bedingen, so würde er keinen Augenblick mehr an seiner Notwendigkeit zweifeln. Sein Kabinett würde begreifen, daß das Glück seines Enkels, das Wohl Frankreichs, die Ruhe

Italiens, ja vielleicht ganz Europas von der Wiedereinsetzung Napoleons II. in Frankreich abhängen. Er ist der einzige, den das Volk begehrt. Nur er allein wird eine neue Revolution verhindern, deren Folgen kein Mensch auf Erden berechnen kann." — Es war vorauszusehen, daß dieser Brief des Bruders Napoleons keine Erwiderung fand. Er wurde verbrannt. Aber Joseph verlor die Hoffnung nicht. Zwei Jahre später machte er sich selbst auf, um zu seinem Neffen nach Wien zu eilen und ihm persönlich seine Absichten darzulegen. Es war zu spät. Napoleons Sohn war ein Schwerkranker, als Joseph seine Reise nach Europa in Amerika antrat. Zu Beginn des Jahres 1831, als der Herzog von Reichstadt seiner militärischen Karriere entsagen mußte, hielt man ihn zwar noch nicht für verloren. Man nahm das völlige Erlöschen seiner Stimme für eine vorübergehende Entzündung. Eigentlich aber war es der Vorbote des Todes. Dennoch hatte der Prinz noch nicht auf alles verzichtet, was das Leben Schönes bot. Er nahm noch teil an Gesellschaften, er ritt viel und lange im Prater, er musizierte und arbeitete oft stundenlang. Er ging mit dem Kaiser auf die Jagd, die er sehr liebte. Aber er überanstrengte sich viel zu sehr und mutete sich mehr zu, als er vertrug. Sein Arzt Malfetti beobachtete dieses gefährliche Leben mit größter Besorgnis. Ihm schien es, als wolle der junge Herzog sich mit Gewalt so schnell wie möglich selbst vernichten. Trotz seiner schwachen Gesundheit hatte er es sogar noch im Herbst 1831 durchgesetzt, den Großvater zu den großen Jagden begleiten zu dürfen. Es war viel zu anstrengend für ihn. Die feuchte Luft, die Strapazen, die Kälte zerbrachen den schwachen Körper noch völlig. Als der Prinz in die Hofburg zurückkehrte, war er vollkommen erschöpft, wie erschlagen. Er schlief wie ein Toter viele Stunden hintereinander. Sein Gesicht war wachsbleich. Dann aber besserte sich diese Schwäche, und er konnte wieder seine gewohnten Beschäftigungen aufnehmen. Im Frühjahr darauf siedelte der Herzog von Reichstadt jedoch schon früher als andere Jahre nach Schönbrunn über. Er wollte den herrlichen blühenden Frühling, die wundervolle Luft im Schönbrunner Park genießen. Er war schon sehr krank. Immer wieder versuchte er mit seinem eisernen Willen die mörderische Krankheit zu bekämpfen. Eines Tages im Mai, es war regnerisch, naßkalt, kam es ihm in den Sinn, ein paar Stunden im Prater zu reiten. Es war ein rasender Ritt. In Schweiß gebadet kehrten Roß und Reiter nach Schönbrunn zurück. Aber am Abend setzte der Prinz sich wieder der feuchten Nachtluft aus und fuhr im offenen Wagen im Prater spazieren. Er fröstelte und kehrte mit Fieber heim. Eine äußerst heftige Lungenentzündung war die Folge. Von diesem Augenblick an war Marie Louises Sohn verloren. Es konnte sich nur noch um Wochen handeln. Alle wußten es. Nur er machte sich noch Hoffnung — wie alle Lungenkranken. Einen Tag vor seinem Tod sprach er noch davon, im kommenden Jahre einen längeren Aufenthalt in Italien nehmen zu wollen. Zuerst bei seiner Mutter, dann im Süden. Aber sein junger Körper war längst dem Tod geweiht.

Marie Louise erfuhr den gefährlichen Zustand ihres Sohnes durch die Erzherzogin Sophie, eine seiner jungen Tanten, die ihn aufopfernd pflegte. Der Brief traf die Herzogin von Parma bis ins Innerste. Sie hatte ihren Sohn längere Zeit nicht gesehen. Der Tod Neippergs, die Zeitereignisse, die vermehrte Arbeit in ihrem Staate hatten sie die jährliche Reise nach Wien verschieben lassen. Nun erfaßte sie eine namenlose Angst um ihr Kind, eine furchtbare innere Verzweiflung. In größter Eile bestieg sie ihren Reisewagen und eilte zu ihm, der im Begriff war, sein junges Leben aufgeben zu müssen. Aber wieder stellten sich höhere Gewalten ihrer guten Absicht entgegen. In Triest erkrankte Marie Louise selbst ernstlich und mußte die Reise unterbrechen. Ihr Vater war ihr entgegengereist. Sein verstörtes Aussehen sagte ihr alles. Franz, obwohl selbst von dem nicht mehr abzuwendenden Schicksal seines Enkels tief erschüttert, versuchte seine Tochter schonend darauf vorzubereiten, daß ihr Sohn in Schönbrunn ein Sterbender sei. In maßloser Angst, selbst eine Kranke, kaum einigermaßen genesen, setzte Marie Louise ihre Reise nach Wien fort. Am 25. Juni erreichte sie Schönbrunn. Drei Wochen war sie unterwegs. Drei Wochen hatte die Krankheit ihres Sohnes Zeit gehabt, ihn an den Rand des Grabes zu bringen, ehe die Mutter ihn wiedersah! Der Schein war wiederum gegen Marie Louise. Die Welt glaubte, sie habe es nicht eilig gehabt, zu ihrem todkranken Kind zu kommen.

Die dichtverhangenen Fenster des Schönbrunner Schlosses verkündeten ihr nichts Gutes. Blutenden, tiefbewegten Herzens stieg Marie Louise die Treppen hinauf zu den Zimmern des jungen Herzogs von Reichstadt. Blitzschnell zog die Erinnerung an einst in ihrem Geiste vorüber, an den König von Rom. Sie sah ihn vor sich in seiner goldenen Wiege liegen, sie hörte im Geiste die Rufe der Menge im Tuileriengarten: „Vive le Roi de Rome!" Die flüsternde Dienerschaft in den Gängen des Schönbrunner Schlosses reißt sie in die Wirklichkeit zurück. Alle Mitglieder der kaiserlichen Familie sind versammelt. Nur der Kaiser ist noch nicht von seiner Inspektionsreise zurückgekehrt. Marie Louise weiß, daß ihr Sohn nicht zu retten ist. Man hat ihr auch erzählt, was der Prinz ein paar Tage zuvor zu seiner Umgebung sagte. Seine Worte stimmten sie trauriger, als sie schon war. „Meine Wiege", hatte er gesagt, „ist das einzige Denkmal meiner Geschichte. Sie und mein Sarg werden bald nebeneinander stehen." Immer hatte er nach seiner Mutter verlangt. Als Marie Louise bei ihm eintrat, breitete er seine Arme ihr entgegen. „Mutter!" war das einzige, was er kaum hörbar hervorbringen konnte. Zwei Jahre hatte er sie nicht mehr gesehen. Kaum kannte Marie Louise ihren schönen Sohn wieder. Weiß und abgezehrt

Feldmarschalleutnant Adam Graf Neipperg
Nach einem zeitgenössischen Stich

lag er da. Seine Wangen waren eingefallen, sein Körper mager wie ein Skelett. Seine Tage waren gezählt. Er war bereits so schwach und ermattet, daß er ihre Tränen und furchtbare Verzweiflung kaum bemerkte. Es war ein Glück. Auf diese Weise war das von den Ärzten befürchtete Wiedersehen mit der Mutter nicht so aufregend für ihn. Aber sie hatten Mitleid mit der Herzogin Marie Louise. Sie machten ihr Hoffnungen. Es sei noch nicht alles verloren. Seine Jugend könne siegen. Ihre Gegenwart schien dem Kranken neue Kräfte zu verleihen. Ach, es war nur das letzte Aufflackern vor dem Tode. Marie Louise sah nur zu gut, daß alles zu Ende war. Sie warf sich an seinem Bett nieder und schluchzte: „Ach, laß mich für dich sterben. Du warst für mich alles." Und verzweifelt rief sie aus: „Mein Gott, mein Gott, zu welch namenlosem Unglück bin ich geboren!"

Mit jedem Augenblick ging der junge Prinz seiner Auflösung mehr entgegen. Die Kunst der Ärzte versagte an dem Todgeweihten. Man hielt Marie Louise in den nächsten Tagen soviel wie möglich fern von dem Krankenbett des Sohnes. Man wollte ihm und ihr die Aufregung ersparen. In der Nacht vom 21. zum 22. Juli hatte der Herzog lange wie in tiefer Betäubung gelegen. Plötzlich, gegen drei Uhr, erwachte er, setzte sich jählings auf und rief deutsch: „Ich sterbe! Ich sterbe! Einen Umschlag, einen Umschlag!" Hauptmann von Moll und der Kammerdiener nahmen ihn in die Arme. Der Prinz rief nach seiner Mutter. Er nannte den Namen seines Vaters. Er hatte ihn nicht vergessen. „Ich muß zu meinem Vater gehen", flüsterte er. Als man Marie Louise an das Sterbelager ihres Sohnes rief, war es vier Uhr morgens. Es blieb ihm nur noch Zeit zu sagen: „Meine Mutter, meine Mutter!" Er wollte mehr sprechen, er konnte nicht. Die Stimme versagte ganz und die Kräfte verließen ihn. Marie Louise ertrug den fürchterlichen Anblick, den jungen Menschen sterben zu sehen, nicht. Sie sank an der Tür vor

Schmerz in die Knie und man trug sie halb ohnmächtig hinaus. Um fünf Uhr morgens hauchte der „Sohn des Mannes" den letzten Seufzer aus in demselben Zimmer, das sein Vater als Sieger von Wagram 1809 bewohnt hatte. Marie Louise wollte durchaus, trotz ihres Nervenzustandes, an den Trauerfeierlichkeiten teilnehmen, doch man fürchtete für ihr Leben. Sie war ernstlich krank. Mit Gewalt fast brachte man sie nach Schloß Persenbeug, von wo aus sie schmerzerfüllt über Innsbruck nach Parma zurückreiste. Des Dramas dritter Akt war beendet. Die Mächte Europas hatten jetzt nichts mehr zu fürchten. L'Aiglon waren die Flügel gebrochen.

SECHZEHNTES KAPITEL

DIE DRITTE EHE

Graf Bombelles, der neue Militär- und Zivilgouverneur — Seine Persön-
lichkeit — Marie Louises Wohltätigkeit — Sie heiratet zum zweitenmal
morganatisch — Der Tenor und Dichter Lecomte — Graf Bombelles' Ver-
dienste in Parma — Der Hof Marie Louises

Es lag wie ein Fluch des Schicksals auf Marie Louise. Alle,
die sie geliebt hatte, verlor sie durch den Tod. Nach dem Verlust des Sohnes war ihre Seele tief gebeugt. Sie zog sich für ein
paar Monate nach Sala zurück. In der Erinnerung an das Furchtbare, das sie erlebt hatte, schrieb sie an den General Hartmann,
den Adjutanten des Herzogs von Reichstadt, im tiefsten Schmerz:
„Ich leide. Aber wie kann man sich beklagen, wenn man Zeuge
so grausamen Leidens gewesen ist, das er mit einer solchen Ruhe
und Resignation ertrug? Ich zähle jeden meiner Tage: einer
weniger verkürzt immer mehr den Zwischenraum, der mich von
einem Wesen trennt, das mir teuer ist." — Ihr Vater hatte sie
dadurch zu trösten versucht, daß er sagte, er halte den Tod seines
Enkels für ein Glück für ihn, denn die mörderische Krankheit
würde ihn doch nur zu einem ewig Hinsiechenden gemacht
haben. Ob es für die Politik ein Glück war, daß der Herzog von
Reichstadt, der Sohn Napoleons, starb, vermochte Franz nicht
zu sagen. Aber auch er betrauerte tief den Tod des jungen
Prinzen. Er hatte ihn sehr geliebt und war von ihm ebenso
geliebt worden. Sein tragisches Geschick, das er zum Teil in der
Hand gehabt hatte, ging ihm nahe.

Marie Louise war seit Neippergs Tod wirklich lange ohne
Zivilgouverneur geblieben. In ihrer Umgebung befanden sich
wenig Leute, die eine solche Stellung hätten einnehmen können.
Nach Werklein war Baron Marschall nach Parma gesandt worden, um die Ordnung wieder herzustellen. Er kehrte jedoch schon
1833 wieder nach Wien zurück. Man bestimmte einen anderen
energischen Staatsmann als ersten Berater für Marie Louise.
Metternich sah die Notwendigkeit ein, einen Mann nach Parma
senden zu müssen, der der Herzogin eine wirkliche Stütze sein,
der sich am Hofe Respekt und Achtung verschaffen konnte und
dessen Fähigkeiten ihr von Nutzen waren. Man wählte dazu
den Grafen Charles René de Bombelles. Er war der Sohn eines
royalistischen Emigranten, der aus Gram über den frühen Tod
seiner Gattin in einen geistlichen Orden eingetreten und später
Bischof von Amiens geworden war. Der neue Intendant Marie
Louises war achtundvierzig Jahre alt, ein erfahrener Diplomat
und tüchtiger Offizier. Er lebte während der napoleonischen
Herrschaft in Österreich und trat als Fähnrich in das Regiment
Wittrowsky ein. Während des Feldzuges in Frankreich war
Bombelles der Adjutant Schwarzenbergs. Auch er hatte, wie
Neipperg, sehr jung geheiratet und war schon 1819 Witwer
geworden. Auch er hatte zwei Kinder, eine Tochter und einen
Sohn. Nach dem Tode seiner jungen Frau, einer geborenen
Gräfin Caroline de Cavanagh, die er zwar sehr geliebt, deren
immenses Vermögen ihn aber wahrscheinlich noch mehr inter-
essiert hatte, bewarb er sich in Wien um den Posten eines Obersten und Kammerherrn beim Erzherzog-Thronfolger. Gleichzeitig
suchte er jedoch auch in Paris darum nach, Kammerjunker bei
Ludwig XVIII. zu werden. Beide Gesuche wurden fast gleichzeitig bewilligt. Da aber die französische Ernennung der österreichischen um ein paar Tage vorausging, nahm Bombelles
Dienste am Pariser Hof. Wahrscheinlich gefiel ihm der Posten,

der ihm 6000 Franken jährlich Rente einbrachte, auch besser. Er reiste nach Frankreich und verzichtete auf seine Wiener Anstellung. Niemand am Wiener Hofe nahm ihm das doppelte Spiel übel. Sein österreichischer Titel Oberst blieb ihm, nützte ihm aber nichts in der französischen Armee. Acht Jahre später war er immer noch französischer Oberstleutnant in einem Infanterieregiment in Nancy. Als Ludwig XVIII. in der Julirevolution seinen Thron verlor, quittierte Graf Bombelles seinen Dienst in Frankreich. Er war ein überzeugter Royalist und ergebener Legitimist. Mit der neuen Ordnung der Dinge und dem Bürgerkönig Louis Philipp vermochte er nicht übereinzustimmen. Über die Schweiz kehrte er nach Wien zurück. Hier lebte sein Sohn Louis de Bombelles als Offizier der österreichischen Armee und seine Tochter Marie, die bei einer Schwägerin erzogen wurde. Metternich warf sofort seine Augen auf Bombelles, als er wieder in Wien erschien. Sein Kennerblick hatte sehr bald herausgefunden, daß dies der Mann sei, den man in Parma gebrauchen konnte. Eines Tages fragte er Bombelles direkt: „Haben Sie Lust, in den Dienst der Herzogin von Parma zu treten? Der Posten des Intendanten in Parma ist durch den Tod des Grafen Neipperg unbesetzt. Dieser Posten erfordert einen Mann, der imstande ist, den schwachen Charakter Marie Louises zu leiten, ihr eine Stütze zu sein, ihren kleinen Hof zu beherrschen und unbeschränkt ihren Staat zu regieren. Der Kaiser glaubt, daß Sie die dazu geeignete Persönlichkeit seien. Weigern Sie sich nicht. Nehmen Sie an!" Graf Bombelles war nichts weniger als erstaunt über diesen Vorschlag. Anfangs hatte er nicht besondere Lust zu einer solchen Stellung, zumal er die Stimmung der Parmesaner kannte, aber dann reiste er doch sehr bald nach Parma ab, und Marie Louise hatte einen neuen Intendanten.

Bombelles gefiel ihr besser, als sie sich ihn vorgestellt hatte.

MARIE LOUISE

Sein kaltes, sehr aristokratisches Äußere, sein fast verschlossener, unglaublich reservierter Charakter, seine große Exaktheit in allem, was er tat, seine beinahe priesterlich strenge Moralität hatten ihr anfangs eine gewisse Scheu eingeflößt, die indes bald vor der inneren Sanftmut und Güte Bombelles' gewichen war. Nur äußerlich trug er jenes harte, militärische Wesen zur Schau, das die Soldaten erzittern ließ, wenn seine mächtige Kommandostimme sich wie Donner erhob. Aber wenn er mit Frauen sprach, bekam dieselbe Stimme einen weichen, fast zärtlichen Klang. Marie Louise war bald von ihrem neuen Hofgouverneur so entzückt, daß sie Viktoria gestand, er sei ein wahres Juwel für sie. Er vereinige alles in sich, was man wünschen könne: Energie, Tatkraft und Sanftheit des Wesens zugleich! Ihre Umgebung wurde bald gewahr, daß der neue Hofmarschall ihr mehr bedeutete als nur ein Staatsmann. In Parma begann man sich lustig zu machen über diese späte Neigung der dreiundvierzigjährigen Marie Louise, die bereits im Äußern den Eindruck einer sehr gealterten Frau machte. Neipperg hatte man ihr verziehen. Über Bombelles lächelte man. Und doch konnte Bombelles aus ihrem Herzen nicht ganz den Grafen Neipperg verdrängen. Sie dachte fortwährend an den Verstorbenen und sprach von ihm. Ob es Liebe oder nur geschäftliche Interessen waren, die sie im Februar 1834, fünf Jahre nach dem Tode Neippergs, veranlaßten, den Grafen Bombelles im geheimen zu heiraten, darüber schweigt sie selbst am meisten. Ganz gegen ihre Gewohnheit erwähnt sie nur sehr selten den Namen dieses zweiten morganatischen Gatten. Über Neipperg hingegen hat sie sich jederzeit in ihren Briefen offen ausgesprochen und niemand im Zweifel gelassen, was sie mit ihm verband. Die Heirat mit Bombelles, obwohl sie sehr geheimgehalten wurde, vollzog sich ebenso wie die mit Neipperg im Einverständnis mit dem Wiener Hof.

Bombelles war kein Fraueneroberer im Sinne Neippergs. Ihm

war nichts daran gelegen, durch Frauen Karriere zu machen. Er hatte auch nie in Betracht gezogen, mit der politischen Erbschaft seines Vorgängers die persönlichen Rechte auf dessen Witwe zu übernehmen. Aber wir kennen Marie Louise. Sie konnte nicht allein sein. Sie brauchte ihr ganzes Leben lang einen Menschen, in dessen Schutz und Rat sie sich stellen konnte. Und so erschien ihr Bombelles in ihrer Verlassenheit als der Wiederhersteller ihres häuslichen Glücks. Aber dieser Verbindung fehlte die große innere Zusammengehörigkeit und die junge Leidenschaft, die ihre Ehe mit Neipperg so glücklich gestaltet hatte. Die beiden Kinder, die Neipperg ihr hinterließ, waren jetzt Marie Louises größtes Glück. Ihre Erziehung nahm einen großen Teil der Zeit in Anspruch, besonders die heranwachsende Tochter Albertine. Sie war siebzehn Jahre alt und heiratete bereits ein Jahr vor der Ehe ihrer Mutter mit Bombelles den vierunddreißigjährigen Grafen Luigi Sanvitale, einen Kammerherrn Marie Louises. Das Leben war jetzt wieder sehr geregelt. Durch das junge Paar Sanvitale kam viel Abwechslung an den Hof von Parma. Man langweilte sich nicht. Marie Louises starke Vitalität trug nicht wenig dazu bei. Sie zog bedeutende Künstler und Schriftsteller an ihren Hof und interessierte sich für alles Neue in Wissenschaft und Literatur. Ihre Unterhaltung war zwar nicht geistvoll sprühend, aber sie sprach klug und vor allem sehr gütig und nachsichtig über alles. Von Frankreich und Paris erzählte sie, als wenn sie sie auf einer schönen Reise gesehen hätte, deren Eindrücke ihr unvergeßlich geblieben waren. Nie sprach sie von persönlichen Dingen in Paris. Nie oder selten erkundigte sie sich nach Namen oder Personen, die sie als Kaiserin kennengelernt hatte. Der später berühmt gewordene französische Historiker und Staatsmann Falloux kam als junger Mann an ihren Hof in Parma. Sie unterhielt sich gern mit ihm; er durfte sie auch einige Male auf ihren Spazierfahrten begleiten. Einmal

sprach er mit ihr über die Schauspielerin Mars, deren größter
Bewunderer als Künstlerin Napoleon gewesen war. Marie Louise
hatte sie in Parma bei einem Gastspiel gesehen. Sie war entzückt, wie vorzüglich sich diese einst unter dem Empire gefeierte
Künstlerin erhalten hatte. „Welche Anmut! Welchen Ausdruck
der Sprache! Welchen Charme hat diese Frau sich bewahrt!"
sagte sie. Falloux erwartete darauf eine Bemerkung über den
Kaiser. Aber Marie Louises Mund blieb stumm. Sie berührte
nie Dinge in ihren Gesprächen, die auf Napoleon Bezug hatten.
Die Ehe Marie Louises mit Bombelles erschien Falloux eine friedliche Vernunft- oder Kameradschaftsehe. Alles in ihrer Umgebung atmete Regelmäßigkeit, Respekt und Menschenfreund-
lichkeit. Wenn sie aufs Land fuhren, stieg sie oft in den Dör-
fern, die ihr Wagen passierte, aus, ging zu Fuß am Arme Bombelles' von Haus zu Haus. Ein Diener trug einen Beutel mit
Silbergeld. Jeder, der sich ihr näherte und eine Bitte aussprach,
erhielt etwas. Alte Frauen fielen vor ihr auf die Knie und küßten
ihre Hände und ihre Kleider. Marie Louise hob sie gütig
auf und hörte alle ihre Beschwerden, Bitten und Anträge freundlich an. Vielen versprach sie, wenn sie mit dem mitgebrachten
Geld nicht helfen konnte, ihren späteren Beistand, und keine
konnte sich beklagen, daß die Herzogin es je vergaß. Bombelles'
religiöser Einfluß auf Marie Louise und den ganzen Hof machte
sich auch in vielen frommen Stiftungen bemerkbar. Er führte
in dem Krankenhausdienst die katholischen Laienschwestern ein.
In den adeligen Mädchenerziehungsanstalten Parmas lehrten auf
seine Veranlassung die Nonnen von Sacré-Cœur.

Für Marie Louise war Graf Bombelles zwar ebenso unentbehrlich wie einst Graf Neipperg, aber sie war ihm nicht ebenso
als Menschen verfallen. Sie brauchte Bombelles nicht ausschließlich zu ihrem Lebensglück. Sie jammert und klagt nicht, wenn
sie sich von ihm trennen muß. Sie reist oft ohne ihn nach Wien

zu ihrem Vater, den sie ebenfalls bald verlieren sollte. Bombelles achtete und schätzte sie, aber geliebt hat sie ihn kaum. Es rühmten sich sogar andere Männer ihrer Gunst, als sie mit ihm verheiratet war. Ob mit oder ohne Berechtigung, muß dahingestellt bleiben. Der junge Literat und Tenor Jules François Lecomte, ein Lebemann und „Homme d'Esprit", sang an Marie Louises Hof und wurde von ihr so ausgezeichnet, daß er sich erlaubte, an seinen Pariser Verleger Souverain zu schreiben: „Ja, mein lieber Souverain — ich bin der Nachfolger Napoleons. Sie merken das zwar nicht in den Tuilerien, um so mehr aber ich in Parma." — Lecomte war damals genau so alt wie ihr Sohn, der Herzog von Reichstadt. Die Gunst des Künstlers am Hofe von Parma gab jedenfalls zu allerhand Gerede Anlaß. Ein kleiner Hof ist wie eine Familie in den engen Mauern der Kleinstadt allen Späheraugen ausgesetzt. Seit Marie Louise auch ihren zweiten Kammerherrn geheiratet hatte, glaubte man ihr alles Üble nachreden zu dürfen. Neipperg hatte man ihr verziehen, weil sie damals jung und unerfahren war. Bombelles verziehen ihr ihre Feinde nicht. Man glaubte durch diese dritte Verbindung ein Recht zu haben, Marie Louise als eine Art Messalina hinstellen zu können, der es nicht darauf ankam, jeden Herrn ihres Hofes mit ihrer Gunst auszuzeichnen. Lecomtes Prahlerei in den Briefen an seinen Verleger nützte ihm zwar sehr für seine Bücher, schadete indes außerordentlich dem Rufe Marie Louises. Sicher ist, daß er zu den Intimen der Hofgesellschaft Marie Louises und Bombelles' gehörte. Er hielt sich mehrere Monate in Parma auf und wußte im Schloß und in den Landsitzen der Herzogin gut Bescheid. Durch ihn erfährt man, daß Marie Louise in ihren Privatgemächern ein großes Bild Napoleons von Gérard hängen hatte, ebenso viele Bilder ihres Sohnes als König von Rom, und sonstige Erinnerungsstücke aus der Pariser Glanzzeit aufbewahrte.

MARIE LOUISE

Sie hatte also nicht alles Napoleonische aus ihrer nächsten Nähe verbannt, trotzdem sie eine dritte Ehe mit einem französischen Legitimisten, einem ehemaligen Kammerjunker Ludwigs XVIII., eingegangen war.

SIEBZEHNTES KAPITEL

DER TOD

Das Jahr 1835 brachte Marie Louise wiederum nichts Gutes. Einen neuen unermeßlichen Schmerz. Ihr geliebter Vater starb im März und mit ihm verlor sie das Letzte und Liebste, den Halt und die Stütze, die sie so nötig fürs Leben brauchte. Lange bevor er starb lebte sie in der höchsten Angst um ihn. Viktoria Crenneville und andere Freunde in Wien unterrichten sie ständig von dem Befinden des kranken Kaisers. Es schmerzt sie maßlos, in seiner Krankheit nicht bei ihm sein, ihn nicht pflegen zu können. Und Franz stirbt, ohne sie nochmals gesehen, ohne mit ihr noch einmal gesprochen zu haben! Marie Louise kann es kaum fassen, daß er nicht mehr ist. Sie hat ihn so nötig gebraucht in ihrem Leben. Alles, was sie getan hatte, geschah nach seinem Willen, alles! Er hatte ihr Schicksal in Händen gehabt und es nach seiner Politik geformt. Nach seinem Willen hatte sie von Kindheit an gelebt, immer gehorsam, immer pflichtergeben. Er hatte sie kaltblütig der Politik geopfert, aber sie dennoch mit seiner väterlichen Liebe durchwärmt. Bis ins Alter war sie eine fügsame Tochter geblieben. Er war, nach ihrem eigenen Geständnis, derjenige Mensch, den sie am meisten auf der Welt liebte, dem alle ihre Gedanken gehörten, und der ihr alles war: Vater,

Freund, Berater in den schwierigsten Augenblicken ihres Lebens! Und nun war er fern von ihr gestorben. Sie nahm sich vor, bald nach Wien zu reisen, um wenigstens die schwergeprüfte Kaiserin-Witwe Karoline Augusta zu trösten. Auch mit dieser vierten Frau ihres Vaters stand Marie Louise im guten Einvernehmen. Eigentlich gab es in ihrem Leben wenig Menschen, die sie nicht mochte. Sie war im allgemeinen gütig und nachsichtig gegen jedermann. Intrigen und Klatsch ist sie bis an ihr Lebensende ferngeblieben. Sie ließ die Menschen leben und wollte, daß man sie leben ließ. Mit dieser Passivität verband sich allerdings oft eine Interesselosigkeit an Dingen und Menschen, die man ihr wiederholt zum Vorwurf machte. Auch das rasche Vergessen großer Erlebnisse ist auf das Konto dieser Eigenschaft Marie Louises zu schreiben. Auf der anderen Seite wieder hing sie mit einer Treue und Liebe an Dingen und Menschen, die nichts erschüttern konnten.

Mit zunehmendem Alter wird es stiller um die Herzogin von Parma. Sie ist vorzeitig gealtert. Ihr Äußeres ist weder anziehend noch gut erhalten. Groß und knochig, sehr mager, ähnelt Marie Louise jetzt auffallend ihrer Kusine, der Herzogin von Berry. Sie ist stolz darauf, obwohl die Häßlichkeit der Herzogin von Berry weltbekannt ist. Marie Louise war nie eitel, nicht einmal in der Jugend. Auch auf dem Throne Frankreichs griff sie selten zu Kunstmitteln, um ihr Äußeres zu verschönen. Nur auf den Wunsch Napoleons schminkte sie sich, weil er blasse Gesichter nicht ausstehen konnte. Ihre damalige natürliche Jugendfrische bedurfte nur geringer Nachhilfe, geradesoviel, wie es für die großen Hoftoiletten unablässig nötig erschien. Als alternde Frau tat sie fast noch weniger dazu, durch Kunst etwas vorzutäuschen, was längst dahin war. Sie gab sich stets so, wie sie war, und auch in diesen kleinen weiblichen Verstellungskünsten blieb Marie Louise unbeholfen und unbewandert.

Hauptplatz von Parma
Nach einem Stich

DER TOD

Sie war übrigens jetzt Großmutter. Albertine hatte zwei reizende
Kinder. Als Marie Louises erster Enkel geboren wurde, war sie
hocherfreut. Sie war damals erst dreiundvierzig Jahre alt und
fühlte sich durch den Titel Großmutter so geehrt, daß sie sich
zehn Jahre jünger vorkam. „Ich kann nicht verstehen", schrieb sie,
„wie man den Namen Großmutter schrecklich finden kann, weil er
ein Altersbeweis ist." Das ist im gewöhnlichen nicht die Ansicht
gefallsüchtiger Frauen. Wäre Marie Louise so leichtfertig gewesen,
wie man sie machte, sie hätte sich gewiß nicht durch den Titel
Großmutter glücklich gefühlt. Inzwischen hatte Albertine ihr
noch eine Enkelin geschenkt. Marie Louises Sohn Wilhelm stand
als Offizier in der österreichischen Armee. Seine Karriere war gesichert. Sein wilder, unabhängiger Charakter hatte Marie Louise
während der Entwicklungsjahre des Knaben viel Sorgen bereitet.
Aber nun konnte sie beruhigt sein. Nur um seine Gesundheit
ängstigte sie sich. „Er ist engbrüstig", klagt sie. „Nach dem Geschick meines armen Jungen (des Herzogs von Reichstadt) bin
ich immer in Sorgen um ihn."

Ihr Dasein mit Bombelles fließt ruhig dahin. Kaum etwas erinnert noch an die Etikette des französischen Kaiserhofes. Bombelles ist ein fleißiger, korrekter Arbeiter. Sein Leben ist bis auf
die Minute geregelt. Er erhebt sich morgens zu sehr früher
Stunde, sitzt bis neun Uhr an seinem Schreibtisch, um die Arbeit
für den laufenden Tag zu ordnen und vorzubereiten. Punkt
neun Uhr tritt er bei seiner Gattin, der Herzogin Marie Louise,
ein. Er ist in diesem Augenblick nur ihr Minister. Er legt ihr
die Berichte vor und empfängt ihre Verfügungen für die Einteilung der Geschäfte des Tages. Darauf erfolgt eine Unter-
brechung der Arbeit durch einen privaten Spaziergang mit ihr
in dem an ihre Gemächer anstoßenden Garten. Herrliche Ge-
wächshäuser und schöne Volièren mit buntgefiederten Insassen
sind das Entzücken der Herzogin. Hier und da bleibt Marie

Louise, eine große Blumenfreundin, stehen und bewundert die schönen, seltenen Pflanzen oder füttert ihre Lieblinge mit dem, was sie gern mögen. Philemon und Baukis hat man Marie Louise und Bombelles genannt, so friedlich leben sie miteinander. Nach dem Spaziergang begibt die Herzogin sich ins Schloß, um zu musizieren, zu lesen oder eine Handarbeit zu machen. Sie ist nie unbeschäftigt. Nachmittags finden Konferenzen mit den Ministern statt. Sie empfängt Generale und Diplomaten, Würdenträger und auswärtige Gesandte. Marie Louise weiß über alle Angelegenheiten ihres Staates Bescheid. Wie mit Neipperg, so arbeitet sie auch mit Bombelles in steter geistiger Gemeinschaft. Es wird alles gemeinsam besprochen, nichts allein entschieden. Sie erteilt bis zum Abend Audienzen, empfängt Fremde, die ihr vorgestellt werden wollen. Zur Tafel werden oft bekannte Größen aus der Künstler- und Gelehrtenwelt gezogen, und jeden Abend erscheint sie ein oder zwei Stunden im Theater.

Diese idyllische Ruhe wurde 1840 von neuem durch die Erinnerung an den großen Toten von Sankt Helena unterbrochen. Die Napoleonverehrung hatte in Frankreich seit einigen Jahren sehr zugenommen. Das Standbild des Kaisers wurde wieder auf die Vendômesäule gesetzt, der große, herrliche Triumphbogen, den Napoleon begonnen, wurde beendet, und schließlich huldigte König Louis Philipp selbst dem Napoleonkultus dadurch, daß er die Leiche Napoleons von Sankt Helena nach Paris überführen und im Invalidendom beisetzen ließ. Nun hatte Napoleon die ihm gebührende Ruhestätte gefunden. Noch einmal wurde der Welt Gelegenheit gegeben, sich zu erinnern, daß es eine Kaiserin Marie Louise gab, die jetzt in Parma die Gattin eines französischen Legitimisten war. Die Bonapartisten übergingen sie indes völlig bei dieser Gelegenheit. Sie hatten mit ihrer Dynastieangelegenheit genug zu tun. Seit dem Tode des Herzogs von Reichstadt war in Hortense der Gedanke an den Kaiserthron für ihren Sohn Louis Napoleon aufs neue erwacht. Immer wieder erinnerte sie ihn daran, daß er jetzt der Erbe auf den Thron Napoleons sei. Sein erster Versuch 1836 zur Erlangung der Herrschaft scheiterte. Er wurde nach Amerika verbannt. Der Tod Hortenses rief ihn 1837 nach der Schweiz zurück. In den Armen ihres Sohnes hauchte die ehemalige Königin von Holland ihr Leben aus. Drei Jahre darauf versuchte Louis Napoleon einen neuen Handstreich zur Erlangung des Thrones. Am 6. August 1840, vier Monate vor der Beisetzung Napoleons in Paris, war er mit seinen Anhängern in Boulogne gelandet. Der Putsch mißlang. Louis Napoleon wurde zu lebenslänglicher Festungshaft nach Ham geschickt. Sechs Jahre später entwich der Neffe Napoleons, als Maurergeselle verkleidet, aus seiner Gefangenschaft und floh nach England. Hier wartete er, bis endlich 1848 die Stunde schlug, da er die Erbschaft seines großen Onkels antreten konnte.

Diesen neuen Aufstieg der Napoleoniden erlebte Marie Louise nicht mehr. Sie war seit Jahren leidend. Jedes Jahr mußte sie wegen ihrer rheumatischen Beschwerden Bad Ischl aufsuchen. Es brachte ihr jedoch immer nur vorübergehende Erleichterung. Als sie im Juli 1847 Reisevorbereitungen zu dieser Badekur machte, begann es in Italien von neuem im Volke zu gären. Von neuem machte sich ein Geist des Liberalismus bemerkbar. Marie Louise reiste trotzdem mit dem Grafen Bombelles nach Ischl ab. Er befürchtete jedoch bereits die kommende Erhebung auch in Parma. Daher empfahl er allen, die am Hofe zurückgeblieben waren, die größte Wachsamkeit und Vorsicht. Kaum war der Hof abgereist, als der Sturm losbrach. Marie Louise und Bombelles erreichte die Nachricht in Wien. Sofort begab sich der Intendant nach Parma, um die Revolution zur Ruhe zu bringen. Er war indes kein Neipperg. Er hatte nicht denselben Kontakt mit dem Volke. Er verstand nicht so wie der General mit den

Italienern zu sprechen. Daher kam er in ziemliche Gefahr. Man bedrohte ihn mit Briefen und Schmähschriften. Man wollte ihn ermorden. Der harte Soldat aber blieb unerschütterlich. Was Neippergs glühende Reden vermocht hätten, das erreichte Bombelles durch Kaltblütigkeit. Rücksichtslos ergriff er alle Maßnahmen zur Unterdrückung des Aufstandes. Es gelang ihm, ohne auf irgend welche Forderungen einzugehen. Nicht einen Fingerbreit gewährte er den Insurgenten!

Als die Ruhe wieder hergestellt war, eilte er zu der kranken Marie Louise nach Ischl. Und im Herbst konnte er mit ihr nach dem völlig ruhigen Parma wieder zurückkehren. Es war Marie Louises letzte Reise nach Wien gewesen. Ihr Leiden verschlimmerte sich. Da sie indes seit ihrer Jugend an Schmerzen gewöhnt war, denn schon als junge Frau in Frankreich hatte sie über Rheumatismus geklagt, maß sie dem sich steigernden Übel keine Bedeutung bei. Sie ging bei Wind und Wetter aus und schonte sich nicht im geringsten. In Wien hatte sie indes das Gefühl, als sollte sie es nicht wiedersehen. Noch nie hatte sie so geweint, als sie von allen Abschied nahm. Fürstin Melanie Metternich schrieb im November in ihr Tagebuch: „Marie Louise verließ Wien, den Tod im Herzen..."

Weihnachten nahte. Es war für Marie Louise das schönste Fest im ganzen Jahr. Sie konnte alle und jeden beschenken. Das Schmücken des Christbaumes, das Einkaufen all der Kleinigkeiten, der Geschenke und Überraschungen, machte ihr noch dieselbe Freude wie als Kind in Wien. Sie hatte die deutsche Sitte des kerzengeschmückten Christbaumes sowohl in Frankreich als auch in Italien nicht aufgegeben. Am 9. Dezember, es war ein wundervoller, warmer Sonnentag, wie es Dezembertage in Italien oft sind, machte sie eine Ausfahrt in die Stadt, um damit zu beginnen, ihre Geschenke einzukaufen. Gräfin Zobel begleitete sie. Bombelles war durch eine Parade verhindert. Marie

DER TOD

Louise klagte bereits beim Besteigen des Wagens ihrer Hofdame,
sie habe eine sehr schlechte Nacht gehabt und fühle in der rechten
Brustseite Stechen. Mit ihrer gewohnten Nachlässigkeit maß sie
indes dem weiter keine Bedeutung bei. Sie bestieg rasch den
Wagen und fuhr mit ihrer Begleiterin davon. Am Nachmittag
indes überfiel sie bei Tisch ein so heftiger Schüttelfrost, daß der
Arzt, der hohes Fieber feststellte, sofort Bettruhe verordnete.
Marie Louise bestand jedoch darauf, wie sonst an dem täg-
lichen Ministerrat teilzunehmen, und am Abend, obwohl sie so
elend war, daß sie sich kaum aufrecht erhalten konnte, empfing
sie wie gewöhnlich ihre Gesellschaft zum Spiel. Sie ließ sich nicht
die geringste Schwäche anmerken. Ihr Arzt, Doktor Fritsch, stellte
indes fest, daß das Fieber immer höher stieg. Er beschwor sie,
sich sofort niederzulegen. Sie sträubte sich, aber schließlich war
sie so schwach, daß sie nachgeben mußte. Sie stand nicht wieder
auf. Eine akute, sehr heftige Lungenentzündung führte neun
Tage später Marie Louises Tod herbei.

Sie wußte, daß sie sterben mußte. Gleich zu Beginn ihrer
Krankheit sagte sie zu ihrem Arzt: „Sehen Sie, ich werde nicht
wieder aufstehen. In acht Tagen wird man mich hier hinaus-
tragen." Während der Krankheit war sie außerordentlich ge-
duldig und ruhig, trotzdem sie beständig hohes Fieber hatte.
In ihren Gedanken beschäftigte sie sich lebhaft mit dem kommenden Weihnachtsfest, mit dem Christbaum, den sie jedes
Jahr schmückte und auch diesmal anzünden wollte. „Wenn mein
Zustand es nicht gestattet, meinen Christbaum am Abend zu
machen, so werde ich ihn bei Tage anzünden." Aber sie hatte
keine Zeit mehr. Am 17. Dezember ging es zu Ende mit ihr.
Sie ließ alle die Ihrigen an ihr Bett kommen. Ihre Tochter, ihren
Schwiegersohn, ihre Enkelkinder, alle Freunde, die in Parma
anwesend waren, um sie zu segnen. Zu ihren Kindern und
Enkeln sagte sie mit kaum hörbarer Stimme: „Ich wollte euch

341

noch einmal sehen, ehe ich sterbe. Ich will euch segnen. Wenn
Gott meinen Tod bestimmt hat, so will ich ihn bitten, euch
glücklich zu machen. Denket an mich in euren Gebeten. Ehret
mein Andenken mit eurer beständigen Frömmigkeit. Seid gegen
eure Eltern stets gut und folgsam. Erinnert euch immer an die
Worte, die ich euch jetzt sagte." Zu ihrem Schwiegersohn Sanvitale gewandt, sagte sie: „Adieu, Luigi! Erinnere auch du dich
meiner. Ich hoffe, die Parmesaner werden mich nicht vergessen,
denn ich habe sie geliebt und war stets bestrebt, ihnen Gutes
zu tun." Ihr Sohn Wilhelm von Montenuovo war fern. Auch
an ihn dachte sie und segnete ihn. Um fünf Uhr nachmittags
schlummert sie ruhig ein.

Als man Marie Louises Testament öffnete, fand man darin
zum erstenmal öffentlich ihre Heirat mit Bombelles erwähnt.
Von der morganatischen Verheiratung mit Neipperg sprach sie
nicht. Weder ihm noch dem Grafen Bombelles gibt sie in ihrem
Testament den Namen Gatte. Auch der Name Vater, in bezug
auf Neipperg, ist sorgfältig vermieden. Er wird stets nur „der
General" oder Graf Neipperg genannt. Man könnte daraus
schließen, daß ihre Ehe mit Neipperg doch nicht legalisiert war.
Niemand war übrigens in ihrem Testament vergessen. Die Wiege
des Königs von Rom aber vermachte sie dem jungen Erzherzog
Franz Joseph, dem Enkel aus zweiter Ehe ihres Vaters und zu-
künftigem Kaiser. Er war, als Marie Louise starb, siebzehn
Jahre alt und nicht mehr weit vom Thron entfernt. Die Kaiserin-
Witwe Augusta, die dem jungen Herzog von Reichstadt eine
zweite Mutter gewesen war, bedachte sie mit vielen persönlichen
Erinnerungen an den Prinzen. Ihrer treuen Freundin Lady
Burgersh hatte sie einst eine kleine Dose mit dem Bild des Königs
von Rom versprochen. Es war ein Geschenk Napoleons gewesen,
das Marie Louise stets bei sich trug. Auch dieses, vor siebzehn
Jahren gegebene Versprechen hatte sie nicht vergessen. Sie ver-

machte Lady Burgersh dieses Andenken an ihren Sohn mit den Worten „für seiner Mutter teuerste Freundin". Marie Louises Hand zitterte, als sie dieses Testament unterschrieb. Bombelles mußte ihr die Feder halten. So schwach war Marie Louise. Ihr letzter Gedanke galt ihrem Sohn Wilhelm, dem Sohn Neippergs, des Mannes, den sie wirklich und allein geliebt hatte. Er traf zu spät ein, um seiner Mutter die Augen zuzudrücken. Marie Louise hatte bereits am 17. Dezember 1847 ihren letzten Seufzer getan.

NACHWORT

Das Interesse für Marie Louise ist in diesem Jahre neu erwacht, nachdem in London die sensationelle Versteigerung der Briefe Napoleons an die Kaiserin stattgefunden hat. L. Madelin hat dann diese dreihundertachtzehn Briefe zum erstenmal in Paris herausgegeben. Durch sie gewinnt man ein neues Bild von der Ehe Napoleons mit der österreichischen Erzherzogin, und jedem Historiker müssen sie eine willkommene Ergänzung für das Lebensbild dieser vielumstrittenen Frau sein. Einige wenige intime Briefe des Kaisers an seine zweite Frau sind der napoleonischen Forschung bereits durch andere Briefsammlungen und Quellenwerke zugänglich gemacht worden. Meine langjährigen Arbeiten zur Geschichte Napoleons, vor allem „Die Frauen um Napoleon" und das zweibändige Werk „Napoleon und die Seinen", fußen auf dem gesamten Quellenmaterial über Napoleons Leben und Geschichte. Auch die vorliegende Biographie ist auf Grund sämtlicher vorhandenen Quellen, selbst der neuesten, geschrieben worden. Besonderen Wert habe ich auf österreichische und deutsche und für das spätere Leben Marie Louises auf italienische Forschungen gelegt, während die meisten älteren ausländischen Biographien Marie Louises entweder die deutschen und österreichischen Quellen nicht gekannt oder nur unvollständig benutzt haben. Es ergab sich im Laufe meiner Studien eine Beurteilung der Persönlichkeit Marie Louises, die wesentlich von den früheren Schilderungen ihrer Lage und ihres Verhaltens, aber auch ihres Intellekts und ihres Charakters abweicht. Während die älteren Biographen die Schilderung ihres Lebens mit der Trennung von Napoleon meist beendet sein ließen, ist die neuere Forschung bestrebt, auch ihrem weiteren Leben als Herzogin von Parma und als Frau des Generals Neipperg und des Grafen de Bombelles Interesse zu schenken. Ich habe mich in dem vorliegenden Werke bemüht, Marie Louise menschlich gerecht zu werden, insbesondere die Zwangslage zu berücksichtigen, in der sie sich von Anfang an befunden hat, ihre Schwächen und Fehler, wie ihre vielen guten Charaktereigenschaften dem Verständnis ihrer Handlungsweise als politische Persönlichkeit näherzubringen. Marie Louise war stets, aber besonders vom Beginn ihrer Ehe mit Napoleon an, ein unfreier Mensch. Sie wurde wie eine Schachfigur auf dem Felde der Politik hin und her bewegt, ohne auch nur den geringsten Einfluß auf ihr persönliches Geschick zu haben. Sogar als sie später persönlichen Neigungen nachgab, war das nur möglich, weil es zufällig in den Rahmen der Metternichschen Politik paßte, und selbst in diesen Fällen liegt die Vermutung nahe, daß sie mehr geschoben wurde, als selbständig handelte. Abfällige Beurteiler werfen ihr nicht mit Unrecht vor, daß sie das Unglück Napoleons nicht in dem Maße mitempfunden hätte, als man es nach einer glücklichen Ehe erwarten konnte. Es wird dabei aber vollkommen vergessen, daß Marie Louise von dem Augenblicke des Sturzes Napoleons an eigentlich eine Gefangene war, die über alle Ereignisse politischer oder privater Natur entweder überhaupt nicht oder falsch informiert wurde und deren Bemühungen um das Los Napoleons und ihres Sohnes vergebens waren.

NACHWORT

Der man versagte, ihr Herz als Frau Napoleons und als Mensch sprechen zu lassen. Die in einem zweiten unermeßlichen Liebesglück Ersatz für das Verlorene fand und schließlich der menschlichsten aller Leidenschaften erlag. Die unerschütterliche Liebe zu Neipperg, zu ihrem Vater, die Bemühungen ihrer Umgebung, ihr fortwährend vor Augen zu führen, daß sie sich ein zweites Mal für die Politik, für den Frieden Europas opfern müsse, machten aus ihr das, was sie wurde. Die Politik vereinte sie mit Napoleon, die Politik riß sie wieder von ihm.

Gertrude Aretz

LITERATUR
der hauptsächlich benutzten Quellen

Correspondance de Marie-Louise 1799—1847. 8. Vienne 1887.
Correspondance de Napoléon. 32 vol. Paris 1858—1870.
Lettres inédites de Napoléon Ier à Marie-Louise, écrites de 1810—1814. Par
  L. Madelin. Paris 1935, Ed. des Bibliothèques Nationales de France.
J. Antommarchi, Le mariage par procuration de Napoléon avec
  Marie-Louise. In: Revue hebdomadaire. 2e série. Tome II. Paris 1898.
O. Aubry, La Trahison de Marie-Louise. 8. Paris 1833.
G. Aretz, Die Frauen um Napoleon. 8. Graz-Wien-Leipzig (1931), Ver-
  lag „Das Bergland-Buch".
G. Aretz, Napoleon und die Seinen. 2 Bde. München 1914. Georg Müller.
Bassi e Benassi, Storia di Parma. Parma 1908. Battei.
J. de Bourgoing, Le fils de Napoléon. Paris, Payot, 1932.
Briefwechsel der Königin Katharina und des Königs Jérôme von Westfalen
  sowie des Kaisers Napoleon I. mit dem König Friedrich von Württem-
  berg. 3. Bde. 8. Stuttgart 1886—1887.
L. de Brotonne, Lettres inédites de Napoléon. 8. Paris 1898.
Lord Burghersh, Memoirs of the operations of the allied armies under
  Prince Schwarzenberg, and Marshal Blucher, during the latter end of
  1813 and the year 1814... 8. London 1822.
Comte J. B. N. de Champagny, Souvenirs. Paris 1846.
Comte de Chaptal, Mes souvenirs sur Napoléon. 8. Paris 1880.
G. Clary et Aldringen, Souvenirs. 8. Paris 1914.
Cardinal E. Consalvi, Mémoires sur le mariage de l'empereur Napoléon
  et de l'archiduchesse d'Autriche. In: — —, Mémoires. Tome I. Paris 1864.
Constant, Mémoires sur la vie privée de Napoléon Ier. 8. Paris, s. d.
Du Bled, Le Prince de Ligne et ses Contemporains. 8. Paris 1890.
Du Montet, Souvenirs 1785—1866. 8. Paris 1904.

LITERATUR

Mme. D u r a n d, Mémoires sur Napoléon et Marie-Louise 1810—1814. 8. Paris 1885.

H. F l e i s c h m a n n, Marie-Louise libertine. 16. Paris (1910).

A. F o u r n i e r, Marie Louise und der Sturz Napoleons. In: Deutsche Rundschau. B. 112. Berlin 1902.

A. F o u r n i e r, Neue Quellen zur Geschichte des Wiener Kongresses. In: Österreichische Rundschau. 1. Jahrg. Vol. 1. Wien 1904.

Paul F r é m e a u x, Sainte-Hélène. Les derniers jours de L'empereur. 16. Paris (1905).

Joseph F o u c h é, Polizeiminister Napoleons I., Erinnerungen. Übers. u. hrsg. v. Paul Aretz. 8. Stuttgart, Julius Hoffmann.

G. G a c h o t, Marie-Louise intime. 2 vol. 8. Paris.

Fr. v. G e n t z, Schriften. 2 Bde. Hrsg. v. Eckardt. 1921.

General Baron G o u r g a u d, Sainte-Hélène. Journal inédit de 1815 à 1818. 2 vol. 12. Paris 1899.

G. G u a t t e r i, Maria Louisa. 8. Firenze 1932.

G u g l i a, Kaiserin Maria Ludovika. 8. Wien 1894.

Comte d'H a u s s o n v i l l e, Ma Jeunesse — Souvenirs. 8. Paris 1885.

J. A. Frhr. v. H e l f e r t, Maria Louise, Erzherzogin von Österreich, Kaiserin der Franzosen. 8. Wien 1873.

J. A. Frhr. v. H e l f e r t, Königin Karoline von Neapel und Sizilien im Kampf gegen die französische Weltherrschaft. 8. Wien 1878.

T. H o p k i n s, The women Napoleon loved. 8. London 1809.

Frhr. v. H o r m a y r, Kaiser Franz und Metternich. 8. Leipzig 1848.

J. H u g e n t o b l e r, Die Familie Bonaparte in Arenenberg. 8. Basel.

J a c k s o n, Josephine and Marie Louise. 8. London 1887.

J o u r n a l de Marie-Louise. 8. London 1922.

Baron A. L. Imbert de S a i n t - A m a n d, Les femmes des Tuileries. Marie-Louise ... Marie-Louise et le duc de Reichstadt... 5 tom. 12. Paris 1885—1886—1887.

Gräfin K i e l m a n n s e g g e, Memoiren über Napoleon I. Auf Grund des Originalmanuskriptes hrsg. v. Gertrude Aretz. 8. Dresden 1929.

F. M. K i r c h e i s e n, Bibliographie des napoleonischen Zeitalters. 2 Bde. 8. Berlin 1908 ss.

F. M. K i r c h e i s e n, Napoleon I. Sein Leben und seine Zeit. 9 Bde. 8. München 1912—1932.

F. M. K i r c h e i s e n, Memoiren Napoleons. 8. Dresden 1927.

K r e u z i n g e r, Die Edlen von Neipperg. 8. Stuttgart 1840.

Fr. B i n d e r v. K r i e g l s t e i n, Der Krieg Napoleons gegen Österreich, 1809. 2 vol. 8. Berlin 1906.

LITERATUR

Cte. de Las Cases, Mémorial de Sainte-Hélène, 8. 8 Bde. Paris (1822) 1823.

Graf de La Garde, Der Wiener Kongreß. 2 Bde. 1912.

L. Lecestre, Lettres inédites de Napoléon. 8. Paris 1897.

General Baron L. F. Lejeune, Souvenirs. 2 Tom. 8. Toulouse 1851.

Lévy, Napoléon intime. 8. Paris 1893.

Fürst Lichnowski, Geschichte des Hauses Habsburg. 8 Bde. 8. Wien 1836—1844.

A. Lumbroso, Napoleone II°. 8. Roma 1902.

A. Mahan, Marie Louise. 8. Paris 1934.

Maria-Louise und der Herzog von Reichstadt, der Sohn Napoleons, die Opfer der Politik Metternichs. 2. Aufl. Bern 1849.

E. Masi, Le due mogli di Napoleone. 16. Bologna 1888.

F. Masson, L'Impératrice Marie-Louise. 8. Paris 1901.

F. Masson, Napoléon et son fils. 4. Paris 1904.

F. Masson, Napoléon et les Femmes. 8. Paris 1895.

F. Masson, Joséphine de Beauharnais... Joséphine impératrice et reine — Joséphine répudiée (1809—1814). 3 tom. 8. Paris 1899—1901.

F. Masson, Napoléon chez lui. 8. Paris 1894.

F. Masson, Napoléon et sa famille. 8. Paris 1897 ss.

A. F. L. V. de Marmont, duc de Ragusa, Mémoires de 1790 à 1832. 9 tom. 8. Paris 1857—1858.

Baron de Méneval, Marie-Louise et la Cour d'Autriche. 8. Paris 1909.

Aus Metternichs nachgelassenen Papieren. 8 Bde. 8. Wien 1880—1884.

Metternich, Mémoires. 8. Paris 1880—1884.

Général de Montholon, Histoire de la Captivité de Sainte-Hélène. 2 tom. 8. Berlin 1846.

Napoleons Gefangenschaft und Tod. Hrsg. v. Paul Aretz. 8. Dresden 1924.

Le Comte de Neipperg. In: Revue Britannique, 1829.

E. M. Oddie, Marie Louise. 8. London 1931.

Barry Edward O'Meara, Napoleon in Exile; or a voice from St. Helena... 2 vol. 8. London 1822.

V. Paltrinieri, Parma. 8. Roma 1931.

G. Peyrusse, Lettres inédites... 1809—1814. 8. Paris 1894.

G. Peyrusse, 1809—1815. Mémorial et archives du Baron... 8. Carcassone 1869.

De Pradt, Histoire du Congrès de Vienne. 3 vol. 8. Paris 1829.

De Pradt, Histoire de l'ambassade dans le grand-duché de Varsovie en 1812. 8. Paris 1815.

Projet de mariage de Napoléon Ier avec la grande-duchesse Anne de Russie. In: Le Correspondant. 62e année. Paris 1890.

LITERATUR

A. Graf v. P r o k e s c h - O s t e n, Tagebücher, 1830—1834. Wien 1909.
A. Graf v. P r o k e s c h - O s t e n, Mein Verhältnis zum Herzog von Reichstadt. 8. Stuttgart 1878. Französ. Ausgabe herausgegeben von J. de Bourgoing. Paris 1934.
A. S a n d o n a, Il figlio di Napoleone e l'imagine storica. 8. Mailand 1833.
A. S o r e l, L'Europe et la Révolution française. 8 vol. Paris 1885—1904.
J. S c h n i t z e r, Die Ehescheidung Napoleons. I. 8. Freiburg i. Br. 1898 (1897).
Prince de Talleyrand, Mémoires. 5 tom. 8. Paris 1891—1892.
G. V a l b e r t, Lettres intimes de l'impératrice Marie-Louise. In: Revue des Deux-Mondes. 572e année. Tome 82. Paris 1887.
Antonio V a l e r i, Maria Luisa (1791—1847). 10. Ed. Milano.
William W a r d e n, Letters written on board his Majesty's ship the Northumberland, and at Saint Helena . . . 8. London (1816).
H. W e l s c h i n g e r, Le divorce de Napoléon. 16. Paris 1889.
H. W e l s c h i n g e r, Le roi de Rome (1811—1832). 8. Paris 1897.
E. W e r t h e i m e r, Der Herzog von Reichstadt. 8. Stuttgart und Berlin 1902.
E. W e r t h e i m e r, Die ersten drei Frauen des Kaisers Franz. 8. Leipzig 1893.
E. W e r t h e i m e r, Die Heirat der Erzherzogin Marie Louise mit Napoleon I. In: Archiv für österreichische Geschichte. Bd. 64. Wien 1882.

Über weitere benutzte Quellen vgl. F. M. Kircheisen, Bibliographie des napoleonischen Zeitalters, Abteilungen: Kriege; Staatengeschichte; Memoiren; Biographien.

VERZEICHNIS DER TAFELN

UMSCHLAGBILD

Kaiserin Marie Louise
Nach einer Miniatur von Isabey
Kunstverlag Wolfrum in Wien

TITELBILD

Kaiserin Marie Louise als Regentin
Nach einem Gemälde von François Pascal Gérard
Österreichische Galerie, Wien

TEXTBILDER

Bonaparte als Leutnant der Artillerie
Nach einem Gemälde von Jean Baptiste Greuze

General Napoleon Bonaparte
Stich von F. Aubertin nach einem Gemälde von Antoine
Jean Gros, Paris, Louvre
Porträt-Sammlung der National-Bibliothek in Wien

Maria Theresia, die zweite Gemahlin Kaiser Franz I. von Öster-reich und Mutter Marie Louises
Nach einem Gemälde von Mme Vigée-Lebrun
Kunstverlag Wolfrum in Wien

Prokuratrauung Marie Louises in der Augustinerkirche in Wien
Aus Labord, Voyage en Autriche, 1822
Sammlung Gilhofer & Ranschburg in Wien

Erzherzog Karl, der Sieger von Aspern
Stich von Benedetti nach einer Lithographie von Kriehuber
Porträt-Sammlung der National-Bibliothek in Wien

Die Ankunft Marie Louises in Compiègne
Nach einer Zeichnung von Isabey
„Albertina", Wien

Kaiserin Marie Louise
Nach einer Zeichnung von P. P. Prud'hon
Porträt-Sammlung der National-Bibliothek in Wien

Marie Louise malt Napoleon
Nach einem Gemälde von Menjaud
Porträt-Sammlung der National-Bibliothek in Wien

www.ingramcontent.com/pod-product-compliance
Lightning Source LLC
Chambersburg PA
CBHW030340120726
47901CB00007B/1851

* 9 7 8 3 8 6 3 4 7 3 9 6 9 *